KB196958

봄그늘

4

봄그늘 4

ⓒ김차차 2024

1판 1쇄 인쇄	2025년 2월 12일
1판 1쇄 발행	2025년 2월 14일
지은이	김차차
펴낸이	박대일
교정	박지해
편집	이주현 · 이문영 · 임유리 · 이지영 · 임지원
마케팅	임유미
표지 디자인	김차차 · 스튜디오붐빔
내지 디자인	송새연
펴낸곳	파란미디어
출판등록	2004년 9월 14일 제313-2004-00214호
주소	03992 서울시 마포구 동교로23길 14 국제빌딩 6층
전화	02.3141.5589 영업부 070.4616.2012 편집부
팩스	02.6499.5589
전자우편	paranbook@gmail.com
카페	http://cafe.naver.com/paranmedia
인스타그램	@paranmedia
ISBN	979-11-93185-40-7(04810)
	979-11-93185-36-0(전5권)

봄그늘

김차차 장편 소설

4

파란

목차

#37. 열아홉, 35만 원짜리 약점

"……공부하느라 바쁜데 갑자기 이래 불러내가 미안하다. 많이 놀랐제."

"제 번호는 어떻게 아신 거예요?"

말끔한 사장님처럼 잘 차려입고 카페에 앉아서 날 기다리고 있던 중년의 남자는, 내 뾰족한 말에 잠시 입을 다물었다.

어릴 때부터 보았던 낯익은 얼굴이지만 한 번도 친근하게 느꼈던 적은 없는 사람.

안녕하세요. 그래. 생각해 보면 저 남자와 해 본 대화라고는 그런 의례적인 인사가 전부였다. 윤태희에게는 조금 더 일상적인 말도, 친구 아버지다운 조언도 했던 것 같은데.

신미진은 저 남자에게 딸이 없어 여자애를 어려워한다고 둘러댔지만 이제 와 생각해 보면 꽤 명확한 이유가 있었다.

고모. 그리고 고모를 딸처럼 닮았다는 나.

어쩌면 첫사랑 같은 것이었을까? 신미진은 꼭 더러운 관계라도 되는 것처럼 말하던데. 그러나 고작 그런 여자의 말로 고모를 의심하고 싶지는 않았다. 저 남자는 모르겠지만.

"어젯밤에 태경이 엄마가 사무실에 잠깐 다녀온다고 나갔는데, 화장대 서랍에서 이상한 소리가 나더라. 열어 보니까 생전 못 보던 핸드폰이 있고."

"……."

"문자……. 그거 차희 니가 그 사람한테 보낸 문자 아이가."

박동주는 퍽 성의 있는 태도로 차분하게 경위를 설명했다. 저장되지 않은 번호였지만 나인 것을 짐작이 어렵지는 않았다고.

신미진을 이모라고 부르면서, 박우경을 말하는 어떤 애.

그리고 아빠에게 얘기하겠다는 말.

혹시나 싶어 통화 내역을 보니 친정 식구에게 몇 번 전화를 건 것 외에는 죄다 한 번호로만 연락한 흔적이 있었다는 것이다. 그것도 상대방이 대부분 받지 않는 전화를.

그리고 아니나 다를까 그 번호로 오늘 연락해 보니, 내가 전화를 받았다고 했다.

니 혹시 준영이 딸이가. 차희 맞제. 그렇게 전화 너머에서 날 거듭 확인해 보던 목소리가 조용했다. 조금 놀라는 기색도 없이.

"……그래서요?"

"……."

그러나 아무것도 모르면서 무언가를 짐작만 하고 있는 낯이었다.

"왜 설명을 아저씨 부인이 아니라 저한테 들으려고 하세요?"

"묻는다고 제대로 얘기할 사람 같으면 몰래 핸드폰까지 만들어서 니한테 그카지는 않았겠지."

"아……. 두 분 사이가 별로 좋지는 않으신가 봐요."

빈정거리듯 말하자 박동주가 짧게 웃었다. 박우경과 닮은 웃음이 재수 없었다. 내 말끝마다 당혹하면서도 여유를 완전히 잃지는 못하는 얼굴도.

아주 자신만만하게 생긴 사람이었다. 평생 풍족했던 사람 특유의 어떤 인상, 고급스러운 골프 점퍼, 억이 넘어간다던 시계, 반듯하고 새하얀 셔츠, 좋은 삶의 그림자.

그래서 처음에는 잘 티가 나지 않았다.

그 사람이 내 눈을 잘 마주치지 못하는 것이.

"……우리 우경이랑 만나는 사이인 거는 맞고?"

"이제 곧 안 만나요."

"그 사람이……. 우경이 엄마가 니한테 뭐라대."

태경이 엄마에서 우경이 엄마로, 마치 날 위해 바꾼 것 같은 지칭이 섬세했다. 여섯 살 위의 태경 오빠가 내게는 낯설리라는 듯이.

"아저씨가 아셔야 되는 일이면 아저씨한테 진작 말씀하셨겠죠, 이모가. 제가 이렇게 따로 말씀드릴 일은 아닌 것 같아요. 제가 곤란해지잖아요."

"니가 왜 곤란해지노."

"말했다가 또 무슨 짓을 당할지 모르니까요."

"……."

나는 반쯤 말을 긁어 냈다. 또 무슨 짓을 당할지 모른다고 비아냥거리고 만 것은 불가항력적이었다. 고작 그런 말 한마디로 거렇게 들끓던 속이 가라앉았다.

저 사람은 내 부모도 아닌데. 날 도와줄 사람도 아닌데. 그 여자의 남편인데……. 그럼에도 타인에게 비로소 소리 내어 말을 한 기분이 나쁘지 않아서.

숨이 드나드는 길이 조금 넓어졌다. 반대로 박동주는 목이라도 졸린 듯 갑갑한 낯으로 변했다.

"……니한테, 무슨 짓을 했는데? 그 사람이."

"말씀드리면 경찰에 신고라도 해 주실 거예요?"

"경찰에 신고할 만한 일까지 하드나, 니한테."

나는 그제야 입을 다물었다.

"차희야. 아저씨가……."

"저 도와주시려고 묻는 건 아니실 거잖아요. 저는 어차피 더 용건 없어요. 그 집이랑. 더 엮이고 싶지도 않고요."

"우경이 엄마가 니한테 무슨 짓을 했든지 간에, 일단 아저씨가 대신 사과할게."

"우리 큰 고모 얘기를 많이 하시더라고요."

"……."

"근데 우리 큰 고모, 아저씨랑 그럴 사람 아닌 거 저는 다 알아요. 이모가 뭐라고 하시든."

박동주는 말이 없었다. 떠보는 말 몇 마디로는 알 수 없는 속이다. 사실 알고 싶지도 않았다.

그는 말없이 테이블 위를 내려다보다가 미리 시켜 놓았던 커피 한 잔을 내게 밀어 주었다.

그리고 무표정하게 얼굴을 바꾸었다.

"니가 우리 우경이랑 헤어지는 거는, 니가 잘 생각한 거다."

"……."

"안 만나는 게 훨씬 나은 사이도 있으니까."

"네."

"혹시 수능 끝나고는 어렵겠나?"

나는 살짝 웃었다. 박동주가 문득 그 애 아버지처럼 보여서.

내 딴에는 박우경을 좀 위하겠다고 그 애 엄마한테 사정 아닌 사정을 했던 게 고작 그거였어서. 11월까지만 말미를 달라고.

정작 그 애를 낳아 준 사람에게, 내가 뭐라고.

"우경이 엄마가 니한테 한 짓이 있는데 우경이 배려해 달라는 게 어이가 없겠지……. 안다. 방금 아저씨가 한 말은 못 들은 셈 치라."

"우경이는 저랑 아무 때나 헤어져도 잘할 거예요. 똑똑한 애니까."

"……그래. 차희 니도 잘할 기다. 느그 아부지 닮아가 똑똑하니까."

"네."

"앞으로 혹시 아저씨가 도와줄 일이 있으면."

"평생 없었으면 좋겠어요."

"……."

"커피는 잘 마실게요."

나는 자리에서 일어났다. 박동주가 조금 다급한 기색으로 날 불렀다.

"차희야."

"네."

"……우리 집사람이 니한테 그 번호로 다시 연락하면, 아저씨한테 바로 말해라. 알겠제. 아저씨가 앞으로, 니한테 해코지 못 하게 할 테니까……."

"……."

"미안하다, 진짜로."

"사과하지 마세요. 받아 드릴 수도 없는데."

"니한테 보상할 방법을 찾아볼 테니까……."

"보상을 받으면 없었던 일이 되잖아요."

"……."

"저는 그거 싫어요."

박동주가 그 순간 문득 내 눈을 가만히 바라보았다. 마치 오래 알았던 사람을 보듯이. 나는 설명할 수 없는 기분에 커피를 한 손에 챙겨 들고 카페를 나왔다.

스터디 카페로 돌아가기까지는 얼마간 걸어야 했다. 박우경은 잠깐 혜지를 본다는 핑계로 두고 나왔다.

이제는 조금만 성가신 기색을 내비쳐도 초조해하면서 그 자리에서 말없이 날 기다리니까. 편리했다. 나는 마른 웃음을 흘렸다.

커피는 버리려다 말았다. 박우경에게 주면 될 것 같아서. 제 아빠가 준 것이니까……. 그렇게 느릿하게 돌아가는 걸음을 누군가 붙잡은 것은 찰나였다.

"……너, 태경이 아빠한테 무슨 말 했어."

오늘은 그 여자가 빼앗고 쏟아낼 가방이 없었다. 문득 그 생각부터 하는 내가 우스웠다.

"이모가 시키는 대로 하겠다고 했어요."

"내가 시키는 대로? 너 미쳤니?"

"그럼 제가 시킨 거예요? 11월까지 못 참으시겠다면서요. 제가 걸레 같은 애라서요."

"윤차희!"

무슨 말을 했어. 무슨 말을 했어! 우경이 망치려고 작정했지, 네가. 없는 험담도 꾸며 내서, 이게 기어이 남의 가정 파탄 내려고, 지 고모처럼……. 커피가 땅바닥으로 떨어지며 작은 폭탄처럼 사방에 검은 물을 뿌렸다.

이건 생각 못 했네. 다리를 타고 흘러내리는 커피 몇 방울이 짜증스러웠다.

"우리 고모는 이모 남편한테 관심 없을 것 같은데요."

"뭐?"

"그렇게 좋으시면 이모 혼자 조용히 끌어안고 사세요. 관심도 없는 다른 사람 자꾸 끌고 오지 마시고요. 그리고 저 아저씨한테 아무 말도 안 했어요. 이러실 것 같아서."

"내가, 그 말을 믿을 것 같아?"

"안 믿으시면 제발 믿어 달라고 제가 빌빌거려야 돼요?"

잠깐 참을 새도 없이 머리통으로 손이 날아왔다. 무슨 말을 했어, 대체 무슨 말을 그 사람한테 해서, 나한테 무슨 누명을 씌운 거야, 너. 여자가 세차게 중얼거렸다.

박동주가 날 만나기 전에 이미 언질을 준 모양이었다. 신미진이야 잘 둘러댔겠지.

그걸 듣고도 믿지 못한 건 저 여자의 남편이다.

한쪽은 본인 아내가 하는 말도 못 믿고 남에게 확인받고, 한쪽은 본인 남편 뒤나 쫓아다니고 있었다. 박우경이 저런 집에 돌아가지 않으려는 것도 당연했다.

저런 건 자식 앞에서도 절대 다 숨길 수 없으니까. 나는 흐트러진 머리를 귀 뒤로 넘기며 툭 내뱉었다.

"남의 입 말고 본인 핸드폰 간수나 잘하세요. 거기서 샜으니까."

아악, 울화에 찬 비명이 채 소리를 다 갖지도 못한 채 신미진의 목구멍 너머로 넘어갔다.

찍 소리도 못 하던 게 갑자기 이렇게 기가 살아난 것을 보니, 분명 내가 박동주에게 미주알고주알 그간의 일을 다 일러바친 게 틀림없다고. 심지어는 저를 음해하는 거짓말까지도 보태서.

아주 의기양양해져서는 박동주가 날 지켜 줄 것이라고 믿는 것 같다고……. 어깨를 쥔 손이 파르르 떨고 있었다.

"그 사람 박동주야. 내 남편이고 우리 우경이 아버지야. 그 사람이 진짜 네 손이라도 들어 줄 것 같던?"

"아무 상관도 없는 사람이 제 손을 왜 들어 주겠어요? 잡히기도 싫어요."

"그 사람도 너 싫어해. 그 사람은 처음부터, 내가 너 다섯 살 여섯 살 때 이쁘게 보고 우리 우경이랑 붙여 놀게 하는 것도 싫어했어."

"……."

"네가 우경이한테서 떨어져 나가는 거, 나는 네 엄마 때문에 마음이라도 불편했지. 저 사람은 전적으로 반길 사람이야. 알아?"

"그래서요?"

"……."

"뭘 어쩌라고 하시는 말씀인지 모르겠어요."

"너 하나만 입 다물면, 전부 편해져. 차희야."

픽 웃음이 새어 나왔다. 내 비웃음에도 신미진이 문득 조용한 음성으로 말을 이었다. 언뜻 다정하게 들릴 정도로.

"이건 날 위해서가 아니라, 너랑 너희 집 위해서 하는 말이야."

"아, 네. 그러셨구나."

"쓸데없이 입 열어 봐야 느이 아빠나 미쳐 날뛰겠지. 태어나고 자라고 결혼하고 일하고 온 평생을 그 자리에서 산 사람인데 동네 망신 아니니? 똑똑하고 참한 우리 딸 조금 있으면 P대도 갈 거라고 그렇게 자랑들을 하고 다녔는데 어린게 우리 우경이 꼬셔서 몸부터 굴리고 산부인과 드나든 거? 얼마나 부끄러워?"

"그런 거 치곤 박우경이 더 좋아하던데. 저보다."

"……."

신미진의 얼굴이 순간 하얗게 질렸다. 나는 아주 미약한 만족감을 느꼈다.

"피차 부끄럽지 않으시겠어요?"

"……응. 그렇지. 우리라고 안 부끄럽겠니?"

신미진이 내 대꾸에 높이 묶인 내 머리카락을 잡아당길 듯 쥐었다가 서둘러 손을 떼어 내며 말했다. 마치 자기가 아주 저속해질 뻔했다는 듯이.

방금 전에는 대뜸 남의 머리통도 후려갈겼으면서 고작 머리채를 잡는 건 뭐가 그렇게 달라서.

너와 나는 다른 사람이라는 듯 돌연 고상해진 낯짝이 괴이쩍었다. 나는 이미 내게서 떨어진 신미진의 팔을 세게 밀어냈다. 신미진이 그러는 내 손을 역으로 꽉 잡았다.

"……그렇게 망신스러워지면 우리가 조심할 것도 없지. 차희 너 네 부모가 이거 알면 뭐라도 해 줄 것처럼 계속 나한테 협박했지?"

"이모가 이따위로 미성년자 협박하는 걸 때 되면 말하겠다는 게 협박이에요?"

"도와 달라고 질질 짜면서 네 부모한테 이를 거면 진작 했을

16

거 아니야. 속이 시꺼먼 게 어디서!"

"외할머니 퇴원하고 엄마가 숨 좀 쉬면 그때 말한다, 이게 이해하기가 어려우세요?"

"그 사람한테 네가 우경이랑 잔 것도 얘기했니?"

"……."

"태경이 아빠가 사람 좋은 척 좀 했다고 속지 마. 그 사람 세상에서 체면이 제일 중한 사람이니까. 네가 주둥이 가볍게 떠벌려서 그 지경 되면, 그 사람 바로 얼굴 바꿀 거야."

"바꾸든 말든."

내가 작게 빈정거리는 목소리에 고상한 얼굴이 잠시 일그러졌다. 그러다 웃었다.

"네가 아직 얌전히 있으니까 잘해 주겠지. 뭐든 해 준다 하겠지."

"받는다고도 안 했어요. 뭐 주워 먹는 거 보니까 맞을 만했다 하실까 봐."

신미진이 날카롭게 웃었다.

"기 좀 살아났다고 따박따박 피곤하게 구는 게, 우리 말희 착한 건 하나도 안 닮았어. 아주 그냥 지네 아빠만 닮았지……. 그래서 당장 앞일도 생각 못 하는 거야. 너는. 윤준영 씨 같은 헛똑똑이라."

우리 말희. 그 습관적인 부름에 맺힌 다정함.

지금 이 순간은 엄마에게 얼마나 큰 모독일까. 저 여자의 아들이면서 날 그렇게 좋아한다는 박우경에게는.

"너 때문에 쪽팔릴 일 생겨 봐. 껄끄러워진 사이에 우리가 뭘 봐주고 말고 할 거나 있겠어? 나는, 차희야. 니 등신 같은 부모들 하나도 신경 안 써."

"헤어진다는데 무슨 짓을 또 하시려고요."

"헤어지는 건 너무 당연한 거고, 네 부모 처지 생각하면서 입단속도 평생 잘해야지. 태경이 아빠한테 오늘 한 짓처럼 일러바쳐서 분란이나 만들 게 아니라."

"……."

"내가 네 엄마를 얼마나 오래 봤는데, 같이 잘 지내고 싶기는 하지. 얼굴 붉힐 일 없이. 그런데 차희 네가 멍청하게 다 망쳐 놓으면 우리라고 뭘 어쩌겠니? 올해 사과부터 다 썩어 문드러지게 만드는 건 일도 아니야."

"단골손님들 있어요."

"그 자질구레한 거래처? 택배? 좋지. 근데 너희 집에 사람이 없으면 어떻게 보내."

"……."

"니네 아빠 친구 많고 친한 선후배 많아서 집 그 모양 되고도 이리저리 돈 빌리며 덕 보고 숨 쉬던 거. 그것부터 뚝 끊어 버리면 돼. 인망이 뭐 대수라고."

아, 결국 이렇게.

"그 사람 좋은 친구들이, 우리를 통하지 않으면 한 명도 못 살아. 당장 윤준영이한테 니네가 빌려준 돈 받아 오라고, 안 그러면 가을에 어떻게 될지 보자고. 잠깐 눈치만 줘도 니네 집 문

앞에서 돈 돌려 달라고 줄을 설 거야. 남자들 우정이라는 게 그렇잖아. 그치?"

"……."

"니네 아빠 남은 평생, 니네 큰 외삼촌처럼 도망만 다니게 할 수도 있어. 개쓰레기처럼."

목구멍이 뜨거운데도 웃음이 새어 나왔다. 내 입 다물게 하는 값이 참 비싸기도 했다.

"느이 엄마가 아빠 몰래 나한테 돈 빌려 간 건 알까 모르겠네……. 차희야, 채권은 양도가 돼."

"……."

"이모가 그 채권을 어디에 어떻게 팔지는 모르는 거지. 추심 잘하는 무서운 사람들한테 헐값에 넘기고 나면, 니네 가족은 그 징글징글한 집에 붙어 있기도 싫어질 거야."

"……."

"니네 엄마는 세상 살기 싫어질 거고."

나는 말희를 아끼니까 당연히 그러기 싫지. 근데 네가 너희 엄마를 죽으라고 미는 거야.

세상 물정 모르는 어린애를 겁 주려고 안간힘을 쓰고 있는 게 보였다. 머리가 그렇게 생각해도 손끝이 차가워졌다.

차라리 널 잘못되게 하겠다는 말이었으면 웃었을 텐데, 네 부모를 잘못되게 하겠다는 말이라.

"지금 니네 부모가 목매달고 죽기 일보 직전인 건 아는 거지? 우리 차희 어릴 때부터 태희랑 다르게 어른스러워서."

"……."

"힘을 많이 줄 필요도 없어. 살짝만 밀면 돼. 그렇게 절벽 앞에 서 있는 사람들은."

내가 봐도 너무 쉬웠다. 손끝이 닿기만 해도 떨어질 사람들. 이미 버틸 대로 다 버텨 본 사람들.

"정신 차려, 너."

"……."

"정신 차리고 네 부모 생각해."

신미진은 마치 날 위하듯이 아무 말 없는 내 뺨을 내리쳤다. 정신 차리라고 했지. 똑바로 해.

그다음에는 자기 자신을 위하듯 내 머리를 때렸다.

네가 우리 우경이한테 떠들어 봐야 너만 손해야. 우리는 천륜이야. 지 낳아 준 엄마를 버리겠니?

버릴 것 같다는 말에 신미진이 빈정거렸다.

"나한테 아들이 걔뿐이야?"

웃음이 또 나왔다. 당신은 박우경을 고작 그렇게 사랑하는구나. 불쌍한 박우경.

어느새 길 위에서 우리를 발견한 박동주가 아까부터 제 아내 너머로 날 보고 있었다.

유령처럼. 혹은 석상처럼 굳어서.

나는 그 사람을 똑바로 보며 더 웃었다. 이 미친년, 신미진이 짓이기듯 말했다.

그만 웃고 약속을 해. 준다고 할 때 받아.

"네가 착하게 이모 말만 잘 들으면, 떨어지라고 미는 게 아니라 아예 당겨 줄 수 있어. 니네 외할머니부터 해서 네 부모 힘든 불 다 끄고. 너 하고 싶은 거 다 할 수 있어. 차희야."

우리야 잠깐 창피나 당하고 말지 네 부모는.

"저러다 네 부모 둘 다 목매달고 죽는 꼴 보고 싶은 건 아니지. 응?"

그대로 손이 다시 날아오려는 순간이었다.

"……신미진이 니, 애한테 지금까지 이딴 짓 하고 다녔나."

"……"

"니가 잘 타이르고 있다던 게 이런 기가. 어?"

"……"

"말 좀 해 봐라!"

마치 뒤늦게 정신이 든 것처럼 달려온 박동주가 신미진의 팔을 잡아끌고 내게서 몇 걸음 떨어트렸다. 여보, 태경이 아빠…….

그 손에 힘없는 어린애처럼 끌려가는 모습이 기괴한 흑백 영화 같았다. 입술을 달싹거리는 얼굴이 순식간에 비련에 찼다.

나는 TV 속 개그맨들이라도 보듯 그들을 보면서 맞으며 엉망이 되었던 머리를 가만히 쓸어 올렸다. 그러나 사람을 웃게 하는 데는 별로 재주가 없는 사람들이다.

"애가 말귀를 못 알아듣는 척하면서 자꾸 우경이랑 우리 집을 곤란하게 하겠다고 협박하니까. 그만큼 급해서 그랬어요. 응? 우경이랑 당신 지키려고 눈에 뵈는 게 없어서……."

제가 협박해 놓고는 나더러 협박한다던 사람이니, 나중에는 나더러 일부러 저한테 맞았다고 할 수도 있겠다. 나는 내가 나중에 들을 말을 생각했다. 박동주가 보는 걸 알지 않았느냐고.

그럼 지금은 당신 남편이 보고 있으니 나중에 보지 않을 때 때려 달라고 했어야 했나?

"그런다고 때리나! 애를! 신미진이 니 손으로 니 막내아들이랑 다섯 살 때부터 놀게 한 애를!"

"재랑 태희가 윤혜영 조카 아니었으면 내가 왜 그랬겠어, 내가 당신 믿을 수 있었으면!"

"니는 진짜 제정신이……. 됐다. 이제 진짜 그만하자. 내 손으로 니 파출소 끌고 가서 신고하기 전에 그만하자. 즈그 둘이 더 만나든 당장 헤어지든, 태경이 엄마 니는 일단 손 떼고……."

"재가 밤마다 어머니 집에 가서 무슨 짓을 하는지 알고 그런 소리를 해요? 그러다 덜컥 사고라도 치면 우리 우경이는!"

"즈그 둘이 사고를 치면 그게 우경이 탓이지 어떻게 준영이 딸 탓인데!"

박동주가 거의 비명을 지르듯 목을 울리고는 잇새를 악물었다.

"우경이가 준영이 앞에 가서 빌어야지!"

"그놈의 준영이, 준영이. 그 집구석에 마음의 빚이 아직도 그렇게 커? 그 집 할배 죽을 때까지 눈도 못 마주친 주제에……."

"입은 애가 아니라 니가 닫아야겠다. 신미진이 니, 차에 가 있어라."

마치 다른 사람이 된 것처럼 박동주가 신미진을 반대 방향으로 거칠게 밀었다. 나는 그 꼴을 더 보기도 싫어서 발밑에 떨어진 커피 컵을 주워 들고는 몸을 돌렸다. 쓰레기통을 찾는 눈이 한적한 거리를 배회했다.

　뒤에서 남자 구두 소리가 빠르게 쫓아왔다.

　"차희야. 차희야……."

　대답하지 않고 계속 걷자 박동주가 내 앞을 가로막았다.

　조금 떨리는 손이 골프 점퍼 안주머니를 거칠게 헤집고 지갑을 꺼냈다. 안에서 빳빳한 5만 원짜리 몇 장이 나왔다.

　빈 컵을 든 손 앞에다 밀어 준 돈을 멀뚱멀뚱 내려다보고만 있으니 박동주가 아주 조심스러운 손길로 그 컵을 가져가고 돈을 주었다.

　"이게 제가 맞은 값이에요?"

　내 조용한 물음에 박동주의 얼굴이 불길이 번지듯 창백해졌다.

　"……아니다. 그런 게 아니라, 이거, 이거 택시비다. 니 택시 타고 가라고……."

　"저 택시 안 타요."

　"차희야."

　"신고하고 싶은데 이거 받으면 합의 같아서."

　신고할 생각도 없으면서 괜히 그렇게 말했다. 박동주의 얼굴이 처참하게 일그러졌다.

　"저희 집 올해 출하 못 해요?"

　"뭐?"

"아저씨 저희 아빠 망하게 하실 거예요?"

"……아니다. 그렇게 말이 안 되는 일이 어디 있노."

"고맙습니다."

박통주는 내 인사에 비참한 기색을 감추지 못하다, 억지로 내 손에 지폐를 쥐여 주고는 신미진을 끌고 갔다.

나는 가만히 지폐를 세어 보았다. 35만 원. 택시비가 얼만지도 모르나 보다.

역시 박우경이 저 집에서 제일 똑똑한 모양이다.

헝클어진 머리는 도로 깔끔하게 묶을 수 있었지만 벌겋게 달아오른 뺨은 곧바로 돌아오지 않았다. 낡은 상가 화장실에서 찬물을 틀어 놓고 한참이나 얼굴을 식혀 보았지만 허사였다. 박우경이 이걸 모를 리 없었다.

몇 시간만 지나면 괜찮아질 것 같은데.

토요일 점심을 앞둔 시간이었다. 정형외과며 한의원이 있는 건물이라 가끔 화장실에도 사람들이 들락거렸다. 대부분 노인들이었다.

순전히 의아한 시선이 이따금 내 얼굴에 닿았다. 경상도라고 다 그런지는 모르겠지만 적어도 청라는 남 일에 걱정도 근심도 관심도 많은 할머니가 많았다.

그러니 내 옆에서 손을 씻다가도 내가 하는 짓을 물끄러미 보고는 꼭 한마디씩 하고 갔다.

"아이고, 뭔 놈의 세수를 그래 끝도 없이 하노, 물세 아깝그로. 그래 안 씻어도 이쁘구만."

얼굴도 모르는 건물주의 수도세도 걱정하고.

"……야야, 니 어데 맞았나? 얼굴이 와 그라노?"

"아니에요. 어디 좀 부딪쳐서요."

"그 그 뭐시라카노, 아 그래, 학교 폭력 뭐 그런 거는 아이고?"

생전 처음 보는 애가 학교에서 맞고 다닐까도 걱정한다.

"오늘 주말이잖아요. 학교 쉬는데."

"주말이믄 뭐? 학교 폭력도 노나? 얄구진 가시나들 읍내에 천지 삐까리로 돌아댕기쌌드만."

내 대꾸가 석연치 않았는지 팔순을 훌쩍 넘긴 것 같은 할머니가 인상을 찌푸렸다.

"느그 엄마한테는 말했고?"

"아니에요. 저 학교에서 괴롭힘 안 당해요."

"어데서 얻어맞았든 간에 밖에서 서러운 일 있으믄 부모한테 말이라도 해라. 세상에 니 혼자 태어난 것도 아이고마."

"……."

"맞아가 뻘건 거는 다 티가 난다. 지금이 겨울도 아이고. 이래 이쁜 기 때릴 데가 어딨다고……."

"……."

"느그 엄마가 나중에 알믄 얼마나 가슴이 찢어지겠노? 딸래미가 집에서 말도 못 하고 이런 짓이나 당했다는 거 알면."

"……네."

"네, 가 아이고, 말해라. 꼭. 엄마 아빠한테. 알긋나?"

거기까지 말한 할머니가 조심스레 혹시 부모랑 떨어져 살고 있느냐고 물었다. 손가락으로 조심스레 천장을 가리키는 걸 보니 죽었냐고 묻는 것 같기도 해서 웃음이 나왔다.

나는 혓바닥 끝이 굳어 가는 걸 느끼며 가까스로 미소를 짓고 고개를 저었다.

"저 엄마 아빠 다 살아 있어요."

"그라믄 말해야지. 부모도 멀쩡히 살아 있겠다, 입 뒀다 뭐 할끼고? 빙시도 아이고."

"……네."

"하이고. 얼굴에 빙시 같이 착하다고 써 났네. 가시나."

"처음 듣는데. 그런 말."

내 대꾸에도 멋대로 혀를 찬 할머니가 갑자기 부산스레 가방에서 지갑을 꺼냈다. 시장에 흔히 보이는 가짜 루이비통 지갑이었다.

낯선 노인의 주름진 손이 꾸깃꾸깃한 5천 원짜리 지폐를 불쑥 내 젖은 손에 쥐어 주었다.

"자, 받아라."

"……왜요?"

"밑에 약국에서 연고 사다가 발라라. 할매는 바빠가 이만 가봐야겠다. 오늘 우리 아들래미랑 딸래미네 다 오그든."

“안 주셔도 되는데…….”

“그 돈 그거 뭣이라꼬. 할매 돈 많다.”

“저 진짜 연고 안 발라도 돼요. 금방 나아요.”

“아 됐다, 마. 연고 사기 싫으면 밀크 쉐이끼라도 하나 사 묵든가.”

“할머니.”

“내 간다.”

남은 건 내 손안에서 꾸깃꾸깃 젖은 지폐뿐이었다.

내 이름도 모르는 사람이 갑자기 주고 간 5천 원. 처음 본 할머니의 친절한 참견.

나는 또 모르는 노인에게 왜 울고 있느냐고 간섭까지 당하기 전에 도망치듯 화장실을 벗어났다.

그리고 그 할머니 말대로 밀크 쉐이크를 사 먹었다. 조금 있으면 아무 느낌도 남지 않을 뺨에 약을 쓰는 게 아까워서.

집에는 엄마가 며칠 만에 와 있었다. 오후에 병원으로 돌아간다고 했으니까…….

그때까지 시간은 죽여야 했고 당장 갈 곳은 없었다. 집으로도, 박우경이 날 기다리고 있는 곳으로도 갈 수 없으니까.

나와서 공부 말고는 별로 해 본 게 없어서, 공부를 하지 않을 때는 어디로 가야 할지도 알 수 없었다. 그런 건 박우경이 알았으니까.

하긴, 나는 애초에 박우경 없이 가 본 곳도 별로 없었다. 청라에서 평생을 살아 놓고도.

전화 받아 봐 윤차희 오후 12:23

김혜지랑 설마 점심까지 먹고 오나 니 오후 12:25

어이없네? 나는? 오후 12:25

그 애가 사라지면 내 좁은 세상은 얼마나 더 좁아질까.

박우경은 내 세상의 절반이었다. 그래서 가끔은 그 애가 없는 미래를 상상해 보는 게, 눈을 한쪽만 뜨고 세상을 바라보는 것과 비슷하게 느껴졌다.

말은 거창하지. 실은, 그러니까 괜찮을 것을 알았다. 시야가 아무리 좁아져도 세상은 여전히 보일 테니까. 불편도 고통도 남들 눈에는 보이지 않게 숨길 수 있었다.

그 애도 그럴 것이다. 박우경의 세상은 나보다 항상 넓었으니까. 나는 손안에서 휴대폰 진동이 몇 번이나 울리고 끊기는 것을 멍하니 바라보다 받았다.

헤어지면 전화번호부터 바꿔서 너희 집 전화는 한 통도 받지 않겠다고 실없이 생각하면서.

"여보세요."

— 돌았제. 김혜지가 니 오늘 본 적 없다는데.

"니 귀찮아서 걍 핑계 댔다."

— 목소리는 왜 그런데? 설마 병원 간 거가?

내 목소리가 어디가 어떻다고, 잔뜩 속 뒤틀린 목소리가 금세 걱정스러운 기색으로 변했다. 지가 귀찮아서 그랬다는 말은 들리지도 않는 모양이었다.

– 어디 아프나? 설마 병원 갔나, 또, 아프면 말을 하라니까.

"아니. 그냥 니 모르는 애 보려고 잠깐 나온 건데."

– 내가 모르는 니 친구가 어딨는데.

"니가 내 번호 따일 때마다 옆에 있었던 건 아니다이가."

– 가스나 또 지랄이네……. 어. 공주 니 인기 존나 많다. 됐제.

"내가 진짜 남자 만났으면 어쩌려고."

– 존나 아무 번호나 대충 영혼 없이 불러 주드만. 지 번호도 아닌 거.

"그건 니가 어떻게 아는데."

– …….

박우경은 잠시 말이 없었다. 실은 의아할 것도 없다. 남자애들은 어릴 때부터 박우경을 어려워했고, 박우경은 그런 애들에게 쉽게 겁을 줬다. 내 번호를 지우겠다고 남의 핸드폰을 뺏는 것도 한 번 본 적 있었다.

나랑 아무 사이도 아니었을 때, 내 뒤에서 몰래.

실수로 지운 척하고 미안하다며 돌려주던 얼굴이 얼마나 천연덕스러웠는지 문득 기억났다. 나는 현실감 없이 웃었다.

"걔한테는 진짜 번호 불러 줬으면?"

– 뒤졌지. 그 새끼는.

"니 뒤통수 친 나는."

– 뭘 어케 해. 내가 좋아하니까 살려는 놔야지.

"우경아."

– 점심 언제 먹을 건데? 일단 볼일 끝났으면 온나. 배고프다.

"우리 헤어질래?"

- ……

말이 사라진 자리에 얕은 숨이 남았다. 나는 이상할 정도로 태연하게 음료를 들고, 다시 빨대를 물었다. 아까 다 녹은 밀크쉐이크가 달콤하게 혀를 적셨다.

"이런 건 얼굴 보고 직접 할 말이긴 하네."

- 윤차희.

"나중에 얼굴 보고 얘기하자."

- 어딘데, 지금.

"니 못 보는 곳."

- 빨리 말해라.

"니한테 말하기 싫어서 거짓말하고 나왔는데, 내가 니한테 잘도 말하겠다."

내가 말하고도 웬 또라이가 약이나 올리는 것 같은 말이었다. 박우경이 어이가 없다는 듯 웃었다.

- 윤차희 니 돌았나, 진짜. 무슨 장난을…….

"장난 아닌 거 안다이가."

- ……

"우경아. 헤어지자."

- 나 지금 니네 집 가고 있다.

"거기 없는데. 나."

- 윤차희. 니 요새 존나 힘든 거 내가 제일 잘 아는데, 그래도 마지막 선은 지켜라.

"……."

― 니가 내한테 무슨 말을 해도 참겠는데, 무슨 개 같은 말을 해도 다 참겠는데, 씨발……. 그건 최소한 니가 참아야지. 거기 까지 가면 안 되지.

내가 너한테 무슨 선을 지켜. 네가 누구 아들인데.

내가 왜, 너를. 아무렇지 않게 대화하다가도 불쑥 싸늘한 생각이 머리를 쳐들 때면 목구멍에 가시가 잔뜩 남았다.

말을 참아도, 참지 않아도 긁혀서 피가 났다.

"……니 오늘 공부할 거 다 하고 밤에, 내 가방 갖다 주면 되겠다."

― 이 지랄을 해 놓고 내보고 밤까지 공부나 하라고? 존나 공부 잘되겠다.

"얼굴 보고 얘기하는 게 나으니까."

― 얼굴 보고 얘기할 만한 게 뭔데.

"아까 말했잖아. 헤어지자고."

― 안 갈래, 씨발.

그대로 전화가 뚝 끊겼다.

니 가방 니가 알아서 챙기든가 오후 12:39

나 니랑 얘기 안 한다 윤차희 오후 12:40

알겠나 오후 12:40

얘기 계속하고 있네 박우경 오후 12:41

말 걸지 마라 재수 없다 오후 12:42

내 가방은 오후 12:43

니 가방 니 알아서 오후 12:44
못 헤어지니까 그렇게 알고 오후 12:46

지금의 박우경은 짜증이 났고 화도 났지만, 그게 썩 진지하지는 않다.

일부러 유치하게 구는 이유도 알고 있다. 전부 내 질 나쁜 장난이기를 바라서. 차라리 저를 괴롭히고 갖고 노는 것이기를 바라서.

그냥 그러다 지나갈 것이라 생각하고.

나는 박우경의 기분을 완전히 망쳐 놓고는, 괜히 할 짓도 없이 시간을 낭비하는 애처럼 패스트푸드점에 앉아서 카메라에 얼굴이나 비추어 보았다. 얼굴이 멀쩡했으면 조금 더 빨리 놔 줬을 텐데.

물론 얼굴을 여러 번 식힌 덕분인지 잘 들여다보지 않으면 티는 별로 나지 않았다. 박우경이나 알고, 엄마나 알아보겠지. 엄마가 없는 집에서 아빠와 나는 눈도 마주치지 않은 지 오래 됐다.

밖에서 서러운 일 있으믄 부모한테 말이라도 해라. 세상에 니 혼자 태어난 것도 아이고.

아까 그 할머니한테 물어나 볼 걸 그랬다. 만약 부모가 나보다 더 서러워 보일 땐 어떻게 해야 하느냐고.

그리고 박우경 같은 애는 어떻게 치우면 좋냐고. 그것도 물어볼걸.

현관문을 여는데 이 시간에 나지 않을 TV 소리가 요란하게 났다. 마당에 아빠 트럭이 있기는 서 있기는 했지만, 아빠는 한창 사과원에 있을 시간이었다.

나는 엄마의 신발을 억지로 지나쳐 집 안으로 들어왔다. 아직 병원에 가지 않은 모양이다.

여느 때 같으면 어쩐 일로 이렇게 일찍 왔느냐고 복도에 나와 보았을 엄마가 잠잠했다. 시끄러운 TV 소리에 가려 들리지 않은 것 같았다. 빈 거실이 못내 석연찮았다.

모른 척 2층으로 올라가려던 나는 부엌에서 혼자 끓고 있는 냄비를 껐다. 아무도 없었다. 그제야 닫혀 있는 안방 문이 눈에 들어왔다.

이 집에서는 가끔 울고 있는 소리가 들리지 않아도 우는 소리가 헛것처럼 들렸다. 지하실에서 끝도 없이 물을 퍼 올리던 양수기 소리나, 정전된 밤에 경유를 태우며 돌아가던 발전기 소리처럼.

연예인들이 떠드는 소음 아래로 귀를 기울이자 작게 흐느끼는 소리가 들렸다. 헛것은 아니었다. 혹시나 잠깐 집에 들어온 아빠가 들을까 봐, 일부러 TV를 크게 켜 놓고 숨어서 울고 있었겠지.

엄마가 숨어서 울고 있는데, 이상하게도 마음이 별로 아프지 않았다.

단지 조금 짜증이 났다.

나는 얼마간 문을 바라보다 그냥 몸을 돌렸다. 그리고 계단을 올라가다, 문득 무언가에 씐 것처럼 빠르게 도로 내려왔다. 문을 노려보고 걸어가는 내가 낯설었다.

울음에 진절머리가 났다. 질렸다.

"희야, 우짠 일로 이래 빨리 왔……."

"또 우나."

벌컥 열리는 문에 놀란 엄마가 황급히 티슈를 뽑아 얼굴을 닦다가, 문득 내 신경질적인 말에서 이질감을 느낀 듯 눈을 들었다.

"언제까지 울 건데."

"……."

"평생 울 거가? 평생 이러고 살 거가? 언제는 남 들으라고 울면서 괴롭히드만 이제는 숨어서도 우나."

"희야……."

"난 엄마가 세상에서 제일 불쌍한 사람인 줄 알았거든."

차희야. 소리 내서 우는 사람이 다 불쌍한 건 아니다. 눈물도 어떨 땐 학대거든.

그렇게 울고 싶어도, 울 수도 없는 사람도 있으니까.

박우경의 단조로운 목소리가 귓가를 스쳤다.

"그런데 아니더라. 엄마가 제일 불쌍한 게 아니더라."

"……."

"엄마 딸인 내가 불쌍하고 엄마 남편인 아빠가 불쌍할 수도 있더라. 아빠 같은 남편 만난 엄마가 불쌍했는데, 엄마 같은 여자 만난 아빠가 불쌍할 수도 있더라."

"희야……."

"엄마가 세상 혼자 불쌍한 척을 얼마나 잘했는지."

신미진이 내 목구멍으로 떠넘긴 가시가, 박우경에게 다 내뱉지 못했던 그 가시가 엄마에게로 다 갔다.

"누구는 울 줄 몰라서 안 우나."

"……."

"자식들 두고 죽을 생각도 했으면, 그 정신머리로 엄마 낳은 사람부터 버리지 왜."

"……희야, 그거는 엄마가……."

"외할머니가 도대체 엄마한테 뭘 해 줬는데? 우리한테 뭘 해 줬는데? 지 큰아들이 무슨 짓 했는지 다 알면서 저 지경이 되고도 지 아들이나 찾는 인간인데, 거기 붙어서 등신처럼 온갖 뒤치다꺼리는 다 하면서. 고맙다 미안하다 좋은 소리 한마디 못 들으면서."

"……."

"그딴 할매 챙긴다고 엄마 딸이 어떻게 사는지도 모르면서!"

순식간에 시뻘겋게 달아오른 엄마의 눈동자가 무력하게 떨렸다. 마치 겁에 질린 것처럼.

어떻게 감히 엄마에게 그런 말을 하느냐고, 네 외할머니에게 이게 얼마나 버르장머리 없는 짓이냐고 화를 낼 수 있는 어른이라면 차라리 좋았을 것이다.

열아홉 살짜리 딸이 내뱉는 말에 죄인처럼 몸을 웅크린 엄마가 아니라.

"……지겹다. 엄마 우는 거."

"……."

"진짜 질린다."

"……."

"우는 소리 더 듣다가 내가 죽겠다, 엄마. 엄마 때문에 내가, 숨이 막혀서 미칠 거 같다……. 제발……."

"……."

"제발 그만 좀 하라고……."

무심코 세게 깨문 입 안에서 피가 터져 나왔다. 전부 우스꽝스러웠다. 신미진에게 얻어맞고 엄마에게 이러고 있는 내 꼴이. 아무것도 모르고 신미진을 계속 의지할 엄마가.

엄마가 언니라고 부르는 사람이 나한테 무슨 짓을 하고 있는지는 알아?

'힘을 많이 줄 필요도 없어. 살짝만 밀면 돼. 그렇게 절

벽 앞에 서 있는 사람들은.'

그 사람이 엄마를 두고 어떤 말까지 했는지 알아?

'나는 말희를 아끼니까 당연히 그러기 싫지. 근데 네가
너희 엄마를 죽으라고 미는 거야.'

엄마가 그 사람한테 빌리고 그렇게 고마워한 돈을, 그 사람
은 무슨 생각으로 빌려줬는지 알기는 해?

'지금 니네 부모가 목 매달고 죽기 일보 직전인 건 아
는 거지?'

비명을 지르느니 몸을 돌렸다. 내뱉는 순간의 후련한 기분은
잠깐이다.
신미진의 일도 마찬가지겠지.
알아봐야 엄마 같은 사람이 날 위해 뭘 해 줄 수 있을까. 저렇
게 울 줄만 아는 사람이다. 자기가 불쌍한 것만 아는 사람이다.
제 팔자 제가 꼬는 사람. 자기 딸을 찌르는 사람도 안아 줄
순진한 사람. 신미진이 여차하면 사채업자에게 넘기겠다고 내
민 차용증에는 절이라도 했을까? 나는 엄마에게 처음으로 얄팍
한 혐오감을 느꼈다.
아빠가 안다고, 화를 내고 그 집을 뒤집어 봐야 뭐가 바뀔까.

네 부모가 이 일을 알면, 더 이상 너희 집 사정을 봐줄 이유도 없는 거지. 신미진은 그 내용을 아주 명확히 했다.

네 부모가 널 알아준다는 잠깐의 충족감을 위해 네 부모 인생을 기꺼이 망칠 수 있느냐고 묻듯이.

토기가 치밀었다. 엄마가 돌아서는 내 뒤를 서둘러 쫓아왔다.

"미안, 미안하다, 엄마가. 희야."

나는 몇 번이나 엄마가 잡는 손을 뿌리치고 운동화를 신었다. 현관문을 여는 내 뒤에서 엄마가 급히 슬리퍼를 신었다.

"차희야!"

"……."

"엄마가 잘못했다. 이제 안 울게. 엄마 안 울게……. 응?"

"……."

"밥이라도 묵고 가라……. 엄마가 차희 니 나중에 오면 먹으라고 오랜만에 니 좋아하는 찌개도 끓여 놨는데."

나는 말없이 마당을 가로질렀다. 엄마가 억지로 울지 않으려고 울음을 삼키며 날 붙잡는 소리가 끔찍했다.

"어디 가는데. 희야. 아무것도 없이 어데 갈라고……."

"나가서 원조 교제라도 할라고. 엄마 우는 거 더 듣기 싫어서, 지긋지긋해서 그거라도 해서 돈 좀 벌라고."

"……."

"엄마 울고불고하는 거 다 돈 때문이다이가. 돈 때문에 죽고 싶다매. 아빠한테 윤태희랑 내 두고 죽자고 했다매."

날 바라보는 엄마 얼굴이 시체 같았다. 혓바닥이 마음대로 움직였다.

"그딴 돈이라도 벌어서 갖다주면, 그때는 박우경 엄마한테 손 안 벌리고 살 수 있겠나?"

"희야 니, 대체, 지금 무슨 소릴⋯⋯."

"윤차희!"

그 순간 창고 쪽에서 아빠의 노성이 터져 나왔다.

"이기 미쳤나! 느그 엄마한테 무슨 소리를 하는 기고, 지금!"

"돈 벌어 오겠다고 했어요. 딸이 나가서 몸이라도 팔면 그때는 돈 때문에 안 울겠냐고. 돈 있으면 안 죽을 거냐고."

엄마와 내 사이를 막아선 아빠가 날 죽일 듯 응시했다. 그대로 손을 올려 괘씸한 내 뺨이라도 내려칠 것처럼. 엄마도 그렇게 생각한 모양인지 연신 태희 아빠를 부르짖으며 아빠를 붙잡았다.

그러나 아빠는 가만히 주먹을 말아 쥐기만 했다. 턱이 도드라지도록 이를 세게 악물고서.

숨을 몰아쉬는 소리가 힘겹게 들렸다.

"⋯⋯윤차희 니, 딸래미가 해도 될 소리가 있고 절대로 하면 안 되는 소리가 있는 기다. 아무리 엄마한테 화가 나도 어떻게 자식이 부모한테."

"나 버리고 죽을 생각도 한 사람한테, 내 몸 좀 버린다는 소리 하는 게 뭐가 나쁜데."

"느그 엄마가 니를 우째 키웠는데, 어떻게 그냥 하는 말이라도, 아무리 홧김에 그래도 어떻게 그런 말로 엄마 가슴에 대못을 박노."

"……."

"어떻게 아빠가 듣는데, 그렇게 끔찍한 소리를 할 수가 있
노. 희야."

다 아빠 때문이다. 전부 다 아빠가 못나서 이래 됐다. 옛날
에 아빠가 느그 엄마 하는 말 다 들었으면, 물난리 좀 났다고
바로 이래는 안 됐는데. 외할머니 병원비 그거 옛날 같으면 아
무것도 아니었는데……. 아빠가 쫓기듯, 빚쟁이에게 변명을 내
놓듯 말했다.

"엄마가 죽는다고 한 말, 그거, 진심 아이다. 엄마가 설마 진
짜 그러려고 했겠나. 니가 그때 들었을 줄은 몰랐다. 아빠가,
아빠가 말실수한 거다. 그니까 느그 엄마한테 그러지 마라.
어?"

"……."

"니는 우리한테 하나뿐인 딸인데, 니가 우리 공준데, 니 발
꿈치에 가시 하나만 박혀도 아픈 게 우리 마음인데……. 니가
니 스스로를 그렇게 함부로 말하면……."

"나 왜 낳았어요? 이런 촌구석에서."

"……."

"평생 할아버지 땅에 매여 살아야 하면서. 아빠는 여기 벗어
나지도 못하면서."

그래서, 날 지켜주지도 못할 거면서.

생전 처음 본 할머니도 첫눈에 알아본 것을, 날 세상에서 가

40

장 사랑한다는 사람들은 알아차리지 못한다.

엄마가 내 뺨을 대번에 알아볼까 봐 읍내를 배회했던 시간이 우스워졌다.

얼굴의 희미한 자국 같은 걸 눈치채기에는, 눈물에 가로막힌 엄마의 시야가 부옇고 어두웠을 것이다. 아빠의 눈이 고되었을 것이다. 알아차리지 못하기만 바랐으면서, 정작 아무것도 모르는 것을 보니 이런 기분이다.

결국에는 이런 모양이 된다. 그러니까 저 사람들에게는 아무것도 기대하지 않는 게 낫다.

나는 소금 기둥처럼 굳어 있는 아빠와 엄마를 등지고 진입로로 내려갔다. 얼마 지나지 않아 트럭에 시동을 거는 소리가 났다.

아빠가 트럭을 아주 천천히 몰며 뒤에서 따라왔다. 흘끗 돌아보자 엄마가 타지 않은 조수석이 보였다.

아빠는 날 억지로 태우려 들지도, 내 앞을 가로막지도 않았다. 방금 딸에게 무슨 막말을 들었든 진짜로 나쁜 짓을 하러 가는 건 아닌지 그것부터 보겠다는 뜻이었다.

나는 동네 어귀가 나오도록 걸었다. 그런 아빠가 보이지도 않는다는 듯이.

"차희야."

그렇게 아무 생각도 없이 걸어온 곳이 박우경의 할머니 집 앞이었다. 스스로도 어이가 없었다. 아빠는 내 행선지가 읍내나 소주방 몇 개가 모여 있는 거리가 아닌 것에 안심했는지, 그제야 차를 세우고 내려서 내게 말을 걸었다.

"희야."

"……."

"미안하다. 아빠가 아까 화내서."

아빠가 하는 사과도 어이가 없기는 마찬가지였다.

"미안하다. 못 받쳐 주는 부모라서."

"……."

"그래도 나쁜 생각만 하지 마라. 니가 그런 생각을 잠깐 해 봤다는 그거 하나만 해도 아빠가, 마음이 너무 아프다. 희야……."

"……."

"아빠랑 엄마는 여기서 태어나서, 여기서 죽을 때까지 평생을 살아도 니는 얼마든지 나가서 다르게 살 수 있다. 니가 얼마나 똑똑한데, 좋은 학교 가서 얼마든지 잘될 기라."

"……."

"엄마가 니 말 듣고 정신이 번쩍 든다 카드라. 그니까, 함부레 이상한 생각하지 말고. 알았제."

아빠는 얼굴을 거칠게 몇 번 쓸어내리고는 박우경의 할머니 집을 복잡한 눈으로 잠깐 응시했다.

"……오늘 박우갱이랑 공부 같이하기로 했는가베. 열심히 하고 온나."

그 애랑 붙어 있는 걸 제일 싫어하는 사람이, 아주 선선히 말했다. 내가 나이 많은 남자랑 원조 교제나 안 하면 그걸로 됐다는 듯이.

잘못했다는 말이 나올 듯 말 듯 목 끄트머리에 걸렸다.

아빠에게 그 말을 돌려주지 못하는 사이 아빠는 트럭에 올라 탔다. 그리고 시동을 걸다 말고는, 거듭 말했다.

"니는 나가서 다르게 살 수 있다. 희야."

"……아빠 아까 그 말 했어요."

"중요한 건 두 번 말해야지."

트럭이 멀어지는 길 위로 박우경이 나타났다. 무슨 말을 하는지 잠깐 박우경 옆에 트럭을 멈춰 세웠던 아빠가 그대로 멀어졌다.

"이게 무슨 꼬라진데?"

이윽고 대문 앞에 다다른 박우경이 내 얼굴을 홱 붙잡았다.

"뭐가."

"니 얼굴. 뭐냐고."

"……내 얼굴에 아무 일도 없다. 좀 놔라."

손아귀에서 얼굴을 빼내려고 이리저리 고개를 틀자 양 뺨을 틀어쥔 손끝의 힘이 도리어 단단해졌다. 아프지는 않았다. 그래도 벗어날 수는 없는 힘이었다.

박우경은 그렇게 내가 빠져나가지 못하게 한 손으로 얼굴을 붙잡고는, 내 머리 위로 비스듬히 고개를 숙였다. 내 뺨을 천천히 훑어보는 눈이 가늘게 변했다.

"윤차희."

"너무 가까워서 불편한데."

"누군데."

"......."

"누군데, 이거."

손가락이 내 뺨을 아프게 파고드는 찰나, 그 애가 이를 악물고 손을 미끄러트렸다. 내 얼굴 대신 목뒤를 움켜쥔 손이 차가웠다.

시선을 똑바로 마주하기가 어려웠다. 제어할 수 없는 어떤 말이 나올까 봐.

"누워서 폰 보다가 얼굴에 떨궜다."

"등신 같네?"

"그러게."

"아니, 윤차희 니 말고 내가 등신 같다고."

"......."

"존나 말도 안 되는 걸 말이라고 해도 된다고 니가 생각하는 거 보니까. 아, 내가 등신 새끼라 얘가 이러나 싶어서."

"......."

"말해라, 누군지."

"말하면 뭘 어쩌게."

"그 새끼는 지 얼굴이 터져도 되니까 남한테 이딴 짓을 하겠지."

아무것도 모르니 저런 말을 하는 건데, 결론적으로는 박우경만 웬 패륜아가 되는 셈이라 더 듣기도 불편했다.

나는 박우경의 팔을 쳐 내고 대문으로 걸어갔다. 박우경이 성큼성큼 내 걸음을 앞질러 비밀번호를 누르더니 날 대문 안으로 끌어당겼다. 그러지 않아도 알아서 들어갈 텐데.

커다란 담장 안의 적막이 우리를 에워쌌다.

"말하라고."

"……."

"누가 이랬는데."

엄마도 아빠도 알아보지 못하는 게, 박우경 눈에는 왜 매번 보일까.

"내가 했다니까. 말할 게 없는데 뭘 말하는데. 그리고 내가 니한테 보자고 한 용건은 따로 있다이가."

"나는 그딴 용건 없다고 했는데? 니 안 본다고도 했다."

"보고 있네, 지금."

"씨발, 이게 내가 니 보고 싶어서 보는 거가. 공주 니가 밤에 보자고 해 놓고 마음대로 대낮부터 남의 집 찾아온 거지."

"나 보기 싫으면 잘됐다. 헤어지자."

"누가 니 보기 싫댔나. 니가 개소리하는 게 듣기 싫다고 했지."

"그거나 그거나……. 아 맞다. 내 가방은?"

"이 와중에 니 가방을 왜 내한테 찾노. 어이없네? 내가 지 머슴 새끼도 아니고."

별 유치한 소리를 다 한다는 듯 쳐다보자 박우경이 눈썹을 비딱하게 들었다.

"설마 진짜 책상에 그대로 두고 왔나."

"내가 미쳤나, 니 사물함에 다 넣어 놓고 왔다."

"아. 고마워."

"그래서 누군데."

또 질문이 제자리로 돌아왔다.

"니한테 손댄 새끼 죽일 거다. 남자든 여자든……. 아, 이렇게 말하면 누군지 말을 더 안 하겠네."

"그게 나라니까. 나 죽이려고?"

"아 공주 니가 빙시도 아니고 무슨 폰을 얼굴 측면에 떨구는데? 코도 아니고 턱도 아니고."

"하."

"알겠다. 안 죽이고, 알아서 어떻게 해 볼게."

저게 죄다 제 엄마를 두고 하는 말이라는 걸 나중에 알면 어쩌려고.

알게 될 일도 없지만 나는 가만히 한숨을 또 쉬었다. 내 한숨을 어떻게 해석했는지 박우경이 눈매를 좁혔다.

"혹시 문다혜 친구들이가? 걔네 니 존나 싫어한다던데."

"무슨 말도 안 되는."

중학교 때 누굴 왕따 시키고 그런 못된 애도 그 무리에 있다는 둥, 생각해 보니까 눈이 살벌하고 날 자주 째려보던 애들이 그중에 있다는 둥 별말이 다 나왔다.

"들어 본 적도 없다. 근데 니 문다혜한테 관심 많네? 걔 친구까지 알게."

"아…… 씨발 그걸 또 그렇게 엮네. 금마들이 하도 니 꼬라보고 지나가서 니 해코지할까 봐 알아본 거거든."

"맞나."

"왜. 질투하나. 속이 드글드글하나."

"드글드글 좋아하네. 헤어지자니까."

박우경이 입을 꾹 다물고는 갑자기 내 바람막이 주머니를 뒤졌다.

핸드폰이랑 지갑을 마음대로 강탈한 그 애가 날 돌아보지도 않고 할머니 집으로 들어갔다.

"신고한다. 박우경."

"하든가."

"왤케 애처럼 구는데."

"그럼 내가 애새끼인데 애새끼처럼 굴지, 어른처럼 굴어야 되나."

"박우경 어이없다."

"윤차희 니가 더 어이없다."

아홉 살 때나 이렇게 싸웠던 것 같은데. 니가 더. 아니거든, 니가 더……. 그 무렵 이후로는 초등학생 때도 이렇게 싸우지는 않았다.

나는 결국 지갑과 휴대폰을 볼모 잡힌 채 박우경을 따라 집 안으로 들어갔다. 박우경이 아무렇지 않게 부엌으로 가서 물을 올리고 나한테 물었다.

"점심 안 먹었제."

마당에서 싸운 적도 없다는 듯이.

라면? 우동? 만두? 어이가 없어서 보고만 있자 박우경이 알아서 결론을 내렸다.

"만두 먹고 싶은 얼굴이네."

"뭔 소린데."

"오늘따라 이상하게 만두같이 서럽게 생겨서."

"폰 내놔라."

"경찰에 신고해라. 잡혀갈 때 돌려줄게."

"아 박우경 진짜……."

만두를 삶는 동안 박우경은 날 상대도 해 주지 않았다. 방에
가서 짐이나 챙길까. 사실 이 집에 딱히 의미 있는 걸 두고 다
닌 적은 없었다. 짐이랍시고 이리저리 챙길 것도 별로 없기는
했다.

지금의 박우경은 고집스럽고 방어적이지만, 언뜻 보기에는
평상시와 비슷했다. 나는 빈 식탁에 앉아 그 애가 냄비를 괜히
휘젓는 모습을 멍하니 바라보았다.

지금 일어나 쌀쌀맞게 물건을 챙겨 나오면 저마저도 볼 수
없겠지. 별 가치도 없는 물건들 때문에, 날 먹이겠다고 만두나
삶고 있는 저 바보 같은 꼴을 다 못 보게 되는 건 말이 안 되는
일 같았다. 그럴 시간에 조금이라도 더 보고 싶었다.

이런 건 전부 마지막이니까.

"다 됐다. 먹어라."

"우경아, 나 젓가락."

"존나 공주 아니랄까 봐……."

혀를 차며 젓가락을 두 쌍 챙겨 온 그 애가 맞은편에 앉았다.

나는 만두를 조금씩 베어 먹었다.

"가시나 또 깨작깨작 먹제."

"……지가 무슨 할배도 아니고 잔소리는."

"똑바로 먹어라."

"근데 나 지금 배 별로 안 고픈데."

"어쩌라고. 니 거까지 했으니까 먹어라."

울음을 참느라 맛이 별로 느껴지지 않았다. 박우경은 별일 없는 사람처럼 한 입에 그 큰 만두를 하나씩 넣고 우물거렸다. 누구냐고 캐물을 땐 언제고 내 얼굴을 별로 보지도 않았다.

나는 네 개를 겨우 먹고 젓가락을 놓았다. 박우경이 그제야 못마땅하게 날 바라보았다.

"설거지는 내가 할게."

"헤어지는 판에 설거지를 하고 가겠다고?"

"……."

"아. 헤어져 준다는 뜻으로 말한 건 아니다. 그냥 공주 니가 예의 바른 게 존나 웃겨서."

"……."

"내가 지 설거지하는데 뒤에서 덮치면 어쩌려고 그러지?"

그 애의 얼굴 위로 옅은 비웃음이 스쳐 지나갔다. 내가 젓가락을 놓은 뒤로 순식간에 남은 만두를 죄다 먹어 치운 박우경이 빠르게 식탁을 정리했다. 도와준다고 손을 뻗자 버르장머리 없는 어린애를 나무라듯 그 애가 손등을 툭 쳤다.

나는 결국 설거지하는 그 애의 등을 멀뚱멀뚱 보기만 했다.

말만 걸면 그 애가 맥을 끊어버렸고, 헤어지자고 하면 무시했다. 그러지 말라고 열을 내면 미친놈처럼 또 원점으로 돌아가서는 누가 너한테 손을 댔냐고 기계적으로 물었다.

거기에 아무런 대꾸도 하지 않으니 물소리가 뚝 끊어졌다. 박우경이 나지막하게 물었다.

"……혹시 아저씨가 니한테 손댔나."

순간 눈이 뒤집혔다. 공기 덩어리처럼 뭉친 말들이 목구멍을 터트릴 듯 채웠다.

아빠한테 내가 무슨 소리를 지껄이고 오는 길인데. 어떻게 그 누명을 아빠한테, 그 여자 아들인 네가 씌우냐고…….

"……우리 아빠가 미쳤나?"

"아까 아저씨가 트럭으로 여기에 니 데려다준 것도 그렇고, 이상해서. 니가 여기 오는 거 좋아할 사람이 아닌데, 아까 표정도……."

"그딴 말 함부로 하지 마라. 우리 아빠한테."

"……."

"박우경 니가 할 수 있는 말 아니니까."

데려다준 게 아니라 따라온 것이지만 박우경이 알 필요는 없었다. 그 애 딴에는 상식적으로 가장 의심이 가는 상대라 꺼내보았겠지. 머리 어딘가는 그것을 이해했다. 박우경은 원래 아빠를 싫어하니까. 부족하고 골치 아픈 부모라고 생각하니까. 매일 술이나 마시는 사람이라고, 무능하고 한심하게 생각할 테니까…….

그러나 도저히 견딜 수가 없었다. 나는 의자를 박차고 일어나서 싱크대 앞의 박우경에게로 걸어갔다.

강탈이라도 하듯이 거칠게 그 애의 옷을 당기고 주머니를 뒤지며 핸드폰을 찾자 박우경이 내 손목을 황급히 붙잡고 제 품에 가두었다.

"미안. 차희야. 내가 잘못 말했다."

"놔라."

"미안하다고……. 아저씨가, 다른 건 몰라도 니 아끼는 건 아는데, 내가 존나 잘못 말했다. 미안. 차희야. 응?"

그 애를 밀어내는 손에 힘이 잘 들어가지 않았다. 눈물이 나왔다. 박우경이 어쩔 줄 모르고 제 손날로 내 얼굴을 닦아 내다 손을 얻어맞고는 또 미안하다고 사과했다.

"니가 뭔데."

"잘못했다."

"니가 뭔데 우리 아빠가 날 때렸다고 그래……. 박우경 니가 뭔데……."

엉엉 울며 주저앉는 내 앞에 박우경이 바보처럼 주저앉았다. 나는 부엌에 앉아 한참을 울었다. 나처럼 울지 못하는 박우경의 눈이 눈물도 없이 빨개질 때까지.

해가 다 질 무렵에야 정신이 들었다. 나는 어느 쪽 뺨을 맞았는지도 모르게 온통 빨개진 얼굴을 찬물에 씻었다.

내 주위를 서성거리는 그 애를 거울 속으로 보고 있자, 그 애 부모를 만났던 일이 너무 먼 옛날 같았다. 혹은 그 사람들이 박우경의 부모가 아니거나.

그래서 무심결에 착각할 뻔했다. 그 애와 내가 이러고 있어도 된다고.

나는 화장실에서 박우경이 내미는 수건을 쌀쌀맞게 지나쳐 나왔다. 손으로 물기를 대충 훑어 내리자, 지나가며 거울에 비친 꼴이 볼만했다. 그래도 괜찮았다. 박우경에게 더 이상 예뻐 보일 필요도 없으니까.

"……윤차희."

"어디 뒀노. 내 폰. 내 지갑."

"야."

아까 분명히 제 주머니에 내 지갑이며 휴대폰을 챙겨 넣는 걸 봤는데, 방금 전에 붙잡고 다 뒤져 보았을 때에는 없었다. 나는 부엌으로 가서 그 애가 자주 열고 닫는 선반을 열었다. 보이는 건 깔끔하게 수납된 그릇과 깔개뿐이었다.

신경질적으로 다른 칸을 열고 닫는 사이 박우경의 그림자가 내 그림자를 덮었다.

내 손을 부드럽게 겹쳐 쥔 박우경이 천천히 끌어 내렸다. 진정하라는 듯이. 내가 어느새 숨을 가쁘게 몰아쉬고 있었다.

"윤차희."

"……어딨냐고."

"잘못했다고. 내가."

"도둑놈……. 내가 니 진짜 신고한다……."

"솔직히 니가 니네 아빠를 그렇게 좋아하는 줄 몰랐다."

"……."

"내가 아무리 잘생겨도 피는 못 이기는갑네."

미친놈인가, 진짜.

세상 초등학생 같은 대꾸에 고개만 돌려 뒤를 노려보자 박우경이 그대로 얼굴을 내려 키스했다.

정신 나갔냐고 욕을 하려 했는데 말 때문에 벌어진 입술 사이로 뜨거운 숨이 파고들었다. 때리고 걷어차서라도 떨쳐 내고 싶다고 생각한 건 머리였고 그 애에게 잡힌 손에서부터 힘이 빠져나가는 건 몸의 일이다.

모든 일에 구차한 변명이 붙는다. 마지막이잖아. 손이 있어도 마주 끌어안을 수가 없으니 차라리 잡혀 있는 게 나았다. 내두 손을 제 한 손에 억류한 힘이 깨어질 것처럼 불안했다. 내가 밀어내면 그대로 바닥에 떨어져 부서질 것처럼.

일부러 옛날에 다쳤던 손으로 날 잡은 거지. 너 불쌍하게 생각하라고 이렇게 떠는 거지. 사실은 하나도 안 불쌍하면서. 전부 가졌으면서. 네 엄마가 어떤 사람인지도 모르면서. 내가 너하나 만나고 어떤 사람이 됐는지도 모르면서.

너는, 기껏해야 나 하나 잃는 게 전부면서.

그렇게 뻔한데 내가 속을 것 같냐고 빈정거리는 말조차 그애가 앗아 갔다. 혀끝에 고인 모든 말, 오로지 널 상처 입히기 위해 내뱉는 유리 조각 같은 말도, 절대로 내보여서는 안 될 가시도.

박우경을 등지고 있던 몸이 품 안에서 돌려졌다. 커다란 손이 가누는 대로 고개가 꺾였다.

그 애도 서 있고 나도 서 있는데 마치 바닥에 짓눌린 기분이었다. 마치 박우경이 그 위로 올라탄 것처럼……. 순간 부엌 밖에 놓인 커다란 괘종시계에서 시계추 움직이는 소리가 의식을 일깨웠다.

묵직한 쇳덩이가 유리 안에서 규칙적인 주기를 따라 조용하게 움직이는 소리는 여느 때라면 소리로 인식하지도 못했을 것이다. 별스럽게 찬물을 맞은 것처럼 정신이 들었다.

나는 손 하나를 겨우 빼내어 박우경의 목을, 턱을 밀어냈다.

그 애가 순순히 젖은 입술을 떼어내더니 내 입가며 뺨에 집요한 입맞춤을 남겼다. 그래서 입을 밀어내니 이제는 내 손바닥을 깨물었다.

"……나 갈래."

"가긴 어딜 가."

"진짜 신고하기 전에 내 폰 내 지갑 다 내놔라."

"폰도 없는 게 신고를 어케 하노. 공부 잘하는 게 기적이다, 우리 공주."

"박우경 니 진짜 죽을래."

"안 죽을래."

"……."

아주 잠깐 할 말을 잃은 사이 박우경이 날 끌어당겼다. 이미 제 품 안에 갇혀 있는데도 우리가 지나치게 멀리 있는 것처럼. 내가 피곤한 듯 내뱉는 한숨이 내 귓가에도 삭막했다. 그 한숨이 방아쇠를 당긴 양 그 애의 팔에 조금 더 힘이 들어갔다.

"안 놓을래."

"니가 놓고 말고 할 문제가 아닌데."

"못 놔주겠다. 윤차희."

"박우경."

"그냥 내한테 화 좀 내고 넘어가면 안 되나. 때려도 되니까. 니가 싫다는 거 하나씩 고칠 테니까⋯⋯."

"니한테 화난 거 없다. 고칠 것도 없고."

"그럼 왜 이러는데."

"⋯⋯."

"내한테 갑자기 왜 이러는데, 윤차희. 왜 계속⋯⋯."

대답할 수 없는 질문을 계속 듣는 것은 괴로운 일이다. 가시를 삼키든 내뱉든 결국 목구멍을 할퀴는 건 마찬가지인 것처럼. 삼키려 해도 피를 봐야 하고 내뱉을 때도 상처를 내야 한다.

나는 퍽 온건한 감정을 담아 박우경을 밀어냈다. 그 애가 순순히 한 걸음 물러났다. 때리고 밀칠 때는 한 걸음도 물러나 주지 않으면서, 도리어 저를 공격하는 내가 비틀거리지 않게 몸을 잡아 주기까지 하면서.

"우경아."

"어."

"우리는 그냥 안 맞다."

"……아, 우리가 그냥 안 맞나."

"시기도 안 맞다."

"존나 까다롭네."

"진짜 방해돼."

"이렇게 잘생긴 새끼가 앞에 있으면 공부가 안 되긴 할 거니까…… 뭐 방해가 될 수는 있지."

"미친놈 같네 진짜……."

"그래서. 내가 잘생겨서 방해되는데 뭐."

"박우경 니한테 신경 쓸 시간이 없다."

"언제는 지가 내한테 존나 신경 써 준 줄 알겠네."

"……."

"쫓아다니는 거 만나 준 게 다면서."

"……니가 뭘 얼마나 쫓아다녔는데? 아니 됐고. 됐다. 헤어지는 데 무슨 이유가 필요한지 모르겠네."

"이유도 없이 헤어지고 싶은 게 어딨는데?"

"사람이 싫은 데는 이유가 없잖아."

"……."

박우경이 드디어 입을 닥쳤다.

"헤어지는 것도 똑같지."

"……."

"니가 좋았으면 계속 만나겠지. 싫으니까 그만하자는 거고."

"아 니는 싫은 새끼랑 키스를 그따위로 하나."

그 애가 입매를 얄궂게 비틀었다. 나는 무덤덤하게 중얼거렸다.

"박우경 지가 해 놓고."

"잘 받아 주던데?"

"마지막이잖아."

"……."

"마지막이니까 받아 준 거다."

일순간 싸늘하게 식어 내린 낯이 창백했다. 날 비웃을 듯 말 듯 미세하게 움직이던 입꼬리가 그저 무표정하게 제자리를 찾았다.

"……마지막으로 한 번 자자고 하면 잠도 자겠네?"

"니가 하고 싶으면."

"씨발, 윤차희. 니 진짜……."

"센 척이나 하고 못 할 거 알아서 한 말인데."

"야."

"마지막 기억이 그거면 좋겠나."

나는 우뚝 서 있는 박우경을 지나쳐 장롱이 있는 방으로 걸어갔다. 아무리 생각해도 내가 못 본 사이 숨길 곳이라고는 거기밖에 없는 것 같아서.

내가 바쁘게 걸어가는 뒤로 성큼성큼 걸음이 쫓아왔다. 그리고 문을 열기도 전에 붙잡혔다.

"니랑 내가 왜 마지막인데."

"……."

"헤어지면 끝이가. 죽나. 니가 내 코앞에 있고 내가 니 눈앞에 있는데. 어차피 꼴도 보기 싫은 새끼 완전히 니 눈앞에서 치우지도 못하는데, 사귀고 있어도 니 눈에 거슬릴까 봐 빌빌 기는 그 등신 새끼랑 왜 헤어지는데."

"우경아."

"씨발 왜 헤어져야 되는데, 내가!"

내가 한참이나 울고 있을 때는 금방이라도 따라 울 것 같은 얼굴로 눈물 한 방울 흘리지 않더니, 사나운 눈매 위로 물기가 차올랐다.

내 어깨를 잡은 손이 덜덜 떨리고 있었다.

"옆에 그냥 두기나 하는 게 뭐가 그렇게 거슬려서. 왜. 내가 윤차희 니한테 뭘 그렇게 잘못했는데!"

"……."

"다 미안하다고 했잖아. 내가, 잘못했다고 했잖아. 차희야……."

"박우경."

"내가 지금 니한테 빌잖아. 내 버리지 말라고. 부탁하잖아. 그냥, 니 옆에나 두라고. 서울 가면, 우리 대학 가면 니도 지금처럼 힘들지는 않을 거다이가. 그때 나랑 둘이서 좋은 거 다 하면 되잖아……. 그때 니가 나 다시 좋아해 주면 되잖아. 내가 싫은 게 아니잖아. 그냥 지금 니가 힘든 거잖아. 다 아니까……."

"박우경 니가 뭐가 부족해서."

"⋯⋯."

"빌지 마라. 더 싫어지니까."

박우경 눈가에 넘치는 잔처럼 고여 있던 눈물이 뚝 떨어졌다. 괘종시계의 시계추가 끊겨져 바닥으로 떨어지듯이, 아무런 소리가 없는 것에서 소리가 났다.

날이 얼마나 더 지나갔는지 모르겠다. 박우경은 이후로 한동안 내게 매달렸지만, 나는 그저 거절조차 귀찮은 양 굴었다. 실제로도 그랬다. 마음이 아프거나 힘들지 않았다.

박우경이 처음으로 우는 걸 본 날에는 가슴이 찢겨 나갔다. 그러나 마지막으로 보았던 날에는 그걸 보는 내 기분이 어땠는지조차 기억이 안 났다.

날 사랑했다고 했나? 저를 좋아했던 게 아니냐는 말에 거짓말이었다고 했더니, 저도 내게 거짓말을 했다고 했다.

자기는 날 좋아하는 게 아니라 사랑했다고. 내가 도망칠까 봐 말을 못 했다고.

이제는 도망가도 되니까 그런 말을 했냐고 물으니 제발 그러지 말라고 했다.

사랑하니까 이러지 말라고. 사랑하니까 버리지 말라고.

눈에 보이는 그 애의 고통이나 귀를 괴롭히는 애원이 공허하게 지나갔듯이, 박우경이 생전 처음 내게 말했던 사랑도 지나갔다. 마치 심장이 뛰지 않거나 피가 돌지 않는 것처럼 온몸이 무기질적으로 굳어서.

그 애가 그럴수록, 내가 헤어지자고 말했어도 우리가 헤어진 것은 아닌 날이 길어질수록, 신미진은 내게 '시간을 끈다'고 말했다.

박우경이 너무 대단하니 그렇게 욕을 처먹고도 놓을 수 없어서 미련을 부리는 거라나.

그거야말로 참을 수 없는 누명이라고, 나는 애처럼 생각했다.

이를테면 나는 시간을 끌지 않기 위해 그랬다. 그렇게 시간을 끈다고 더 얻어맞는 것보다 전화 오는 소리가 지겨워서.

내 부모를 욕되게 하는 모든 말이, 아무것도 아닌 것처럼 그들의 인생을 걸고 평생 입 닥치고 살라는 소리가…….

그 모든 것에 비하면 박우경의 눈물이나 사랑은 희한한 소꿉장난 같았다.

그런 것이야말로 아무것도 아닌 것 같았다. 돈이 남아돌아 온갖 쓸모없는 것도 사들이는 사람처럼, 인생의 여분으로 사치나 하는 것 같았다.

원래 남의 돈 버는 게 어렵대. 너희 엄마가 그랬어.

– 너 대체 애한테 무슨 말을 어떻게 했기에 우리 우경이가 저렇게 정신이 나가?

스피커폰으로 볼륨을 낮춰 놓았더니 무슨 말을 해도 모기가 앵앵 날아다니는 소리처럼 들렸다. 신미진이 미친 사람처럼 혼자 열을 내고 확인하고 미안해하는 것도 그랬다.

나는 문제집을 펼쳐 놓은 채 그 모서리에 아무렇게나 칠을 하거나 정신 사나운 낙서나 하다, 더는 여백이 없음을 깨닫고 페이지를 휙 넘겼다.

– 방금 그 소리는 뭐야. 설마 지금 공부하니? 사람이 말하는데 얘가 진짜.

"못 할 짓 하는 것도 아니잖아요."

– 남의 돈 벌어먹기가 그렇게 쉬운 줄 알아?

"……."

– 하여간 지 부모 생각은 요만큼도 안 하지. 지깟 게 지금 공부가 대수야?

"……."

– 그렇게 공부해서 나중에 얼마나 대학 잘 가는지 봐야겠네.

대단히 질책하는 것 같지도 않게 혼자 중얼거리는 소리가 흩어졌다. 맞는 말 같기도 했다.

공부를 하고, 가장 좋은 대학을 가고, 조금 더 좋은 인생을 살겠다는 건 너무 큰 꿈처럼 느껴졌다. 여태까지 나한테 그런 일이 당연히 일어날 줄 알았던 게 이상했다.

나는 무관심하게 대꾸했다. 그래서요.

– 너 나한테 앙심 품고 일부러 우경이한테 그랬지?

"제가 그랬어요?"

– 나 보란 듯이 우리 우경이한테 그렇게 못 할 짓 해 놓으면 내가 후회라도 할 줄 알고……. 좋게 좋게 해결할 수 있는 일을 굳이.

"헤어지는데 뭘 좋게 좋게 해요."

― 걔가 무슨 죄가 있다고 그렇게 화풀이를 해! 괜히 애만 상처 받고 공부도 안 되게…….

나는 전화를 끊었다. 득달같이 바로 전화가 온 것은 도로 받았지만, 상처가 어땠다고 떠드는 게 우습지도 않아서 또 끊어버렸다.

또 전화가 왔다. 우경이……. 그 이름이 들리기 무섭게 또 끊었다.

그렇게 계속 전화를 끊고 또 끊자 결국에는 메시지가 왔다.

우경이 상처 받지 않게 마무리 잘해. 넌 어떻게 그렇게 네 생각만 하니? 우경이가 무슨 잘못이 있다고 애를 저렇게 만들어? 오후 11:57

"어쩌라고."

느그 우경이. 나는 툭 씹어 뱉듯 중얼거리며 메시지를 썼다. 진작 다 끝났다고.

그리고 보낸 메시지도 받은 메시지도 전부 지웠다. '저렇게'라는 말이 입 안에 남았다.

사실 학교에서의 박우경은 이제 더없이 멀쩡해 보인다. 아무렇지 않게 내 옆을 지나가고, 제 친구들과 웃고, 가끔은 저녁을 먹고 나서 축구를 한다.

어쩌면 예전에는 나를 만나서 그렇게 웃지 않았나 싶게.

불과 열흘 전에도 시간 끌지 말라고 날 또 때리고 협박했던 여자가 운운하는 제 자식의 상처는 어떤 것일까? 얼마나 대단한 아픔일까? 밥을 못 먹나? 잠을 못 자나? 집에서 좀 울었나?

그 여자가 아무것도 몰랐던 그날에도 박우경은 이미 상처를 받았을 것이다.

내가 그 애에게 헤어지자고 처음으로 말한 건, 내가 그 여자에게 마지막으로 얻어맞은 날보다도 훨씬 더 오래됐다.

잠이라면 진작 못 잤고 밥이라면 그때도 못 먹었겠지. 근데 그딴 게 뭐라고.

이제 바라는 대로 전부 해결될 것 같으니 그제야 사랑하는 아들이 뒤늦게 보였던 것이다. 자기한테 아들이 개뿐인 줄 아느냐고 했을 때는 언제고, 고작 밥 몇 끼 거르는 것도 애달파서.

　　'제발 우경이한테 말하지 마. 니가 본 거. 니가 들은 거.
　　제발. 아무한테도……'
　　'……대단하네, 진짜. 니는 박우경이 그렇게 좋나?'
　　'다혜야.'
　　'언제부터 우리가 그렇게 서로 이름 부르는 사이였다고.'
　　'다혜야……. 영상, 지워 주라. 제발. 부탁 좀 할게.'
　　'니가 그렇다고 하니까, 그래. 니 일이니까, 알겠는
　　데……. 니 지금 이러는 거 솔직히 정상 아니다. 윤차희.
　　니네 부모님 위하는 것도 아니고.'
　　'……'

'그 아줌마 니 부모 걸고 니 협박한 사람이다이가. 박 우경 엄마나 니네 엄마 친구가 아니라, 경찰에 잡혀가야 할 사람 아니가.'

'……'

'니네 외할머니 아픈 거 갖고 죽는 꼴 보고 싶냐 그랬 잖아. 입 뻥긋하면 니네 부모 인생 어떻게 되는지 보고 싶냐고. 야. 나 진짜 진심으로 니 싫어하거든. 진짜 간섭 하기 싫거든.'

'응.'

'근데 니네 엄마가 조금 진 빚, 추심 어쩌고 어렵게 말 하던 거 그거도 걍 사채업자한테 넘긴다 칸 말 아이가? 언니 동생 한다매. 이모라매. 니네 엄마는 친한 언니가 빌려준다니까 빌렸을 건데, 힘들어 죽을 지경이라서 도 와준 거라매. 그게 싸패 아니가? 니네 엄마 이름 부르는 것도 소름 끼치더라. 사람 두 번 아끼면 죽이겠노.'

'……일단 아까 니가 말한 것처럼, 일단 우리 집 사정 이 안 좋아서.'

'니 그 여자한테 처음 맞는 것도 아니었제.'

'아니. 처음 맞은 거다. 니가 본 게.'

'거짓말 되게 못하네.'

'……'

'윤차희 니네 부모님이 되게 좋아하시겠다. 자기들 사정 힘들다고, 그거 빌미로 니 패고 협박한 여자가 자기들한테

은혜 베풀어준 거 알면. 고마워서 어쩔 줄을 모르겠네.'

'……'

'박우경이 뭐라고.'

박우경이 뭐라고. 그 애가 받는 상처가 뭐라고. 신미진은 제가 한 짓이 고스란히 찍혀 경찰서로 넘어갈 뻔한 것도 모르는데. 나는 그걸 지워 달라고 사정이나 하고 있는데.

한때는 내가 몹시 질투했던 애한테. 박우경 때문에 날 언제나 미워했던 애한테. 날 생각하고 나서 주려던 유일한 여자애한테.

그런데 그 애 상처를 나더러 어쩌라고. 상처가 무슨 대수라서.

지운다는 말에 안도하는 날 경멸하듯 내려다보던 눈이 잊히지 않았다. 그 자리에서 그대로 사라지고 싶었는데도, 문다혜가 나더러 정신 좀 차리라던 말은 얼마나 다정하게 들렸을까.

너는 자존심도 없냐고. 나라면 그러지 않을 거라고. 저런 여자 용서 안 할 거라고. 나 때문에 집구석이 다 망하든 말든 나부터 지켜 달라고 할 거라고.

제 엄마 아빠는 분명히 그렇게 할 거고, 너네 부모도 널 사랑하면 마땅히 그러리라는 거였다. 네 아들이 잘나면 얼마나 잘나서 내 딸한테 그러느냐고. 그 말 몇 마디에 얼마나 확신이 가득한지, 문다혜가 빛이 나 보였다.

문다혜는 이어 말했다. 사람은 그렇게 쉽게 망하지 않는다고. 네가 너무 순진해서 겁을 먹은 거라고. 돈은 이제부터 너희 부모님이 열심히 일해서 갚으면 그만 아니냐고.

앞으로 '그렇게' 게으르게 살지 않으면 그만이라고 했다.

제 아버지처럼 우리 아빠도 열심히 살면 된다는 것이다. 돈 많은 사람들은 알고 보면 다 이유가 있다고. 가난한 사람들이 아무리 변명을 하고 핑계를 대도 가난한 이유가 다 있듯이.

돈을 쓸 땐 계획을 잘 세워서 쓰고, 헛짓거리를 안 하면 된다고.

나는 그때 조금 웃었다. 비웃음이 아니라, 정말로 그렇게만 살아도 되는 집이 있기는 있겠구나 싶어서.

제 부모가 정말로 망하는 건 상상도 해 본 적 없을, 자신만만하고 순진한 얼굴이 날 안타깝게 내려다보고 있었다.

내 부모도 게으리 살아서 이렇게 된 건 아니라는 말처럼 허무한 말도 없었겠지.

어쩌면 아빠는, 문다혜가 제 부모에게 바라는 일을 할 수 있을 것도 같았다. 엄마도 어쩌면.

나라고 부모의 사랑을 모르는 건 아니니까.

마음에 대못을 박아도 내 끼니나 걱정하던 엄마는, 날 왜 낳았느냐는 비난에 그저 미안하다고 했던 아빠는, 내가 그들을 사랑하는 것보다 날 더 사랑하기 때문에 내게 약한 것이다.

사랑이 언제나 사람의 약점이었다.

그래도 나는 우리 엄마가 계속 살아 있으면 좋겠어. 아빠가 외삼촌처럼 평생 도망치며 살지 않았으면 좋겠어. 둘 다 그럴 만큼 잘못한 적은 없으니까. 이것도 따지고 보면 내가 처음에 잘못한 거니까. 좋아하면 안 된다고 생각하면서 좋아했으니까.

내 인생에도 여분이 있는 것처럼. 박우경이랑 있으면 잠깐 숨을 쉴 것 같은 기분이 좋아서. 그래서 잠깐 까먹었어.

그렇게 잠깐이면 괜찮을 줄 알고. 내가 그 정도는 되는 줄 알고. 그 애가 불러 주면 내 이름이 좋아서, 그 애가 웃어 주면 잠깐 딴 세상이 보여서, 어디로든 갈 수 있을 것 같아서.

박우경이 아니라 그렇게 꿈꿀 수 있는 순간들이 좋은 거라고 날 속이면서.

그래서 박우경이 내 약점이 된 것도 몰랐어. 바보같이.

'니가 이래 봐야 아무도 니한테 고마운 줄 모를걸. 박우경도, 너희 엄마 아빠도. 심지어 사람이나 패고 다니는 박우경 엄마도. 니 덕분에 경찰서 안 끌려간 것도 모르고.'

'……고마우라고 하는 거 아니니까. 그래도 고마워.'

'뭐가.'

'나 생각해 줘서.'

'……진짜 어이없다. 누가 윤차희 니 생각 한다나? 난 니 싫어한다니까?'

'그런데도 내 생각 해 줬다이가. 내가 싫은데도.'

'……평생 그렇게 빙시처럼 말 못 하고 입 닥치고 살든 가. 난 이제 모르겠다.'

'고마워.'

'니 지금 영상 지워 줘서 계속 고맙다는 거제.'

비웃는 소리가 세찼다.

'내가 진짜 안 지웠으면 어쩔라고. 박우경이랑 그냥 헤어지는 게 아니라, 아예 개판 나라고 백업해 놨으면 어쩔 건데?'
'왜?'
'왜긴 왜야. 느그 둘이 영원히 만나지 말라고 그러겠지. 박우경 그 재수 없는 새끼 존나 피눈물 쏟으라고.'
'아, 그거.'
'내 진짜 학교에서 니네 꼴 보기 싫어서 맨날 저주했다. 아나? 애들이랑 맨날 니 재수 없다고 지나갈 때마다 니 뒤에서 욕하고.'
'맞나.'
'맞나, 는 무슨.'
'그래도 굳이 그렇게 할까 싶어서. 니는 좋은 앤데.'
'좋은 애라고, 내가?'

그날 문다혜는 한참이나 날 물끄러미 바라보다 툭 내뱉고 돌아섰다.

'니네 부모님이 불쌍하다. 니처럼 등신 같은 것도 딸이

라고.'

　'…….'

　'기껏 키워 놨드만 이딴 걸 빌고 다니네.'

그리고 나는 그날 처음으로 다리를 그었다.

#38. 네가 돌아올 수 있는 집

　새벽에 눈을 뜨자 거실에서 아빠랑 잠들어 있던 박우경이 언제 올라왔는지 내 침대 아래 누워 있었다. 밤이 꼬박 지났는데도 그 애에게서 술 냄새가 났다.

　죽은 듯이 자고 있네. 옆으로 엎드려서 물끄러미 보고 있으니 자는 얼굴이 평온해 보였다. 나는 오랜만에 꿈에서 보았던 단발머리 여자애를 잠시 떠올렸다가, 그다지 좋은 기억으로 이어지지 않아 관두었다. 백화점에서 빤히 그 애와 내 손을 바라보던 시선까지도.

　"야."

　아래로 다리를 하나 뻗어 허리를 툭 차자 박우경이 미간을 찌푸렸다. 나는 다시 발을 뻗어 팔을 찼다.

　"아 씨발……. 꺼져라 박해경……."

　"오빠야 없는데."

"어?"

"니 왜 여깄는데."

"뭐?"

박우경이 눈도 뜨지 못하고 왈칵 얼굴을 일그러뜨리는가 싶더니 그대로 벌떡 일어났다.

"……뒤졌다. 내 지금 왜 여깄는데."

"몰라."

"내 니네 아빠한테 뒤졌다. 아 씨발……."

아무것도 생각나지 않는다는 듯 제 머리를 거칠게 흩뜨린 그 애가 활짝 열려 있는 문밖을 흘끗 보았다. 고요한 1층의 동향을 짐작하듯이.

"그래도 문은 열고 잤네……. 이거 아저씨한테 비밀로 해라. 알겠나."

"우리 엄마가 더 싫어할 거 같은데."

"아 당연히 아줌마도 세트지. 부모 있는데 딸래미 방 기어 들어가서 잔 새끼 누가 좋아하는데."

뭐 좋은 일이라고 내가 말해. 그 애의 진지한 당부에 나는 코웃음을 쳤다.

베개도 이불도 없는 맨바닥에서 대체 어떻게 잤는지, 박우경이 아무것도 정리할 것 없이 벌떡 일어나서는 방을 나갔다. 그게 너무 급해 보여서 좀 웃겼다.

엄마가 병원에 있을 때 내 방에서 같이 잤던 버릇이 남아서 올라온 모양이었다. 무심결에. 술김에.

나는 침대 위에 앉아서 그 애가 나가 버린 문 쪽을 멍하니 보고만 있다가, 방문을 닫고 책상 첫 번째 서랍을 열었다.

고등학교 때 쓰던 스터디 플래너 몇 권을 밖으로 들어내자 몇 장 쓴 적 없는 파란 다이어리 한 권이 나왔다. 나는 있지도 않은 내용을 천천히 살피는 사람처럼 끝까지 페이지를 넘겼다. 5만 원짜리 7장이 숨겨져 있는 곳까지.

35만 원. 4년 전 박동주가 택시나 타고 가라고 내 손에 쥐여 주었던 것.

박동주에게서는 그 이후로도 몇 번 더 연락이 왔다. 나는 한 번도 받지 않았다.

연락을 받으면 보상을 받아야 했다. 그리고 그때의 내가 생각하기에 보상은 언제나 무언가를 정당화시키는 것이었다. 이미 신미진과 값을 재어 본 것만으로 끔찍했다. 거기에는 어쩔 수 없는 강제였다는 핑계라도 남겠지.

박동주는 그렇지도 않았다. 마치 웃돈을 받는 것 같다고 생각했다. 박우경과 일부러 사귀고, 일부러 헤어지고, 일부러 그런 취급을 당한 사람처럼.

그런데도 언젠가부터 점차 아빠와 엄마의 숨통이 트여 가는 게 눈에 보였다.

봄이 여름으로 건너가는 사이, 그 짧았던 시간.

그때는 외할머니가 입원한 지 꼬박 반년이 다 되었던 때였다.

그리고 한계를 넘어선 빚을 따라오듯 저축 은행들의 독촉 전화가 한꺼번에 쏟아지기 시작한 때였다. 끝내는 이자를 몇 달불입하지 못한 농협에서도 줄지어 경고가 왔다.

이러면 조만간 전부 경매에 부쳐질 거라고.

아빠는 전화를 받으면 어울리지도 않는 변명과 사과로 시간을 벌었다. 엄마는 전화벨 소리만 울려도 희게 질렸다. 그러다 드라마처럼 누군가 GPS를 추적해 집까지 찾아오지는 않을까 벌벌 떨었다. 그런 두려움을 나한테 숨기지도 못할 정도로. 그러면서 울지도 못했다. 딸이 그것을 혐오한다고 생각해서.

아빠가 홍수 때부터 조금씩 신세를 지고 갚기를 반복했던 사과원 친구들이 갑자기 죄다 사정이 나빠진 것은 그 일들보다도 더 빨랐다.

신미진이 '그렇게 만들 수 있다'고 나한테 몇 번이나 경고했던 것처럼.

술을 빌린 아빠의 진심으로는 '살아 있는 사람을 죽으라 할 수도 없는데' 외할머니가 하필 계속 살아 있었다.

마당에서 경홍이 아저씨랑 고작 술 한 병을 나눠 마시다, '차라리 장모가 빨리 죽었으면 좋겠다'고 고백한 아빠가 애처럼 엉엉 울었던 그날.

아빠는 아마도 그날, 죽을 때까지 박씨에게만은 손 벌릴 수 없다던 자존심을 약간 버렸다. 박우경의 부모가 내게 조용히 있는 대가를 보여 주고 싶어 하던 때에.

그리고 박우경 집의 도움을 받은 때로부터 마법처럼 모든 것이 나아졌다.

꼭 우리 같은 사람에게 자존심이 얼마나 쓸모없고 비싼 것인지 알려 주듯이.

잘살게 된 것은 아니어도, 죽지는 않을 수 있게 됐다. 물밑에 머리까지 처박혀 있던 사람이 간신히 코와 입은 물 밖에 내놓게 된 것 같았다.

너무 급하니 하루빨리 돈을 돌려 달라던 아빠의 친구들은 하나같이 서둘러 갚을 필요가 없다고 말했다. 아빠는 감동했다. 엄마는 부처님을 찾았다.

이건 잠깐 숨만 돌린 거지. 빚쟁이들 전화만 막고. 신미진은 엄마의 인생이 그 정도 풀린 것으로는 충분하지 않다고 말했다.

태희 아버지 똥고집에 조금만 도움을 받으니 그렇지, 내가 말희 너랑 네 자식들을 얼마나 아끼는데. 열 배 스무 배도 퍼 주고는 한 푼 돌려받고 싶지도 않다고.

그렇게 어느 날은 훨씬 더 많은 돈을 빌려주겠다고도 하고, 또 어느 날은 대가도 없이 이것저것 베풀겠다고 했다.

상주며 영천에 남아 있는 시골 땅들을 말도 안 되게 비싼 값에 사 주겠다는 제안도 했다. 물론 돈을 거저 주겠다는 말과 크게 다를 바 없었다.

돈이 좀 될 만한 구미 시내 상가나 대구의 아파트 같은 건 진작에 하나씩 팔아 치워 없었고, 사과원 외에 우리 집에 남은 것이라고는 애당초 그런 것뿐이었다. 도무지 팔리지 않아 융자나 잡아 놓았던 빚덩어리. 아무 가치도 없는 땅들.

그런 것을 몇억씩도 주고 사겠다고. 십 년 뒤에 어떻게 될지 누가 알겠냐고.

아빠는 죄다 거절하고 세상에 공짜는 없다는 말을 반복했다. 그러나 엄마는 하나도 받지 않아도, 전부 받고 배부른 것처럼 꼬박꼬박 내게 말해 주었다.

이모는 우리의 은인이니 항상 고마운 줄 알라고. 아무리 사는 게 힘들어도, 이런 걸 보면 엄마가 인생을 헛살지는 않았다고.

'이모가 오죽하믄 공주 니 등록금에 생활비까지 다 대주겠다 카드라. 니 졸업할 때까지. 공부 잘하는 조카한테 주는 장학금처럼 생각하라고. 괜히 니가 장학금만 보고 학교 하향 지원할까 봐 너무 걱정이 된다 그카면서……'

'그래서.'

'그니까 만에 하나……. 죽어도 안 될 것 같으면 이모한테 신세를 져서라도 니 편하게 대학 다니게 할 테니까. 응? P대든 어디든 돈 생각하지 말고. 너무 신경 쓰지 마라.'

'그걸 공짜로 받겠다고?'

'공짜는 무슨. 잠깐 받는다 쳐도 갚지, 염치없그로 공짜로 받고 넘어갈 수 있는 것도 아이고.'

그게 무슨 돈인 줄 알고. 그 돈 빌미로 무슨 짓까지 할 수 있는 사람인데.

그 시절의 돈을 생각하면 언제나 다른 돈이 또 생각났다. 나는 박동주의 돈을 가만히 만지다 다이어리를 덮고 서랍을 닫았다.

‘선생님한테 내 P대 못 갈 수 있다는 얘기 듣고 지금 이러는 거 같은데.’

‘…….’

‘박우경 엄마한테도 그거 다 말했나. 아. 그래서 말이 또 나왔나 보네. 국립 못 간다고.’

‘엄마랑 이모 사이에 못 할 말이 어딨다고……. 엄마가 니 흉을 본 것도 아니고, 이모가 니를 흉본 것도 아니고. 와 이카노?’

‘왜 이러냐고?’

‘엄마가 니한테 신경을 하나도 못 써 주고 집도 이러니까 니 성적까지 그래 된 거 같아가 속상해서……. 그래서 이모한테 하소연한 게 다. 희야 니 저번부터 갑자기 왜 이래 이모한테 버르장머리 없이 말하노. 어?’

‘듣고 좋아했겠다. 자기 아들보다 대학 못 갈 거 같아서.’

‘가시나 니는 이모한테 무슨 말본새가……. 진이 이모가 니를 친조카처럼 얼마나 생각해 주는데! 고마운 줄도 모르고 니가 이카면 엄마가 이모한테 뭐가 되겠노?’

‘모르겠다, 엄마. 진짜로.’

‘이번에 팔공산 갔다 온 것도 엄마는 생각도 못 하고 있는데 이모가 가자 캐서 올라갔다 온 거 아이가. 니랑 우경이랑 수능 잘 보라고 갓바위 올라가가 부처님한테 기도하고 오자고……. 세상에 진이 이모가 그런 거 하나 하나까지 니 빼놓고는 생각도 안 하는 사람인데, 자기가 우경이 생각하면 니도 꼭 같이 챙기는데, 가시나가 우째 그딴 식으로 말을 하노. 어?'

'기도해서 뭐가 풀리던데, 여태까지.'

'……'

'엄마 마음이나 잠깐 편했겠지. 그거라도 나한테 해 준 거 같아서.'

'……'

'엄마가 옛날에는 기도를 안 해서 우리가 지금 이렇게 사는 줄 아나.'

나는 먼 옛날 엄마의 상처 받은 얼굴로부터 눈을 감았다 떴다. 아빠는 어차피 여기를 떠나겠다고 했다. 그때 일 따위는 아무것도 몰라도.

엄마는 그걸 따르겠다고 했다. 날 위해서.

그들이 아무것도 모르기 때문에. 박우경이 기쁘고 행복한 것도 과거에 무지하기 때문이다. 신미진이 불안에 떠는 것은 바로 그 세 사람의 무지 때문이다.

나는 신미진이 실제로 날 협박했던 말의 반절이나 실행할 수 있는 사람이었을까 문득 생각해 보았다.

어리고 세상을 몰랐던 내가 마냥 액면 그대로 받아들였던 것들.

그때 그대로 일이 터지고 내게 한 짓을 들켰다면 궁지에 몰린 여자는 그랬을 수도 있다. 어쩌면 하지도 못할 일이면서 날

겁주느라 지껄이기만 했을 수도 있고.

무엇이 됐든 그동안 시간은 그 여자에게 꽤 평화롭게 흘러갔다. 그리고 나는 영영 돌아오지도 않을 것처럼 청라에서 사라졌다.

그렇게 4년이었다. 돌아오지 않는 딸의 무정함을 먼저 나서서 탓해 주고, 불쌍한 말희의 외로움을 위로하면서.

우리 말희.

적어도 우리 엄마를 그렇게 부를 수는 있는 사람이다. 진짜 사채업자를 만나지는 못해도 엄마의 차용증을 사채업자에게 넘기겠다고 그 딸을 협박하고, 엄마의 안위를 빌미로 날 수도 없이 때리고 입을 닫게 하고.

그 모든 짓을 한 뒤에도 우리 엄마를 여전히 자매 같다고 할 수는 있는 사람.

진심으로 다정한 사람.

박우경을 낳고, 키운 사람.

나는 박우경이 잔뜩 나이 들어 '우리 엄마도 알고 보면 불쌍한 사람이다.'라고 말하는 아저씨가 된 모습을 상상해 보고는 좀 웃었다. 아. 언젠가 엄마 친구도 제 남편이 그랬다며 치를 떨었다.

그 애가 아무리 여자에게 눈멀어 부모도 몰라보는 패륜아 행세를 해도, 늙고 병든 신미진 앞에서도 그럴 수 있을까. 그렇게 멀리 뻗어 나갔던 불안이 점차 가까워졌다.

문다혜의 눈이, 말이 쏟아졌다.

'박우경이랑 그냥 헤어지는 게 아니라, 아예 개판 나라고.'

네가 사실을 알아도.

'왜긴 왜야. 느그 둘이 영원히 만나지 말라고 그러겠
지. 박우경 그 재수 없는 새끼 존나 피눈물 쏟으라고.'

네 엄마가 내게 무슨 짓을 했는지 알아도, 너는 계속 내 손을
잡고 있을 수 있을까.

"야. 프린세스. 아줌마가 밥 먹으러 내려오래."

머리를 감고 나오기 무섭게 화장실 앞에 서 있던 박우경이
대뜸 말했다. 나는 거꾸로 쏟아 놓은 젖은 머리를 수건으로 대
충 감아 올리며 물었다.

"2층에서 잔 거 안 들켰나."

"아니, 씨발. 계단 내려가자마자 아줌마가 내 봤다. 씨발 박
우경 미친 새끼가 진짜, 다 된 밥에 코 존나 빠트려…… 개새
끼 존나 패고 싶네."

"이미 들켰는데 니가 니를 때려서 뭐 하게?"

"아줌마 표정 그렇게 살벌한 거 처음 봤다. 원래는 내 존나
사랑스럽고 스윗하게 보는데."

저렇게 생겨 놓고서는 제 입으로 사랑스럽다니. 하긴 쟤만 보면 엄마 눈에서 꿀이 뚝뚝 떨어지기는 했다.

"그래서 사실대로 말했나 보네?"

"내가 미쳤나, 사실대로 말하게. 아줌마가 물어보면 내 태희 형 방에서 잔 거다. 알제. 협조 좀 해라."

"명령하고 자빠졌노⋯⋯. 박우경 니는 그게 남한테 협조를 구하는 태도가?"

"니가 왜 남인데? 내랑 결혼할 사인데."

"피도 안 섞였는데 갈라서면 끝이지."

"가스나 아침부터 또 정떨어지는 말 하네⋯⋯. 역사적인 날에."

뭐라는 건지. 나는 수건으로 머리를 털며 방으로 돌아왔다.

"우리 날 잡기로 했잖아."

"그냥 아빠가 앞으로 방해는 안 하겠다 한 거지."

"뭐라 카노. 아저씨는 내한테 아예 니를 줬거든? 술 취했다고 기억 못 하는 줄 아나 본데."

"내가 송아지가? 아빠가 니한테 준다고 니 거게."

박우경이 날 졸졸 쫓아오다 갑자기 내외하듯 문지방 앞에 멈춰 서더니 말했다.

저렇게 몸 사린다고 이제 와서 엄마가 보지도 않는데.

"존나 태희 형 방에서 맨날천날 자서 버릇이 된 거다. 술 취하고도 즈그 집 돌아가는 새끼들처럼. 알겠나?"

"그냥 술김에 내 방 들어와서 방바닥에서 자고 아무 일도 없었다고 하면 되잖아."

"아무 일도 없었다는 걸 누가 믿노. 내가 이렇게 생겼는
데……."

"쌩양아치처럼 생겼다고?"

"아니, 공주 니가 가만둘 거 같지가 않게 생겼다이가.
하……."

"……."

"난 웰케 잘생겼지."

대꾸도 하지 않고 드라이기를 틀자 박우경의 쓸모없는 말이
소음에 먹혀 사라졌다. 그래도 계속 떠드는 게 끗끗했다.

"니 뭐라고 하는지 하나도 안 들린다."

"……."

"하나도 안 들린다니까."

내 말을 듣기나 했는지 또 뭐라 뭐라 열심히 말을 건다. 그러
거나 말거나 나는 바람을 더 세게 높이고 머리칼 사이로 손을
넣어 가르마를 넘겼다.

거울에 비친 얼굴이 늦게까지 술을 마신 사람처럼 조금 형편
없어 보였다. 정작 박우경과 아빠는 자기들끼리 마시기 바빠서
나한테 술 한 모금 제대로 나누어 주지 않았는데도.

아마도 꿈자리가 사나워서 그랬겠지.

"……아직도 여기서 뭐 하는데? 엄마 눈치 보인다면서."

드라이기를 툭 끄고 돌돌 줄을 감고 있자 어느새 귀신처럼
화장대 옆에 와서 서 있다. 박우경의 기다란 손가락이 내 머리

가르마를 반대로 부드럽게 쓸어 넘겼다.

실없는 말이나 떠들 때는 언제고 가만히 내려다보는 시선이 조금 어둑했다. 내 옷을 들치는 밤처럼.

"니는 머리 넘길 때 왜 이렇게 이쁘지."

부끄러운 줄도 모르는 얼굴을 보면 내가 부끄러워졌다. 그 애를 올려다봤던 얼굴을 황급히 돌리자 거울 속으로 시선이 느껴졌다.

"안 그래도 짜증 나게 이쁜데."

"아침부터 이상한 말 하지 마라."

"이쁜 애 보고 이쁘다 카는 게 뭐가 이상한데."

"아 진짜……."

"귀 발개졌네. 윤차희."

"좀 집적거리지 말고 저리 가라고……."

"귀 보니까 니 몸 발개진 것도 상상된다."

바람에 불이 번져 나가듯, 그 애가 내 귓가에 알궂게 속삭인 한 마디에 온 얼굴이 뜨거워졌다. 잠시 몸을 숙여 귓바퀴를 아프지 않게 깨물고 떠나가는 박우경에게서 우리 집 치약 냄새가 났다.

"그래, 박우갱이 니. 밤에 몰래 2층 기어 올라가가 희야랑 잤다매."

"아저씨. 누가 들으면 오해합니다."

"여 우리 식구 말고 누가 듣는다고."

"하긴 저도 이제 아저씨네 식구니까."

"뭔 소리고? 느그 혼인 신고 하기 전까지는 어림도 없다. 니랑 내는 쌩판 남남이다."

"저는 당장 오늘도 할 수 있는데요."

"그래서? 딸이라고는 저거 하나삐 없는데, 달랑 동사무소 가가 종이 한 장 쓰고 입이나 닦겠다 이기네?"

"혼인 신고는 아저씨가 먼저 말씀하신 건데……. 아닙니다. 다 제 잘못인데요."

따지기 좋아하는 박우경이 선선히 말대꾸를 포기했다.

"공주처럼 모시고 갈게요. 결혼은 부산 파라다이스에서 하고 대구 시내 전광판에 공주 모시고 가는 날도 광고하고."

"결혼은 부산에서 하면서 광고는 왜 대구에서 하노?"

"말이 그렇단 건데."

"부산에 누가 있다고. 집이 여기고마. 식도 대구에서 해라."

"네."

"……태희 아빠."

딴 길로 새어 나가는 대화를 엄마가 끊고 아빠를 툭 쳤다. 박우경 말로는 저를 보는 엄마 눈이 좀 이상하다더니, 아직도 얼마간 심기가 불편한 얼굴이었다.

박우경이 드물게도 엄마의 눈치를 보는 게 느껴졌다. 정작 별생각도 없어 보이던 아빠가 목소리를 가다듬었다.

"일단 느그 엄마 말은 이렇다."

"내 핑계 대지 말고 똑바로 말하이소."

"니가 내한테 시키 놓고……."

엄마가 정신 차리라는 듯 아빠 팔을 때렸다. 내가 말했지만 가장인 네 뜻인 양 위엄 있게 포장해 말하라는 뜻이었다. 아빠가 머쓱하게 팔을 쓰다듬었다.

"일단 결혼은 차희 졸업은 물론이고, 최소한 박우갱이 니 졸업할 때까지 안 된다. 느그 둘이 다 직장 잡고 안정될 때까지."

"너무 먼데요. 공주 졸업하면 걍 중퇴할래요."

"뭔 개소리고? 내 딸래미 남편이 고졸인 거는 안 된다."

"아저씨도 고졸이시면서."

"하나 있는 아들 새끼도 고졸인데 사위까지 속 뒤집어지그로……. 여튼간에 느그가 그래 결혼할 때까지, 사전에 허가받지 않은 외박은 절대로 안 된다."

"아. 너무하네."

어차피 몇 달 뒤면 서울로 갈 거면서 박우경이 진지하게 불평했다. 그러다 엄마의 심각한 얼굴을 흘낏 보고는 고개를 도리도리 저었다.

"안 너무합니다."

"느그 둘이 서울 가 은근슬쩍 동거하는 것도 안 돼."

"저를 뭘로 보시는데요?"

"니가 희야랑 한 시라도 떨어져 있고 싶겠나? 얼굴 좀 보겠다고 남의 집 와서 머슴살이도 하는 머스마가."

"선은 지켜야죠. 공주 니도 알겠나? 내가 아무리 좋아도 내랑 거리 유지해라."

아까부터 괜히 덩달아 박우경 옆에 무릎을 꿇고 앉아 있던 나는 당연히 그 같잖은 당부를 무시했다. 슬슬 다리가 저렸다.

"아빠. 저는 왜 꿇어앉아 있어야 돼요? 술 취해서 2층 올라온 건 앤데."

"희야 니는 좀 있어 봬라 안 카나."

아빠야 엄마가 입원한 동안 박우경이 매일 우리 집에서 지내고 간 것을 알고, 새벽에 일하러 왔다가 우리가 거실에 같이 드러누워 잠든 꼴도 봤다.

박우경이 밤에 날 두고 갈 때마다 손전등을 들고 우리 사과원을 한 바퀴 순찰하고 가는 것을 CCTV로 보고 간 것도.

그 모든 게 익숙했으니 술 취해 내 방이 있는 2층에 올라와 잤다는 것도 눈치나 몇 번 주고 말 일이지만, 여름에 입원해 있는 내내 그런 부분을 미처 생각지도 못했던 엄마는 모든 것이 갑작스러운 모양이었다.

"그리고 오늘처럼 우리가 집에서 두 눈 시퍼렇게 뜨고 있는데 야음을 틈타가 차희 방에 도둑놈처럼 드가거나 하믄."

"저 태희 형 방에서 잤다니까요. 여름 내내 거기서 자서 제 방인 줄 알고……."

"……우경아, 니 여름에 우리 집에서 대체 얼마나 많이 자고 간 기고?"

"……."

봄그늘 4   85

엄마가 갑자기 지적했다. 박우경이 제 무덤 판 표정으로 엄마를 잠시 바라봤다. 본인의 무덤이 아닌 아빠의 표정도 마찬가지였다.

"어차피 둘이 사귀는 사이고, 여름이라 새벽같이 일어나가 일해야 되니까 괜히 왔다 갔다 하느니 그런 거지."

"당신은 가만 좀 있어요. 우경아. 말해 봐라."

"별로. 그렇게까지는."

"생각해 보이까 태희 아부지 당신은 노상 CCTV도 확인하고, 밤이고 새벽이고 일도 하러 왔다 아인교. 우리도 없이 딸래미 혼자 있는 집에 다 큰 머스마가 맨날 같이 자고 가는 거를 당신이 몰라서……."

"별걱정을 다 한다. 우리 희야가 함부로 그럴 아가?"

"아저씨, 저는 그럴 앱니까?"

우리 둘 다 그럴 애였다. 우리 집에서 그런 적이 없을 뿐이다. 내가 선을 넘어도 기껏 밀어내고 견뎠는데 박우경은 억울할 수도 있지.

"내가 진짜 기가 막혀서……. 애들은 애들이라 그렇다 치고, 언제는 우경이 쫓아낸다꼬 세상에 딸래미 있는 애비가 당신 혼자인 양 온갖 유난은 다 부리 쌌드만, 둘이 그러는 꼴을 보고도 가만히 뒀다고?"

"가뜩이나 동네도 저 멀리 있는데 가스나 혼자 밤에 있으면 안 무섭겠나. 그래가."

"내가 그러게 괜히 병 수발 든다고 병원에서 설치지 말고 집에 가라 안 캤으요!"

"그럼 이말희 니 혼자 화장실 가서 오줌도 못 싸는 걸 두고 가삐라고!"

박우경이 조심스레 내 쪽으로 고개를 숙이며 속삭였다.

"갑자기 왜 둘이 싸우노."

"나도 몰라."

"우경아."

"네."

엄마의 부름에 그 애가 황급히 대꾸했다.

"니가 내 생명의 은인 아이가. 갑자기 일이 그래 터졌는데도 우리 집 이래 한 해 버티게 해 준 은인이고."

"……."

"그렇다고 우리 차희를 쉽게 생각해도 되는 거는 아이다. 맞제. 니한테 신세 진 거는 쟈가 아니라 우리니까는."

"걱정 마세요. 저 진짜 얘 어렵습니다."

"엄마. 됐어."

"우경이 니한테는, 내가 평생 고마울 끼다. 우리 태희 아부지도 그렇고. 그래도 차희랑……. 조심은 해라. 알겠제?"

"네."

"살면서 많이 아껴 주고……."

"……네."

엄마는 어느새 눈물이 글썽글썽했다. 덩달아 박우경의 표정이 아주 진중해졌다. 일부러 그런 척하려는 기색도 없이.

어쩌 분위기가 당장이라도 우리를 결혼시킬 것처럼 이상했다. 아빠까지 말없이 눈을 붉히고 있었다.

"차희 니도 잘해라. 알겠나……. 우경이 같은 애 없으니까……."

"알아서 할게."

"우갱이 느그 부모님한테는 언제 말할 기고?"

그때 아빠가 문득 생각난 듯이 물었다. 잠시 숨이 멈추었다. 제 무릎 위에 얹어 놓은 그 애의 커다란 손을 물끄러미 바라보고 있자, 박우경이 천천히 말했다.

"일단 저희 할머니한테 차희 데리고 가서 인사부터 드리려고요. 허락도 받고."

박우경의 할머니가 오래전부터 치매를 앓고 있다는 걸 모르는 이는 여기에 아무도 없었다. 아빠랑 엄마가 순간 대꾸할 말을 찾지 못하는 사이, 그 애가 말했다.

"저한테는 부모에 제일 가까운 사람이 할머니라서요."

"……하기사 할매가 우갱이 니 애기 때부터 끼고 키워 주셨지."

"네. 엄마처럼."

단조로운 대꾸였다. 반면 엄마는 조금 복잡한 표정이 됐다. 마치 그 말이 신미진을 부정하는 것처럼 여겨졌기 때문일까.

박우경은 피아노를 그만두며 스스로 손을 망가뜨렸던 열일곱 살 이후로 집에서 반쯤 나와 살았다. 제가 지키지 않으면 누가 와서 무너뜨리기라도 할 것처럼 할머니 집을 지키면서.

그것을 신미진과 친한 엄마가 모를 리 없었다. 그저 부모에게 살가운 아들이 아니라기에는, 제 집과 거리감이 지나치다는 것도.

휴학했다고 기껏 고향에 내려온 아들치고는 희한하게도.

교복을 입었던 시절에는 반쯤 그랬던 것이, 스물셋이 된 지금에는 아예 나와 살았다. 독립이 좋을 나이긴 하지만 기껏 고향에 내려와서도.

그리고 거기서 그리 오래 살지도 않을 거면서, 일부러 고생거리를 만드는 것처럼 집을 뜯어 고쳤다. 제가 어쩌다 고향에 내려와도, 돌아올 집은 그곳이라는 양.

신미진은 그것을 두고 '시묘살이 같다'고 몇 달 전 엄마에게 불평했다. 마치 제 시모가 이미 죽고 세상에 없는 사람처럼 그렇게.

지 할머니가 엄마도 아닌데, 거기서 웬 무덤이라도 지키고 사느냐고.

나쁜 놈. 못된 놈. 휴학을 해 봐야 얼마나 한다고 부모가 지척에 있는데 혼자 그렇게 나가 살아? 그 집에서 지가 살면 얼마나 살 거라고 그렇게 뜯어고치고. 그렇게 고칠 거면 차라리 사람 불러서 다 뜯어고치든지⋯⋯. 지 할머니 쓰던 방 몇 개는 박물관이 따로 없어. 그게 뭐야.

얼마 전에도 할배 제사한다고 잠깐 들어나 가 봤지, 우린 대문 안에 발도 못 들게 해. 지 노망난 할매가 정신 나가기 전에 그러라고 시키기라도 했는지⋯⋯.

우경이 잰 지가 누구 자식인지도 모르고.

"그래. 니가 무슨 의미로 그 말을 하는지는 내도 잘 안다. 니 요만할 때 우리가 처음 본 것도, 느그 할무이 집에 살다시피 할 때 아이가. 할머니가 느그 집안에서 가장 큰 어른이고. 그이까 평상시 같으면 할매한테 그래 인사드리고 허락 받는 게 제일 중요하지. 근데 지금은……."

"우경아. 할매는 아프시지만 느그 부모는 지척에 있다이가."

'네 할머니가 제정신이 아니시지 않느냐'는 말을 못 해 에둘러 말을 돌리던 엄마를, 아빠가 풀어 주었다.

"제가 생각하는 부모는, 항상 할머니 같은 사람이었거든요. 어릴 때부터."

"그거는 아줌마도 알지마는, 까놓고 말해가 나는 그렇다. 우경아. 내가 니네 엄마랑 오래 잘 알고 지냈고, 차희 괜히 괴롭히고 구박할 사람 아인 거는 안다. 그렇다고 우리 집 사정 옛날부터 뻔히 아는데 자기 아들 짝으로 쏨에 차긋나."

"……."

"희야가 우리 눈에야 예쁘고 공부 잘하고 세상 최고지만, 막말로 니만치 좋은 학교를 다니는 것도 아이고."

"……."

"어릴 때야 우리 희야도 당연히 니처럼 P대 가고 그칼 줄 알았지. 결국 제일 중요한 시기에 우리가 못 받쳐 주가 P대 못 간 기고. 그거마저도 장학금 받니라고 더 낮춰가 드가고……. 이 래 말해 봐야 남들 귀에는 구질구질 변명거리밖에 더 되긋나.

집구석만 떼 놔도 어디 가서 빠질 게 없는 앤데, 그래도 우경이 니처럼 잘난 거 아인 거는 나도 안다."

잘난 박우경은 별로 듣고 싶지 않은 이야기를 듣는 것처럼 불편한 표정이었지만, 일단 다 듣고 보겠다는 듯 입을 다물고 있었다.

엄마가 한숨을 쉬었다.

"그래도, 그걸 알아도 우리한테는, 니처럼 잘난 애가 데려가도 아까운 애다."

"……."

"니 앞에서 하기도 창피한 집안 얘기지만, 느그 중학교 때 우리 집에 그래 물난리 나고 나서부터…… 내나 태희 아부지나 하루도 안 빼놓고 밤마다 싸우고 살았다. 어쩌다 안 싸운 날은 기념해도 되겠드라. 맨날천날 죽니 사니 울고불고…… 하루도 조용하게 잘 수 있는 날이 없는데 중학생인 아한테는 고문 아니었겠나."

"네."

계속 말없이 잘 듣고 있던 박우경이 덤덤하게 대답했다. 고문은 고문이라는 듯이.

"그래. 쟤는 그거 듣고 살면서도 그때부터 그래 열심히 공부했다. 세상에서 제일 기댈 수 있어야 되는 사람이 맨날 울기만 하는데, 즈그 엄마한테 뭘 바랐겠노. 입만 열면 노상 힘들어 죽겠다고 하는 사람한테."

"……."

"고3때는 외할매 그래 되어가 24시간 병원에만 붙어 있느라, 수험생인 아한테 엄마라는 년이 일 년 내내 아침밥 한 번 먹여 보낸 적이 없드라. 정신이 나간 거지."

"……."

"희야 니는 똑바른 애니까 니 혼자 알아서도 잘하겠지. 우리는 니만 믿는다. 니 하나 잘되는 거 볼라고 산다……. 해 주는 것도 없는 기 입만 열면 그래 부담만 줬는데, 진짜 지 알아서 저래 해냈다."

"……."

"올라가서 부모한테 만 원 짜리 한 장도 안 받고, 부모도 없는 애처럼 맨 땅에 헤딩하듯이 오만 궂은일은 다 하고 살면서……. 나는, 우리 희야가 내가 낳은 내 딸이지만 대단하다고 생각한다. 우경아."

"네."

"그래서 느그 부모가 차희 반대한다 카면, 나도 우경이 니를 허락할 수가 없다."

"……."

"나도 니 반대할란다."

대뜸 반대한다는 말에 박우경의 눈이 조금 곤혹스럽게 엄마를 향했다가, 가만히 턱을 쓸며 생각에 빠진 아빠를 바라보았다. 그러는 사이 금방 놀란 기색이 사라졌다.

"우리가 니를 허락한 판에 남은 건 느그 부모 허락뿐인데, 자신 없으면 서울 가서 연애나 조금 하다가 치아 뿌라. 그거까지 반대하지는 않을 거니까.”

“아줌마.”

“니가 먼저 좋아서 우리 희야 붙잡고 결혼하자 캤으면, 느그 집에서 문전 박대는 안 당하게 해야지. 우리가 그 꼴은 안 보게 해야 안 되겠나.”

“허락받을 자신 없어서 그런 거 아닙니다.”

“자신 없는 게 아니믄.”

“허락이 필요 없어서요.”

“애초에 니네 집에서 반대할 거 같아서? 얄궂그로.”

“반대하든 허락하든, 양쪽 다 똑같이 필요 없어요.”

“……뭔 소리고, 이게?”

아빠가 고개를 갸웃했다.

“사실 할머니는 부모에 더 가까운 사람이 아니라, 제가 유일하게 떠올릴 수 있는 부모거든요. 다른 두 사람은 찬성한다고 결혼할 것도 아니고, 반대한다고 안 할 것도 아니지만.”

“그 ‘두 사람’이 혹시 느그 부모가? 이거 완전 쌩패룬아고…….”

“만약 할머니가 결혼하지 말라고 하면 한 30초 정도는 고민해 볼 겁니다. 할머니 말은 들으니까.”

“……그래 봐야 30초 뒤에는 결혼할 거다 이거 아니가? 척만 하고.”

“근데 할머니는 저희 어릴 때 벌써 허락하셨거든요. 차희가 니랑 결혼해 준다 카면 감사합니다, 하고 결혼하라고.”

"뭐?"

아무렇게나 거짓말을 하는 것 같아 고개를 돌려 옆을 봤는데, 박우경이 날 보고 희미하게 웃고 있었다. 제 할머니를 보고 돌아오던 어느 날처럼.

"그거는 버르장머리 없는 니 입장이 그렇다는 거지, 우리 희야 체면은……."

"부모 아닌 사람들한테 허락받고 결혼하는 놈이 어딨습니까. 길에 지나가는 사람들한테 아줌마랑 결혼해도 되냐고 묻지는 않으셨을 거잖아요."

"아니 암만 쪼께 내놓고 키웠다지만."

"저한테는 어릴 때부터 그런 사람들이었어요. 아빠도, 엄마도."

"……."

"내 부모가 아닌 것 같은 사람들."

"……."

"지나가는 사람들."

가슴이 내려앉았다. 아빠는 그대로 할 말을 잃고 엄마는 차마 어쩔 줄 모르고 곤란하게 눈만 바삐 깜빡거렸다.

내 앞에서도 그런 말은 처음이었다.

제게는 부모도 아닌 것 같은 사람들이었다고. 언제나.

"그래서 어릴 땐 이 집에 오면 항상 신기했어요. 아저씨가 태희 형한테 해 주는 거 보면서. 아줌마가 공주를 진짜 공주처럼 볼 때마다……. 아, 저런 부모도 있네. 저런 사랑도 있네…… 부모가 어쩌면 저럴 수도 있는 건가. 그게 부러운 건 아니었는데."

"……"

"저도 엇비슷한 건 알았거든요. 할머니가 그랬어요. 할머니 옆에 있으면, 누구의 자식이 된 것 같은 기분이라서."

아빠는 복잡한 낯으로 연거푸 마른세수를 하고는 우경아, 하고 그 애를 불렀다. 박우경이 반듯하게 무릎을 꿇어앉은 채로 예, 하고 대답했다.

"……그라믄 니는 애당초 청라에는 무단히 왜 내려온 기고? 고향이라 해 봐야 근 십 년째 니 알아보지도 못하는 할매는 그 집에 있지도 않고, 느그 부모는 쌩판 남 같다 카면서."

"……"

"도대체 청라에 뭐가 있다고."

"윤차희가 돌아올 수 있는 집이 있잖아요."

그 애가 손을 뻗어 내 손을 천천히 그러쥐었다.

"그래서 내려온 겁니다. 기다리면 언젠가 얘가 제 눈앞에 다시 나타날 것도 같아서."

아빠는 졸지에 우리가 고등학교 때 사귀었다는 사실을 알게 됐다. 엄마도 신미진을 보기에 조금 불편한 사실을 알게 됐다.

그래 봐야 네가 남들 눈에 박동주 아들이지, 누구 아들이냐.

너희 부모를 식장에 앉히지도 않을 셈이냐. 둘 다 멀쩡히 살아 있는 거 뻔히 아는데, 그렇게 비워 두면 얼마나 뒤에서 말이 나오겠느냐. 우리 딸은 남들 눈에 뭐가 되느냐…….

아빠의 쏟아지는 질문에 박우경은 미리 답을 정해 놓았던 사람처럼 줄줄이 대꾸를 내놓았다.

저도 자기 집에 통보 정도는 해 줄 생각이었다나.

"쟤는 가족이 무슨 직장 동료가? 청첩장 휙 던져 놓고 올람오고 말람 말아라 카게……."

창고에 잠깐 들러 바구니를 몇 개 더 챙기던 아빠가 문득 투덜거렸다. 나 들으라고 하는 말인가 싶어 아빠를 보니, 내가 창고에 있는 줄도 모르는 것 같았다. 아침에도 보이지 않던 심각한 낯이다.

아침에 심각한 건 엄마였지.

"설마 진짜로 그렇게 하겠어요?"

"뭐꼬, 차희 니 아직 안 나갔드나? 우갱이랑 같이 있는 줄 알았더만."

"엄마가 밤에 택배 주문 들어온 게 좀 있다고 해서요. 이거 싸 놓고 나가려고요."

"……애들이 무슨 내일 모레 결혼할 것도 아인데, 뭘 그래 벌써부터 사서 걱정인교? 누가 보면 평생 딸래미 결혼도 안 시킬 거 같이 하더만, 아를 빨리 못 보내가 안달이네."

선반 사이에서 포장재를 꺼내 오던 엄마가 무심히 중얼거렸다. 다른 선반을 뒤적거리던 아빠가 가만히 눈을 흘겼다.

"태희 엄마 니는 회장 사모랑 그래 친하다면서, 즈그 막내아들이랑 개판 난 것도 몰랐나?"

"개판은 무슨. 회장님이나 아들들이나, 그 집 남자들이 원체 무뚝뚝하이까 원래 분위기가 그러려니 했지……. 아무리 친해도 그 집 안방 사정까지 내가 우째 아노?"

"왜? 니는 느그 언니한테 오만 일 다 쫑알거린다 아이가."

"내가 뭘 그래 쫑알거렸다고!"

"내 욕은 잘도 해 쌌드만."

"……하이튼 간에 우경이 얘기 듣고 내도 놀라기는 했는데……. 아무래도 우경이는 즈그 엄마보다 할매랑 정이 훨씬 크니까 더 안 글캤어요? 애들한테 어릴 때 끼고 키우는 사람이 얼마나 중요한데. 지가 유치원 때까지 엄마 손 타고 큰 것도 아니제, 즈그 아부지는 말할 것도 없고……. 박 회장 자기 아들래미들 어릴 때 신경도 안 쓰드라이가."

"우리 애들도 애기 때 장모님이 안 봐줬나."

"낮에 일한다고 좀 맡겨 놓고 아침저녁으로 왔다 갔다 한 거랑 그거랑 같나? 우갱이는……."

엄마가 문득 날 기억해 낸 사람처럼 흘끗 돌아보고 말을 흐렸다. 나는 어깨를 으쓱했다. 그렇게 말을 흐려 버리는 게 더 이상해진 것을 아는지 엄마가 말을 이었다.

"……우갱이는 갓난아기도 아이고 다 기억할 땐데, 유치원 갈 때까지 거의 할매 손만 탔다 아인교."

"……."

"해경이만 해도 어릴 땐 얼마나 즈그 아부지 무서워했는데? 말 없다고. 그래도 태경이랑 해경이는 즈그 엄마가 옆에 끼고 키우기나 했지. 우갱이 태어났을 땐, 그게, 그렇게 안 되어가……."

"그래도 즈그 할매 집이랑 즈그 집이랑 지척 아이가? 밖에서 보면 막내라고 온 집안이 우갱이 점마부터 애지중지하드만……. 말이 영 다르네."

"……나도 애가 저 정도까지 부모한테 정이 없을 줄은 몰랐는데."

"하기사 아무리 친해도 남인데 태희 엄마 니라고 알겠나."

"……."

"애 엄마가 애당초 왜 자기 손으로 자식을 안 키워가……."

아빠가 마치 박동주에게는 어린 자식을 키울 의무가 없는 양 무심히 중얼거렸다. 혹은 그럴 수 있는 사람이 아닌 것처럼. '애는 엄마 혼자 키우는 것'이라 믿는 옛날 아저씨라 그렇다고 하기에는, 우리가 클 때 아빠가 참견하고 거든 게 많다.

문득 사과를 싸던 엄마의 손이 멈추었다. 나는 말없이 조립된 추석 선물 상자를 내려 사과를 담았다.

"……언니도 그때 한창 시댁 일 물려받는다고 바쁘고 잘난 동서들 눈치 본다고 치이고……. 할배가 아들들 중에서도 제일 잘난 아들이라고 박 회장을 그래 아꼈다매요?"

아빠가 대꾸하지 않고 바구니 안으로 용구를 하나둘 집어넣었다. 엄마는 여전히 심란했다.

"둘째 며느리 눈에 안 찬다고 시집살이를 그렇게 시켰다는데……. 그나마 아들을 셋이나 낳아 놓으니 좀 나아지고, 시부모 가까이에서 모시면서 간병까지 다 하고 나니까 지금처럼 인정도 받고, 시집 사람들한테 저래 사람 취급 받으면서 사는 거지. 시아버지 돌아가실 뻔한 거 두 번이나 살리고, 치매 걸린 시어머니는 항암 치료에 완치까지 시키가믄서 도대체 지금 몇 년째고?"

"……."

"그렇게 살아 봐야 자기 자식한테는 저런 소리나 듣는데, 그게 다 무슨 의미가 있는지."

그렇게 안쓰럽고 허망한 인생도 없다는 듯이 엄마가 혼자 중얼거렸다. 애정과 연민 사이 그 어딘가.

하긴 신미진의 '입장'을 가장 잘 아는 건 엄마였다. 엄마의 약점은 신미진에게 아무래도 상관없는 것이었지만, 신미진은 제 약점으로 엄마의 마음을 샀다.

"……언니 말이 자기가 우갱이 낳고 산후 우울증이 심했다 카대. 그래서 얼마간은 자기가 생각해도 애들을 잘 못 봤는데, 안 그래도 밉상인 며느리가 갓난 애기까지 아무렇게나 내팽개쳐 두고 있는 거 같으이……. 할매 입장도 이해를 못 할 거는 아니지. 얼마나 그랬으면. 애가 응급실에 실려 가가 바로 수술해야 될 정도로 아픈 것도 할매가 볼 때까지 몰랐단다."

"……."

"그러다 니가 애들 다 굶겨 죽이겠다고 다른 애들까지 델꼬

봄그늘 4   99

가빠니까 갑자기 정신이 번쩍 들어가, 울고불고 잘못했다고, 잘 키우겠다고 빌었는데……. 한 달을 그래 비니까 큰 애들은 돌려줬는데, 우갱이는 안 돌려주더란다. 신미진이 니는 지금 갓난 애기 키울 상태 아니라고. 니 손에 있으면 애 죽는다고."

나는 어느새 아빠가 아닌 나에게로 말이 돌아온 것을 알았다.

"남편은 아무리 사정해 봐야 듣는 척도 안 하고, 얼마나 속이 탔겠노? 자기가 잘못한 건 맞아도 자기 자식을 뺏겼는데……. 그렇다고 죽일 뻔한 게 사라지는 건 아니니까, 나서서 말도 몬 하고. 그 뒤로 정신 차리고 아무리 태경이, 해경이한테 잘하는 걸 보여 줘도 소용은 없고, 애는 할매 손에서 계속 크고……. 그렇게 가까이 있어도 따로 사니까 애가 부모 보는 눈에 정도 없고. 다 허무했다 카드라."

"……."

"할매도 막상 키우다 보니까 떨어트리기가 싫었는갑지. 그렇다고 애 엄마한테서 애를 아예 뺏들면 되긋나……. 우경이야 즈그 할매 편만 들고 싶겠지만, 경우가 아닌 거는 맞다. 일부러 애를 학대한 것도 아니고, 사람이 잠시 마음에 병이 들어서 그랬던 건데."

바구니에 용구를 몇 개 더 챙겨 넣던 아빠가 열린 창고 문 너머로 박우경이 있는 사과밭을 보듯 가만히 시선을 던졌다.

"그렇게 애를 뺏어 갔다가 우경이가 네 살 넘어서야 겨우 돌려줬는데, 우경이는 이미 즈그 할매가 엄만 줄 아니까 할매랑 떨어져서 집에만 데려오면 울고, 아무것도 안 먹고, 억지로 먹이면 전부 토하고……. 나중에는 목에서 피가 나오도록 토하고, 한 달을 넘게 그카는데 엄마라는 사람이 그 꼴을 우예 보겠노? 애를 진짜 굶겨 죽일 수도 없는 노릇이니까 결국 할매 손에 다시 가게 된 거지."

"……."

"그걸 형들이랑 다르게 지는 버렸다고 생각하는 건지 뭔지는 몰라도……."

엄마가 안타까운 듯 혀를 찼다.

박우경은 정말로 제가 할머니 품에 버려졌다고 생각했을까? 모르겠다. 나는 할머니 집을 주인처럼 누비던 그 어린애의 작은 등을 떠올려 보았다.

같이 놀던 우리가 떠나고, 제 형이 떠나도 저는 당연하다는 듯이 그 집에 남아 있던 시절.

그러다 언젠가부터는 제 형과 같이 할머니 집을 떠났다. 모두가 그게 당연하다고 하니까.

그러나 그 애에게는 과연 어느 쪽이 더 당연했을까?

나는 박우경이 '부모 같지 않은 사람들'에 관하여 말한 이후로, 그 어린애가 얼마나 아무것도 내색하지 않으며 살아왔는지를 깨달았다. 자기가 그렇게나 좋아한다는 나를 포함해서. 그리고 그건 조금 내 속을 아리게 했다.

제 할머니가 요양원으로 떠나기 전까지, 나는 그 애가 내 앞에서 엉엉 우는 꼴도 본 적이 없었다. 그 애 할머니는 남자애가 우는 것을 몹시 싫어했다. 그래서 할머니가 저를 잊어버리고,

사라져 버린 날마저도 울다가 멍하니 그런 말을 했다. 이렇게 울면 할머니가 싫어할 거라고.

고작 내가 다른 남자애와 손잡고 율동이나 하는 것도 견디지 못하고 분탕질을 쳤으면서, 제 큰형을 좋아한다는 말에 반년이나 나를 못살게 굴었으면서,

저 불안한 것을 티 낼 줄 모르는 것도 아니었으면서.

그런 주제에 중요한 것은 죄다 숨겼다. 나는 입술을 깨물었다.

"······즈그 부모랑 정이 없다 카이."

"당신은 좋겠네요. 박씨 집안 싫다고 노래를 불러 대드마."

"좋기는 뭐가 좋노. 애가 불쌍하지."

결국 애만 불쌍하지. 신미진이 가장 가엾게 들릴 만한 이야기를 한참 들어 놓고도 아빠는 반만 옳게 들은 듯 단조롭게 말하고 나갔다.

그러자 교체하듯이 박우경이 창고 안으로 들어왔다. 엄마가 흠칫 고개를 돌렸다.

"뭐야, 혹시 저 욕하고 계셨어요?"

"니 욕할 데가 어딨다고."

"아줌마, 혹시 오후에 저희 대신 직판장 좀 더 봐 주실 수 있어요?"

"하이고, 그쪽까지 우경이 니가 신경 쓸 것도 없다 카이······."

"그럼 공주 데리고 대구 갔다 와도 돼요?"

"대구는 와?"

"저희 할머니한테 공주 정식으로 소개 시킬라고요."

엄마가 순간 입매를 굳혔다가 그래, 하고 가까스로 대답했다.

"내한테는 안 묻나. 본인 여기 있는데."

"이제 물어보려고."

날 똑바로 응시하는 눈에는 그늘이 보이지 않았다. 아이처럼 들뜬 기색이었다.

우리가 사귀었던 옛날에도 가끔은 저런 눈을 봤다. 이번 주말에는 오랜만에 제 할머니를 보러 간다고 말하던, 열여덟 살의 박우경.

제 부모를 벗어나 할머니에게로 돌아가고 싶어 했던 그 초등학생처럼.

"우리 할머니한테, 결혼 허락받으러 가자. 윤차희."

그 말의 끝에서 박우경의 가슴이 약간의 긴장으로 부풀었다가 천천히 가라앉는 것이 보였다. 여태껏 별말을 다 해 놓고서, 이제 와서 나한테 고작 그 말을 하는 게 어려운 것 같았다.

제 할머니에게 같이 허락을 받으러 가자고 하는 건지, 나한테 허락을 구하는 건지도 모르게.

"……니네 할머니 허락은 옛날에 받았다면서. 순 거짓말 같긴 한데."

"진짠데. 확인해 볼래?"

"그걸 무슨 수로 확인하노."

"니 우리 할매 무시하나."

나는 혀를 찼다. 박우경이 능글맞게 내 쪽으로 아주 가까이

다가섰다가, 뒤늦게 엄마의 눈치를 보듯 딱 한 발 뒤로 물러났다. 엄마가 그런 그 애를 못 본 척 고개를 돌렸다.

"진짜라니까."

"말도 안 돼."

"그니까 같이 가서 확인해 보자."

"……."

"맛있는 거 사 줄게."

애라도 달래듯 덧붙인 말에 헛웃음이 흘러나왔다. 선물 상자 안에 사과를 담고 있던 손이 부드럽게 잡혔다.

"우리 할머니도 공주 니 보고 싶을걸."

"……."

그 애와 할머니. 그리고 그 애의 엄마. 나는 여전히 울렁거리는 속으로 아까 그 이야기를 생각하고 있는 중이었다. 엄마 딴에는 신미진의 팔자도 안쓰럽다고 꺼내 놓았던 이야기. 내게는 죄다 박우경의 이야기로 들렸던 것.

옛날부터 신미진을 별로 좋아하지 않았던 아빠는 마치 그걸 다 믿을 수 없다는 양, 거기서 불쌍한 건 애뿐이라고 잘라 말했다. 어디까지나 박우경만 불쌍한 이야기라고.

본인 입으로도 그랬다면서? 자기가 애를 죽일 뻔했다고.

엄마를 보던 아빠의 냉담한 표정이 그렇게 말하는 것 같았다. 신미진의 방치로 박우경이 죽을 뻔했다는 이야기를 들은 순간부터, 신미진의 다른 사정 같은 건 아무래도 상관없는 것처럼.

신미진이 스스로 인정한 잘못이 엄마의 모든 신뢰를 끌어냈다면, 아빠에게서는 더한 불신을 끌어낸 셈이었다. 시모에게 제 막내아들을 뺏긴 불쌍한 여자라고, 엄마가 아무리 말해도.

아마 박우경이 우리 사과원 안에 있는 게 아니었다면, 아빠는 마치 TV를 보듯이 더 싸늘하게 말했을 것이다.

그래서 뭐? 여기가 미국이었으면 시엄마가 아니라 나라에서 애 뺏어 갔다.

"니는 안 보고 싶나?"

"……아니."

며느리에게 시집살이나 시켰다는 나쁜 시어머니. 강제로 엄마에게서 애를 빼앗아간 할머니.

어쩌면 정말로 그럴 수도 있었다. 하지만 신미진이 제 남편의 상간녀처럼 헐뜯었던 큰 고모를 도무지 그렇게 생각할 수 없었듯이, 그 애의 할머니도 그렇게 생각할 수가 없다.

널 세상에서 가장 많이 사랑해 주었다는 사람인데.

피 한 방울 섞이지 않은 내게, 그렇게 다정한 사람이었는데.

"나도 보고 싶어."

엄마의 복잡한 시선이 잠시 우리에게 머무르다 떠났다. 박우경이 세상을 다 가진 것처럼 웃었다.

"내가 말했나? 할머니 나 한 번 기억한 적 있다고."

"아니."

치매에 걸리고 몇 년이 지나도록 가족 누구의 이름도 기억하지 못하다가, 그 애를 보고 문득 '동주'라 불러 온 집안이 뒤집어진 적은 있었다.

우리가 사귀었던 두 번째 겨울이었다.

손자를 보고 불쑥 튀어나온 둘째 아들의 이름에, 서울에 살던 아들들까지 한달음에 내려왔다고 했지. 그 애의 삼촌들은 한동안 얼른 제 이름도 기억하라고 난리였다고 했다.

잘 차려입은 아저씨들이 노쇠한 할머니를 둘러싸고 실랑이를 벌였을 풍경이 잠깐 상상됐다. 엄마, 내 엄마 아들 박 누구누구다. 막내아들 이름은 기억 안 나나……. 그러나 그 시절 할머니는 자식들을 끝내 실망시켰고, 심지어 진짜 박동주를 앞에 두고도 절대로 그 이름을 말하지 않았다.

단지 박우경에게만 그랬다. 잘못 부른 이름으로조차.

"휴학하고 군대 가기 전에, 할머니한테 자주 갔었거든. 거의 매일."

"응."

"가 봤자 속만 상할 건 아는데, 나 알아보지도 못하는데……. 그래도, 내가 군대 가 있는 사이에 죽을까 봐."

"……응."

"그래서 매일 가서, 니 보기 싫다고 악을 질러도 하루 종일 앉아 있었다. 할머니지만 할머니가 아닌 사람인데, 내가 알던 할머니는 껍데기밖에 안 남았다고 생각했는데……."

"……."

"그런 껍데기라도 다시는 못 볼 수도 있다고 생각하니까 그
게 더 무서워서."

그랬겠다. 나는 조용히 동의했다. 핸들 위에 있던 오른손이
조수석의 내 손 위로 넘어왔다. 아래에서부터 그 손을 마주 잡
자 박우경이 희미하게 웃었다.

"근데 하루는 할매가 낮잠만 계속 자서, 심심해서 게임하고
있었거든. 갑자기 누가 팔을 잡는 거야. 존나 놀라서 나도 모르
게 욕을 하고 보니까 할매가 내 팔을 잡고 있드라."

"박우경 니는 어떻게 니네 할머니 앞에서도 욕을 하노."

"아니, 좀 들어 봐. 욕을 했는데, 할매가 뭐라 캤는지 아나."

"모르지."

"'박우경. 니 학교에서 자꾸 그래 못된 말 배워 올래?'"

"……."

"너무 놀라서 또 욕하니까, 할매가 뭐라 하면서 내 손을 때
리더라. 머스마가 어데 버르장머리 없이 지 할매 앞에서…….
정신 나가서 못 알아보고 때리는 게 아니라, 나 어릴 때처럼 그
러더라. 내가 초등학생인 줄 알더라고. 존나 이렇게 큰데."

"그러게. 되게 큰데."

"우갱이 니 알림장 좀 함 보자. 내일 준비물은 다 챙겼나. 할
매가 문갑에 넣어 놨던 크레파스는 찾았나……."

"……."

"나 기억하냐고 우니까, 싫어하더라. 남자애가 질질 짜고 자

빠졌다고……. 내가 니를 어떻게 잊냐고."

"……."

"세상 사람 다 잊어도, 우리 우경이를 어떻게 잊냐고."

"……."

"윤차희 니 말이 맞더라. 내가 중요하지 않아서 잊어버린 게 아니라는 말. 그래서 그날, 저녁에 버스 타고 청라로 돌아오는데, 윤차희 니한테 이거 다 말해 줘야겠다고 존나 정신 나간 놈처럼 들떠서 생각하다가."

"……."

"터미널에 내려서, 그때처럼 니가 나 기다리고 있는 헛것까지 보고 나서야……. 그때서야 우리가 헤어졌다는 게 기억나더라."

"기억나서 또 울었나."

"어."

박우경이 담담하게 인정했다. 마주 잡고 있던 그 애의 손이 살짝 비틀리듯 내 손을 빠져나가서, 이윽고 통째로 내 손을 다시 움켜쥐었다.

"덩치도 존나 큰데 개도라이 새끼처럼 거기 서서 우니까 할매들이 다 피해 가더라."

"그렇겠지. 아무래도 무서우니까."

"진짜 무서운 건 공주 닌데."

"……."

"짜증 나니까 구질구질하게 울지 말라고 했던 거 생각나나."

108

떨어지라고 면전에 대고 못된 말을 얼마나 많이 했는데. 죄다 기억이 났다.

"그래서 잘 참고 있었는데, 그날은 씨발……. 윤차희 뭐 어쩌라고 싶더라고? 지가 내 안 운다고 봐 줄 것도 아니면서."

나는 가만히 웃었다. 박우경이 짐짓 진지한 표정으로 말을 이었다.

"내가 여태까지 살면서 좋아한 여자가 딱 두 명 있는데, 둘 다 내가 우는 게 싫대."

누군데, 하고 모르는 척 묻자 그 애가 날 흘끗 보고 말했다.

"공주 니. 그리고 우리 할매."

"……."

"그래 놓고 내가 울 일은 그 두 명이 다 만들더라. 존나 어이없제."

"맞나."

"내 얼굴만 보면 싫다는데 나는 좋고."

"……."

"나는 취향이 진짜 개 같은가 봐."

"여자 보는 눈이 형편없긴 하지."

그래도 둘 다 이쁘니까. 박우경이 비식 웃으며 제 오른손에 쥐고 있던 내 손을 입가로 가져가, 손가락 끝에 쪽 하고 키스했다.

엄살인지 비명인지 모를 소리와 잔잔한 웃음소리가 희한하게 섞인 복도를 지나, 우리는 특실이 몇 개 늘어선 막다른 복도에 다다랐다. 박우경은 나 보고 앞에서 잠시 기다리라고 하고는 먼저 병실로 들어갔다.

나는 아무도 다니지 않는 깨끗한 복도와 정수기 따위를 둘러보며 문 너머의 소음을 들었다. 오래된 기억 속 익숙한 음성이, 기억과 다른 사람처럼 말하고 있었다.

군대에 가기 전 매일. 온종일.

나랑 헤어진 그 애는 수능을 잘 봤다. 내가 가고 싶어했던 대학도 갔다. 제 말로는 대학에서 첫 해를 제법 착실히 보냈고, 입대를 위해 휴학하고는 잠시 대구에 있는 할머니를 보기 위해 청라로 내려와 시간을 보냈다.

욕설, 짜증, 몸을 버둥거리는 소리, 침상의 삐거덕거림, 원망.

네가 누구인지 나는 모른다고, 나가라고, 싫다고 소리치는 울음.

"할머니, 괜찮다. 나 왔잖아."

나는 박우경이 그 모든 소리에 익숙하게 대꾸하고, 보고 싶었다고 말하는 소리를 들었다. 몇 해 전 그 애가 보냈을 하루하루를 듣듯이.

그 끔찍한 하루 중 언젠가 할머니가 저를 알아보았다고, 그것을 내게 말해 주려고 했다가 나와 이미 헤어진 것을 문득 알아차렸다던 날.

그날의 터미널로 돌아가서, 그때의 널 잠깐 안아 줄 수만 있다면 얼마나 좋을까.

나는 병실 앞에서 쏟아지는 욕설 속에 그 애가 잠시 웃는 것을 들었다. 제 할머니에게 아무리 욕을 들어 먹어도 먹지 않는 것처럼.

"평생 욕을 안 하고 사니까 이러지. 그러게 손자처럼 욕하고 싶을 때마다 다 하고 살았으면 이렇게 나이 들어서 부끄러운 말 안 할 건데."

"……."

"하긴 너무 고상하고 착하게 살았다. 맞제."

"……."

"할머니가 너무 많이 참아서. 그래서 이렇게 된 거 나는 다 안다."

"……."

"성질 더러운 할아버지도 참고, 지랄 같은 시집살이도 참고, 넷이나 되는 아들도 다 참아서. 그래서 이러는 거잖아."

"……."

"다 늙어서 나처럼 지랄맞은 새끼까지 키우느라 고생해서."

대화는 대화가 아니었다. 서로가 벽에 대고 이야기하듯이 말은 부딪히고 떨어졌다. 할머니가 어린애처럼 짜증을 부리며 울었다. 박우경이 익숙하다는 듯 안고 달래는 소리가 들렸다.

할매가 왜 우는지, 왜 슬픈지 자기는 다 안다고.

옛날의 그 애가 말했던 '껍데기'를 이제야 알 것 같았다. 박우경은 지금 살아있는 할머니를 붙잡고, 제가 초등학생이었을 적의 할머니에게 말을 걸고 있었다.

내 기억 속 할머니의 다정한 목소리가 낯선 노인의 노성 속에서 먼지처럼 흩어졌다.

박우경의 부모가 그 애와 병든 할머니를 자주 만나지 못하게 했던 이유는 원래 여러가지였다. 공부할 시간도 없다는 것. 그리고 어린애가 괜히 할머니의 험하고 못난 꼴을 보게 된다는 것.

어쩌면 신미진이 할머니를 모종의 일로 미워했거나, 박우경이 할머니를 '엄마'처럼 애틋하게 여기는 것 자체가 싫었기 때문일 수도 있다. 진짜 엄마인 저를 두고, 그렇게 미운 시모를.

나는 가끔 할머니 집에서 조금 성마르게 박우경의 가방을 챙겨 들고 그 애를 재촉하던 신미진을 떠올렸다. 그때 할머니는 아무런 말도 없이 그 애의 머리만 몇 번 더 쓰다듬고 보내주었다.

제 아내의 속내에 늘 무심했다는 박동주가 아내 때문에 자기 어머니와 아들을 떨어트려 놓았을 리는 없었다. 그저 단순히, 저 모든 말과 행동이 열네 살 남자애에게는 가혹했기 때문이겠지.

박우경이 그럼에도 불구하고 할머니를 사랑할 수 있는 것을 모르고.

"할머니. 밖에 차희 와 있거든."

"……."

"차희 기억나나. 윤차희. 나 어릴 때 맨날 붙어 다니던 애 있 잖아."

"……."

"할매가 걔 진짜 좋아했는데. 기억 안 나나."

"……."

"예쁘다, 착하다, 니도 쟤처럼 저렇게 공부 좀 해 봐라, 노 래를 불렀다이가. 내보고 나중에 크면 저런 애랑 결혼하라 하 고."

"……."

"윤차희 같은 애 말고 진짜 윤차희가 커서 나랑 만나 주면, 걔랑 꼭 결혼하라고 허락도 해 줬다이가."

대답 대신 쌍욕이 터져 나왔다. 박우경이 혀를 찼다.

"나는 욕하고 때려도 되는데, 윤차희 앞에서는 이러면 안 된 다. 알겠나? 집안 망신이잖아. 내 부모 대신인데, 할매가."

"……."

"이년 저년 하면 큰일 난다. 알겠나. 쟤네 아빠한테 잡혀간 다, 내."

얼마나 낮잠을 잘 잤으면 볼따구에 침을 다 흘리고 잤네. 좀 닦자. 머리도 좀 빗고……. 박우경이 그렇게 중얼거리며 버둥 거리는 할머니를 붙잡는 소리가 들렸다.

잠깐 괴성을 지르던 할머니가 무슨 수를 썼는지 조용해졌다. 나는 조심스레 병실 문을 두드렸다.

"잠깐만."

"어."

"됐다. 이제 들어온나."

문을 작게 열고 그 틈새로 병실을 들여다보자, 박우경이 살짝 굽은 등의 깡마른 할머니와 침상에 앉아 있었다.

나는 잠시 문가에 멈춰 서서 내 마지막 기억보다 스무 해는 더 나이 들어 보이는 할머니를 멍하니 바라만 보았다.

꼬박 십 년쯤 된 것 같았다. 한때 날 손녀처럼 예뻐했던 사람이지만 서로의 피 한 방울 섞이지 않은 우리는, 그 시절 동네 아저씨의 냉정한 말을 빌리자면 '다음번에는 장례식 영정 사진으로나 볼' 사이였다.

여전히 살아 있는데도 죽은 사람처럼 온 동네 사람들로부터 잊혔던 사람. 누군가 가끔 무신경하게 '아직도 살아 계셨냐'고 묻던 사람.

그 애의 할머니.

"이쪽으로 좀 더 와도 괜찮다. 니는 절대 못 때리게 할게."

"……그럴 수 있으면 니는 왜 맞는데?"

"난 할매 스트레스나 풀라고 일부러 맞아 주는 거라."

할머니는 아이처럼 박우경의 휴대폰을 가로로 들고는 무아지경으로 보고 있었다. 그것을 보고 나서야 작게 영상이 재생되는 소리가 났다.

"완전 애라니까. 폰 주면 정신을 못 차린다."

할머니의 등 뒤에 앉은 박우경이 불평하며 빗으로 할머니의 옆머리를 조금 더 빗었다. 나는 천천히 침상으로 다가가 할머니가 발을 까딱거리고 있는 쪽에 앉았다.

박우경이 바로 미간을 찌푸렸다.

"잘못하면 걷어차인다. 좀 뒤로 가라."

"괜찮은데."

"내가 안 괜찮으니까."

턱짓을 따라 살짝 뒤로 앉았다. 그 애가 그제야 할머니의 어깨를 톡톡 두드렸다.

"누구 왔는지 봐 봐. 할매."

"……."

준영이네 딸이잖아. 옛날에 할머니가 그렇게 불렀듯, 박우경이 나직하게 언질을 주었다. 영상에 잔뜩 몰입해 있던 할머니가 인상을 팍 찌푸리고 고개를 들었다.

"어?"

그리고 무언가 의아한 것처럼 소리를 높이더니, 고개를 이리저리 갸웃거렸다.

"요 가시나는 누고?"

"차희잖아."

"그게 눈데?"

"우경이 여자 친구."

"우경이가 눈데?"

"할매가 아들 넷 다 합친 거보다 사랑하는 손자."

"아들? 아직 결혼도 안 한 처녀한테 이 미친갱이가 무슨 헛

소리를 해 쌌노, 지금?"

"야, 우리 할매 아직 결혼도 안 했대. 인생 되감기가 보통이 아니다."

"미쳤나!"

"지금 완전 태초 마을 갔다."

개새끼, 씨발 새끼 온갖 욕이 쏟아지는 가운데 박우경이 어깨를 으쓱했다.

"글고 보이 니, 니! 미친갱이 니 왜 아직도 여기 있노! 아까 나간다매!"

"내 폰이 할매 손에 있는데 내가 그거 두고 어케 가는데?"

"가라! 얼른 가라! 썩 꼬지 뿌라!"

"아 주삿바늘 떨어진다. 나대지 마라, 할매."

"빨랑 안 가나!"

"아 쫌. 피 보면 지가 아프지 내가 아프나."

나는 작게 웃음을 터트렸다. 할머니가 고개를 확 돌렸다.

"가시나 니는 왜 웃노! 니 눈데!"

"저 차희예요. 할머니."

"차이고 나발이고 니도 이 미친갱이랑 얼렁 같이 가 뿌라. 가스나 니 우리 아부지가 얼마나 무서운 사람인지 아나? 나중에 아부지 오시면 느그가 내 이래 괴롭혔다고 다 일러 삐 가……."

소리가 문득 잦아들었다. 할머니가 무릎 위에다 가만히 박우경의 휴대폰을 놓았다.

날 보고 갸웃갸웃 느릿하게 움직이는 고개가 한때 유행하던 작은 인형 같았다. 햇빛 아래 이리저리 저절로 고개를 움직이던 자동차 대시보드 위 인형.

"······니 혜영이 아이가?"

"······."

"윤혜영이."

나는 가만히 굳었다. 박우경이 제 검지 끝을 입술에 대고 조용히 하라는 듯 내게 주의를 주었다. 병원에 오는 길에도 할머니가 혹시 무언가를 떠올릴 때에는 섣부른 부정으로 할머니를 자극해서는 안 된다고 했다.

날 이리저리 들여다보던 할머니의 얼굴이 점점 환해졌다.

"영아."

네, 라고 해. 박우경이 소리 없이 내게 말했다. 나는 떠밀리듯 대꾸했다.

"······네."

"어디를 그래 갔다 이제 왔노. 응? 분이가 니를 얼마나 걱정했는데."

"······."

"이제 느그 아부지도 남의 집 머슴살이나 하는 사람이 아이다. 막말로 느그가 집에 돈이 없는 것도 아니고, 이제는 땅이 그래 있고 농사를 그래 크게 짓는데 딸래미가 만다꼬 고등학교도 안 가고 대구까지 가서 그 고생을 한다 카노."

"······."

"그래, 그것도 고등학교는 고등학교지만서도 봉제 공장 같은 데 딸린 야간학교에서 공순이들 모다 놓고 뭘 옳게 신경 써서 가르치긋나? 주경야독이 말이 쉽지, 함부레 졸다가 손에다 미싱이라도 잘못 박아 봐라. 느그 아부지가 장녀라고 니를 그래 아끼고 이뻐하는데, 다른 자매들은 몰라도 혜영이 니 하나는 나중에 대학까지 보내 준다 안 카나. 동생들 끌어 주라고."

"⋯⋯."

"가스나가 기껏 공부를 그래 잘하는데. 니가 대학 잘 나와가 동생들 도와주면 되지. 니가 무슨 고등학교 갈라고 어데 다른 집 딸래미들처럼 용을 써야 하는 처지도 아이고. 우리 박씨 집안에 학교도 다 안 있나."

"⋯⋯."

"왜⋯⋯. 혹시 동주 할무이 때문에 눈치 보이나?"

나는 아무 말도 하지 못하고 박우경을 바라보았다. 박우경이 무표정하게 빗을 내려놓았다.

"아니면 아예 동주 없는 데로 갈라고?"

"⋯⋯."

"동주 할무이나 그 애 아부지나, 동주한테 욕심이 너무 많아가 그렇다. 그래 손자랑 아들을 못살게 굴면서도 세상에서 지손자 지 아들만 귀한 줄 알아서⋯⋯. 니가 이래 이쁘게 크니까 괜히 눈치나 주는 거지."

"⋯⋯."

"사실 이모는, 혜영이 니가 나중에 우리 동주랑 꼭 결혼했으

118

면 좋겠는데……. 다 이모 욕심이지만."

"……."

"그 불쌍한 머스마가 니 아니면 웃을 일도 없다 아이가."

그 순간 아이러니하게도 할머니의 무릎 위에서 박우경의 어두운 휴대폰 화면이 밝아졌다. 볼륨을 낮게 죽인 벨 소리가 들렸다.

신미진

제 부모도 타인처럼 이름 세 글자로 저장해 두던 것이 문득 눈에 밟혔다.

박우경은 휴대폰을 들고 내 옆을 지나며 할머니가 무슨 말을 하는지 녹음해 달라고 단조롭게 당부했다. 할머니가 날 때리려 들면 바로 병실을 나오라고도 했다.

그러나 병실의 문이 닫히고 남은 건, 자신이 방금 전까지 무슨 말을 하고 있었는지도 모르는 얼굴을 한 노인과 나뿐이었다.

할머니는 나를 한참이나 물끄러미 보고 있었다. 그러다 마치 새롭게 사람을 알아본 것처럼 천천히 웃었다.

"혜영아."

"……네. 이모."

비좁은 목구멍을 비집고 겨우 소리가 올라왔다. 할머니는 그렇게 고모의 이름으로 날 부르고 또 한동안 말이 없었다.

나는 그제야 박우경이 시킨 일을 기억해 냈다. 가까스로 휴대폰을 꺼내 녹음 버튼을 누르는 찰나, 할머니가 배시시 웃으며 말했다.

　"준영이 마누라가 낳은 딸래미 봤나? 니 조카."

　"······."

　"혜영이 니랑 영판 똑같드라. 가시나······. 쪼맨한 게 지 고모 닮아가 얼마나 이쁘던지."

　"······걔 이름도 아세요?"

　"차희. 태희 다음 차희."

　"······."

　"혜영이 니 애기도 그렇게 이뻤을 텐데."

#39. 당신은 동에서, 나는 서에서

뼈마디가 툭툭 불거진 깡마른 손, 앙상한 손목뼈, 근육도 살도 남지 않은 것처럼 뼈 모양을 따라 늘어지고 주름진 피부.

내가 기억하던 할머니 같지 않은 그 팔이 느리게 시야를 가로질렀다. 한때는 박우경이 닮았다고 생각했던 눈매가 낯설게 나를 바라보고 있었다.

할머니가 내 손을 잡았다.

"준영이 딸래미, 그 가시나가…… 니가 그때, 만약 동주 딸을 낳았으면, 딱 그랬을 거 같아서, 개가 꼭 니 딸 같아가."

"……."

"미안하다. 혜영아. 니가 옛날에 야간학교 간다고 할 때, 차라리 그냥 그러게 둬야 했는데. 똑똑한 가시나가 괜히 우리 동주 때문에 도망치듯이 대구까지 가서, 거서 고등학교도 옳게 못 나와가 평생 공장에서 고생할까 봐 그랬는데……."

"……."

"혜영이 니가 공부를 얼마나 잘하는데, 그냥 공부 열심히 해서 느그 아부지가 보내 준다는 대학이나 가라고, 그냥 여 있으라고 붙잡았는데, 내가 니를 망쳤다. 동주가, 우리 집이 니 인생을 다 망쳤다……."

"……."

"내가 그때 혜영이 니를 지켜 줬어야 했는데, 그러지를 못해가 평생을 후회했다. 평생, 누가 애기 낳은 거만 보면 혜영이 니가 그때, 내 앞에서 피 흘리던 게 생각나서. 배가 너무 아파요, 저 좀 도와주세요, 살려 주세요, 이모……. 니가 그러던 게 생각나서……."

"……."

"내가 동주 할매한테 맞아 죽어도 혜영이 니랑 동주 애기는 끝까지 지켜 줬어야 했는데. 우리 동주는 서울에 가고 없는데, 아무것도 모르는데, 니가 지 애 밴 것도 모르는데."

박우경이 지금의 나를 두고 십 년 전 제 할머니에게 말을 걸었듯, 할머니도 나를 두고 어느 세월 속의 사람에게 말을 건다. 그 사람이 정말로 앞에 있었다면 할 수 없었을 말들. 가슴에 맺힌 말들. 어떤 기억들.

내가 영영 몰랐더라면 좋았을 그들의 역사.

나는 휴대폰 화면에서 빠르게 올라가는 숫자를 멍하니 바라보았다. 그 애 할머니의 무릎 위에는 내 손이, 내 손등 위에는 그 애 할머니의 눈물이 가득했다.

지금 생각하면 그래 봐야 몇 년 더 살지도 못할 양반이었는데, 그때는 뭐가 그래 무서웠는가 모르겠다. 그 양반이랑 눈만 마주쳐도 벌벌 떨고, 입만 열면 망할 년 죽일 년 해 댈까 심장이 철렁하고, 손만 들면 또 얻어맞을까 봐 평생을 그 할매 밑에서 떨고 살았는데.

내 손으로 그 할매 제사상까지 차리고 있으니까 죽겠드라. 그렇게 산 내 세월이 사무쳐서 그런 게 아니라, 그 처죽일 할매가, 그날 니 애 떨어졌다고 웃던 게 생각나서.

니가 병원에 실려 갔던 그날, 지 때문에 증손자가 죽은 줄도 모르고, 애가 알아서 죽었다고 좋아하던 게 생각나서.

머슴살이나 하던 놈 딸년 주제에 어데 남사시러운 줄도 모르고, 더럽게 몸을 굴려 애나 갖고 동주 발목을 잡느냐고.

박우경은 모든 것을 잊어버린 것만 같은 제 할머니의 어딘가 남아 있는 기억을 궁금해했다. 머릿속 다 무너진 폐허 밑에 무엇이 남아 있는지, 그 속에는 혹시 저도 있는지.

그런 게 희망은 아니라고 했다. 단지 아주 약간의 차도를 바란다고 했다. 그리고 할머니에게 제 이름을 한 번쯤 불리고 싶어 했다.

그러니까 그 애가 바라던 것은, 이런 게 아니다.

이렇게 우리가 안 되는 이유가 더 늘어나고 불어나는 것이 아니었다.

심장이 쿵쿵 뛰었다. 나는 그 애 할머니가 두서없이 쏟아 내는 큰 고모의 이야기를 들으며, 녹음 버튼을 어디서 멈추어야 할지 생각했다. 녹음을 끄고, 그대로 일어나 병실을 벗어나고 싶은 충동이 일었다.

아무것도 못 들은 척, 알지 못하니까 괜찮은 척, 그렇게 네 손을 잡고 여기를 벗어나면 전부 괜찮아질 거라고.

나는 도망치듯 그렇게 생각했다. 그러나 정작 아무것도 할 수 없었다.

할머니의 어떤 기억이 소리로 발화되는 일은 그 매 순간이 마지막일 것이다. 다시는 누구도 전부를 알지 못하게 될 수도 있었다.

박동주는 무엇을 얼마나 알았을까. 나더러 '네 고모처럼' 몸을 더럽게 굴렸다고 정신을 놓았던 신미진은?

나는 불운한 고모의 상냥한 얼굴을 떠올렸다. 그 고모가 지금의 나보다도 어린 나이가 되어, 젊은 날의 할머니에게 울면서 저를 좀 도와 달라고 말했을 스무 살의 앳된 얼굴부터, 내가 아는 어른의 얼굴까지.

할머니가 말하는 '그들'의 끝은 박동주가 서울로 갔던 그해 봄이었다.

그 시절 여자들은 공부를 아무리 잘해 봐야 서울처럼 먼 곳까지 보내지 않았고, 지방 어디든 대학을 나오기만 해도 대단하다고 봤다. 여자가 많이 배워 봐야 시집가면 만고 쓸모도 없을 것을, 너네 부모가 너를 얼마나 사랑하면 대학까지 보내 주었겠느냐고.

그 말처럼 내 할아버지는 아들 귀한 집에 딸이 많아도, 첫 자식이었던 큰 고모만은 각별히 사랑했다. 계집애가 공부를 잘하는 게 무슨 소용이냐고 말하지도 않았다.

그 바로 아래 태어났던 큰아버지가 일찍 죽어 버렸으니 오갈 데 없는 사랑이 더해졌다. 실질적으로 장남 취급을 받았던 막내아들인 아빠는 큰 고모와 나이 터울이 많았고, 집안의 기둥처럼 여기기에는 어렸기 때문이다.

참하고, 예쁘고, 공부도 잘하는 제 딸을 대학까지 잘 보내 놓으면 좋은 직업을 갖고 좋은 남자와 결혼할 것이라 생각했다. 죽은 장남의 몫까지, 그 모든 기대를 장녀에게 걸었다.

그래서 박동주가 제 아버지의 뜻대로 서울로 갔을 때, 고모는 제 아버지의 뜻대로 대구로 갔다.

당신은 동에서, 나는 서에서. 박동주가 오래도록 간직했던 어느 시인의 시처럼.

내가 입대를 미룰 테니 우리 대학을 졸업하면 결혼부터 하자. 그리고 우리 영영 서울에서 살자.

할머니는 제 아들의 약속을 알고 있었다. 제 아들의 청혼을 수줍게 허락했던 여자애도 알고 있었다.

방학이 될 때까지 몇 달은 보지 못할 것이 아쉬워 그들이 잠시 여행을 떠났던 것도.

고작 그 한 번의 여행이 고모의 인생을 무너뜨린 것도.

박동주의 조모와 부친은 한때 제집에서 머슴살이까지 하다 악착같이 돈을 긁어모아 독립한 내 할아버지를 퍽 '기특하게' 여기고 도와주었던 것과 별개로, 박동주와 잠깐 소꿉놀이나 하다 말 줄 알았던 그 집 딸이 예쁘게 자란 것을 싫어했다.

고모를 못마땅하게 여겼던 사람들이니 아이도 달갑지 않은 걸 어쩌랴.

그러나 할머니는 혜영이가 동주 아이를 가졌으니, 제 핏줄이라면 껌뻑 죽는 사람들이니 결국 어쩔 수 없을 거라고 생각했다고 했다. 다소 부침은 있어도 풀릴 것이라고. 어차피 제 아들은 혜영이와 아이를 책임질 테고, 잠깐만 견디면 결혼하게 될 것이라고.

그러나 이 일을 절대로 동주가 알아서는 안 된다고 남편이 제게 손을 올렸던 순간, 할머니는 모든 것이 잘못된 것을 알았다고 했다.

부산 어느 학교에 기부금을 주고 겨우 입학시켰던 형과 달리 부친과 조모의 바람대로 우리나라에서 가장 좋은 대학을 갔던 박동주는 고등학교를 졸업하기도 전에 많은 용돈을 받았다.

반면 모자람 없이 자랐어도 하숙집 월세까지 할아버지가 대구에 가서 직접 내주었던 고모에게는, 대학에 들어가기 전 따로 쓸 수 있는 용돈 같은 것이 없었다.

그래서 박우경의 할머니는 고모를 몰래 불러다 동주랑 놀러 가면 걔한테 얻어먹지만 말고 맛있는 걸 사 주라고 몇천 원을 쥐여 주었다고 했다. 내가 동주 엄마라 주는 게 아니라, 네 이모라 주는 것이라고.

할머니는 언제나 그 순간을 후회했다고 했다.

혜영이 네가 한참이나 망설이다 그 돈을 받고는 '고맙습니다.' 하면서 웃던 얼굴이 평생 지워지지 않아서.

고모는 결국 대학 생활을 얼마 해 보지도 못하고 할아버지 손에 끌려 나오듯 대학을 중퇴했다. 할아버지는 가장 아꼈던 장녀의 배신을 믿을 수 없어 했다.

제 부모가 그럴 것을 알아 자기 엄마한테도 하지 못할 말을 남자 친구의 엄마에게 먼저 털어놓았던 고모는, 몰래 그 말을 듣고 있던 박동주의 조모가 참지 못하고 튀어나와 달려든 것에 머리를 얻어맞았다. 거기서부터였다. 두 집안이 뒤집혔다.

명구 너는 딸을 어떻게 키웠기에 애가 이딴 창녀 짓이나 하고 다니느냐고, 딸래미를 쓸데없이 대학이나 보낸다고 도시에 보내 놓으니 더럽게 물이 든 것 아니냐고.

언 놈이랑 얼마나 붙어먹었는지 누구 앤지도 모를 애를 배고 서는 우리 집에 뻔뻔하게 와서 동주 애를 가졌다고 우기는 꼴 좀 보라고.

제일 아꼈던 딸을 제집 마당으로 질질 끌고 와 던지던 그 노인에게, 그러니까 처음에, 할아버지는 아무 말도 하지 못했다. 그 노인이 자신과 부모의 목숨을 살려 주었던 은인이기 때문이었다.

그래서 오갈 데 없는 분노를, 수치심을 실망스러운 딸에게 풀었다. 머슴 집 딸년 소리나 듣게 해 미안한 마음은 갈 곳도 없었다. 박우경의 할머니와 한때 자매처럼 지냈던 내 할머니는 제 남편이 그렇게 애처럼 엉엉 우는 꼴은 처음 보았다고 말하며 울었다고 했다.

고모는 대구에서 청라로 끌려와 집에 갇혔고, 이미 생긴 애는 어쩔 수 없으니 결혼을 시키자는 말이 나왔으나 박동주의 조모는 강경했다. 윤씨들 앞에서 제 모친처럼 방방 뛰지는 않아도 똑같이 강경했던 박동주 부친도 '대학까지 간 지저분한' 여자애를 어떻게 믿느냐고 했다.

할머니는 실상 그들이 고모의 행실을 의심한 적은 한 번도 없을 것이라고 했다. 본질은 결국 조건이 맞지 않기 때문이니까. 동주는 장차 크게 될 애고, 우리 집은 돈만 많으니 그 애가 처가를 잘 만나는 것처럼 중요한 일도 없는데 머슴살이나 하던 놈 딸이 가당키나 한가.

알려지면 동네 망신이라 아무도 모르게 두 집안끼리 쉬쉬했던 분란은 그렇게 얼마 가지 못했다.

내내 부모의 질시를 받으며 집안에만 갇혀 있다 박동주의 조모가 집에 들이닥쳐 제 부모를 욕되게 할 때나 겨우 계단을 내려왔던 고모는, 거실을 우두커니 바라보고 서 있다 하혈했다. 10주도 채 되지 않았던 때였다.

그것을 싸우고 있던 누구도 몰랐다. 우리 집 거실 변두리에 서서 어쩔 줄 모르고 시모를 말리던 박우경의 할머니를 붙잡은 고모가 겨우 도와 달라고 했다.

그것으로 전부 끝났다. 그 애 할머니의 입을 틀어막기 위해 그 애의 할아버지가 가했던 폭력도, 두 집안의 분란도.

내 할아버지는 뒤도 돌아보지 않고 고모를 결혼시켰다. 누군가 고모의 신세를 또 망치기 전에.

이미 아이가 사라졌으니 동주는 더더욱 평생 알 필요가 없지.

그 애 할아버지는 제 아들에게 전화를 걸어, 혜영이가 널 배신하고 대구에 어느 돈 많은 집 아들과 눈이 맞아 시집을 가 버렸다고 전했다.

"……그래서요? 제가 결혼했다고 하니까, 그 사람이 뭐라고 해요?"

나는 고장 난 것처럼 굳은 혀를 움직여 물었다. 치매에 걸린 노인 앞에서 못됐게도 다른 사람 행세를 하면서. 초 단위로 빠르게 변하는 핸드폰 화면 속 숫자보다 심장이 더 빠르게 뛰었다.

"……동주? 우리 동주?"

"…….."

"죽을라 캤지. 죽을라 캤다."

전화를 받자마자 서울에서 곧바로 내려온 박동주가 가장 먼저 갔다는 곳은 고모의 대학교였다. 우리도 이유를 모르겠어요. 지난 4월에 갑자기 그만뒀거든요. 여학생들이 보통 이렇게 입학하자마자 그만두는 건 대부분 결혼 때문이기는 해요…….

박동주는 학과 사무실에서 그 말을 듣고 그대로 정신이 나갔다.

4월이라면 그때의 박동주에게는 진작이었다. 고모의 편지가 끊긴 것도 4월이었다.

아버지 몰래 학교 앞 서점에서 일을 하기로 했어. 학교도 일도 너무 바쁘니 당분간은 편지가 어렵게 됐네. 여름 방학 때 청라에서 꼭 만나자⋯⋯.

집에 내려오는 게 힘겹고 답답하겠지만 그래도 여름에는 날 만나러 꼭 내려와 달라는 말이 적혀 있던 마지막 편지.

어제도 동주 네가 보고 싶어서 울었다는 말.

박동주는 그럴 리가 없다고 생각했다. 믿지 못해 제가 편지를 보냈던 하숙집을 찾아갔다. 그리고 5월에도, 6월에도 그 학생이 찾아간 적 없다는 제 편지들만 돌려받았다.

그는 고모가 저와의 만남을 다른 가족들에게 들키는 걸 얼마나 꺼려 했는지 알았다. 하지만 답이 없었다. 박동주는 결국 우리 할아버지의 사과원을 찾아왔다가 고모의 결혼사진을 봤다.

어느 돈 많은 집 사모님이 우리 혜영이를 아주 예쁘게 보시고 같은 학교 다니는 자기 조카에게 소개시켜 주고 싶다더라. 남자가 인물도 준수하고 집안도 좋으니 선이나 한번 보게 했는데, 보자마자 서로 몹시 마음에 든다고 해서 바로 날을 잡았다.

학교는 어차피 시집이나 잘 보내려고 보낸 것이니 더 다닐 필요가 없어 그만두게 했다. 혜영이가 남편에게 사랑받으며 아주 행복해한다. 그 집에는 공장이 몇 개나 있고, 대구 시내에 무슨 건물이 있고⋯⋯.

마치 저는 부잣집 아들이 아닌 양 말하는 할아버지에게 박동주는 아무 말도 못 했다. 똑같이 남들이 돈 많다 말하는 그 집과 제집의 차이는 하나뿐이었다.

그 집에 가면 윤혜영의 집은 말 그대로 윤혜영의 집일 뿐이지만, 제집에 오면 머슴살이나 하던 놈의 집안이 됐다. 그들에게는 부모의 역사가 있었다.

너랑 살면 잘나 봐야 평생 그 집에서 머슴이 낳은 하녀 취급이나 당하겠지만, 그 집에 가면 친정에서 대학까지 보내 줬던 며느리다. 할아버지는 그때 박동주에게 내 딸의 신세를 망칠 뻔한 짐승 새끼라 욕하지도, 때늦게 드잡이질하지도 않았다.

잃어버린 아이는 어디까지나 자기 딸의 치부였고, 그 치부를 딸이 만나던 놈에게 알려 줄 필요는 없었다.

제발 연락처만이라도 알려 달라고, 혜영이랑 한 번만 통화하게 해 달라고 울며 무릎을 꿇고 비는 박동주를 할아버지는 소리 한번 지르지 않고 부드럽게 타일렀다고 했다. 그저 내가 너희 집 머슴살이나 하던 놈이기 때문에 혜영이를 네가 아닌 남자와 결혼시켰다고.

그저 그렇기 때문에, 혜영이 아버지인 나 때문에 너는 안 됐던 것이라고. 평생 날 원망하면 된다고.

그러나 박동주는 거기서 포기하지 못했다. 4월까지도 저를 보고 싶어 했던 애가 자의로 그랬을 리가 없다고. 구해 주어야 한다고 믿었다. 자길 버렸을 리가 없다고.

어른들 말을 잘 듣는 애니까 끌려가고 팔려 간 거라고. 저를 여전히 사랑할 거라고……

그래서 여자 동창들을 통해 어떻게든 고모의 연락처를 알아냈다. 고모와 가장 친했던 친구를 이용해 딱 한 번 만나는 것에도 성공했다.

4월의 고모가 박동주를 만나고 싶어 했던 여름에.

그날 박동주에게 고모가 무슨 말을 했는지는 영영 알 수 없다고 했다. 박동주는 그날 청라로 돌아오다 강으로 부친의 차를 몰았다.

천운으로 사람은 건져 냈지만 넋이 나갔다. 그는 왜 자기가 차를 강으로 몰았는지, 자기에게 무슨 일이 일어났는지 잘 기억하지 못했다. 대구에서 누굴 만나고 돌아오던 것인지조차.

그렇게 겨우 퇴원시키니 약을 삼켰다. 가을이 되어도 병원만 들락날락했다. 서울의 학교로 돌아가지도 못했다.

그리고 겨울, 고모가 첫 아이를 가졌다.

정신 차리라고, 네가 좋아하던 혜영이는 벌써 다른 놈 애도 �뺐다고 박동주의 조모가 지나가듯 한 말에 박동주는 정신을 다 놓은 것처럼 웃더니 다음 날 서울로 가 버렸다.

무슨 일이 생길지 몰라 부산에 있던 박동주의 형을 서둘러 서울로 따라 보냈다. 어김없이 사고가 또 났다.

박동주의 조모는 그제야 후회했다. 동주 애를 잘못되게 해 놓으니 동주가 살을 맞은 것 아니냐고. 나는 할머니의 말을 듣다 조금 웃고 말았다. 할머니가 제 시모를 세차게 비웃고 있었기 때문이다.

자기 탓은 금방 남 탓이 됐다. 혜영이 그 못난 계집애는 기왕 애를 가졌으면 제대로 지키기나 할 것이지, 애 하나 못 지켜서.

애 떨어진 지 얼마나 됐다고 부끄러운 줄도 모르고 바로 딴

놈이랑 결혼해서는 같은 해에 애를 또 갖느냐고. 우리 동주만 불쌍하게 됐다고……

할머니는 먼 옛날 자기 시어머니가 했던 말을 더듬더듬 중얼거리며 실실거렸다. 혜영이 니가 끌려가듯이 결혼하는 꼴을 보고도 그카드라. 내 보고 니 애 안 떨어지게 안 지키고 뭐 했냐고. 웃기제. 지가 지 증손주 죽으라고 고사를 지내 놓고. 얼른 애 떨어지게 하라고, 네 아들 인생 망칠 거냐고 내를 그렇게 괴롭혀 놓고……

박동주는 더 이상 죽으려 하지 않았다. 그저 인생이 어디로 흘러가든 상관없다는 듯이 살았다. 데모 때문에 몇 번 잡혀 간 것을 빼내느라 박우경의 할아버지는 서울을 수십 번 오갔고, 높으신 분들을 찾아 여러 번 무릎을 꿇었다.

그래도 전부 구제할 수는 없었다. 박동주는 한 번 크게 고문을 당하고 나온 뒤 병이 심해졌고, 인생을 아예 바닥까지 놓았다. 그 잘난 학교는 당연히 다니는 둥 마는 둥 했다. 할머니는 제 아들이 온종일 술에 절어 살고 함부로 여자를 몇 명 만난 것 같다고 했다.

박동주가 신미진을 만난 것도 그때였다. 제정신도 아닐 때 만난 여자. 술 취한 남자를 기꺼이 자기 자취방에서 재워 준, 그 시절치고는 과도하게 친절했던 여자.

박동주가 돈 많은 집 아들인 것을 한눈에 알아보았던 신미진은, 남자가 자기에게 마음이 없는 것도 진작 알았다.

그래서 그 남자를 아예 건너뛰고 남자의 고향 집부터 찾아가

임신 소식을 알렸다.

일련의 일들로 몇 년간 급격히 늙었던 박동주의 조모는 당연히 졸도했다. 윤혜영이 그 가시나보다도 훨씬 더 얄궂은 서울년이 왔지 않느냐고.

그러나 고모의 그 아이가 떨어지고 박동주가 어찌 되었는지를 봤다. 박동주의 조모는 애지중지 가장 아끼고 자랑스러워했던 둘째 손자가 망가진 이후로 몇 번이나 굿을 하고, 고모의 배속에서 죽은 태아가 자기에게 한을 품었다는 무당의 말을 철석같이 믿었다.

입으로는 혜영이를 탓해도 머리로는 자기 죄를 믿었다. 아기가 누구 때문에 제가 죽었는지를 알아서, 아기를 떨어트린 윤혜영은 그토록 잘 살고 자기 손자인 박동주는 그리된 거라고.

신미진은 하필 동네 사람이 몇 드나드는 직판장 앞에서, 무르지도 못하게 엉엉 울어 댔다. 부잣집 맏딸로 태어나 손에 물한 방울 안 묻히고 큰 자기가 당신들 손자를 가졌기 때문에 집에서 쫓겨났다고. 이제 학교는 더 다니지도 못하게 되었다고.

결국 울며 겨자 먹기로 그들은 갑자기 서울에서 내려온 어느여대생과 박동주를 결혼시켰다. 인생을 죄다 놓아 버린 박동주는 제 결혼을 남의 결혼처럼 생각하고 동의했다. 그리고 제 애를 임신했다는 여자를 두고 입대해 버렸다.

신미진이 애당초 대학생이 아니었다는 사실은 그들의 첫아들인 태경 오빠가 태어난 이후에나 밝혀졌다. 부잣집은커녕 아주 찢어지게 가난한 집 딸이었다는 사실도.

그녀가 아주 고생스럽게 자랐고, 그녀의 친정이 아무렇지도 않게 자기 딸 시댁에 돈을 구걸하는 뻔뻔한 집안이라는 사실도.

군대에서 전화를 받은 박동주는 그래서 뭘 어쩌겠느냐고 단조롭게 한마디 대꾸하고는 끊었다.

그리고 고모가 그를 배신한 적 없다는 사실을 박동주가 알게 된 것은, 그것보다도 조금 더 늦었다. 다른 누구도 아닌 자기 조모의 입을 통해서.

저딴 걸 데려올 줄 알았으면 그때 혜영이랑 널 결혼시켰어야 했다고.

그 착한 애가 네 애를 가졌을 때.

그래. 차라리 그때 혜영이랑 결혼시키는 건데.

혜영이 그 가시나가 그때 니 애나 무사히 낳았으면 내가 이 더러운 꼴은 안 봤지 않겠냐고…….

박동주의 조모는 박동주를 잡고 역으로 성토했다. 입만 벌리면 거짓말인 저 사기꾼 년이랑 이대로 평생을 살 거냐고.

애당초 혜영이 애 떨어트리고 나니까 동주 니가 그 모양이 됐는데, 또 애를 떨어트리게 했다가는 무슨 일이 닥칠지 몰라서 신미진이처럼 꺼림직한 것도 받아 준 것이라고.

태경이는 니 애라지만, 그 몸뚱이로 태경이 갖기 전에 어디서 무슨 짓을 하고 살았는지 우째 아노?

집 나가가 즈그 애미 애비도 모르게 이름까지 바꾸고 살았던 희한한 년이라매. 니도 신미진이 그년 애미가 하는 말 들었제?

속이 시커먼 기……. 내는 저 끔찍한 사기꾼 년 하루라도 더 보고 싶지 않다. 지깟 게 아무리 아들을 낳았어도 싫다.

느그 할매 죽는 꼴 보기 싫으면, 태경이가 아무것도 모를 때 어떻게든 빨리 정리해라. 애가 즈그 엄마 얼굴 기억도 못 할 때…….

박동주는 그 말을 듣는 내내 아무 말도 없다가 제 팔을 붙잡는 조모를 뿌리치고 조모 방에 있던 모든 물건을 던지고 부쉈다. 다 부수고는 울면서 웃었다.

당신 손자는 그 여자 때문에 죽으려고 했는데, 이제 와서 '차라리' 걔라도 들일 걸 그랬다고?

차라리 날 죽이지. 차라리 그때 날 죽게 내버려 두지. 혜영이가 내 애를 가졌었는데, 대체 혜영이한테 무슨 짓을 했어. 대체 혜영이 그 애한테 무슨 짓을 했기에 그 애가 나한테 아무 말도 못 하고 팔려 가듯이 시집을 갔어…….

내 애는 대체 어디로 갔어. 내 애는 그때 왜 죽었어? 나는 죽지도 못해서 이러고 사는데, 이미 여기까지 와 봤는데, 이제 와서…….

그 시절 공군에서 꼬박 3년을 복무했던 박동주가 제대했을 때, 태경이 오빠는 이미 스스로 걸어 다니는 아이였다. 고모는 둘째 아이를 임신 중이었다. 그럼에도 박동주는 아무것도 눈에 뵈는 게 없는 사람처럼 대구로 고모를 찾아갔지만, 남편과 어린이집에서 아이를 데리고 나오는 고모를 멀리서 보고는 돌아왔다.

그날 고모가 아이를 보면서 웃고 있었기 때문이라고 했다.

그 애가 결혼한 것도, 다른 남자 애를 낳은 것도 괜찮으니 어떻게든 돌아와 달라 빌고 싶었지만 그 남편과 행복하다고 하면 제가 뭘 할 수 있냐고.

그 남편과 낳은 아이를 사랑한다면.

그날부터 박동주는 제 어머니도 원망했다. 그도 자기 조모와 부친의 억압하는 성정을 모르지 않았다. 혜영이를 딸처럼 아꼈던 모친에게 어쩔 수 없을 만한 일이 있었을 것이라고도 생각했다.

그러나 적어도 버려진 이유라도 알았더라면, 이딴 실수는 하지 않고 평생 혜영이를 기다렸을 거라고 했다. 나중에라도 알았더라면. 언제든 그 애가 불행해지면 낚아챌 수 있는 인생을 살았을 거라고 말했다. 그러기 위해서, 무엇에도 얽매이지 않는 삶을 살았을 거라고.

그러나 그도 그때는 아내가 있었다. 인생에서 잘라 낼 수 없는 아들도 생겼다. 그는 태경 오빠가 태어난 것을 일종의 돌이킬 수 없는 실수로 여겼다.

엄마. 왜 이제야 내가 이것을 알게 했어요. 왜 내가 여태껏 혜영이를 원망하게 됐어요…….

목을 긁으며 울던 박동주를, 그의 부친은 그저 다 지난 옛날 일로 부모에게 꼴사납게 군다고 말했다.

지나간 일. 그건 그렇지. 지나간 일이었다. 그러나 박동주는 제 머릿속에서 아직 채 하루도 다 지나가지 않았다고 말했다. 자기 몸 위로 아무리 세월이 지나가도 머리는 영영 그 자리에 있을 거라고.

그러다 결국 머리가 죽고 몸만 움직이는 인생을 살 거라고.

대구 어느 커피숍에서 윤혜영이 제게 무슨 말을 하고 일어나던 순간. 머리가 조각조각 깨지던 그 날. 강으로 차를 몰았던 어떤 날. 도무지 숨도 쉴 수 없어서 잊어버린 그 애의 마지막 말.

나는 어릴 때부터 집이 싫었어요. 아버지. 당신이랑 할머니만 보면 숨이 막혔어요. 그 애가 아니었으면 나는 진작 죽었을 거야. 아세요? 나는 항상 그 애 때문에 간신히 살고 있었어요……. 혜영이가 아니면 평생 웃을 일도 없었어요. 그런데 날 위한 것이라고, 혜영이 그 애를 나한테서 뺏어 갔어.

얼마나 웃겨요? 당신들이 내 평생의 행복을 빼앗아 갔으면서, 세상에 당신들보다 날 위하는 사람이 없다고 해요.

박동주는 결국 신미진을 정리하지 않았다. 그렇게 고르고 골라 제 옆에 누굴 앉히고 싶었는지 모르겠지만, 이번 생은 저딴 여자와 사는 저를 보고 만족하라고 조모에게도 말했다.

사기꾼이든 거짓말쟁이든 누구와 살아도 제 인생은 똑같으니까. 신미진을 혐오하는 그의 부친도 마찬가지였다. 마치 그들이 싫어하는 여자니까 자기에게 적당하다는 듯이. 자기 스스로에게 벌을 주듯이.

박우경의 할아버지는 죽을 때까지 신미진을 못마땅하게 여겼다고 했다. 바깥에 나가면 잘 배운 재원이다, 서울에서 좋은 여대를 나온 며느리다, 그렇게 거짓말을 하면서도. 내심 고모와 비교하며 평생 고모를 아까워하기도 했다. 그때 그 애와 결혼시켰다면 제 잘난 아들은 지금쯤 무엇이 되었을까 하고.

널리 출세할 줄만 알았던 아들은 결국 거짓말쟁이 며느리와 두 손자를 데리고 완전히 귀향했다. 신미진조차 제 남편이 아들과 저를 버리고 어디로든 떠나 버릴까 전전긍긍해서, 차라리 저를 미워하는 시부모 밑에 살기를 원했다.

남편이 군대에 가고 없는 35개월 동안 아무것도 없는 청라에서 태경 오빠를 혼자 낳고, 친정 식구들 때문에 거짓말을 들켜 매일 눈물 바람으로 젖을 먹이며 살아 놓고도.

할머니도 한때는 신미진이 불쌍했다고 했다.

애가 더 태어나면 그이랑 조금은 사이가 나아지지 않을까요, 어머니. 그 말을 전해 들은 박우경의 할아버지는 냉담하게 비꼬았다.

왜? 또 동주한테 술 맥이가 아 깄겠다 카드나.

우습게도 그 말대로 됐다. 신미진이 박동주를 붙잡고 '술에 취하지 않으면 저랑 잠자리도 갖지 않는 게 무슨 남편이냐'고 남우세스럽게 따지던 것을 할머니가 들었던 까닭이다. 사람들이 있는 자리에서 술을 마실 일만 생기면 남편에게 열심히 술을 따라 주는 것을, 사정도 모르는 동네 사람들이 희한하다고 흉을 보던 때였다.

그렇게 박우경까지 태어나 아들이 셋이 됐다. 그래도 그들의 사이는 결코 좋아지지 않았다. 단지 아들을 셋이나 낳은 신미진의 입장만 좋아졌다.

가업을 물려받은 박동주도 일견 점점 괜찮아지는 듯했지만, 할머니는 그것을 보면서 아들의 옛말을 이해했다. 머리가 죽고 몸만 움직이는 인생이 그런 게 아닌가 하고.

동주가 가끔 너희 사과원이 있는 쪽을 바라볼 때면 마음이 서늘하다고.

태경이. 해경이. 우경이. 할머니는 어린아이가 물건 숫자를 세듯 손가락 하나하나를 접으며 그 집 손자들을 헤아렸다. 임마들이 동주 금마가 술을 마시지 않았으면 태어나지도 않았을 애들 아이가.

애들은 불쌍하지. 우경이가 참말로 불쌍하지…….

만약 할머니가 제정신이었다면, 정말로 고모를 앞에 두고 있었다면 한 마디도 나올 수 없는 말만 가득했다. 나는 눈을 감았다.

"혜영아. 니는 우째 사노? 애들은?"

"……저는, 잘 살아요. 애들도 잘 있고요."

"니 닮았으면 공부도 잘하겠네."

"……네."

아내가 처가에 잠깐 갔다 오는 것도 싫어하는 고모부가, 애들끼리 왕래하게 둘 리가 없었다. 어릴 때나 종종 얼굴을 보았을 뿐이었다. 나는 그 집 사촌들의 전화번호도 몰랐다.

그래도 대충 대답했다. 그러자 평온한 표정이 갑자기 다른 사람처럼 변했다. 할머니가 겨우 쇠를 긁어낸 소리처럼 말했다.

"니 남편은?"

"……."

"신미진이가 니 남편한테 전화했다 캤다. 진짜가?"

"……언제요?"

"내 노망났다고 그 죽일 년이, 무서운 줄도 모르고 내한테 별별 말을 다 떠든다. 니한테 전화를 하고 싶은데, 내가, 전화가 없다. 신미진이가 다 뺏어 가서……. 니가 내 전화를 안 받으이, 내가, 전할 길이 없어서……."

이미 식어 있던 손끝이 차가워졌다. 전화를 빼앗겼다고 했다가, 전화를 받지 않았다고 했다가, 들쑥날쑥 오가는 말속에서 나는 숨을 멈추었다. 할머니의 병이 시작되던 무렵이었을까?

"니가, 동주 애 가졌던 거……. 그거 진짜로 니 남편이 아나. 응?"

"……."

"대체 우째 사노. 혜영아, 혜영아……. 내가 그거 들은 이후로 니 남편이 니를 죽일라 드는 건 아인지, 해코지하고 집에서 쫓아내는 거는 아인지, 정신이 들 때마다 미치겠다……."

"……."

"니 동주 아들 알제. 내가 아까 말했제. 그중에 막내아들, 우경이. 내가 걔를 키웠다. 신미진이 그게 미쳐가 아를 던져서 죽일라 캐서, 걔를 내가 데려다가 자식처럼 키웠다."

"……."

"걔가, 니 조카 좋아하거든. 동주가 니 좋아했듯이, 정말로 좋아하거든…… 걔는 믿을 수 있다. 우경이는 신미진이 아들이 아니라 내 아다. 걔가 혜영이 니한테 연락했드나?"

"……."

"니 이혼하면 애들 데리고 나와서 살라고, 부족함 없이 살라고, 니한테 주라고, 서울에 집을 한 채 줘 났다. 세 받아묵고 살라고 건물도 하나 줘 났다. 그거 우경이가 니한테 줄 끼다."

"……."

"우경이가 연락했제?"

#40. 기억의 유적

숨이 막혔다. 열일곱, 어느 늦은 밤 아빠의 트럭을 얻어 탔던 그 애가 그랬다.

'가물가물하세요. 항암 치료는 잘 받고 계신데.'
'병원에서 혜영이를 찾으시더라고요. 한참.'
'차희 큰 고모라던데.'
'계속 찾으셨어요.'
'아. 그래서 윤차희도 예뻐했구나.'
'쟤네 큰 고모 닮았다더니.'

그때도 이미 할머니가 청라를 떠난 지 3년은 족히 되었던 때였다.

할머니는 청라의 집을 떠나기 전에도 가물가물 상태가 좋지 않으셨고, 우리가 중학교에 올라가기 직전에는 면전에서 날 알아보지 못하게 됐다.

우경이 걔가, 니 조카 좋아하거든. 동주가 니 좋아했듯이, 정말로 좋아하거든……. 그 말을 고작해야 열셋, 열넷인 애들만 보고 하실 수 있었을까? 아무리 우리에게 어떤 다른 사람들을 투영했다 해도.

나는 문득 할머니가 하루아침에 인생의 모든 것을 잊지는 않았으리라는 사실을 되새겼다.

불이 하나둘 꺼지듯 서서히 사라진 기억이 어느 날 보니 전부처럼 보였을 세월이 지나갔을 것이다.

심지어 그렇게 많은 걸 잊어버리고도 이 긴 세월이 지나서, 할머니는 '혜영이'에게 '차희'가 널 닮았더라는 이야기를 했다. 마치 내가 고작 몇 달 전에 태어난 것처럼.

시간이 아무리 뒤섞였다 해도, 아직도 할머니가 내 이름을 기억하고 있었다. 내 존재를, 할머니의 세상에서는 어느 순간에 멈추어 있을 박우경의 감정을.

그럼 지금으로부터 몇 해 전에는 할머니에게 무엇이 남아 있었을까. '엄마 얼굴 봐야 마음만 아프다'고 아들들이 병원에 잘 찾아오지도 않던 어떤 시절에는.

우리가 중학생에서 고등학생이 되어가던 시절. 그때 할머니는 아주 가끔 정신이 돌아오고, 대부분의 시간이 불투명했을 것이다.

그리고 모든 것이 신미진의 통제 아래 놓여 있게 되었을 것이다.

치매 노인에게 휴대폰이 필요할 것이라고 누가 생각할까. 어쩌다 기껏 아들들이 와 봐야 그 순간 할머니가 넋을 놓고 있으면 아무 소용도 없었겠지. 다른 며느리며 손자들이 우르르 와서 잠깐 있다 가도 매한가지였다.

신미진은 소문난 효부였다. 아프고 보니 자식보다 나은 며느리. 돈으로 해결할 수 있는 것이 많은 부잣집 사모님치고는 제 몸을 혹사했다.

박우경의 할아버지가 돌아가실 때까지 지극정성으로 간병해, 이미 집안이 그 고생을 인정하던 사람이다. 시부가 자기를 그렇게 미워했다는 데도.

그 여자는 그때만 해도 할머니의 병원을 오가는 것이 아니라 거의 붙어살았다.

기껏 다른 누구 앞에서 잠시 정신이 돌아와, 산병하는 며느리가 저를 어찌했다 말해도 치매 노인의 억지처럼 들렸겠지. 어차피 멀쩡하던 사람이 헛소리를 하게 만드는 병이었다.

할머니는 이미 병마에 갇혀 자신이 떠올리고 싶은 생각을, 하고 싶은 말을 거의 할 수 없었다. 할머니가 한때 중요하게 생각하던 기억을 쥐고 있을 수 없었다.

그리고 병마의 바깥에는 신미진이 있었다. 감옥을 나가 봐야 높다란 담장이 있는 것처럼.

신미진은 할머니의 간병인이 아니라, 간수가 되려고 했던 것이다. 할머니를 통제하고, 가두고, 누구도 신미진을 통하지 않으면 할머니를 만날 수 없게 하면서.

그 시절 박우경에게 제 할머니를 자주 만나지 못하게 한 것도 어쩌면, 자기가 통제하지 못한 시모의 어떤 기억을 아들이 듣게 될까 봐.

그때 할머니가 이지를 완전히 잃지 않은 것은 저만 알고.

핑계야 좋았다. 우경이가 이제 겨우 중학생인데, 자길 키워 준 할머니가 다른 사람처럼 욕하고 때리고 난동을 부리는 걸 보여 줘서 좋을 게 뭐가 있냐고 하면 끝이니까. 틀리지도 않았다. 제 할머니를 볼 때마다 박우경의 마음은 조용히 짓물렀다.

그래도 박우경은 가끔씩 제 할머니를, 무슨 수를 써서라도 봤다. 할머니가 자기 얼굴을 알아보지 못해도, 자기 말을 알아듣지 못해도, 아무리 자기를 외면해도 자기 할 말은 실컷 떠들고 왔을 애였다.

어쩌면 할머니 앞에서 내 얘기도 아주 많이 했을 것이다. 부끄러운 줄도 모르는 애니까.

"……그 애더러, 저한테 연락하라고 하셨어요?"

"가만 보자. 우리 우경이가 몇 살이고? 지금……. 우경이가…….."

할머니는 그 애의 나이를 헤아리다 망연자실해졌다.

"지금 우경이가 몇 살이에요?"

"……우리 우경이? 아……. 얼마 전에 고등학교 들어갔다 카드라. 아니지, 아니지. 벌써 여름 아이가? 지 교복 바뀐 거, 여름이라고 하복 입는 거 보여 준다고, 며칠 전에 즈그 엄마 몰래 찾아왔다……."

아. 그러니까 지금 할머니는 열일곱 살의 박우경이 날 얼마나 좋아했는지 기억하고 있는 것이었다.

정신이 나가 어떤 말도 알아듣지 못하던 사람이, 손자가 무슨 말을 해도 더는 귀담아듣지 않게 되었던 할머니가 그럼에도 머리 어딘가에 열일곱 살 적 그 애가 했던 말을 소중히 담아 두고 있었던 거였다. 우리 우경이가 니네 조카를 정말로 좋아한다고…….

그때도 이미 할머니의 병은 몇 해나 지나 심각했다. 그때로부터 육 년이나 더 지나 버린 지금은 신미진이 아예 신경도 쓰지 않을 지경이었다. 친정 일은 차치하더라도, 할머니가 완전히 다른 세상 사람이 된 것처럼.

이제는 말 그대로 껍데기밖에 남지 않은 사람이니까.

그럼에도 할머니는 고작, 그때 제 손자가 어떤 여자애를 좋아했는지를 기억하고 있었다.

그리고 그 '정신 나간 사람' 앞이라고 신미진이 언젠가 편히 지껄였을 말도.

"……혹시 우경이가 제 일 알아요?"

"우경이? 우경이는 모르지. 갸는 아무것도 모른다. 걱정 마라. 아무리 내 자식처럼 키웠어도, 내가 니 일을……. 혜영이 니 애기 일을 우째 말하노……. 내가 무슨 염치로? 갸는 진짜 아무것도 모른다."

"그럼 그 애한테는 뭐라고 하셨어요?"

"내가, 혜영이 니한테 옛날에 죽을죄를 한 번 졌다고 했다. 그게 가슴에 사무쳐가 내가 이래 노망이 나서도, 자다가도 혜영이 니 생각이 나가 벌떡벌떡 깬다고……."

"……."

"니한테 이 빚을 못 갚으면 느그 할매가 죽어서도 눈을 못 감을 거 같으니까. 그냥…… 그렇다고만 했다. 우경이는 그거 말고는, 진짜 아무것도 모른다. 하나도 모른다. 걱정할 거 없다. 이건 동주가 아니라 이모가 주는 거니까 받아라. 응?"

"……."

"내가 이래 되기 전에……. 우경이 그 애한테 뭘 많이 줘 놨거든. 그 아는 손자가 아니라 그냥 내 막내아들이다. 걔가 동주를 너무 많이 닮아서, 즈그 엄마한테 시달리는 꼴이 꼭 어릴 때 할매한테 시달리던 동주 같아서……. 너무 불쌍해서……."

"……."

"정신병원엔 신미진이 지가 가야지, 애를 만다꼬 데려가노? 멀쩡한 애를 미치게 만드는 거는 지면서……. 애를 몇 번이나 죽일 뻔했으면서."

"……."

"부모고 뭐고, 나중에 집에서 뭐 물려받을 거 생각도 하지 말고, 일찌감치 멀리 가서 자유롭게 살라고, 우경이 니가 어른만 되면 그래 살라고 준 거다. 어차피 걔는 내 말고 집에 정도 없다. 애미만 문제겠나. 넋 나가 사는 즈그 애비라고 자식들한테 잘했겠나. 그러니까 우경이 니는 니 하고 싶은 일 다 하고,

니가 좋아하는 여자랑 평생 살라고."

"……."

"니는 동주처럼 살지 말라고."

"……."

"니는 차희가 좋으면, 차희랑 살라고."

"……."

"청라에는 평생 안 돌아와도 되니까. 할매는 괜찮으니까."

동주야. 엄마는 괜찮으니까. 느그 할매도, 아빠도 죽었고, 이제 누가 때리는 사람도 없으니까, 엄마 걱정도 하지 말고 멀리 가라…….

서울로 대학 가면, 영영 내려오지 말고 거기서 살아라. 혜영이랑.

손자에게 했다는 말이 먼 옛날 대학도 가지 않은 어린 아들에게 건네는 말로 변했다. 엄마 긱징은 하지 마라, 동주야. 엄마는 니가 행복하면 된다. 나는 멍하니 울며 할머니를 바라보았다.

할머니가 갑자기 정신이 돌아온 것처럼 웃었다. 옛날처럼.

"우경이 걔가 돈 욕심 때문에 혜영이 니 주라고 한 걸 안 주진 않을 끼다. 니한테 그거 좀 줘도 지 가진 게 많으니까는……. 내가 직접 주고 싶어도 노망난 노친네 손에 뭐가 남아 있겠노. 아들래미들이 벌써 다 갈라 묵었지. 내 마음대로 가져다줄 수 있는 것도 없고, 그래서 사실은 우경이한테 도로 좀 내놓으라고 한 기다. 걔가 알겠다고 했다."

"……네."

"성인만 되면 지 부모 간섭 없이 니한테 줄 수 있으니까. 세금도 니는 걱정할 거 없다. 애가 똑똑해서 다 준비해 났을 끼라…….."

"……."

"근데 혜영이 느그 조카가 우경이 싫다 카면 우짜지?"

할머니의 미소가 장난스럽게 짙어졌다.

나는 녹음 버튼을 잠깐 정지시키고, 가만히 항복하는 기분으로 대꾸했다.

"……차희도, 우경이 많이 좋아한대요."

"진짜가?"

"네. 되게 좋아한대요."

"참말로? 준영이가 별로 안 좋아할 낀데…….."

"……준영이도, 우경이가 마음에 든대요. 나중에 둘이 결혼하고 싶으면 결혼해도 된다고 했어요."

"우짜노. 우짜노. 내가 뭐라도 해 주야 되는데……. 니 혹시 우리 우경이 봤나?"

내 대꾸 몇 마디에 할머니의 눈동자에 잠시 생기가 돌았다. 혀를 깨물고 싶은 기분이었다. 말은 허공으로 사라졌지만, 쏟아진 물처럼 보였다. 미친 게 아니고서야 어떻게, 나는.

이윽고 녹음 버튼을 다시 눌렀지만 할머니는 자신이 여태껏 무슨 말을 하고 있었는지 잊어버렸다. 니 누고? 혜영이에요. 혜영이가 눈데? 나는 녹음을 완전히 껐다. 문득 박우경이 오래도록 이곳에 없는 게 이상하게 느껴졌다.

아가씨, 아가씨…… . 날 불안하게 붙잡는 할머니를 달래며 떼어 놓고 병실 문으로 걸어가 문을 열었다.

그 앞에 박우경이 서 있었다.

무심결에 한 걸음 뒤로 물러나는 나를 그 애가 붙잡았다. 물기 없이 건조한 눈이었다.

"윤차희. 할 얘기 많은 거 아는데, 잠깐만 참아라. 도망가지 말고."

"……니도 알았나?"

"할머니 말하는 거 못 들었나. 아무것도 몰랐지."

"…… ."

"지금은 다 알았고."

"알았으면…… ."

"안다고 뭐가 변히는데."

"…… ."

"그 옛날 얘기로, 뭐가 변해야 하는데."

박우경이 그대로 날 지나쳐 병실로 들어왔다. 그리고 제 할머니에게로 가서 대뜸 얻어맞았다.

"니 왜 또 왔노! 왜 또! 이 깡패야! 양아치야! 내가 니 우리 아부지한테 다 일러 삔다 캤제!"

"남의 딸한테는 그렇게 잘해 주드만, 지 막내아들 보자마자 하는 짓 좀 봐라……. 어이없네? 맨날천날 깡패짓은 할매 지가 하면서 누가 누구 보고 깡패래."

"개노무 시끼!"

"알았다, 알았다. 내가 개새끼다."

"끄지라!"

"드럽고 치사해서 진짜."

"니 빨리 안 끄지나! 어데 쌩판 남의 집에 쳐들어와가! 이 도둑놈아!"

"나중에 제발 가지 말라고 붙잡아도 간다, 내가. 알겠나."

뼈에 가죽만 남은 것처럼 무기력해 보이던 노인이지만 박우경을 때리는 소리는 그렇지가 않았다. 나는 박우경이 들고 있던 하얀 봉지를 뒤늦게 봤다. 편의점에 갔다 왔구나.

그 안에서 과자가 몇 개 나왔다. 옛날에 할머니 집에 가면 할머니가 늘 내어 주던 과자들이었다. 나온 지 벌써 수십 년은 된, 오래도록 팔린 과자들.

해경 오빠는 다 자란 지금도 애처럼 자질구레한 군것질을 달고 살았다. 어린 시절에는 당연히 과자를 더 좋아했다. 그러면서도 정작 제 할머니 집에서 주는 과자는 별로 좋아하지 않았다. 늙은 사람들이나 좋아하는 것이라고.

그리고 제 형과 달리 밀가루 음식을 별로 좋아하지 않는 박우경은, 한창 군것질을 좋아할 나이에도 몇 입 먹고 나면 심드렁했다. 그래도 제 할머니가 접시에 예쁘게 담아 준 과자는 다 먹었다. 다른 건 몇 입 먹지도 않는 애가 이건 어떻게 다 먹나 싶어 물으면, 좋아하니까 많이 먹을 수 있다고 했다.

좋아하니까.

할머니를 좋아하니까. 할머니 딴에는 제일 맛있는 걸 골라서 준다는 것을 아니까. 이렇게 먹으라고 챙겨 준 것이 좋으니까. 늘 그런 것을 먹었으니까.

그게 그 애가 알아 온 '엄마'의 애정이었으니까.

그때는 박우경이 정말로 그 과자를 좋아하는 줄 알았다. 그 애가 자기 입으로 아주 드물게 좋아한다고 말한 것이었다. 옛 날에는 그래서 몇 번 사 준 적도 있었다. 받을 때마다 내심 좋 아하는 것 같았다. 그래서 내 생각보다도 더 많이 좋아한다고 생각했다.

하지만 박우경이 저 과자들을 따로 사 먹는 꼴은 한 번도 본 적이 없었다.

"할머니. 뭐부터 먹을래?"

"빠다코코넛, 빠다코코넛."

할머니는 과자를 보자마자 박우경을 그만 때렸다. 과자 중 하나를 고른 할머니가 상자를 뭉그러뜨리기만 하고 뜯지 못하 자 할머니 앞에 앉은 박우경이 혀를 찼다.

나는 침대 옆에 서서 그 광경을 가만히 보기만 했다.

"아 쫌. 뭐가 이렇게 급한데? 내한테 줘 봐 봐. 뜯어 줄게."

"싫다! 이 개새끼, 니 혼자 내 과자 다 처물라고 이카제! 돼 지새끼!"

"하, 내가 돼지 새끼처럼 내 혼자 다 처먹을 거였으면 뭐 한다고 여기까지 사 갖고 오겠노."

"아저씨! 아저씨!"

"더 열심히 불러 보든가. 어느 아저씨가 구해 주러 오나."

"아저씨!"

"그래 봐야 어차피 죽을 때까지 내한테서 못 벗어날 건데."

박우경이 심드렁하게 대꾸하는 소리가 황당했다. 나는 떠밀리듯 실소했다. 그 애가 흘끗 서 있는 날 올려다보며 설핏 웃고는 포장을 뜯었다.

세 살배기 아이처럼 할머니가 달려들었다. 그대로 침대 위가 엉망이 됐다.

"내 과자! 내 과자! 함부레 손대지 마라!"

"일단 이거부터 좀 마시고."

"우유가 없다. 우유가. 우유 같이 마셔야 되는데. 우유."

"같이 마실 우유는 못 샀다. 오늘은 락토프리가 없더라고. 다 나갔더라."

"우유!"

"그러게 누가 대장암 걸리랬나."

아주 오래전 할머니가 대장암 수술을 받았던 것을, 박우경이 아무렇지 않게 탓했다. 그런다고 할머니가 알아들을 리 없었다.

"맛없는 거 치아라!"

"아 그냥 두유 좀 마셔라. 다른 할매들은 좋다고 먹는 거를……. 드럽게 까다롭네."

병원 편의점에서 그 애가 아주 심각한 눈으로 우유를 골랐을 모습이 문득 상상됐다.

허겁지겁 과자를 부스러뜨리며 입에 넣는 할머니. 그 와중에도 빨대를 꽂은 두유를 할머니 입가에 몇 번이나 대어 주는 박우경.

언젠가는 반대로 그랬을 것이다. 자그마한 박우경이 죽어라 먹지 않으려 하는 것을 한 입이라도 더 먹으라고, 수저를 든 할머니가 그 애를 쫓아다녔을 시절이.

그 까마득한 세월이 할머니와 손자의 머리 위를 지나갔다. 허탈했다.

너는 옛날이야기가 무슨 소용이냐고 그랬지. 다 지난 이야기인데.

"우리 우경이는 우유 없으면 빠다코코넛 안 묵는데."

"……."

"우리 우경이도 이거 좋아한다. 난주 집에 갈 때 이거 가져가야지. 우유도 사야지."

눈앞의 박우경을 알아볼 수 없는 할머니가 웃었다. 집에 두고 온 손자를 떠올리듯이.

그 애도 웃었다.

"우경이는 그런 거 안 좋아한다. 할머니 좋아하지."

"우리 우경이 줄 끼다. 손대지 마라."

"고생 많았다. 할머니. 다 잊어버리고도 그렇게 내 생각 하느라."

"……."

"제발 나 좀 떠올려라, 손자 이름이라도 기억해라, 그렇게 바랐는데……. 이젠 좀 까먹어도 되겠다."

"……."

"그냥 계속 나 잊고 살아도 되겠다."

할머니는 박우경의 말처럼 곧 자기가 과자를 갖다 줄 어린 손자의 이름을 잊어버렸다. 침대 위로 떨어진 두유를 다시 주워 들며 박우경이 조용히 말했다.

"이제 내 생각 많이 하지 말고, 편하게 쉬어도 된다. 알겠제."

그 애는 아무렇지 않게 자리를 정리했다. 나도 말없이 할머니의 병원복에서 과자 부스러기를 툭툭 털어 내고, 침상과 바닥에 떨어진 부스러기를 정리했다.

군것질로 배가 부른 할머니는 박우경에게 더 이상 욕을 하지 않았다. 박우경이 자기 얼굴을 물티슈로 박박 닦아도, 화장실로 데려가 양치를 시켜도 얌전했다. 모든 것이 제법 익숙해 보였다.

"네, 여사님. 전데요. 멀리 가지는 않으셨죠? 네. 급하게 드시지 말고 30분 전까지만 오세요."

답지 않게 깍듯한 전화도 들었다. 제 할머니를 매일 돌보는 사람이라 그렇다는 것을 알았다. 박우경은 간병인을 기다리며 대수롭지 않게 말했다.

과자 먹어 봐야 좋은 건 없는데, 그래도 할매가 밥을 너무 안 먹어서 한 번씩 사 줘. 안 먹는 것보다는 나으니까. 할머니 나 이쯤 되면 먹고 싶은 걸 참을 게 아니라 먹어야 된다더라. 먹고 싶은 게 있다는 게 다행이라고. 제정신 아니게 된 게 몇 년인데, 앞으로 더 살아봐야 얼마나 더 살겠냐고······.

나는 그 애 말에 고개를 끄덕이기만 했다. 할머니는 사막의 동물들이 나오는 TV 속 다큐멘터리에 푹 빠졌다. 모래바람이 동물의 다리를 스치는 정적 속에서 박우경이 내 손을 잡았다.

항상 내 손보다 따뜻했던 그 애의 손이 차갑게 식어 있었다. 불안이 묻어났다. 눈물이 날 것 같았다.

"윤차희."

"응."

"도망 안 가나."

"······."

"귀찮은 놈 갖다 버릴 핑계가 또 생겼는데."

그 애가 설핏 웃으며 물었다. 나는 우리의 손을 내려다보았다.

"······니가 못 도망가게 잡고 있잖아."

"계속 잡고 있으면, 안 도망갈래?"

"······."

"나 되게 좋아한다면서."

"니는 지금 그게 중요하나."

"나한테 중요한 건 그거 하나뿐인데."

"······."

"공주 니가 나 좋아하는 거."

나는 순식간에 차오른 눈물을 닦았다. 할머니의 간병인이 언제 돌아올지 몰랐다.

"니가 날 싫어하면 어쩔 수 없는데, 좋아한다면서."

"……그래서."

"공주 니가 계속 날 좋아하기만 하면, 도망쳐도 잡아 와야지. 평생 쥐고 있어야지."

"……."

"아까 할머니한테 하는 말 못 들었나. 나는 집착 빼면 시체다."

박우경은 제 병든 할머니에게도 평생 저를 못 벗어날 거라고 협박하던 효자였다. 내 입에서 기어코 웃음이 나오는 게 기가 막혔다. 좋아하지 말라고 세상이 저주를 퍼붓는 것 같은데도 부정할 수 없는 게 어이없었다.

왜 당장 밀어내고 도망칠 수 없을까. 거짓말을 그렇게 잘했으면서, 왜 이제는 할 수가 없을까. 다 들어 놓고서도 왜 정신을 못 차릴까. 나는 왜.

"차희야."

"……."

"도망 안 칠 거지."

"……응."

"나 안 놓을 거지."

"그래."

나한테 중요한 것도, 어쩌면 너처럼 하나뿐인 것 같았다.

도무지 이 손을 놓을 방법을 알 수 없었다.

노크 소리가 들렸다. 간병인이 돌아왔다. 아주 선량한 인상을 한 50대 여자였다. 그 사람은 박우경 옆에 나란히 앉아 있던 날 보고는 그저 반가운 듯 웃고, 사모님에게는 다른 때처럼 아무 말도 하지 않겠다고 말했다.

우리는 병실을 나왔다.

"야. 한 번만 더 말해 주라. 나 좋아한다고."

"싫어."

우리는 그날도 다른 날처럼 직판장을 보고, 둘이서 저녁까지 사과를 팔았다. 아무렇지 않게 집에서 엄마가 차려 주는 밥도 먹었다. 아빠가 갑자기 기분 좋게 사 온 소고기도 먹었다.

지난번과 달리 미국산이 아니었다. 박우경이 좋아했다.

"할머니한테 인사는 잘 드렸나."

"네. 할머니가 차희 좋아하시더라고요."

아빠는 거기에 별다른 대꾸를 달지 않고 고개만 끄덕였다.

엄마도 박우경의 할머니가 멀쩡하게 우리 인사를 받을 수 있는 사람인 것처럼 웃었다. 다행이네. 좋아하셔서. 그 애가 말하는 '부모'를 듣고 석연찮게 여기던 기색은 어디에도 없었다.

할머니가 준영이 딸을 기억하던 것, 혹은 언젠가의 우리를 기억하던 것 따위는 말하지 않았다.

혜영이와 동주의 이름도.

할머니에게는 애초에 우리가 결혼할 거라고 말도 못 했다. 둘 다 청라로 넘어왔을 즈음에야 뒤늦게 그 사실을 알았다. 둘 다 바보 같았다.

박우경은 나중에 다시 가자고 했다. 나는 그러겠다고 했다.

그러고도 그 애가 한참이나 내 손을 놓기 싫어해서 고속도로에서는 내내 손을 잡혀 있었다. 신호등 하나 없이 길게 이어지는 시골 4차선 국도 위에서도.

이따금 내가 손을 빼면 시장통에서 엄마 손을 놓칠까 봐 걱정하는 어린 남자애처럼 보여서 조금 웃었다가, 그 애에게는 그런 시절이 없었겠다는 생각에 웃지 못했다.

그리고 말하는 게 유난스러워 보여도 대체로 평범하고 좋은 엄마처럼 보였던 그 여자를 생각해 봤다. 좋은 언니, 좋은 며느리 행세와 다를 것도 없이.

2차선 국도로 들어설 무렵, 지나가듯 박우경에게 늘 네 부모와 그렇게 좋지 않았던 것이냐고 물으니 꼭 그렇지는 않다고 했다.

기억도 나지 않는 시절을 포함해서 아주 어릴 때가 가장 최악이었고, 그것보다 조금 컸을 땐 조금 나았고, 그러다 어느 순간은 갑자기 아무렇지도 않게 됐다고 했다.

우리가 중학교에 들어갔을 무렵부터는 큰 소리가 나는 날도, 우는 소리가 들리는 날도 거의 없었다는 것이다. 싸늘한 다툼

도 사소하게 지나갔다. 부모끼리도 그랬고, 엄마가 아들들에게
도 그랬다.

아이러니하게도 그건 할머니가 청라를 떠나면서부터였다.
신미진은 효부 행세를 하느라 그 뒤를 정신없이 쫓아갔다.

그때 할머니는 떠나며 박우경에게 남몰래 말했다. 앞으로는
엄마가 할매 때문에 정신없을 테니까, 할매 살아 있는 동안은
편하게 있어라. 친구들이랑 게임도 많이 하고, 공도 많이 차고,
차희랑 실컷 놀고…….

어른이 아이에게 내려 줄 만한 지침은 아니었지만 사랑이 가
득 묻어나는 말이었다. 진작 자기 손을 떠난 손자가 이제야 초
등학교에 올라가는 것처럼. 할머니는 네가 좋은 대학 같은 거
못 가도 괜찮다고.

할머니의 말처럼 박우경은 그때부터 집이 꽤 편해졌다.

일자로 그려진 선처럼. 높낮이 없이 평온하게.

아무런 기대도 실망도 없이. 괴로움도 다정함도 없이. 그래
서 윤차희 너처럼 힘들었던 적은 없다고. 네가 집에서 제일 힘
들었던 시절에, 나는 집에서 아무 일 없이 지냈다고.

"니는 그때 니네 엄마랑 아빠를 사랑해서 힘들었던 거다이
가."

"그런가."

"나는 안 힘들었다. 안 사랑해서."

"……"

"공주 니처럼 집에서 사람 정서 불안 걸리게 하는 꼴도 안

보고 살았고."

고등학교 때 우리 집은 매일같이 시끄러웠고, 그 애 집은 대체로 조용했다. 나는 한때 행복했던 것을 알아서 더는 행복하지 못한 게 불안했고, 그 애는 불행한 채로 평온했다. 박우경은 그래서 내가 훨씬 더 힘들었을 것이라고 믿었다. 나는 그럴 수가 없었다.

사랑하지 않아서 힘들지 않았다는 게, 우리 집보다 더 나은 말처럼 들리지가 않았다.

그 애는 그저 제집이 사무실 같았다고 했다. 가족은 가끔 일 때문에 만난 사람들처럼 느껴졌다고 했다. 부모는 부모인 척하고, 자식은 자식인 척하면서 다 같이 가족 흉내를 내는 집. 대충 남들 하는 일은 하는 집.

나쁜 기억만 있는 것은 아니라고 했다. 단지 좋은 기억이 별로 없었다고 말했다.

아무것도 될 수 없는 기억이야말로 대부분이고.

박우경은 신미진이 자기에게 잘해 준 일도 많다는 것을 부정하지는 않았다. 할머니 뒤를 허겁지겁 쫓아가기 전에도. 다만 처음부터 엄마와 아들로 만나서는 안 됐던 사이라고 생각했다.

시작부터 잘못됐기 때문에, 신미진이 아무리 고치려 들어도 제 눈에는 늘 기괴했다고 했다.

시달렸던 기억, 다그치고 괴롭히던 얼굴이 기억에 다 남아 있는데 이제부터 잘해 보자고 웃으면 징그럽지 않겠냐고.

"나는 그때 엄마가 내 손만 잡아도 소름이 끼쳤거든."

162

날 고문하던 사람이 사랑한다고 말하면 사랑이 우습지 않겠냐고. 내가 사랑을 모르는 것도 아닌데.

할머니가 날 사랑해 줬는데. 내가 널 사랑해 봤는데.

"······그 나이에 무슨 사랑을 해?"

"그게 사랑이 아니면 내가 이렇게 개도라이 새끼처럼 이십 년째 니만 쫓아다니는 게 말이 안 된다."

그땐 세상에 여자가 나밖에 없는 줄 알았겠지. 박우경은 시야가 좁았다. 이십 년은 사실 반올림을 한 거고.

"엄마가 나보고 사랑한다는 게, 초등학교 3학년짜리 남자애가 여자애 좋아하는 것보다 못한 것처럼 느껴지더라."

"······."

"엄마가 나한테 잘해 줄 때마다, 꼭 유괴범이 잘해 주는 거 같더라."

그러니까 자기 엄마가 잘해 준 순간들이라고 좋은 기억이 될 수는 없다는 거였다.

아무것도 될 수 없는 기억만 두고 자기 가족을 돌아본다는 건 어떤 기분일까.

자기 집에, 자기 엄마에게 유괴된 기분으로 긴 밤을 보냈던 어린 남자애가 아침이 되면 날 보고 웃고 떠들었다는 건.

태경 오빠는 박우경과 여섯 살이나 차이가 나니 그 어린애가 눈에 보이지도 않는 것처럼 무관심했다. 해경 오빠는 좀 특이했다고 했다. 삭막한 부모와도 잘 지냈고, 세 살 위 형과도 세 살 아래 동생과도 두루 잘 지냈다.

갓난아기였던 박우경을 몇 번이나 죽일 뻔했던 여자가 해경 오빠까지는 애지중지 키웠다. 그래서인지도 몰랐다. 어쩌면 '뺏기지 않고' 직접 키운 아들과, '시어머니에게 뺏긴' 아들을 다르게 대했을지도.

신미진은 예전에도 해경이가 저를 가장 잘 이해한다고 말하고는 했다. 첫째는 제 아빠 닮아 인간도 아닌 것처럼 무뚝뚝하고, 셋째는 남의 자식처럼 쌀쌀맞다고.

오로지 둘째만 그 집에서 저를 생각해 준다고. 초등학교도 안 간 남자애가 엄마가 울면 눈물을 닦아 줄 줄 알았다고. 우리 집 부엌에서 엄마에게 푸념하던 소리가 생생했다.

그러면서 말희 너는 딸이 있어 좋겠다고 했지.

나는 입꼬리를 살짝 끌어당기며 처마를 타고 내리는 빗줄기를 바라보았다.

할머니 집 별채 툇마루에 앉아 그 애를 기다리는 사이 비가 왔다. 귓가에서 떠돌던 온갖 사람의 말들이 빗소리에 사라졌다.

박우경은 우리가 여전히 며칠 전과 같은 것처럼 비를 보고 우리 집 사과를 걱정했다. 지척에 있으면서 전화까지 걸어서.

시나노 골드 색깔이 잘 나지 않으면 어쩌나. 골짜기를 타고 오는 바람에 다 익은 사과가 떨어지면 어쩌나. 가을비가 내리면 으레 내 부모의 입을 타고 흘러가던 말처럼.

그렇게 일기 예보에도 없던 비가 갑자기 지랄이라고 그 애가 욕하는 소리를 들을 때까지만 해도 그 애의 집 생각만 했다.

해경 오빠에게는 그 집이 좋은 집이었을까?

박우경도 해경 오빠와는 괜찮았다는 걸 인정했다. 조금은 마지못해서. 그러나 제 형과의 좋은 기억조차도 할머니 집에서, 마치 친척 형을 본 것처럼 여기는 것 같았다. 내가 봐도 해경 오빠는 차라리 그 애보다 윤태희와 훨씬 가까웠다. 가끔은 그 둘이 친형제 같았다.

나는 무릎에 얼굴을 묻었다. 우리 오빠랑 네 형은 어쩌지. 불쌍한 고모는. 이제 말 한마디만 잘못 들어도 숨이 넘어가 죽을지 모르는 우리 엄마는. 죽지 못해 살았다는 네 아빠는.

우리 아빠는, 대체 무슨 생각으로 널 허락했지. 어떻게 알면서 널 허락할 수가 있지. 대체 어떤 마음으로, 사과원을 정리하고 청라를 떠나자고 한 거지…….

저녁을 먹고 아빠랑 박우경이 마당에 나가 세차를 하던 모습이 떠올랐다. 아빠의 트럭. 내 차. 박우경의 차. 박우경이 순서대로 물을 뿌리고 거품을 냈다.

아빠는 입으로만 온갖 잔소리를 하면서 가끔 웃었다. 박우경이 실실거리며 말대꾸하는 꼴이 밉지도 않다는 듯이. 오래전 일을 잊어버린 사람처럼.

그러나 아빠는 잊지 않았기에 떠나려고 하는 것이다.

어쩌면 할아버지가 고모에게 해 주지 못한 일을, 아빠는 내게 해 주고 싶었을까. 네가 가진 게 많은 걸 이제 와서 알게 된 사람은 아니었다. 네가 아무리 가진 게 많아도 너 하나만은 안 된다고 거들떠도 보지 않던 사람이었다.

그래도 이제는 나더러 너랑 살라고 했다. 내가 좋으면 그러라고 했다. 우리 사과원보다 훨씬 더 작은 포도밭, 우리 집보다 훨씬 더 작은 이동식 주택에서 엄마랑 남은 평생을 살아도.

"……우리 고모 만난 적 있나."

우산을 쓰고 별채로 건너온 박우경이 가만히 날 내려다보고 서 있다가 맥주를 건넸다. 그 애의 몫까지 받아 들자 우산을 접고 빗물을 터는 손이 느릿했다.

"어."

"……."

"만난 적 있다."

"언제."

"제대하고."

"……."

"연락은 입대하기 직전에 처음 됐고. 그땐 못 만났다. 그 전에는 연락 자체가 안 됐다. 그것보다 더 전에는, 미성년자라 어차피 내 마음대로 못 줘서 스무 살까지 기다렸고."

"……고모한테 뭐라고 했는데?"

"박동주 아들이라고 하니까 바로 끊어 버리던데."

"아."

"문자 남기면 곤란할까 봐 며칠 후에 다시 전화해서 차희 큰 고모 아니냐니까 그땐 안 끊더라."

별채 기둥에 검은 골프 우산을 비스듬히 세워 둔 그 애가 툇마루에 걸터앉았다. 그러고는 잠시 말이 없었다.

처마에서 뚝뚝 떨어지는 굵다란 물방울이 그 애의 무릎 끄트머리를 적시는 것이 보였다. 나는 박우경의 소매를 안쪽으로 잡아당겼다.

"쓸데없이 비 맞지 마라."

그 애가 내 손을 내려다보고 조금 웃더니 말을 이었다.

"니 차희 친구가? 그렇게 처음에 물어서, 네. 차희 친구예요. 한참 말은 없는데, 그래도 전화는 계속 안 끊더라. 그래서 먼저 물어봤다. 혹시 우리 할머니가 옛날에 윤혜영 씨한테 죄지은 거 있어요?"

"미친놈. 우리 고모한테 윤혜영 씨, 이캤나."

새파랗게 어린게……. 정원만 내다보고 있던 눈을 황당하게 돌리자 박우경이 어깨를 가볍게 들먹였다.

"그럼 윤혜영 씨를 윤혜영 씨라고 하지 뭐라고 하는데."

"그래서."

"니네 고모가 바로 그러더라. 그런 거 없다."

"……."

"우리 할머니는 애초에 누구한테 죄짓고 살고 그럴 사람 아니라고. 오히려 자기가 어릴 때 신세를 많이 졌대. 그래서 또 물었지. 그럼 우리 할머니는 왜 당신한테 갚을 빚이 있다고 하냐고."

"……."

"그러니까 또 그러더라. 아무것도 없다. 할머니 건강은 요새 좀 어떠시노. 몇 년 전에 치매 걸리셨다고 들었는데……."

"……."

"그래서 우리 할매는 진작 제정신 아니랬다. 그래도 아등바
등 산다고."

"말본새."

"그런데도 당신 이름은 기억하더라고."

그 애 기억 속 소리가 들릴 듯했다. 수화기 너머 정적. 조용
한 과거의 소음.

고모는 그 말을 듣고 무슨 생각을 했을까. 한때는 자기가 이
모라 불렀던 사람. 네가 보고 싶어 어제도 울었다던 옛사랑. 그
옛사랑의 아들.

그들의 어제는 아득히 멀어졌다. 그리고 박우경은 지나간 세
월의 증거물 중 하나였다.

"나는 아무것도 모르고, 그냥 할머니가 당신한테 주라고 한
게 좀 있어서 심부름이나 하는 거라고. 근데 자기는 아무리 생
각해도 받을 게 없대."

"……."

"동주가 잘못한 게 없으니까."

나는 고모가 격세지감이나 느낄 수 있을 만큼 한가로운 인생
을 살고 있지는 못한 것을 어렴풋하게 알고 있었다. 아빠와 엄
마의 지나가는 말 속에서, 고모들의 조용한 한탄 속에서 가끔
희미한 불행의 흔적을 찾을 수도 있었다.

고모부는 할아버지가 죽은 이후로 처가 쪽 눈치를 거의 보지
않았다. 그래도 고모는 아빠에게 항상 괜찮다고 말했다.

내는 괜찮다. 준영아. 누나 편하게 잘 있다. 기현이 아빠가 니 있는데 함부로 옛날처럼 그카겠나. 그 사람도 니 무서운 줄은 안다. 이제 안 그란다.

누나가 못 도와줘서 미안하다. 맏이가 되어가 내 혼자만 좋은 옷 입고 비싼 거 먹고 살면서, 형제들 힘들 때 뭐 하나 보태 주지도 못하고…….

어릴 적 아빠가 큰 고모부를 반 죽여 놓겠다고 씩씩거리며 대구에 갔던 일이 희미하게 떠올랐다. 아빠 손에 끌려온 고모가 우리 집에 몰래 숨어 있는 것만 같았던 며칠도.

그때 아빠가 무슨 짓을 했는지 큰 고모부는 평소에 걸음 하지도 않던 우리 집까지 와서 고모 앞에 무릎을 꿇고 잘못을 빌었다. 다시는 안 그러겠다고. 그게 무엇인지는 알 수 없었다. 손찌검인지, 바람인지, 의심하는 병인지.

그 무엇이든 아빠는 그대로 고모의 이혼을 바랐던 것 같았다. 아빠의 삶이 자신만만했던 시절이었다. 그래도 고모는 다시 돌아갔다.

엄마는 애들이 있으니 어쩔 수 없다고 말했다. 한숨 대신 하는 말처럼. 으레 애들이 여자의 인질인 것처럼.

그래도 여차하면 고모가 돌아올 친정집이 있다는 것이나마 고모부한테 알려 주었으니 됐다고. 친정 부모 다 돌아가셨어도 고향에 아직 우리가 있다고.

고모에게는 자기 부모가 살아 있을 때조차 돌아올 만한 고향이 아니었던 것을 모르고.

순진했던 엄마는 그런 한탄과 걱정을 우리가 몰래 듣는 것도 몰랐다. 불쑥 튀어 나간 윤태희가 '엄마도 아빠랑 어쩔 수 없이 사는 것이냐'고 되바라지게 물었다가 등짝을 몇 대나 맞았다. 마트 에스컬레이터에서 말다툼 두어 마디만 해도 부모더러 이혼 운운하던 자식이니 별말도 아니었는데.

어쩌면 그때의 엄마는 지나가는 비유로라도 아빠와 고모부를 같은 선상에 두고 싶지 않았던 것이다. 고모부가 고모에게 무슨 짓을 했는지 엄마도 알았기 때문에.

"……그럼 그냥 아무 일이 없었어도 받으라고 했거든. 할머니가 전해 달라고 한 말이나 듣고."

"……."

"윤혜영 씨 이혼하고 싶으면, 언제든 하시래요. 혹시라도 남편한테 해코지당하고 살고 있으면 참지 말래요. 돈 때문에 서럽게 살지 말래요. 이혼하면 바로 주랬어요……. 대충 그런 말들."

"고모가 뭐래."

"자기 남편 존나 좋은 사람이래."

하긴 고모가 박동주의 아들에게 그것 외에 무슨 말을 할 수 있었을까. 네 아버지가 아닌 남자가 날 평생 괴롭게 했다고?

"그럼 내가 군대 가 있는 동안 이혼 안 하실 자신 있냐고, 괜찮냐고 대뜸 물어보니까 니네 고모가 웃었다. 기가 찬다고. 자기는 니 아니라도 평생 괜찮았다고."

"……."

고모가 자기 말처럼 정말로 괜찮고 편했던 시절도 있었을까?

어떤 때보다 나은 시절은 있었을 수도 있다. 여차하면 다 뒤집어엎을 남자 형제가 있다는 것을 고모부가 주지한 얼마간은. 더 옛날에, 사위가 장인의 눈치나마 보던 동안에는.

그러나 할아버지는 먼 옛날에 돌아가셨고, 아빠는 언젠가부터 자기 인생도 잃었다. 고모들은 기껏 부잣집 사모님이 된 큰언니 팔자를 공연히 망칠까 봐 근처도 잘 가지 않았다.

그 사모님이 돈 몇만 원도 자기 마음대로 쓰지 못하는 것을 알면서. 팔자도 허상인 것을 알면서.

고모부는 고모가 돈을 얼마라도 마음대로 쓸 수 있으면 날개가 생긴다고 생각하는 사람 같았다. 어디서 무엇에 돈을 쓴다는 건 행적이 됐다. 자기는 고모를 너무 사랑해서 아까울 게 하나 없다는 양 그렇게 비싼 차를 사 주고 좋은 가방을 사 줘도.

신미진은 그런 남자에게 고모의 아이를 알려 주었던 것이다. 치매 걸린 시모를 조롱하느라 떠든 말 한마디 외에는 아무도 모르게.

나는 눈을 감았다.

"첫사랑 아들이 대뜸 나타나서 이혼 운운하는데 어이가 없었겠지. 노망난 첫사랑 엄마가 그러고 싶으면 그러랬다고……."

"……그랬겠네."

"그래도 나는 할머니가 시킨 이상 무슨 수를 써서라도 당신 쪽에 넘기기는 할 거라고. 당신이 안 받으면 나중에 죽어서 당신 자식들한테라도 줄 거고, 그 부분은 알아서 잘 설명해 놓으라고."

"그러니까 뭐래."

"말도 안 되는 소리 말라면서 빨리 군대나 가라고 끊더라. 머스마 정신 좀 차리라고."

"전화만 해 봐도 고모는 알았나 보다. 니가 미친놈인 거."

"어이없네. 뭘 알아."

"제대하고는 언제 어떻게 만났는데."

"윤차희 니 청라 내려오기 전에. 한 번만 나 만나 주면 다시는 돈 갖고 귀찮게 안 하겠다고."

누가 보면 자기가 돈을 뜯어내는 사람인 줄 알 만한 말이었다. 기가 막혔다.

"그러니까 바로 만나 주던데. 내 얼굴 보자마자 제일 먼저 공주 니랑 무슨 사이냐고 묻고."

"……내 친구라고 했다매."

"니한테 그지같이 까였다고 내 얼굴에 써 놨나 보지. 나도 놀랐다."

별게 다 놀랄 일이었다. 지가 수상쩍으니까 그렇게 묻지.

나는 한숨을 흘리며 맥주를 땄다.

"그다음엔."

"어디까지 아냐고 묻더라. 그래서 아빠랑 실패한 첫사랑 아니냐니까 아무 말도 없다가 갑자기 조금 웃던데. 나를 그렇게 듣기 좋게 말할 수도 있네…… 하면서."

"……."

"그러고 나서 하는 말이 갑자기, 자기 자식이 하나는 독일에서 음대 다닌대. 피아노. 금마가 거기서 석사 과정 들어간 지 아직 얼마 안 됐고, 다른 하나는 멍청한데 영어만 좀 해서 미국에서 학벌 세탁하는 중이고. 나머지 하나는 첼로. 오스트리아 갈 준비 중이고."

"고모 그렇게 냅다 자식 자랑하는 성격 아닌데."

"그렇게 돈 많이 드는 자식밖에 없어서, 자기 자식들은 평생 남편 그늘에서 살아야 한대."

"……."

"자기 인생은 자식들 말고 아무것도 안 남아서, 걔네 낳고 기른 거 말고는 자기 인생에 똑바로 해낸 일이 하나도 없어서, 도망칠 수가 없다더라."

"……."

"이제는 그러고 싶지도 않다더라. 첫째가 대학 갈 때까지만 참자, 둘째가 성인 될 때까지만 참자, 나중에는 셋째가 대학 졸업할 때까지만 참자……. 그렇게 살다 보니까 자기는 괜찮아졌다고."

"……."

"살 만하니까 사는 거라고. 그래서 자식들이 한국에 다시 돌아올 때까지도, 어떻게 잘하면 기다릴 수 있을 것 같대. 그러면 그다음에는 결혼시킬 때까지 참지 않겠냐고. 기껏 참은 거니까. 백 초가 아무리 지루하고 길어도 십 초씩 세면 견딜 만하니까."

"……"

"니네 고모는 그냥 그렇게 살았다더라. 평생. 십 초씩 세면서."

"……"

"그렇게 해도 너무 힘들 땐 삼 초, 오 초씩 세면서. 그렇게 살다 보면 언젠가 끝이 날 거니까."

박우경은 할머니의 말을 듣고서야 고모의 십 초를 이해할 수 있게 됐다고 했다. 십 초, 그다음 십 초, 또다시 십 초. 그렇게 수십 년을 보내야 했던 사람.

그 애들 외에는 자기 인생에서 아무것도 해낸 게 없다고 말한 것이 고모의 과거 속에서 어떤 의미였는지. 그 인생에 자기 엄마가 무슨 짓을 하려 했는지. 이제야.

박동주가 어느 순간에 머리가 영영 멈춘 사람이라면, 고모는 어느 순간에 몸이 갇혀 무기력하게 끝을 기다리는 사람이었다.

"하루는 그대로 살면 죽을 것 같아서 니네 사촌들 어릴 때 이혼하면 엄마 따라올 거냐고 물으니까 셋 다 아빠 밑에 남겠다고 했대. 너네 엄마 따라가면 아무것도 안 해 줄 거라고, 너네 엄마 이혼하면 유학도 뭣도 없다고 니네 고모부가 지 애새끼들 어릴 때부터 하도 협박해 놔서."

"……"

"우리 버리고 엄마 혼자 살겠다고 나가면 그것보다 이기적인 게 있냐고. 우리 인생 망칠 거냐고. 엄마는 대체 그 좋은 팔자를 왜 걷어차냐고. 아빠 비위만 잘 맞춰 주면 되는걸. 엄마만 참으면 되는걸."

"……."

"생각해 보니까 그렇다 싶었대. 그 새끼 비위만 잘 맞추면 되는걸. 자기 하나만 참으면 되는걸."

그러니까 할머니의 친절은 필요 없다고 했다. 그 돈은 내가 받을 돈이 아니야. 이미 지나간 사람들이야.

나는 네 아빠 인생에서 한참 전에 지나간 사람이야. 네 아빠는 내 인생에서 기억도 안 나는 사람이야…….

그런데 저를 왜 만나 주셨어요? 박우경의 말에 고모는 한참이나 멍하니 그 애를 바라보고만 있다가, 가까스로 대꾸했다.

네가, 동주를 얼마나 닮았을지 궁금해서.

네 나이 때 동주를 본 적이 한 번도 없는 것 같아서.

그래서 궁금하더라…….

할머니의 말처럼 아무것도 몰랐던 그때의 박우경은 고모에게 이런 말도 물었다. 그때 박동주를 놓쳐 버린 걸 후회하지는 않느냐고.

"그랬으니까 니가 태어났지."

고모는 진심으로 그 애가 태어난 것이 잘됐다는 듯 다정하게 웃으며 그렇게 말했다고 했다.

원래 누군가가 잃으면 누군가는 얻는 것이 인생이고, 누군가 죽을 때 누군가 태어나는 것이 세상이라고.

박우경은 고모가 비유처럼 흘린 말이 사실은 얼마나 직접적인 표현이었는지 제 할머니의 음성을 통해 알게 된 셈이었다.

너는 사실 누군가 죽어 태어난 것이라고. 그렇다고 그게 꼭 나쁜 것만은 아닐 것이라고.

그러니까 아줌마 생각에는, 내가 놓치고 잃어버린 것, 내가 실패한 것만 보면서 슬퍼할 이유가 없더라. 우경아. 처음부터 내 것이 아니었을 수도 있으니까.

우경이 네가 태어나는 게 옳았을 수도 있으니까.

박우경은 고모의 말을 시종일관 무미건조하게 읊었다. 그리고 제 몸을 변덕스레 무너뜨리고, 내 손바닥에 얼굴을 묻었다. 툇마루 위로 그 애의 머리카락이 흩어졌다. 널따란 등이 고집스러운 동시에 연약해 보였다.

"내가 태어난 게 옳다고 느껴지는 순간은, 윤차희 니가 내 옆에 있을 때뿐이던데."

"……."

"이게 꼭 나쁜 건 아니잖아. 어쩌면 내가 틀린 게 아닐 수도 있잖아."

"……."

"아무도 원하지 않았어도, 니 옆에 있으려고 태어났을 수도 있잖아."

"……응."

그러게. 내 옆에 있으려고 태어났을 수도 있겠다. 그래서 내가 말도 안 되게 널 좋아하는 것일 수도 있겠다. 나는 가만히 그 애가 원하는 말들을 속삭여 주었다.

밤이 되어서야 박우경이 내 손바닥에 잠시 눈물을 쏟았다.

나 놓지 마. 차희야. 나 놓지 마……. 아까 진작 그 말을 한 것을 까먹은 것처럼 그 애가 몇 번이고 말했다. 내가 너 잡을 수 있게, 놓지 마.

박우경은 내게서 할머니의 음성 녹음 파일을 받기 무섭게, 파일 끝부터 대뜸 확인했다. 그리고 파일 말미에서 내가 저를 좋아한다고 말했던 부분이 교묘하게 편집됐다고 한참이나 툴 툴거렸다. 마치 그것보다 중요한 일이 없는 것처럼.

속으로는 무슨 생각을 하고 있는지 알 수 없었다. 하긴, 가 끔은 내 속조차 알 수 없었다. 다만 서로를 잡고 있는 손만 고 집스레 완고해졌다. 정신이 아주 나가 버린 애들처럼.

고작 며칠 뒤면 추석이었다. 해경 오빠가, 윤태희가, 신미진 이 청라로 돌아올 것이다. 전에 없이 불길한 기분이었다. 차라 리 그 애를 데리고 청라를 빨리 떠나 버리면 나을까.

나는 당장 며칠 뒤에도 엄마가 투석을 받아야 한다는 사실을 떠올리고 어이가 없어 웃었다. 남자에 눈이 멀어서는 무엇 때 문에 청라에 왔는지도 잊어버린 게 어이가 없어서.

내가 그러고 있는 사이에도 그 애는 날 자질구레하게 괴롭히 기 바빴다. 고작 그 한 마디 더 녹음해 주는 게 그렇게나 힘들 었냐고. 내가 자기에게 치졸하게 군다는 것이었다.

그 불만이 며칠이나 은은하게 갔다. 나는 결국 새벽녘 사과나무 아래에서 후드를 볼썽사납게 붙잡힌 채로 녹음을 해 줬다.

나는 박우경을 되게 좋아한다. 나는 박우경을 되게 좋아한다. 나는 박우경을 되게 좋아한다……. 구호도 아닌데 세 번이나 바보처럼 그 애가 화면에 써 준 글을 읽었다.

하필이면 지나가던 아빠가 그것을 듣고 말세라는 양 사과원 땅이 무너져라 한숨을 쉬고 지나가서, 나는 오전 내내 아빠 얼굴을 쳐다보지도 못했다.

얼굴 두껍고 뻔뻔한 박우경만 신이 났다.

"아저씨, 이따 점심 먹고 세차나 다시 해요."

"며칠 전에 했는데 만다꼬 또 하노?"

"아 비 맞고 드러워졌잖아요."

"됐다 마, 치아라."

"태희 형 오늘 저녁에 진짜 오면 뭐 먹어요?"

"금마가 뭐 귀한 손님이라고. 집에 있는 거나 대충 묵지."

"근데 저는 귀하잖아요. 사위라서. 손님인데."

아빠는 저 머슴 새끼가 미쳤나 싶은 눈길로 박우경을 하루 종일 봤다. 어디서 약이라도 하고 오는 거 아니냐고.

"결혼 허락받고 처음 밥 먹는 건데."

"수십 번은 먹은 것 같고마."

"태희 형 끼고는 처음이잖아요."

"뭐가 그래 급하노? 태희한테 벌써부터 말해 봐야 금마한테 니가 개처럼 닦이기밖에 더 하나."

"낙장불입 만들라고요. 증인 하나씩 늘려서 나중에 아저씨

말 못 바꾸게."

"윤태희 금마가 니 증인 서 봐야 팔은 안으로 굽지."

"그런가."

"치아라, 마. 태희한테 괜히 말해가 집구석 시끄럽게 만들지 말고."

"그래도 자랑하고 싶은데."

"별게 다 자랑이다. 금마가 희야 오빤데, 니가 희야 갖고 자랑해 봐야 니보고 참 좋겠다 그카겠나."

그러게. 윤태희는 자기가 나 같은 여자 만날까 봐 항상 무섭댔는데.

그 애가 아랑곳하지 않고 말했다.

"어차피 내수가 한계잖아요. 아저씨 딸이 첩처럼 저 몰래 숨겨 놓고 만나서."

"……박우갱이 니가 설마 첩이가?"

"첩이죠? 공주가 저 쪽팔려 해서 어디 떠벌리고 다니지도 못하는데. 하……. 박우경 진짜 드럽게 불쌍하다."

"아 좀, 박우경."

"세상에 불쌍한 새끼가 다 얼어 뒤짔노. 그럼 본처는 어데 있고?"

"윤차희 옆에 본처 새끼 있으면 제가 벌써 죽였어요."

"그럼 니는 혼자 있는데 첩이가."

"저는 예쁘잖아요. 아저씨."

"지랄 염병을 떤다, 참말로."

아빠가 기가 찬 듯 한숨을 쉬었다. 박우경이 궤짝을 옮기며 아직 일러바칠 게 남았다는 듯 말했다.

"아저씨 딸은 지가 제일 친한 친구들한테도 저랑 사귀는 거 절대 말 안 해요. 남자 친구 있다고도 안 해요."

"아 진짜. 아빠한테 이상한 소리 좀 하지 말라 캤제, 박우경."

"공주 지가 그러니까 성주 참외 소개나 받지."

"야. 내가 언제 소개를 받았다고."

발끈한 내가 작업대 반대쪽으로 흠과 한 알을 던지자 몸을 일으키던 박우경이 얄밉게 생글거리며 가볍게 툭 낚아챘다.

그러나 아빠는 이미 가느다랗게 뜬 눈으로 날 보고 있었다.

"성주 참외? 뭔 말이고?"

"지 성주 본가에서 참외 농사 짓는다는 돈 많은 집 아들 새끼요."

"야."

"그 참외 재벌 새끼가 어쩌다 공주 사진을 봤다는데, 지 돈 많다고 재산 목록까지 미리 공개하고 윤차희랑 빨리 다리 놔 달라고 쟤 친구한테 별 지랄을 다 한대요. 아직도. 공주 쟤 소 개 못 받으면 쟤 친구 때릴 것처럼. 몇 번 거절해도 들어 처먹 지도 않고."

"차희야. 참말이가?"

"쟤 친구 오빠까지 태희 형한테 연락해서 그랬대요. 그 참외 새끼 가진 게 벌써 얼마고, 어디에 뭐가 있고, 학교에 무슨 차를 끌고 다닌다고. 그니까 니 여동생한테 한번 만나는 보라고 하라고. 좋은 기회 아니냐고."

"······왜, 희야 쟈 팔자 고치라꼬?"

"네, 뭐."

"별 오지랖들도 참. 만난 적도 없는 가시나한테 들입다 돈 얘기부터 꺼내고 자빠졌노."

"그니까요."

"설마 지 돈 보고 좋아하라고 그카나? 희야 나이가 몇 살인데 무슨 당장 즈그 집에 주저앉힐 여자 찾듯이······."

"제 말이요."

"누가 지한테 돈 달라 캤다고. 금마는 찾는 게 돈 밝히는 여자라 카드나."

웬 부잣집 아들이 날 소개받고 싶어 한다는 말에 아빠는 공연한 불쾌감만 느낀 듯 얼굴을 찌푸렸다. 그런 일은 나한테 좋은 일이 될 수 없다는 듯이.

어쩌면 아빠의 머릿속에 고모가 떠올랐을지도 몰랐다.

나는 생각을 잡을 수 있을 것 같은 아빠의 표정에서, 그렇지 못한 그 애에게로 시선을 옮겼다.

"생긴 게 못나서 어쩔 수 없겠죠."

"보나 마나 즈그 집 참외같이 생겼겠지. 못생긴 게 보는 눈은 있어가······. 희야 니 친구는 만다꼬 남의 사진을 아무 남자한테나 보여 주고 다닌다 카드노? 별 희한한 가시나가."

"걔가 보여 주려고 보여 준 게 아니라······."

"아저씨 딸이 예쁘잖아요."

박우경이 뻔뻔하게 대꾸했다. 아빠는 그게 별말도 아닌 양 대충 고개를 끄덕이고 말았다. 나만 진지하게 부끄러워해도 이상할 것 같아서 나는 애써 날 빤히 바라보는 그 애의 시선을 넘기고 말했다.

"······그런 게 아니라, 걔 남자 친구 선배라서 어쩔 수 없이 그런 거예요. 거절하니까 남자 친구한테 계속 눈치를 줘서 곤란하니까 부탁하는 거고."

"그래서 뭐? 지 연애하겠다고 니를 갖다 바친다 이거 아이가, 지금."

돌이켜 보니 그 애와 크게 다르지 않은 반응이었다.

나는 그 애가 아예 내 쪽을 별로 보지도 않고 아빠와 신나게 참외 부농의 아들을 욕하는 것을 들으며 사과를 분류했다.

그렇게 한참이나 어떻게 생겨 먹었는지도 모를 남자를 '못생긴 놈이 돈만 있으면 다 되는 줄 안다'고 욕을 하던 아빠는 결국 반쯤 박우경의 편을 들었다. 나중에 서울 올라가서는 너무 숨기지만 말라고. 우경이랑 만난다고, 적어도 네 친한 친구들한테는 말도 좀 하라고.

네 남자 친구 서운하게 하지 말라고.

네 남자 친구. 지나가듯 나온 말에 분명 의기양양한 표정이나 지을 줄 알았던 그 애가, 어릴 때처럼 계산 없이 웃었다. 마치 자기가 좋아하는 어른을 본 것처럼.

어릴 적 박우경이 좋아하던 어른이라고 해 봐야 그 애의 할머니뿐이다. 우리 아빠와는 평생 원수가 따로 없었다.

그런데도 저렇게 되었다. 오로지 나 때문에. 아빠는 박우경에게, 박우경은 아빠에게.

이대로 행복하면 좋을 순간인 것을 알았다. 어차피 놓지 않기로 했으니까. 어떻게든 쥐기로 했으니까.

"제가 옆에 있으면 괜히 이상한 놈도 안 붙고. 맞죠."

"박우갱이 니가 제일 이상한 놈인데 무슨."

"그래도 저는 아저씨가 허락한 이상한 놈이잖아요."

"그건 글치."

"저는 진짜 안전해요. 아저씨."

"희야랑 난주 서울 가서도 니가 그래 나불거린 거 절대 잊어뿌지 말고."

"네. 나쁜 짓 하고 싶을 때마다 아저씨 생각할게요."

"하이고, 뭘 하든 내 생각은 하지 마라. 징그럽다."

나는 지금도 아빠가 어떤 마음일까 생각한다. 어느 부잣집 아들이 내 소개를 바란다는 말에 가시부터 세울 정도로 그 옛날 일을 기억하면서, 지금 박우경의 머리를 쓰다듬을 수 있는 건 어떤 마음일까.

"니는 우리 희야 생각이나 해라. 그거면 되니까."

창고에 두고 간 것이 있다며 직판장에서 집까지 마음대로 걸어온 엄마와 또 한바탕을 하고 박우경이 그것을 말리는 사이 오후 일과가 일찍 끝났다. 부사를 출하할 때까지 얼마간은 계속 그럴 것 같았다.

나는 엄마더러 온 김에 집에 있으라 하고, 엄마는 저녁까지 자기가 직판장에 있겠다고 우기는 통에 시간이 조금 더 갔다. 그리고 결국에는 나도 지고 엄마도 졌다.

박우경이 그렇게 일을 사서 하고 싶으면 둘 다 해라, 하고는 내 차 조수석에 엄마를 밀어 넣었기 때문이다.

우리는 말없이 직판장으로 갔다. 별것도 아닌 언쟁이 지나가고 난 직후면 으레 그러듯 잠깐은 의미 없는 정적이 있었다. 그리 화가 난 것도 아니고 누가 먼저 말을 한다고 큰일이 나는 것도 아닌데 괜히 입이 열리지 않는 순간.

직판장 천막이 가까워지는 것을 물끄러미 보던 엄마가 문득 입을 열었다.

"······근데 아까 어떤 할매가 왔는데, 희한한 말을 하드라."

"무슨 말."

"이 집 딸이랑 사위는 오늘 어데 갔냐고."

"······."

"혹시 느그 결혼했다 캤나?"

얼굴에 열이 확 올랐다. 엄마가 나를 흘끗 보더니 한숨을 쉬었다. 나는 변명하듯 서둘러 말했다.

"······걔가 그래야 잘 팔린댔다. 그래서 사람들이 오해하면 그냥 그렇게 됐는데, 박우경 말처럼 우리가 결혼한 줄 알고 사과도 많이 사 갔고……."

"돈이 아무리 중요해도, 니보다 중요하겠나. 차희야."

"……."

"우경이가 아무리 이뻐도, 희야 니보다 이쁘겠나. 아무리 모르는 사람들이라도 어디서 또 만날지 모르는데, 그런 말은 조심해서 해야지."

"아는데……."

"우리 집은 몰라도 우경이 집 모르는 사람이 이 근방에 어디 있노? 니 나중에 우경이랑 결혼 못 하믄 우짤라고. 다른 사람이랑 결혼했는데 니 남편이 혹시라도 그런 희한한 말 듣고 금마랑 무슨 사이였냐고 지랄하면 우짤래."

"……."

"그러면 희야 니는 옛날에 있었던 작은 일로, 남은 평생을 망치는 기라."

옛날에 있었던 작은 일. 나는 엄마의 말처럼 그 말 한마디를 곱씹어 보았다.

옛날에 있었던 일이 되는 박우경. 내 인생에서 아주 작은 일이 되는 박우경.

한때는 내 온몸으로 수긍했을 말에 견딜 수 없는 반감이 들었다. 원래는 그게 옳았다. 당연히 그렇게 될 일이었다.

서로가 서로에게 지나가는 사람. 먼 미래에서는 작은 점처럼 돌아볼 이름. 그럼에도 견딜 수 없었다. 그저 그렇게 되고 싶지 않은 게 아니라, 아예 견딜 수가 없었다.

그 애에게 내가 다시 옛날 일이 되어 버릴 것을 참을 수가 없었다. 이제는 그래도 괜찮을 것이라고 믿을 수가 없어졌다. 그 애가 날 아주 사소하게 돌아볼 것을.

"……안 그럴게."

"그래. 잘 생각했다. 앞으로도 직판장 쪽에는 우경이랑 그래 나와 있지 말고……."

"걔랑, 그렇게 안 될게."

"……."

"옛날에 있었던 작은 일로 내 평생 망치는 일 없이…… 나는, 걔한테 또 옛날 사람 되기 싫어. 엄마. 옛날 일이라는 말 싫어."

"……."

"나는 나보다, 돈보다 걔가 중요해. 엄마."

#41. 사진은 그래도 내 거잖아

　직판장 앞에 차를 세운 뒤에도 엄마는 얼마간 말이 없었다. 그러다 다시 한숨을 쉬었다.

　"……지금은 니가 우경이를 많이 좋아하니까 글치. 당장 몇 년 뒤에 우째 될 줄 알고."

　"그런 거 생각했으면 결혼 생각도 안 했다."

　"……."

　"엄마가 그랬잖아. 돌다리도 두드려 보고 건너라니까, 나는 건너지도 않고 돌다리가 부서질 때까지 때리고 앉아 있다고."

　"그랬지."

　"아빠랑 엄마는 내가 걔랑 결혼하면 여기 있는 거 다 정리한다매."

　"……그래."

　"엄마 딸 몇 년 뒤에 어케 될지도 모르는 남자랑 살라고 그

꼴 볼 애 아니잖아. 차라리 그러느니 내가 걔랑 헤어지겠다고
할 애잖아."

"……."

"근데 그때 그러겠다고 안 했다. 나 행복하라고 엄마 아빠가
여기 있는 거 다 버리겠다는데, 버리지 말라고 안 했다."

"……."

"그럴 바에야 걔랑 결혼 안 하고 말지, 그렇게 말만 하고, 진
짜 결혼 안 하겠다고는 안 했다……."

"……."

"사실은 행복하고 싶어서."

불안은 안개 같았다. 안개 속에서는 보이는 게 별로 없듯이.
그러나 보이지 않는 것을 굳이 보려 애쓰고 싶지 않았다.

"이제 박우경이 없어도 된다고, 더 이상 거짓말도 못 하겠어
서. 여태까지 그 거짓말을 너무 많이 해서."

차라리 멀리 볼 필요가 없는 사람처럼 가장 가까운 것만 보
고 싶었다. 가장 중요한 것. 안개 속에서 모르는 사이에 지나
보내고 싶지 않은 것.

"희야."

"엄마. 나한테는 걔밖에 없었다. 박우경이 내 옆에 없을 때
도."

"……."

"박우경도 그랬다. 나뿐이었다."

엄마는 말없이 내 손을 쥐었다. 살갗에서 살갗으로 따스한

온기가 스몄다. 내 인생에서 가장 가까운 사람에게 고작 이 말을 하기까지 이토록 오랜 시간이 걸렸다.

나는 그 애를 너무 좋아해서 놓을 수 없다고. 이제는 그렇지 않은 척도 할 수가 없다고.

"……해경이 전화 왔네. 받아라."

차 디스플레이에 해경 오빠의 이름이 뜨는 순간, 직판장 앞에 차가 한 대 멈추어 섰다.

엄마는 내 손등을 한 번 더 부드럽게 쓸어 주고 내렸다. 니 뜻대로 해라. 그렇게 작게 속삭이고는. 손끝에 박인 굳은살은 사과원 며느리로 시집온 엄마가 여태껏 보낸 시간과 다르지 않았다.

해경 오빠의 전화가 끊어지도록 엄마가 어루만졌던 내 손등을 멍하니 쓸어 보던 나는, 전화가 다시 오기 무섭게 정신을 차렸다.

"어, 오빠야."

— 차희야. 오늘 일 끝났제.

"대충."

— 니 오늘 과외하는 날 아니다이가. 시간 있으면 오빠야 좀 데리러 온나.

"어디로?"

— 청라역. 4시 15분 도착이네.

"지금은 어딘데?"

— 동대구지. 방금 내렸다.

조금 황당해서 웃고 말자 해경 오빠가 따라 웃는 소리가 들렸다. 늘 그랬듯 다정한 온도였다.

"오빠야 차는 어쩌고."

— 새벽까지 술 처마셨거든. 아 동대구까지 존나 잤네…….

"금요일 시간표 때문에 그날 저녁에나 내려온다매. 아직 수요일인데."

— 차희 니 보고 싶어서 빨리 내려왔다.

"거짓말."

— 예리하노. 추석까지 느그 집에서 놀면서 박우경 그 새끼 방해나 할라고.

　말이 논다는 거지 우리 집 일을 도와주러 오겠다는 거였다. 고마웠다.

"금요일 강의는."

— 자체 공강. 걍 내려왔다. 수요일 목요일 다 노는데 금요일 두 시간 때문에 서울 잡혀 있기 싫어서.

"오빠야는 오빠가 학교 안 가면 그게 공강이가."

— 세상은 원래 글케 자기중심적으로 사는 거다. 차희야.

"자기 동생 있는데 동생은 안 부르고."

— 그 새끼가 부른다고 잘도 오겠다.

　그건 그랬다. 알아서 택시를 타든 버스를 타든 하라고 하겠지. 나는 잠깐 창문을 열어 손님을 환송하는 엄마에게 해경 오빠를 데리러 간다고 하고는 차를 움직였다.

— 박우경이 아무것도 몰랐다가 니가 내 데려온 거 보고 질

190

색 팔색 하는 거 꼭 보고 싶으니까, 그 새끼한테는 아무 말도 하지 말고.

"오빠야 진짜 취향 이상하다."

— 니만 하겠나. 박우경이나 좋아하는 주제에.

나는 해경 오빠의 소원대로 박우경에게 아무 말도 하지 않고 청라역에 왔다.

70년대에 지어졌다는 아담한 시골 역사 앞에는 역만큼 오래된 상가들이 아주 짧은 번화가를 이루며 줄지어 있었다. 그 뒤로 키 낮은 아파트 단지도 몇 개 보였다. 철도가 깔린 것 외에는 어디에서 봐도 저 홀로 동떨어진 곳이라 그리 많은 사람이 사는 곳은 아니었다.

아주 오래전에는 번성할 뻔했지만 결국 그러지 못한 곳. 그저 도시에서 도시로 가는 길에 지나가는 길목.

차를 타고는 고작 이십 분 남짓이 걸렸지만, 역 앞의 택시들은 신도시나 읍내가 아니면 좀처럼 가려 하지 않았다. 동네까지 곧바로 오는 버스도 없어 굳이 더 먼 곳까지 가서 한 번은 반드시 환승해야 했고, 으레 정류장에서 기다리며 보내는 시간은 버스를 타고 있는 시간보다 더 길었다.

그래서 우리 동네 사람들은 기차를 잘 타지 않았다.

어디서 무얼 하려고 해도 그리 큰 차이는 없지만, 이런 시골

소도시에서도 일정한 편의는 갈리는 법이었다. 출발점이나 도착점이 외진 곳이라면, 나머지 하나라도 그렇지 않아야 다닐 만했다.

어쩌면 사람도 그럴 것이다. 역에서 우리 동네로 오는 길이 가까워도 지난하듯이, 외떨어진 사람끼리는 모든 것이 어려웠다.

나는 오래도록 박우경에게, 저 오래된 시골 역 같은 사람이었다. 항상 그 애를 어렵게 만드는. 그래서 그 애는 항상 내게 쉬운 사람이었다. 저마저 어려우면 우리가 닿을 길이 없다고 생각하니까.

그 애의 형도 그랬다.

창문을 똑똑 두드리는 소리에 고개를 돌리자, 언제 역에서 나왔는지 차창으로 몸을 숙인 해경 오빠가 웃고 있었다.

나는 서둘러 잠긴 문을 열었다. 박우경이 엄마가 앞으로 바짝 당겨 놓은 조수석에 탈 때면 으레 그러듯, 해경 오빠도 비좁은 공간을 제 몸으로 덮치듯 타고는 곧바로 좌석을 뒤로 밀었다. 대시보드에 닿았던 길쭉한 다리가 그제야 여유를 두고 좀 떨어졌다.

"자. 수고비."

수고비라고 커피 한 잔을 내미는 손이 여상했다. 내게 아예 주는 것이 아니라 빨대로 한 모금 마시라고 기울여 준 것이었다.

고개를 기울여 한 모금 빨아들이자 커피를 홀더로 내린 오빠가 느긋하게 벨트를 맸다.

"오빠야 거는?"

"내 거? 아까 동대구에서 받자마자 다 마시고 버렸다. 들고 다니기 귀찮아서."

"그래도 내 건 들고 왔네."

"차희 니 줄 거잖아. 안 귀찮지."

"또 꼬신다."

"오빠야가 꼬신다고 넘어오나, 니가."

샐쭉 웃는 얼굴이 매끈했다. 박우경과 많이 닮은 것 같으면서도 그렇지 않은 건, 어릴 때부터 저렇게 웃는 얼굴로 여자를 얼마나 홀리고 다녔는지 잘 아는 까닭이었다. 능글거리긴.

"오빠야 내 이제 운전한다. 운전할 때 말 걸지 마리."

"우리 차희 큰일 하노⋯⋯. 알았다. 오빠야는 얌전히 닥치고 있을게."

"그리고 내 깜짝 놀라게 하면 안 된다. 나는 진짜 놀란다."

"무슨 수족관 주의 사항 같네. 물고긴가⋯⋯. 카메라 플래시도 금지가?"

"이거 봐라 저거 봐라 안 된다. 운전 못한다고 놀리는 것도 안 된다. 정신 사납다. 사고 난다."

"어. 알았다."

"사고 나면 오빠야 죽을 수도 있다."

"아니 갑자기? 니는."

"오빠야 쪽으로 핸들 틀고 나는 살아야지."

이래서 딸내미는 키워 봐야⋯⋯. 해경 오빠가 혀를 차는 찰나 오빠에게 전화가 왔다. 핸드폰과 운전하는 나를 잠시 번갈아 보는 시선이 느껴졌다. 아주 잠깐 주저하듯이.

이윽고 야트막한 한숨과 함께 전화를 받는 소리가 들렸다.

"응, 청라 도착했어."

전화 너머로 여자 목소리가 들렸다.

"응. 괜찮아. 동생이 역까지 데리러 와서."

내가 동생인가? 하긴 넓게 보면 거짓말은 아니었다. 나는 조금 웃었다. 올라간 지 얼마나 됐다고 그새 여자 친구가 생긴 모양이었다.

여자가 무어라 말을 하는 동안 몇 마디 대꾸해 주는 소리가 부드러웠다. 방금 전까지 나랑 이야기하던 고향의 억양은 온데간데없었다. 웬 서울 남자가 옆에 앉아 있는 것처럼.

고향을 떠난 사람들은 으레 상대를 따라 말씨가 휙휙 바뀌곤 했다. 나도 대학 친구에게서 전화가 오면 딱 저렇게 받았다. 그러니 오빠가 연애를 해서 딱히 부드러워진 것은 아니다.

사투리를 쓰는 박우경은 억양이 그리 강하지 않아도 무뚝뚝하게 들리는 반면, 오빠는 그 애보다 훨씬 억양이 강한데도 내게는 항상 부드럽게 들렸다. 곧잘 웃음기를 머금고 말했고, 종종 다정한 언어를 썼다. 내게만 그런 것이 아니라 다른 여자들에게도 늘 그랬겠지.

그래서인지 오빠의 서울 말씨도 배는 부드럽게 들렸다. 박우경이 내게 저렇게 말하는 건 상상도 할 수 없는데.

"……응. 저녁 먹으려면 아직 좀 멀었잖아. 지금? 친구 집 가는 중인데. 응. 기억하네. 그때 네가 사진 봤던 개. 맞아. 태희. 어릴 때부터 친형제처럼 자란 애. 나랑 제일 친한 친구."

"……."

"아, 걔 여동생은 있는데."

신호등에 걸려 멈춘 사이 대놓고 연애를 구경하던 날 오빠가 흘끗 보고는 웃었다.

"그런 사이 아니야. 워낙 어릴 때부터 봐서……. 응. 내 여동생 같은 애거든. 아, 이제 전화 끊어야겠다. 응. 나도. 공부 열심히 해."

전화 너머 음성은 내게 잘 들리지 않았지만, 마지막에 보고 싶다는 말만은 분명하게 들렸다. 나는 오빠가 전화를 끊기 무섭게 놀리듯 물었다.

"오빠는 보고 싶다고 안 해 줘?"

"안 보고 싶으니까."

부드러운 말씨와는 퍽 상반되는 답이었다. 조금 놀라서 오빠를 돌아보니 오빠가 웃으며 전제를 달았다. 아직은.

"며칠은 지나야 보고 싶을 예정이라?"

"그렇다 치자."

"여자 친구는 맞나?"

"응."

해경 오빠는 그저 단조롭게 대꾸하고는 비스듬히 턱을 괴고 내가 운전하는 모양을 관전했다. 괜히 시험이라도 보는 기분이 들어서 차가 점점 느려졌다.

"사귄 지 얼마나 됐는데?"

"개강하자마자?"

"어떤 사람이고? 몇 살?"

"오빠야한테 말 걸지 말라 카드만 차희 니가 다 말하네."

"아니, 궁금하다이가. 오빠야 여자 친구 생겼다니까."

"니보다 한 살 많다."

"스물넷?"

"이제 됐제."

"나이만 말해 놓고 뭐가 돼. 어떤 사람이냐니까."

"차희 니 닮았다."

"……."

"그래서 사귀는 건가."

내가 잠시 멈칫한 사이 오빠가 태연하게 내 팔을 톡톡 두드렸다.

"차희야. 여기서 우회전인데."

"……아, 차선 잘못 들었네. 이미 늦었다."

"그러게. 이미 늦었네."

내 차가 육차선 국도의 좌회전 자리에 뜬금없이 멈추어 섰다. 나는 잠시 오빠를 돌아보았다. 오빠가 웃었다. 어릴 때부터 눈만 마주치면 버릇처럼 다정하게 웃어주던 얼굴 그대로.

미약한 위화감은 금세 날아갔다. 그러나 비교도 할 수 없는 불안이 남아 있었다. 나는 언젠가 박우경이 신미진을 완전히 끊어 냈을 때, 자기 엄마와 동생 사이에 덩그러니 남겨질 해경 오빠가 계속 마음에 걸렸다.

우리가 이루어지면, 결과가 가장 좋아 봐야 그럴 것이다. 이수많은 과거의 단편 하나 밝혀지지 않아도.

"오빠야."

"응."

"있잖아. 만약, 나중에 박우경이랑 내가 진짜 결혼하면."

"……."

"나랑 결혼하겠다고 박우경이 자기 집 등져 버리면, 오빠야는 어떻게 할 거야?"

"결혼?"

나는 차마 한 번 더 그 단어를 내뱉을 자신이 없어서 고개만 끄덕였다. 그나마 이마저도, 아까 엄마 앞에서 그 말을 했기에 가까스로 할 수 있었다.

오빠는 잠시 말없이 손짓으로 내가 갈 방향을 알려 주다, 천천히 말했다.

"박우경 그 새끼는 뭐, 집이랑 차희 니랑 둘 중에 하나 고르라고 하면 당연히 니 고르겠지. 기대도 안 한다."

"……그건 아는데, 오빠야는."

"걔는 너 아니면 웃을 일도 없었으니까."

"……."

"그러니까 축하해야지. 잘됐다고."

그 애의 할머니가 지나가듯 했던 말이 떠올랐다. 그 불쌍한 머스마가 니 아니면 웃을 일도 없다고, 옛날의 고모에게 하던 말.

오빠가 조금 웃었다.

"그 새끼가 나랑 의절해도 상관없다. 나는 차희 니 오빠 하면 되니까."

바람이 그치고 물결이 잦아들 듯 오빠의 말 한 마디가 모든 평안을 주었다. 어떻게 되어도 박우경과 내가 오빠를 잃을 일은 없다는 말처럼 들려서.

그리고 윤태희와 오빠도, 어쩌면 달라지지 않을 수도 있을 것 같아서.

"……오빠야."

"고맙다고?"

"응. 고맙다. 내가 진짜로 오빠야 동생인 것처럼, 생각해 줘서."

"……."

"옛날에 나랑 많이 놀아 준 것도."

"니는 별게 다."

"계속 나 잡아 줘서, 서울에서 그냥 나 놓아 버릴 수도 있었는데, 그러지 않아 줘서……. 우리는 남인데. 오빠야가 윤태희도 아닌데."

"……."

"오빠야가 진짜 오빠 같아서, 너무 겁이 나더라. 그때는."

박우경 형이니까 그렇게 생각하면 안 된다고 삼 년 내내 되새겼는데도, 어쩌다 얼굴을 보면 오빠까지 반쯤 잃어버린 것이

실감 나서. 내가 박우경을 죄다 놓쳐 버린 것을 실감할수록 오빠를 보는 게 무서워서……. 사실은 그래서 도무지 마주 보기가 힘들었다고.

나는 차마 다 할 수 없는 말을 삼켰다.

"서울에선 차희 니가 내 만나 줬던 거 아니었나?"

해경 오빠가 느물거리며 되물었다. 하지만 서울에서 박해경을 푸대접했던 삼 년을 잊을 수 없는 난 도리어 기가 죽었다.

해경 오빠는 혹여나 가족도 없는 서울에서 내가 어느 날 갑자기 잘못될까 봐 걱정했다. 내가 아무리 죄다 밀어내도, 윤태희가 끝끝내 그랬던 것처럼.

자기는 내가 하는 짓이 아무리 봐도 수상하다면서.

가족과 갑자기 연을 끊다시피 하고는 서울에서 지나치게 꽁꽁 숨어 사는 게 수상하지 않으면 그것도 이상할 터였다.

그래도 남이었으니까 그러려니 둘 수도 있었다. 고작해야 친구 여동생인데. 이상하면 이상한 대로 살라고.

고향을 떠나면 으레 모두가 멀어졌다. 설령 지척에 있어도 어른이 되면 흔히들 그렇다고 했다. 우리도 그럴 수 있었다.

외딴 역과 외딴집처럼. 고작 이십 분 거리를 두고 그렇게나 오가기가 어려운 청라역과 우리 동네 사이처럼.

하지만 해경 오빠는 그러지 않았다.

한 번은 서울에 올라온 윤태희가 진지하게 내 머리통을 붙잡고 물어본 적도 있었다.

윤차희 니 혹시 사이비가? 이상한 종교 생겼나? 아니면 혹시 이상한 남자 새끼가 니 꼬셔서 동거하나? 존나 그 기둥서방 새 끼가 집이랑 연 끊으라 카드나? 그게 그런 새끼들 수법인데.

아니면 혹시 이상한 친구 따라갔다가 나쁜 길로 빠진 거 아이가? 다단계 하나? 씨발 니 화류계 같은 일하는 거 아니제? 이 씨발, 내가 윤차희 니를 어케 키웠는데…….

지금 생각하면 윤태희가 그런 의심을 할 만도 했는데, 그때 는 당연히 어이가 없어 미칠 지경이었다. 그래서 놓으라고 고 개를 비틀고 때리고 난리를 쳤다.

해경 오빠는 날 도와줄 줄 알았다. 어릴 때부터 윤태희가 날 좀 못살게 군다 싶으면 감싸 주었으니까.

그런데 옆에 있던 해경 오빠가 뜻밖에도 옆에서 내 팔목을 덩달아 붙잡고 진지하게 물었다.

똑바로 대답해라. 차희야. 사이비가? 남자가? 나쁜 짓 하나? 다단계가? 코인 하다가 망했나? 억울한 빚이라도 생겼나? 니가 말을 해야 우리가 도와주지.

방학때 몸이 부서져라 일만 하고 있었던 나는 오빠들이 쌍으 로 날 붙잡고 그러는 것이 서러워서 조금 멍청하게 울었다.

아니라고. 나 그런 거 하나도 안 한다고. 이 미친놈들 아……. 놔라, 좀……. 윤태희는 내가 아무리 울어도 하나하나 명확한 대답을 요구했다. 피 한 방울 안 섞인 해경 오빠만 내가 우는 것에 어쩔 줄을 몰랐다.

사실 내 하루하루가 온통 숨쉴 틈이 없으니, 그들이 느낄 내 공백 같은 건 생각할 수가 없었다. 내가 그렇게까지 이상해 보일 것도 그때는 몰랐다. 그래서 억울하기만 했다.

지금 생각하면 전부 알 수 있는데.

"우리 차희 얼굴 드럽게 비싸던데."

"……사실은 싼데. 하나도 안 비싼데."

"말 되나? 오빠야는 살면서 니처럼 힘들게 대기 타 가면서 만나 본 여자가 없는데."

"나도 오빠야 많이 보고 싶었는데……."

"…….”

"계속 거짓말했다. 오빠야 하나도 안 귀찮은데 귀찮은 척하고. 잠수 타고……."

"안다, 차희야."

"…….”

"내가 도라이 새끼도 아니고, 아니까 계속 니 찾아갔지. 니 괴롭힌다 생각하면 못 갔다. 근데 차희 니는 거짓말을 좀 못하니까."

"……박우경은 잘한다 캤는데? 내보고 입만 벌리면 사기랬다."

"니는 그게 뭐 좋은 일이라고 발끈하는데? 남자한테 사기 치고 사는 게 꿈이가."

"…….”

그건 또 그랬다.

"그래, 니 사기꾼이다. 됐제. 오빠야는 박우경 그 등신 새끼처럼 니 얼굴에 정신 팔고 눈탱이 안 맞게 조심할게."

"뭔데. 내 진짜 못하나?"

"너무 좋아하거나 너무 가까우면 오히려 안 보이는 것도 있으니까."

"……."

"나는 니를 적당히 좋아하잖아. 차희야."

해경 오빠가 부드럽게 웃으며 어릴 때처럼 내 머리칼을 아무렇게나 헝클어트렸다.

와중에도 턱짓으로 내가 갈 방향을 알려 주면서.

나도 길 알거든. 우리 동네거든? 맞나. 윤차희 세상 똑똑하네……. 오빠가 그렇게 대수롭지 않게 대꾸하고는 이어 말했다.

"박우경은 니를 지나치게 좋아하니까 속는 거다. 내 정도가 적당하지. 합법적으로."

"……박우경도 딱히 불법은 아닌데?"

어쨌든 오빠는 그게 손을 눈 바로 앞에 붙이고 손의 모양을 보려는 것과 다르지 않다고 했다.

가까우면 더 잘 보일 거라고 눈을 들이밀수록 어느 순간부터는 보이지 않게도 된다고.

박우경은 내 말 몇 마디에 쉽게 초조해지니까, 날 세상에서 제일 잘 보는 사람이다가도 가끔 그러지 못 할 수도 있는 거라고.

그러니까 겨우 '니처럼 남자 뒤통수 치는 데 재주가 없는 가시나'한테도 속는 것이라고 했다. 너무 좋아서.

"박우경 그 새끼는 가뜩이나 니 말고 뵈는 것도 없는데 니한

202

테 눈도 멀었잖아."

"그럼 박우경 눈에 뵈는 건 대체 뭔데? 하나도 없는 거잖아."

오빠는 제가 알 게 뭐냐는 양 어깨를 으쓱했다. 그리고 문득 핸드폰을 들더니 운전하는 나를 찰칵 찍었다.

"아 뭔데, 또. 박우경한테 보낼라고 그러제."

"박우경 눈앞에 갑자기 나타나는 것도 좋은데, 생각해 보니까 미리 기분 드럽게 하는 게 더 재밌을 거 같아서."

"이해가 안 된다."

"오빠야 너무 설레는데 어쩌지. 박우경 금마는 상상도 못 했겠지?"

"오빠야 같으면 하겠나."

"개새끼, 기분이 얼마나 개 같을까. 내가 뜬금없이 청라 내려와서 니랑 있는 거 보면."

내 사진을 몇 장이나 찍은 것도 모자라 아예 자기 얼굴까지 같이 나오게 사진을 몇 장 더 찍은 오빠는 지체 없이 그 사진들을 전송했다. 기껏 잘생긴 얼굴이면서 애처럼 신이 난 표정이 얄궂었다.

박우경은 아빠랑 창고 어디를 고친다고 했으니 어차피 바로 보지도 못할 텐데.

"아. 개새끼 왜 안 보지."

"오빠야, 나 잠깐 고양이 밥만 좀 주고."

"어."

나는 해경 오빠가 부재중인 박우경을 열심히 놀리게 두고 차에서 내려 사료를 챙겼다.

삐거덕 낡은 소리가 나며 대문이 열렸다. 사람 키보다도 큰 잡초로 가득했던 그 음산한 숲은 이제 어디에도 없지만, 발치에는 가을 해를 양분 삼아 새롭게 자라난 잡초들이 벌써 무성했다.

사람이 살지 않는 시골집은 세상의 시간이 가장 빨리 흐르는 곳이다. 얼마간 더 내버려 두면 언젠가 담벼락보다 웃자라서, 툇마루도 장지문도 보이지 않게 하겠지.

그러나 엊그제 내 대신 폐가에 사료를 갖다 주었던 박우경이 잡초 사이로 길을 내어 놓았다. 부사를 수확하기 전에는 마당의 잡초를 전부 베어 주겠다고 하면서.

아직은 발로 질근질근 밟아 길을 내면 그만인데, 괜한 짓이었다. 그래도 박우경은 괜한 짓을 했다.

가을날 새벽 이슬이 온 잡초마다 맺혀서, 어느 날 아침의 내가 이슬과 흙에 운동화를 더럽힐 거라고.

그렇게 박우경이 낸 길 위로 툇마루 위에 앉아 있던 까만 얼룩무늬 고양이가 후다닥 달려와 발밑에 발라당 누웠다.

그 애는 마당에 작은 갈림길도 내어 주었다. 고양이들이 곧잘 숨는 툇마루 밑으로, 수도로, 자기가 낫을 숨겨 놓은 폐가의 뒤편으로 이리저리 나뉜 길의 갈래와 고양이보다 조금 큰 풀들이 멸망한 도시의 미니어처처럼 보였다.

나는 웃으며 그 전부를 돌아보다가, 뒤늦게 시간을 생각했다. 핸드폰을 두고 나왔으니 알 수도 없었다.

수돗가에서 서둘러 그릇을 씻고 물과 사료를 붓고 있자, 툇마루 아래에서 조심스레 나와 디딤돌 옆으로 고개만 빼꼼 내밀고 있던 삼색 고양이가 조심스레 걸어왔다. 지난번에 박우경이 대뜸 흉을 봤던 고양이다. 쟤는 윤차희 너처럼 하는 짓이 답답하다고.

그래도 먹을 소리 나니까 찾아는 먹는데, 뭐. 이 폐가에서 그나마 박우경이 마음에 들어 하는 건 사람 무서운 줄 모르고 발라당 눕느라 바쁜 고양이 두어 마리뿐이다.

그 애는 내가 기억하는 평생 개만 좋아했다. 내가 아니면 평생 고양이를 거들떠볼 일도 없었을 거라고도 했다.

그래도 결혼하면 특별히 키우게 해 주겠다고 나더러 선심 쓰듯 말한 적도 있는데, 그때 나는 별 꼴값을 다 떤다며 코웃음이나 치고 잊어버렸다. 누가 박우경 너랑 결혼한다고 했냐고.

문득 웃음이 새어 나왔다. 박우경이 속 터져 죽는 서런 고양이를 키워도 좋겠다. 그 애가 나 몰래 귀여워할, 이런 얼룩무늬 고양이도 괜찮을 것이다.

그럼 나는 박우경이 나중에 개 한 마리를 키우게 해 줘야지. 추석이 되면 대단한 선심이라도 쓰듯 말해 줘야지……. 그렇게 생각하고는, 박우경이 제일 많이 쓰다듬던 고양이를 몇 번 쓰다듬고 몸을 일으켰다.

그제야 대문가에 해경 오빠가 서 있는 것이 보였다.

"뭔데. 내 사진 또 찍었나?"

산 위로 빠르게 떨어지기 시작한 햇살 속에서, 오빠는 묘하게 웃음기가 사라진 낯이었다. 분명 여느 때처럼 제 동생 좀 놀려 먹겠다고 내 사진이나 찍고 있었을 텐데, 정작 내가 떠 있을 화면을 바라보던 얼굴이 문득 낯설었다.

오빠가 천천히 고개를 들었다. 늘 그랬던 것처럼 웃는 얼굴로.

"응. 니 사진 몰래 많이 찍었다."

"찍을 거면 내가 좀 이쁘게 하고 있을 때나 찍든가."

"그런 때가 별로 없던데."

"오빠야."

"장난이다. 항상 이쁘지."

"장난 치지 말고, 좀 보자. 못 생기게 나온 거 지우게."

"다 이쁘다니까."

오빠에게서 핸드폰을 빼앗아 사진을 몇 장 확인하기 무섭게 박우경의 메시지가 연달아 화면 상단에 떴다.

죄다 욕설이었다. 지 형을 죽이겠다고.

"사진 보낸 거 봤나 보네."

"방금 니한테 전화 온 거 내가 받았거든. 개새끼 돌아 버리려고 하던데."

"진짜 이상한 사람이야…… 폰 다시 줘. 나 사진 다 못 봤는데."

"볼 필요 없는데? 안 지울 거니까."

"내 얼굴인데!"

"내 사진이잖아. 니 얼굴이라도."

"……"

"사진은 그래도 내 거잖아."

나는 이유도 모르게 오빠의 손으로 달려들었던 내 손을 떨어트렸다. 설명할 수 없는 기분이었다. 고작 몇 초의 정적 동안 가까스로 해경 오빠를 올려다보고 있던 나는, 겨우 오빠를 지나쳤다.

그리고 오빠는 폐가에서 찍은 내 사진을 그 애에게 보내지 않았다.

"형 니는…… 왔으면 왔다고 말을 하지."

금방이라도 욕을 내뱉을 것 같던 입이 잠시 멈칫하더니 얌전했다. 그리 멀지 않은 곳에 아빠가 있는 까닭일 터였다.

박우경이 곱게 말을 가다듬었다.

"미리 전화했으면 내가 데리러 갔을 거 아니가."

"박우경 니가?"

"……"

제가 생각해도 별로 말이 되지 않는 것 같았는지, 그 애가 순간 대꾸할 말을 잊고 입술만 달싹거렸다. 해경 오빠가 그런 제 동생을 두어 걸음 지나 커다란 창고 문 안쪽으로 고개를 들이밀었다.

삼촌, 저 왔어요. 어 해갱이 왔나. 우째 이래 빨리 내려왔노? 그냥요. 이모한테도 인사하고 올게요. 오빠가 창고 안쪽에 있는 아빠에게 씩 웃으며 인사하고는 느물거리는 낯 그대로 성난 박우경을 다시 지나쳤다.

그 애는 간신히 제 성질을 억누르는 것처럼 오빠의 뒤통수를 노려보았다. 저렇게 속이 뒤집힌 주제에 내내 아빠랑 같이 있느라 전화를 더 하지도 못한 모양이었다.

"이모는? 집에 계시나."

"아니. 직판장에."

"오빠야 이모한테 잠깐 인사하고 올게."

"데려다 줄까?"

"돌았나."

무심코 오빠에게 물어 본 말에 그 애가 정색하고 내 팔을 낚아채더니 제 뒤로 날 숨겼다. 아빠가 저쪽에 있으니 차마 또 크게 날 질책하지는 못하고.

"지랄한다."

해경 오빠는 그런 그 애를 대놓고 비웃었다. 니네 처갓집에서 감히 그런 말이나 쓰면 되겠냐고 하면서.

처갓집. 그 단어가 으레 자기를 놀려먹는 것이라 여긴 것처럼 얼굴을 찌푸렸던 박우경이 문득 위화감을 느낀 것처럼 가늘게 눈을 떴다.

"……처갓집?"

"결혼할 거라매."

해경 오빠가 단조롭게 대꾸하고 다시 진입로로 내려갔다.

멀어지는 뒷모습을 보고 있자 아까의 그 이상한 기분이 고개를 쳐들 듯 말 듯 속을 어지럽혔다. 무어라 이름을 붙이기도, 의심하기도 어려운 기분.

아무리 생각해도 박해경이 내게 그럴 리 없었다. 오빠는 내게 간혹 윤태희보다도 더 오빠 같은 사람이었고, 나는 자라는 내내 오빠에게 박우경보다도 더 동생 같았다.

박우경이야 유치원 때부터 날 보고 온갖 흑심을 다 품었다지만 오빠에게 나는 항상 돌봄이 필요한 어린애에 불과했다. 하지만 아까 그 얼굴은.

아주 잠깐은, 꼭 박우경이 날 바라볼 때 같아서.

해경 오빠가 그런 얼굴로 날 본 건 처음 같아서…….

"……공주 니 뭐 보는데?"

나는 진입로로부터 고개를 돌리며, 언젠가 서울에서 보았던 오빠를 떠올리고 침음을 삼켰다.

그건 처음이 아니었다.

그때는 몰랐다. 너무 잠깐이어서. 아무것도 제대로 생각할 틈이 없어서. 한때 박우경이나 날 그렇게 보곤 했다는 사실을 그때는 떠올릴 수조차 없어서.

날 좋아하는 남자의 얼굴이 어떤 것이었는지.

언젠가 네가 날 바라보던 눈은 어땠었는지.

어느 토요일 새벽녘 해경 오빠의 오피스텔에 만취한 윤태희를 데려가 누이고, 첫차를 기다린 적이 있었다. 오빠는 윤태희 옆에서 그냥 편하게 자고 가라고 했지만 그때 나는 고작 몇 시간 뒤면 아침 일찍 일을 하러 가야 했다. 학기중에 그렇게까지 일하는 것을 오빠들에게 별로 들키고 싶지 않아서 그저 잠자리를 가리는 척했다.

오빠는 취해 있었다. 그래서 그날은 내게 서운한 기색을 숨기지 못했다. 내 앞에서 꺼내지 않게 되었던 박우경의 얘기를 꺼내기도 했다.

갑자기 그 애를 그렇게나 많이 좋아했느냐고 처음으로 물어서, 나는 애당초 조금도 좋아한 적이 없다고 말했다. 우리는 그 무엇도 아니었다고.

박해경은 언제나 내 거짓말을 잘 알아볼 수 있다고 말했다. 그때도.

그리고 남의 거짓말은 그토록 잘 알아차리면서, 자기는 남이 알아차리지 못할 거짓말을 잘했다. 익숙한 미소로 모든 것을 숨겼다. 내가 여태껏 그 얼굴을 알아보지도 못하게.

결혼이라는 말에 해경 오빠가 침묵했던 순간이, 겨우 그 침묵이 오빠에게는 그나마 잔이 흘러 넘치는 순간이었을까. 본래는 뭐든지 잘 참고 내색하지 않아서.

졸음을 이기지 못하고 소파 귀퉁이에 기대어 누운 내 위로 담요를 갖다 주던 순간에, 어렴풋 보았던 낯선 박해경의 얼굴이 그런 것이었을까.

대단치는 않은 마음일 것이다. 그리 오래 지나지도 않았을 것이다. 어쩌면 이 모든 게 내 착각이고, 부끄러운 자의식의 발로일 수도 있었다.

군대에 있던 오빠의 기억 속 나는 언제까지나 열일곱 먹은 어린애였고, 그래서 서울에서 몇 해 만에 본 나는 그때 그 여동생과 조금 다른 애처럼 여겨졌을 것이다.

사람은 가끔 위화감을 감정처럼 헷갈렸다.

오빠는 원래도 내게 마음을 썼으니까.

그래서.

"와…… 윤차희 니 지금 내가 옆에 있는데 우리 형 뒤꽁무니 쳐다보고 있는 거가."

"오빠야 뒤꽁무니 여기서 안 보이는데."

나는 불안을 다른 불안으로 눌러 삼켰다. 박우경 그 애보다 날 불안하게 하는 건 없으니까, 그 애를 보면 됐다. 머리가 조금씩 맑아졌다.

해경 오빠가 내게 제 마음을 알리고 싶었더라면, 애당초 박우경과 내가 어떤 가망도 없어 보였던 서울에서 해냈을 것이다. 그저 지나가는 것이라면, 오빠가 애초부터 그저 그럴 심산이었다면 무엇도 달라질 필요가 없었다.

오빠는 무엇도 달라지길 바라지 않아서 그랬던 것이니까.

내 사진을 지울 수 없다고 한 게, 고작 오빠가 부린 최대한의 욕심이었다. 나는 오빠가 어떤 말도 더 하지 않을 것을 본능적으로 알았다.

"공주 니 진짜 좀 이상한데."

"……오빠야한테, 내가 나중에 박우경 니랑 결혼하면 어케 할 거냐고 물어봤다."

"뭐?"

"니가 나 때문에 니네 집이랑 연 끊으면."

박우경은 비로소 정신이 확 든 것처럼 나를 이끌고 창고에서 조금 떨어졌다.

"박해경이 뭐랬는데."

"축하한대."

"……."

그 애의 표정이 순간 흐려졌다. 사과원 진입로를 바라보던 눈에 다소 복잡한 빛이 떠올랐다. 그러다 아빠가 있던 창고까지 돌아보는 고개가 사뭇 고장이라도 난 것처럼 느리다 싶은 찰나였다.

비로소 무언가 정리된 것처럼 연거푸 거칠게 마른 세수를 한 박우경이 날 와락 끌어안아 키스했다.

미쳤나, 이 도라이야, CCTV가 우리 다 찍는데, 녹화, 녹화되잖아, 아빠가……. 책망하는 말은 한 마디도 채 완성되지 못하고 그 애가 끌어당기는 숨에 떠밀려 사라졌다.

내 말과 숨을 죄다 삼키고도 모자란 것처럼 이마와 관자놀이에 입술을 쪽쪽 맞춘 박우경이 내게서 입술을 다 떼기도 전에 웃었다. 그 애의 웃는 숨이 피부 위에서 흩어졌다.

"윤차희 니 입으로, 나랑 결혼한다고 남한테 처음 말한 거다."

"남이 아니라 니네 형이잖아."

"니는 이제 돌아나갈 길도 없다. 알겠나."

"……이제 와서 왜 그러는데? 원래 하기로 한 거다이가."

"씨발 그걸 왜 이제야 말해줘…… 원래 하기로 했다고……."

"그럼 니랑 내랑 당연히 결혼한다는 전제로 니가 우리 집에서 씨부린 건 다 뭔데."

"공주 니 세뇌시키는 중이었는데."

기가 찼다.

"아 이거 녹화된 거 어떡해……. 아빠가 보면 어쩔 건데."

"내가 니네 아빠 예비 사위잖아. 때릴 순 있어도 죽일 순 없다."

"아 진짜……."

"오늘 박해경이랑 바람날 뻔한 거 용서해 줄게."

"뭐래, 미친놈이."

"니가 꼬시면 박해경은 넘어간다고 한 거 취소다. 혹시라도 나랑 살다 짜증난다고 보험처럼 그 말 떠올리지 말고. 법적으로 아주비님이었던 사람이랑은 안 되는 기 알제. 인척 어쩌고 하는 거."

"……지 혼자 온갖 막장 드라마는 다 찍네."

언제는 나랑 불륜하는 기분이라더니. 억지로 묶인 것처럼 심드렁하게 있자 박우경이 날 이미 끌어안고 있으면서 더 깊이 끌어당겨 안았다.

어차피 니네 아빠에게 얻어터질 것이니까 키스 한 번 더 하자는 말에 헛숨이 터져 나왔다. 그 소리까지 박우경이 모두 집어삼켰다.

그리고 우리는 그 꼴을 기어코 윤태희에게 들켰다.

"마 박우갱이 니 돌았나. 이제는 우리집 앞마당 한복판에서 이딴 개짓거리가?"

"오셨어요."

"오셨어요? 개새끼가 진짜 죽을라고…….."

다른 때와 달리 몹시 깍듯한 공대는 오히려 더한 분노를 샀다. 그러잖아도 성난 걸음이 이쪽으로 가까워지는 와중이었다.

오빠가 그 애를 턱으로 가리키며 내게 물었다.

"이거 완전 도라이 아이가?"

"저 정상입니다. 형님."

"정상이래…….. 자기 말로는."

나는 할 말이 없어 박우경의 말을 괜히 한 번 더 전달했다.

박우경이 뻔뻔해 보일 정도로 순순히 고개를 끄덕였다. 나만 수치스러웠다. 윤태희 앞에서 그때보다 더 창피한 일이 생길 수 있을까 했는데, 그럴 수도 있었다.

CCTV 영상은 어떻게든 아빠 핸드폰을 훔쳐 지울 수 있다지만, 윤태희가 이미 한 번 본 것은 무를 수 없었다. 평생의 망신이었다.

땅 아래로 꺼져버릴 것처럼 작은 목소리도 용케 알아들은 윤태희가 나더러 조용히 하라는 듯 손을 휘젓더니 말했다.

"공주 니는 입 닥치고 일로 온나."

"지가 물어봐 놓고."

214

"니 입에 묻은 박우경 침이나 닦고 말하든가."

"……."

아까 윤태희가 분노조절장애라도 걸린 것처럼 차를 세울 적에 박우경이 진작 내 입가를 닦아주었다. 그러나 도둑이 제 발 저리듯 불안했다.

거울이 없는 나는 다급히 박우경에게 눈으로 물었다. 박우경이 날 가만히 들여다보더니 다정하게 고개를 저어 주었다.

"니한테 아무것도 안 묻었다."

"응."

"이쁘기만 한데. 니네 오빠야가 괜히 저러는 거다."

"지랄 염병하고 자빠졌다. 윤차희 남자 보는 눈 다 뒤졌노, 진짜."

"우리 희야 시력 좋던데요."

"누가 느그 희야고? 마, 윤차희 니 설마 이 새끼랑 맨날천날 이러고 사나."

"내가 미쳤나……."

"어. 미친 거 같은데? 아빠는? 아빠가 느그 둘이 이러고 살게 걍 두나?"

"아니……."

"여기가 소돔과 고모라가? 아빠는 집에서 뭐하는데? 아빠도 미쳤나?"

"누가 미쳤노?"

와중에 양반은 못 되는 아빠가 창고에서 나왔다. 그리고 마당에서 대치 중인 우리를 의문 가득한 눈으로 둘러 보았다.

오빠는 어디 한 번 말해보라는 듯 박우경을 봤다. 박우경은 자기가 별로 곤란할 것도 없다는 듯이 그런 오빠를 봤다.

그래서 나만 슬그머니 눈을 돌렸다. 수업 시간에 괜히 선생님과 눈이 마주쳐 지목을 받을까 무서운 애처럼.

아빠는 결국 제일 만만한 본인 아들을 선택했다.

"태희 니는 왔으면 왔다고 애비한테 인사는 못 할망정, 마당에서 애들 붙잡고 애비 욕이나 하고 있나? 아까 해갱이도 오자마자 인사하드만 하나 있는 아들이라는 시끼가…….''

"아빠는 박우경 이 새끼 감시도 안 하고 뭐 했는데요?"

"니 같은 개쉐이도 풀어놓고 키웠는데 내가 남의 집 자식을 만다꼬 감시하노?"

"맨날천날 도둑놈의 새끼가 집 앞을 어슬렁거리고 있으면, 어? 잡아야 될 거 아이가? CCTV도 한 번씩 좀 보고…….''

"오빠야."

힌트를 주는 듯한 말에 나는 다급히 윤태희를 불렀다.

니가 언제부터 날 그렇게 불렀다고? 윤태희가 새삼스레 날 그렇게 봤다. 나는 한 번 더 절박하게 고개를 저었다.

윤태희의 입이 마지못해 닫히는 찰나였다.

"대체 뭔 일인데 어데 들어가지도 않고 이래 모여가…….''

"아저씨. 저 이제 도둑놈의 새끼 아니잖아요. 그죠."

"……뭐, 글치."

"글치?"

"괜히 아 붙잡고 너무 괴롭히지 마라. 무슨 시집살이 시킬 것도 아이고."

아빠가 괜히 엮여 피곤해지기 싫다는 듯 대충 손을 젓고는 창고로 도로 가버렸다. 그러나 한쪽의 역성을 드는 게 분명한 기색이었다.

오빠가 눈을 가늘게 떴다.

"박우갱이 니 우리 아빠한테 무슨 짓했노."

"장유유서요."

"지랄."

"멀리 있는 아들보단 가까이 있는 사위가 나을 때도 있겠죠."

"……진짜 이상한데?"

"형. 그렇게 됐어요."

"뭐가."

"공주가 저랑 결혼하기로 했거든요. 그래서 기념으로 함 했어요."

"뭘 함 해. 개도라이 새끼가 함 처맞을라고."

박우경이 의기양양하게 말했다가 윤태희의 발길질에 걷어차였다. 나는 이미 은근슬쩍 아빠를 따라가려다, 윤태희 손에 옷자락을 잡힌 상태였다.

"애 나랑 사귄다고 인정도 안 한 게 엊그제 같은데? 니가 쪽팔린 것처럼."

"부끄러우면 그럴 수도 있지."

"아니지. 쪽팔려 했다니까. 윤차희. 니가 말해라. 이 양아치 새끼한테 무슨 치명적인 약점을 잡혀서 이렇게 됐는지."

"이렇게 완벽한데 약점이 어딨노. 맞제."

박우경이 낯짝도 두껍게 윤태희 코 앞에서 내 머리를 쓰다듬으며 중얼거렸다.

"하긴. 날 너무 좋아하는 것도 약점인가."

"박우경, 좀 조용히 해……."

"윤차희 니는 그만 조용히 해라."

"아까 오빠야가 닥치라매."

"아 대답."

"결혼하기는 할 것 같은데."

"할 것 같은데는 뭔데? 하기로 해놓고. 형. 애 저랑 노후계획까지 다 있어요. 저희 늙으면 진주 가서 살라고요."

"뭐?"

"……아빠랑 엄마도 허락했다."

"미친 거 아니가?"

내가 슬그머니 대꾸하자 윤태희가 대번에 날 박우경 쪽으로 밀쳤다. 그리고 창고로 분연히 걸어갔다.

"애가 지금 몇 살인데, 뭘 벌써 허락하는데요!"

"아 누가 당장 결혼하라 캤다드나."

아빠가 한 마디 대꾸하기 무섭게 윤태희가 쏟아부었다.

이놈의 집구석은 중간이 없노, 중간이. 사귀면 사귀는 거지 결혼하라고 딸래미 등 떠밀 건 뭔데? 벌써 허락하면 아무 때나 느그 꼴릴 때 결혼하라고 그카는 거지.

아빠는 요새 여자들이 결혼을 몇 살에 하는지 알기는 알아요? 이제 서른에 결혼한다 캐도 '느그는 애를 만다꼬 그렇게 일찍 결혼시키노?' 그칸다고요. 애 경력 단절되면 책임질 끼가? 어?

"아빠가 공주 저거 책임질 거예요?"

"……근데 희야가 지금 경력이 어데 있노? 아직 대학도 졸업 안했구만. 단절도 뭐가 있어야…….."

"그걸 아는 사람이 왜 그러냐고요."

"아 마 치아라, 희야가 나중에 알아서 잘 하겠지."

"아니 자식을 그렇게 믿으면 안 된다니까."

"윤태희 니나 잘해라."

"알아서 잘 하겠지 했다가 어느날 갑자기 아빠 손자예요 하고 델꼬 오면 우짤 건데."

"이 개쉐이가 지 여동생한테 몬하는 말이 없노!"

난리였다. 박우경이 창고를 가만히 바라보다가 말했다.

"느그 오빠야 기억력 진짜 안 좋다."

"뭐가."

"분명히 나 도와주기로 했었는데."

박우경은 지나가듯 한 말이었지만 나는 언젠가 해경 오빠가 알려주었던 옛날의 그 약속을 알고 있었다.

윤태희가 그때 저 새끼보고 커서 니랑 결혼하고 싶으면 지한테 잘하라 캤거든. 뭐랬더라. 야, 우리 아빠가 희야랑 니랑 반대하는 거 알제. 알면 내한테 잘하리, 알겠나. 잘하면 내가 나

봄그늘 4   219

중에 느그 결혼할 때 니 편 들어 줄 수도 있으니까…….

윤태희 금마는, 초등학교 5학년이 2학년짜리 붙잡고 저딴 말을 했다니까. 진짜 웃긴 새끼. 니네 결혼하면 지가 손윗사람이니까 앞으로 높임말도 해라 카고.

근데 박우경은 그걸 또 하드라. 곧이곧대로. 등신같은 새끼가. 나중에 커서 니랑 결혼할라고.

"……."

그 애로서는 여태껏 이를 악물고 꼬박꼬박 존대한 보람도 없는 셈이었다.

윤태희는 아마도 네 기나 죽이려고 또 저러는 걸텐데.

물론 가끔씩 본인이 내 아빠인 줄 알기도 했다. 나는 박우경의 손을 끌어당겨 잡았다. 창고를 심각하게 바라보던 그 애가 거짓말처럼 웃으며 날 보았다.

"그러니까 윤태희가 우리 키스한 것도 벌써 까먹은 거잖아."

"아. 그건 잘됐다. 아까 개식겁했는데."

"애초에 식겁할 짓을 왜 하노."

"니가 이쁘니까."

박우경이 씩 웃으며 내 머리 위로 키스했다.

"영상은."

"내가 지울게. 니네 집 남자들 때리는 거 존나 아프거든."

맞을 짓을 해놓고는 엄살이었다.

"정신이 하나도 없네."

집은 저녁까지도 난리였다. 윤태희 앞에서 내내 박우경을 감싸느라 바빴던 엄마가 부엌으로 분주하게 들어오며 중얼거렸다.

"칼 이리 도, 사과는 엄마가 깎으께."

"괜찮은데."

"엄마는 니 칼 들고 있는 것만 봐도 무섭다."

그렇게 엄마가 손을 씻고 칼을 뺏기 무섭게 전화가 울렸다. 거실에서는 오빠들이 요란하게 떠드는 소리가 났다.

나는 거실 쪽을 흘끗 보다가, 엄마가 괜히 과도를 자기 쪽으로 당겨 놓고 날 밀어내는 것에 밀려 식탁에 걸터앉았다.

엄마가 손의 물기를 닦으며 다급하게 핸드폰을 들었다.

"어 언니야."

"……."

"어, 태희 왔지. 근데 아까 해경이가 왔다. 해경이도 요 있고, 우경이도 요 있고……."

"……."

"어. 그럴래? 그래 갖다 주면 우리야 고맙지."

짧은 전화였다. 나는 말없이 전화가 끊어진 화면에 잠시 떠오른 이름을 보았다. 진이 언니. 엄마가 과도를 다시 집어 들며 말했다.

"읍내에서 오는 길에 회 한 접시 떠가 갖다 준다 카네, 이모가."

"우리 집 온다고?"

"아니. 회만 주고 간단다. 니 나와서 받고 가라 카드라."

#42. 모르고 해도 죄가 되는 것

"자기 아들들 둘이나 놔두고 나는 왜."

"가시나가 말을 해도 꼭. 해경이나 우경이나 손님 아이가."

"박해경이랑 박우경이 무슨 손님이야."

"그럼 태희 보내까."

엄마는 그저 그 둘을 손님 취급하고 싶었을 뿐이라는 양 선선히 말하며 사과를 깎았다. 평생 얼마나 깎았는지 칼을 칼처럼 들지도 않은 손이 기계 같았다.

나는 물끄러미 엄마의 손을 바라보며 잠시 생각하고는 고개를 저었다.

생각이 바뀌었다.

"아니다. 내가 나가서 받아 올게."

"그래."

"근데 왜 안 들어온대?"

"느그 아부지 집에 있을 땐 원래 잘 안 들어왔다. 기억 안 나나?"

그런 것도 같았다. 아닌 것도 같고.

우리 집을 제집처럼 돌아다니며 이건 좀 갖다 버려라, 저건 너무 오래됐다, 그렇게 우리 할머니의 물건들을 두고 잘도 말하던 꼴만 생각나서.

"이래 저녁이면 더 안 왔지."

구두쇠인 엄마는 그러잖아도 물건을 못 버리는 병이 있었다. 그리고 할머니의 물건이면 더더욱 못 버리는 병이 있었다.

외할머니에게 하도 애정 결핍이 심했던 까닭일까. 시어머니가 자기를 몇 년이나마 끼고 살며 예뻐했던 시절을, 엄마는 보물처럼 생각했다. 쓴 말도 단 말도 친정에서는 평생 받아 본 적 없는 애정이라서.

그래서 할머니가 물려준 오래된 물건들도 죄다 보물처럼 여겼다. 시누이들한테 줄 수도 있었는데 자기한테 주셨다고.

생각해 보면, 신미진은 엄마의 그 감정을 다 알면서 말했던 것이다. 버려라. 낡았다. 쓸모없다. 너무 옛날 것이다. 이런 것 말고 새로운 것을, 내가 하나 사 줄 테니 정말로 좋은 것을 사라. 이런 걸 집에 두면 집이 흉해진다…….

마치 엄마를 위하는 것처럼, 엄마에게는 더 좋은 물건들이 어울리는 것처럼 떠들던 말들이지만 이제는 알 수 있었다.

신미진이 보기 싫었던 건 그 물건들이 아니라, 엄마가 황급히 그 낡은 물건들을 감싸며 말하던 시모와의 추억이라는 것을.

엄마가 어떤 설움을 모르는 얼굴인 것을.

"진이 이모가 너무 이뻐가 그런가. 젊을 때부터 불편한 티를 오죽 냈어야지."

"엄마도 이뻤는데 잘만 꼬셔서 잘만 살잖아."

"야가 몬 하는 말이 없노……. 엄마랑 이모가 같나? 어데 가서 그래 말하면 느그 엄마 욕먹는다. 이모는 세련된 사모님 아이가."

"뭐가 그렇게 다른데."

하긴 한참 달랐다. 나는 말을 돌렸다.

"전에 오리 고기는 같이 잘 먹던데."

"우리가 올해 내내 우경이 부려 먹었다 아이가. 여름엔 해경이도 부려 먹고. 암만 윤준영 씨라도 고맙고 미안한 거는 알지."

엄마는 그저 저렇게 알게 두는 것이 낫겠지. 엄마가 또 숨넘어가는 꼴을 보느니 내 귓등으로 몇 마디 들어 넘기는 게 나은 것은 여전했다.

어차피 청라를 떠나면 멀어질 테니까. 신미진이 날 반대한다 해도 매한가지였다.

나머지도 그랬다. 아빠도, 박우경도. 오빠들도. 누구 하나 그 여자와 내 사이를 알아서 좋을 것은 없었다.

그러나 신미진과 나는 아니었다.

그 여자는 이제 내게 박우경의 엄마조차 아니었다.

나는 다시 그 여자의 전화가 오도록 일부러 거실로 나가지 않고 있다가, 엄마가 전화를 받자 이야기를 더 듣지도 않고 나왔다. 얼른 나가 보라는 양 고개를 끄덕이는 엄마를 뒤로하고.

박우경은 아빠에게 붙잡혀 있느라 날 못 봤고, 해경 오빠는 날 등지고 윤태희에게 무슨 말을 떠드느라 날 못 봤다.

아무도 보지 않는 시끄러운 TV 소음 속에서 윤태희와 잠시 눈을 마주쳤지만 그뿐이었다.

윤태희는 금세 무관심하게 고개를 돌렸고 나도 아무렇지도 않게 고개를 돌리며 핸드폰을 들었다. 언뜻 보면 잠시 친구랑 통화할 일이 있어 나가는 것처럼.

신미진은 아직 도착하지 않은 모양인지 어디에도 보이지 않았다.

나는 일부러 진입로를 따라 내려갔다. 그렇게 중반쯤 내려갔을 무렵에야 차가 오는 소리가 들렸다. 나는 더 빠르게 내려갔다.

신미진의 차가 사과원 진입로 어귀에 진입하다 말고 멈칫 멈추어 섰다. 날 발견한 모양이었다.

나는 그대로 차를 지나쳐 진입로를 살짝 벗어났다. 신미진이 차를 얼마간 후진시키더니, 진입로 아래 길가에 세우고 창문을 내렸다.

슬슬 저녁이 이르게 어둑해지는 무렵이었다. 아무런 말도 없이 서로를 바라보는 사이로 가로등 불빛이 내리쬐었다.

"……오늘 태희 온다는 건 들었는데, 해경이 걔가 갑자기 청라에 내려올 줄은 몰랐네. 걔는 무슨, 며칠 뒤에나 온다더니."

"공강이래요."

"금요일 강의는 어쩌고……. 하긴, 걔가 널 오죽 이뻐해야지. 우리 우경이 태어나기 전만 해도 자기도 여동생 갖고 싶다고 그렇게 노래를 불렀거든. 그래서 그런가, 아니면 태희랑 하도 친형제처럼 커서 그런가……. 걔 너까지 지 여동생인 줄 알잖아."

"……."

"희야 너 집에서 고생하니까 도와주고 싶어서 일찍 내려왔나 보다."

"네."

"자. 이거 받아."

신미진이 조수석에서 횟집 봉투를 집어 차창 밖으로 건넸다. 나는 그것을 받아 들 생각이 없는 것처럼 가만히 내려다보았다. 신미진이 그런 나를 물끄러미 올려다보며 물었다.

"안 받니?"

마치 피곤한 애를 만났다는 듯한 한숨이었다. 신미진은 제 무릎 위로 횟집 봉투를 툭 내려다 놓으며 말을 이었다.

"말희가 이래저래 음식 많이 할 것 같아 갖구 중 자 하나 떠 달랬는데, 해경이 걔가 있다니까 대 자로 떠 달랬어. 태희나 걔나 얼마나 많이 먹어? 그래서……."

"사모님, 저 왜 부르셨어요?"

"사모님은 무슨 사모님이야. 차희야, 이모는."

"아줌마. 저 왜 부르셨어요."

나직하게 호칭을 고쳐 부르자 신미진의 표정이 변했다. 조금은 화가 난 듯이. 혹은 내가 괘씸한 듯이.

그러나 희한하게도 불안한 기색이 더 커 보였다. 여자가 간곡하게 어조를 바꾸었다.

"……타. 일단 차에 타고 나서 말하자. 응?"

"하고 싶은 말씀 있으시면 내리세요."

"차희야."

"제가 어떻게 그렇게 밀폐된 공간에서, 아줌마랑 단둘이 있겠어요."

"……."

"아줌마가 저한테 또 무슨 짓을 하실 줄 알고요."

"너 진짜."

신미진이 조금 사나운 기세로 이를 악물었다가 차에서 내렸다.

무릎 아래까지 일자로 떨어지는 화려한 패턴의 원피스, 높다란 검은 구두, 우아하게 잘 틀어 올린 머리가 마치 TV에 나오는 중년 배우처럼 보였다.

그러나 사과가 주렁주렁 매달린 나지막한 구릉과 끝없이 이어지는 전봇대가 전부인 2차선 시골 국도 위에서는 조금 우스꽝스러운 꼴이다.

자기 집이 지척에 있는데도, 마치 오갈 데 없는 사람처럼 혼란스러운 저 여자의 눈마저도.

"차희 너 정말 이럴 거야?"

"제가 뭘요, 아줌마."

"이거, 이런 거 전부 말도 안 되는 거 알잖아. 너, 우경이랑 계속 그렇게 해서, 잘될 리 없는 거⋯⋯. 우리 우경이랑, 너는, 안 돼. 네가 제일 잘 알아. 내가 너한테 다 말해 줬잖아. 너희 고모가 어떤 사람인지."

"⋯⋯."

"윤혜영 그 여자랑 태경이 아빠, 그 둘 사이에 무슨 일이 있었는지."

웃음이 나왔다. 제 남편을 평생 보지도 못한 여자를 두고, 부정이라도 저지른 것처럼 말했으면서.

고모는 제 아들을 어떻게 대했는데.

구해 달라는 말 한마디면 당신도 자식도 전부 내버렸을 맹목적인 남자를 고향에 두고 그저 세월을 견딘 사람이었다. 단지 그게 옳다고 믿어서.

가정이라는 말에, 자식이라는 언어에 삶을 전부 짓눌리고도 고모는 누구도 원망하지 않았던 사람이었다.

자기 아버지도, 인질처럼 붙잡혔던 부모 형제의 인생도.

그 시절의 동주도, 믿고 따랐던 그 집 이모도, 동주의 증오스러운 가족조차도⋯⋯.

내가 옛날에 잃은 것이 있다 해도 우경이 네가 태어났으니 그걸로 되었다고 말한 사람을, 신미진은, 그런 사람을 구렁텅이로 밀었다.

그러고는 내게 피해자 행세를 했다.

내 고모가 휘두른 칼에 자기 살이 베인 것처럼.

그래서 날 때리고 모욕할 자격이 있다는 것처럼 굴었다. 너는 네 고모처럼 몸이나 함부로 굴리는 애라서. 네 고모 팔자나 닮지 않게 도와주겠다고 말하면서.

박우경을 몇 번이나 죽일 뻔했으면서, 살리겠다고 손자를 데려간 할머니를 어린 자식 빼앗는 끔찍한 시모로 만든 것처럼.

그렇게 자기 시모를 나쁜 사람으로 만들어 우리 엄마 앞에서 평생 피해자 행세를 했다.

저는 막내아들을 위해 무슨 짓이든 할 수 있는데, 막내아들은 자기에게 끔찍하게도 무정하다고. 자기 할매가 무슨 짓을 했는지도 모르고 할매만 따르니 원망스럽다고. 자식을 잃은 기분이라고······.

그런 것으로 고작 위안을 구했다. 할머니가 나쁜 것처럼. 박우경이 못된 것처럼.

삶 속 어디에서나 자기가 아닌 다른 악역을 앞세웠다.

배우처럼 잘 차려입은 모습이 정말이지 어울렸다. 청라에서 한시도 연기하지 않고는 살아 본 적이 없었을 테니까.

"······내가 차희 너 믿었어. 너 그렇게 생각 없는 애 아닌 거 아니까. 알아서 하겠지. 잠깐 그러다 말기로 했잖아. 올해 지나기 전까지만······."

정확히는 제가 그러라고 한 것이었다. 내가 그러겠다고 한 적은 없고.

그럴 생각이었어도 그러겠다고 말한 적은 한 번도 없었다.

그리고 이제는 그럴 생각조차 사라졌다.

"고향에 있다 각자 갈 길 가는 거라고. 너희 서울 올라가기 전까지만……."

"여기가 서울이에요?"

"뭐?"

"올해 끝났어요?"

내가 물끄러미 제 눈을 보며 묻자 신미진이 얼어붙었다.

"뭐가 그렇게 급해서 벌써 이러세요?"

"이대로 두면 너희가."

"서울도 안 갔고 올해도 안 끝났는데."

"차희야."

"제가 나중에 박우경이랑 서울 같이 가면 또 어쩌시려고요."

"……."

"제가 박우경이랑, 올해가 다 지나도 여기 같이 있으면 그땐 또 어쩌시려고요, 아줌마."

"……."

"제가 어딜 가도, 언제가 되어도 걔랑 안 헤어지면."

"……차희 너 지금 제정신이야?"

"스물셋, 스물넷이나 먹은 본인 아들 두고 또 숨어서 저 하나 때리고 협박하실 거예요?"

협박. 마치 못 들을 말을 들은 것처럼 신미진의 떨리는 눈동자 위로 순식간에 눈물이 차올랐다. 갑자기 자기가 웬 해코지를 당하게 된 것처럼 망연자실한 눈물이었다.

나는 그게 눈물이 아니라 음식 쓰레기 봉지 밑에 흐르는 물 같았다. 값비싼 향수 냄새가 거기서 나는 악취 같았다.

"네 엄마 아빠 죽는 꼴 기어코 또 보고 싶냐고. 그렇게."

"그건 이모가 진심으로 한 말이 아니라, 네가 정신을 못 차리는 것 같으니 한 거야. 나쁜 길로 빠질까 봐. 일부러, 일부러 독하게 한 거야. 네가 말희 딸인데 내가 어떻게 그래. 내가 너한테, 너희 엄마한테 어떻게 그래……."

"하셨잖아요. 엄마한테 온갖 감사 인사란 인사는 다 받으면서 착한 언니처럼 돈 몇백 빌려주고서, 저한테 그 차용증 사채업자한테 팔아넘기면 네 부모 인생 어떻게 되는지 보고 싶냐고 하셨잖아요."

"내가 진짜로 그럴 리가 없잖아! 너한테 겁이라도, 그냥 겁이라도 주려고, 그래서 그랬던 거야. 차희 네가 그때 어렸으니까. 네가 그땐 괜히 겁을 먹어서, 옛날 일을 지나치게 크게 생각하는 거야."

괜히 겁을 먹어서. 나는 조금 웃었다.

그러게. 괜히 겁을 먹어서. 고작 이런 여자를 지나치게 큰 사람으로 생각했다.

처음부터 끝까지 평생 가짜만 쌓아 올린 저런 인생을.

"아빠 친구들 일은요. 미리 보여 주신다면서요. 보여 주셨고."

"아니야. 아니야…… 네가 내 말을 안 믿으니까. 나는, 우경이 위해서, 너 위해서. 네가 말희 딸이니까, 너도 생각했어. 장

기적으로는 너한테도 좋을 거라고⋯⋯."

"엄마가 자기 핏줄 같다는 아줌마 믿고 털어놨던 것들로 저 협박하셨잖아요."

"나도, 나도 후회했어. 차희야."

손을 여러 번 뿌리쳤지만 기어코 붙잡혔다. 뒤로 물러나는 나를 따라 신미진이 절박하게 따라왔다.

"그땐, 이모가 잠시 정신이 나갔어. 아저씨 때문에, 태경이 아빠 때문에 너무 힘들어서, 정신이 나갔어. 제정신이 아니었 어. 그래서 그랬어."

"⋯⋯."

"너무 초조해서, 네가 혹시나 네 고모처럼 잘못된 길로 갈까 봐, 우경이랑 너한테 지워질 수 없는 상처가 생길까 봐, 태경이 아빠 그렇게 다 망쳐 놓은 네 고모가 밉고 원망스러워서. 그 사 람도 불행했어. 우경이랑 너는 그렇게 되면 안 되잖아. 응?"

"본인 입 안에서도 합의가 안 돼요? 제가 걸레라 그러셨다면 서."

"여태까지 나라고 편했겠니?"

"⋯⋯."

"너한테 그렇게 모진 짓을 하고, 내가 말희를 무슨 낯으로 봤겠어. 내가 니네 엄마를 얼마나 아끼는데. 내가 얼마나 괴로 웠겠어⋯⋯."

"⋯⋯."

"친정 식구들 돌아가며 죽을병에, 태경이 외삼촌 뺑소니 사

고 친 거에, 너 아니면 다 죽는다고 친정 엄마가 울고불고 매달
릴 때마다, 있지, 차희야……. 나 네 엄마한테 그런 짓을 해서
벌받는구나 했어. 말희가 나한테 그렇게 잘해 줬는데, 말희 딸
한테 못할 짓 해서, 이렇게 돌려받는 거라고."

그렁그렁 맺혀 있던 눈물이 뚝뚝하게 떨어졌다. 가련한 낯짝
이었다.

"이모 정말 죽을 만큼 후회했어. 그래서 너희 엄마한테도,
더 잘하려고 했어. 평생, 그 빚 갚으려고."

"……."

"차희야. 차희야……. 이모가 그때 왜 그렇게 정신이 나갔는
지도 모르겠어. 처음에 한 번 너한테, 실수하고 나니까 더 초조
했어."

"……."

"실수하고, 또 실수하고, 그렇게 쌓이면 쌓일수록 그 일을
없애지 못해서 더 초조해지고, 어떻게든 마무리하려고 더 큰
실수를 하는 것 같아서……."

"……."

"지금 알았더라면 이모가 너한테, 절대로 그러지는 않았을
텐데. 지금 이모 좀 봐. 너 해코지할 생각이나 하는지. 응?"

"아저씨가 아무것도 모르던 때랑 사정이 많이 달라진 건 아
니고요?"

"……."

"아줌마 남편이 한 번 알고 나니까, 우리 집에 할 수 있는 일

들이 예전 같지 않으세요?"

넋이 나간 듯 중얼거리다 내 말에 뚝 멈춰 있던 신미진이 내 손을 갈퀴처럼 움켜쥐었다.

"사람을 실수로 죽였는데, 그 시체가 대로변에 널려 있는 기분 아니?"

"……."

"오늘 밤이 지나기 전에, 새벽이 지나기 전에 저걸 어떻게든 치우고 숨겨야 하는데, 그렇게 생각하면서 시계만 보고 있는 기분. 결국 아침이 되기 전에 시체를 숨기려고, 나가서 무슨 짓이든 하게 되는 그런 기분."

"……."

"하지만 노력하면 할수록 나빠지기만 해. 기껏, 간신히 묻고 왔다고 안심했는데 그게 얼마 가지도 않아. 언젠가 누가 파헤쳐서 들킬까 봐, 더, 더……."

그래서 그랬어. 나는 그래서 그랬어……. 자기가 무슨 말을 지껄이는지도 모르는 것 같은 얼굴이었다.

나는 신미진이 우습게도 내몰리면 자기도 모르게 진심을 말하는 것을 알았다. 우리 엄마 이름을 부르는 다정한 목소리가 가끔 기괴할 만큼 진심이라는 것도.

항상 어딘가를 거짓으로 떠다니며 살아서, 툭 찌르면 거짓말처럼 쉽게 내몰리는 것도.

이 여자는 기껏해야 고등학생 여자애를 얼마간 때리며 협박했다. 한때 내게는 힘든 일이었다 해도 세상의 어떤 일에 비하면 그런 일은 '고작 그런' 일이 된다.

그러니 우발적으로 일으킨 과실치사가 토막 살인이 될 수밖에 없었던 과정에 신미진이 제 심정을 빗댈 만한 일도, 결코 못되었다.

내게 그런 짓을 하고도 태연히 우리 가족을 본 세월이 아무리 징그럽다 해도.

그러나 신미진이 생각하기에 본인이 청라에서 가공한 인생은 너무나 완벽해서, 그 옛날 일을 어딘가 몰래 묻어 놓은 시체처럼 생각하는 것 같았다.

그게 세상에 드러나면 자기 인생도 전부 끝나는 것처럼.

언젠가 자기가 내 부모를 두고 말했듯, 절벽 끝에서 누가 툭밀면 그대로 굴러떨어져 쉽게 죽을 사람처럼.

"나는, 그 시체를 숨겨 놓고 사는 기분이었어. 차희야."

이 작은 시골 도시에서의 완벽한 삶이 깨어진다는 점에서는, 그래, 이 여자에게는 그때의 일이 살인과 크게 다를 바가 없었을 것이다.

죄를 짓고, 죄악감을 모르는 불안으로 삶을 좀먹는다는 점에서는 겁 많은 살인자와 다를 것도 없는 몇 년을 보냈을 것이다.

그래서 어쩌라고.

"나도 괴로웠어."

"……."

"네가 청라로 돌아오는 게, 꼭, 그 시체가 돌아오는 걸 보는 기분이었어."

236

나는 웃었다. 당신 괴로움을 나더러 어쩌라고.

"아줌마. 저는 살아 있잖아요."

"……."

"꼭, 자기가 칼로 찔러 놓고 썩은 시체 앞에서 나도 괴로웠다고 말하는 사람 같아요. 나도 고생했다고. 너 그때 죽인 거 들킬까 봐 무서웠다고."

"……."

"그렇다고 아줌마가 절 죽인 것도 아니잖아요. 그렇게 큰 죄 저지른 것도 아니잖아요."

"……."

"아줌마는 왜 그렇게 일을 크게 생각하세요?"

"너."

"괜히 겁부터 먹고, 다 지나간 옛날 일을 크게 부풀려 생각하면서."

괜히 겁을 먹어서, 일을 크게 부풀려서……. 신미진의 말을 인용하자 신미진의 표정이 희한해졌다. 남이 기껏 믿고 털어놓은 흉금을 조롱하는 쓰레기를 보는 것처럼 날 보고 있었다.

그게 우스웠다. 남의 믿음을 쓰레기처럼 취급한 건 자기였으면서.

"옛날 일 들킨다고 무슨 큰일이나 있겠어요?"

"차희야……."

"저한테 한 짓 들킨다고, 아줌마 인생에 대체 무슨 일이 있 겠어요. 감옥 갈 일도 아니고, 아줌마 아들이나 잃겠죠. 남들

존경이나 조금 잃겠죠. 어쩌면 동네에서 살기 좀 부끄러워지실 수도 있고. 엄마한테 몇 대 얻어맞으실 수도 있고. 그게 그렇게 큰일이에요?"

"너, 어쩌려고 이래. 네 엄마 알면 쓰러져. 또 쓰러지면 그 몸으로 어떻게 될 줄 알고, 네 엄마 죽는 꼴을 기어코 보려고⋯⋯."

"누가 엄마한테 알린다고 했어요? 괜히 겁먹고 크게 부풀려 생각하지 말라고 말씀드렸는데."

"⋯⋯."

"말 안 할게요. '엄마한테는'."

내 손을 간신히 쥐고 있던 신미진의 손이 맥없이 떨어졌다. 나는 제자리에 가만히 서서 그 손을 흘끗 보았다.

"옛날에 그러셨죠. 차희 네가 지금 힘든 건 무능한 네 부모 때문이라고. 네 고모가 옛날에 한 짓 때문이라고."

"⋯⋯."

"말희 네가 네 딸과 요새 멀어진 건, 네 인생이 고통스럽기 때문이야. 말희 네 인생이 고통스러운 건 네 남편 때문이야."

웃고 싶었는데 그저 콧숨이 새어 나갔다.

"아줌마는 칼로 사람 찌르고 자기 이름 지우는 게 특기인 사람이에요."

"⋯⋯."

"너희 엄마 그 일 알고 쓰러지면 네 탓이야. 네가 네 엄마 죽는 꼴 보려고 그러는 거야. 내가 그때 너한테 한 짓은 실수야.

그렇게 실수했던 건 태경이 아빠 때문이야. 태경이 아빠랑 이렇게 된 건 너네 고모 때문이야."

"······."

"우경이랑 내가 이렇게 된 건 걔네 할매 때문이야. 내가 이렇게 된 건 우리 친정 때문에, 죽은 시부모 때문에, 남편 때문에."

"······."

"그런데 아줌마. 아줌마한테 아무도 그렇게 살라고 하지 않았어요."

"······."

"그렇게 쓰레기처럼 살라고."

제 분을 못 이긴 것처럼 덜덜 떨리는 손이 날 때릴 것처럼 높게 들렸다가 내 어깨를 움켜쥐었다.

가여운 애원은 어디 가고, 날 죽일 것 같은 눈이었다. 다시 불안하고 초조해진 것이다. 시체를 어떻게든 숨겨야 된다고 믿는 사람처럼.

그러나 나는 신미진이 묻으면 묻는 대로 파묻혔던 여자애가 아니었다. 신미진이 무슨 짓이든 하는 동안, 그저 가만히 누워서 살인자의 처분과 은폐를 기다리는 시체도 아니었다.

신미진의 거창한 비유는 애초에 잘못됐다. 이 여자는 살인자가 아니고, 나는 시체가 아니다.

나는 살아 있었다.

이 여자의 아들이 내게, 멀쩡히 살아 있는 감각을 다시 알려 주었다.

"그 집에 당신이 어떻게 들어갔는데, 사기꾼이 공주 대접이라도 받고 사실 줄 알았어요?"

"……너, 무슨 말이야. 그게. 무슨 말이야."

"태경이 오빠요."

"……."

"그때 '너희 고모처럼 될까 봐' 막아 주신 게 아니잖아요. 제가 아줌마처럼 될까 봐 막아 주신 거, 저도 알아요."

"……."

"우경이는 아줌마가 그때 사기 치려고 만났던 제정신 아닌 남자랑 달랐지만."

"……."

"아줌마처럼, 자기 몸 함부로 생각하지 말라고 충고해 주신 거잖아요."

"차희 네가, 느이 엄마한테 무슨 말을 듣고 이러는지는 모르겠는데."

신미진이 가까스로 웃는 것이 괴이쩍었다. 나는 그게 엄마를 향한 배신감인 것을 알았다.

"내가, 니네 엄마 믿고 한 말을…… 이말희 그년이, 자기 딸 앞에서 함부로 남의 비밀을 나불거린 거면."

제깟 게 감히, 엄마에게 배신감을 느낄 줄도 알았다.

너 같은 건 나쁜 짓 한번 못 할 거라는 믿음은 사실 무시와 닮았다. 그래서 남의 약점은 먼지고 자기 약점은 숭고한 것이다.

"나도, 가만 안 있어. 내가 얼마나 지를 아꼈는데 그렇게 날, 배신을 한 거면……."

"엄마는 아무 말도 안 했어요. 평생 아줌마한테 해 될 얘기는 단 한 마디도. 조금만 생각해 봐도 아시잖아요. 엄마가 어떤 사람인지."

"그럼 누가 그랬어. 대체 누가 그랬어. 느이 엄마가 아니면!"

신미진이 눈이 돌아 쏘아붙였다.

"박동주야? 너, 그 사람 몰래 만났어? 네 고모 좀 닮았다고. 우리 우경이가 아니라 그 사람 꼬시는 거지, 너. 박동주 돈 많은 것만 보고!"

"누구는 말로 빚도 갚는다는데, 아줌마는 말로 시체만 쌓으시네요."

"……."

"실제로 죽은 사람은 없어도 본인은 아시잖아요. 그렇게 아끼는 동생더러 이년, 저년 한 거. 사실 별일도 아닌데 '말희가' 듣는다 생각하면 끔찍하시잖아요."

"너 대체 왜 이래. 나한테, 갑자기 왜 이래. 대체 무슨 생각으로 이래. 우경이랑 기어코 계속 만나겠다고? 결혼이라도 할 거야?"

"네."

"너 진짜 미쳤어!"

"아, 그래서."

나는 기가 막힌 듯 달려드는 손을 쳐 냈다. 예전과는 달리 맥없이 떨어져 나가는 손이 겁에 질려 있었다.

"그래서 제가 지금은 아줌마가 안 무서운가 봐요. 제가 미쳐서."

"……."

"제정신일 땐 제정신 아닌 아줌마가 너무 무서웠는데, 지금은 안 무서워요."

"너 이거 정상 아니야."

"미쳤다면서 정상을 왜 찾으세요."

"어떻게, 다 알면서 우리 우경이랑 잘될 생각을 해. 어떻게 그 애 아빠랑 니네 고모 일을 알면서, 나랑 그 일이 있었는데……. 우경이랑 나는 천륜이야. 그 앤 나 못 버려. 내가 걔 엄마야. 우경이가 아무리 너 좋아해도, 천륜은 못 이겨."

천륜. 그 여자가 잘 차려입은 옷 같은 단어였다.

"우경이 어릴 때 몇 번이나 죽이려고 해 놓고, 자기는 그거 다 알면서 뻔뻔하게 평생 엄마 행세한 여자도 여기 있는데."

"……."

"제가 왜 우경이랑 잘될 생각 하면 안 돼요?"

"……."

"다 아는 게 어때서요. 제가 잘못한 건 하나도 없는데. 겨우 당신 같은 사람 때문에."

"……."

"제가 우경이를, 왜 놔야 해요."

신미진이 소리 없이 비명을 지르듯 입을 벌렸다가, 가까스로 다물었다. 그리고 아주 초조하게 내 옆으로 몇 걸음 걸어갔다가 다시 돌아왔다.

"너, 당장 서울로 가. 너, 가야 돼. 넌 여기 있으면 안 돼."

"본인 아들 단속할 생각은 여전히 없으시네요. 못 하실 걸 알아서 그런가."

"내가 너 여기 못 있게……."

"그때도 사실은 안 될 거 알아서 그러셨죠. 우경이가 아줌마 아예 엄마로 보지도 않는 거 알고. 우경이 위한다고 그런 게 아니라."

"너, 그때 네가 가고 싶은 대학 좀 못 갔다고 나 원망하는 거 알아. 차라리 유학을 가. 어디로든 가. 이모가 돈 다 대 줄 테니까. 그깟 대학, 우경이 학교보다 훨씬 더 좋은 곳으로 가. 응?"

그게 무슨 의미가 있을 거라고 믿는 것처럼 의기양양한 얼굴이었다. 나는 말없이 그 여자를 응시했다.

"대구에, 해경이 유학 때문에 알아봤던 유학원이 있어. 대구에 너희 오빠도 있잖아. 거기서 영어 학원도 다니고, 미국 갈 준비해. 넌 그냥 태희 따라가서 바로 가서 준비하면 돼. 이모가 평생 너 떵떵거리면서 살게 해 줄게."

"이모."

이모가, 이모가……. 제 혓바닥에는 잘도 붙어 있던 호칭을 내가 한 번 부르니 저주라도 들은 것 같은 얼굴이 됐다.

나는 그런 신미진에게 모든 표정을 내어 준 사람 같았다. 웃고 찡그리는 감각이 희박하게 느껴졌다. 그래서 아무런 표정도 없이 말했다.

"제가 옛날에, '이모' 한 번 구해 드린 거 아세요?"

"……뭐?"

"고등학교 때 같은 학교 애가, 다 찍었어요. 딱 한 번 영상으로."

"…….."

"이모가 저한테 무슨 짓을 하는지. 무슨 말을 하는지."

신미진이 천천히 무너졌다. 땅 위로 풀썩 주저앉은 몸이 위태로워 보였다. 어딘가로 밀어 버리고 싶게.

"그 애가 이모 신고한대서, 제발 신고하지 말라고 빌었어요. 제가."

사실 내가 문다혜에게 빌었던 것은 영상을 지워 달라는 명목이었지만, 신미진이 알 필요는 없었다.

이 여자는 영상이 세상 어딘가에 있다고 평생 믿어야 했다. 제 아들 얼굴도 못 보게.

너무 불안하고 무서워서, 도무지 옛날처럼은 살 수 없게.

"이모가 박우경 엄마라서. 엄마가 핏줄보다 더 믿는 언니가 그딴 짓 하는 거, 외할머니 돌아가시기 전에는 알리고 싶지 않아서. 외할머니가 당장 오늘내일하는데 엄마가 내내 병원에만 있는데. 집이 저 지경인데."

"…….."

"박우경이 너랑 같은 학교 가겠다고 그렇게 열심히 공부를 했는데……. 아줌마한테 맞고도 그딴 생각이나 했어요. 저는. 박우경이 이거 알면 망가질까 봐. 그래서 기껏해야 좋은 대학 못 갈까 봐."

"……."

"애초에 이모가 처음 그랬을 때 당장 헤어져 버리면 그만이었는데, 그러지도 못하고 붙어 있었어요. 쟤 수능만 끝나면, 외할머니만 돌아가시고 나면 무슨 일이 있었는지 다 말해야지."

"누구야."

"그러다 나중에 말할 생각도 버렸어요. 네 엄마 아빠 인생 다 망가뜨린다는데, 생각해 보니까 이모가 한 짓은 별로 중요하지도 않은 것 같아서. 우리 집에서 제 일은 별로 중요하지 않은 것 같아서."

"누구냐고 묻잖아. 누가 찍었어."

"평생 혼자 알고 살아도 괜찮다고 생각했어요. 그래도 박우경 인생은 걱정했어요. 같은 나이도 아닌 것처럼. 그래서 잠깐만 더 시간 달라고, 얌전히 입 닥치고 있다가 그때 헤어지겠다고 이모한테 부탁했잖아요. 등신같이. 헤어지고도 아무 말도 안 하겠다고. 기억나세요?"

"그 말을, 네가 어겼잖아."

"이모는 정작 아들 걱정도 안 하셨던 거죠? 자기 불안하고 무서운 게 먼저라."

"이 걸레 같은 기집애가 내려오자마자 몸부터 굴려서…….

처음부터 작정했지? 작정하고 내려온 거지, 너?"

신미진이 미친 듯 중얼거리며 내 바지를 붙잡았다.

"또 말로 죄지으신다……. 이모. 제가 방금 녹음이라도 하고 있으면 어쩔 뻔했어요?"

나는 그 여자 위로 고개를 숙여 정신 나간 눈을 똑바로 들여다보았다. 내 눈이 그저 직시했을 뿐인데도 거짓말처럼 움츠러드는 눈이 보였다. 겁에 질린 것처럼.

"이 미친년. 네가! 네가 다 약속해 놓고 뒤통수나 치고 있잖아……. 기껏 다 죽어 가는 네 부모 살려 놨더니 고마운 줄도 모르고 말을 바꿔? 누구야, 찍은 애가. 대체 누구냐고……."

"그 애는 저를 되게 미워했어요. 친구도 아니었어요. 그래도 못 볼 꼴 봤다고 신고해 주겠다고 했고요. 그걸, 제가 이모 구해 준다고 하지 말라고 했어요. 고맙지 않으세요?"

"영상은. 영상은 지웠어?"

"……."

"지웠냐구 묻잖아. 응? 차희야. 지웠지? 네가 지웠지?"

"당신이 박우경한테 엄마도 아닌 줄 알았으면, 그러지 말 걸 그랬어요."

"지웠냐구!"

"이모 같으면 지우겠어요?"

넋 나간 눈이 멍하니 날 올려다보았다. 대답 없는 인정이었다.

신미진이 문득 웃었다.

"너, 말희 딸 아니지."

나도 웃었다.

"너처럼 독하고 무서운 게, 말희 딸일 리가 없어."

매도는 기가 막히지도 않았다. 다만 다행스러웠다. 저 여자에게 내가 무서울 수도 있다는 게.

그걸 이제는 알게 되었다는 게.

"제발. 차희 너 그렇게 함부로 살면 안 돼."

"……."

"네가 뭐가 부족하다고 우경이 같은 애를 만나. 내가 밉지도 않니? 내 아들이 싫지도 않아? 자존심두 없어? 걔 내 아들이야. 네가 뭐라고 해도."

"아니잖아요."

내 부정은 어떤 효력도 없다. 그 애는 영영 저 여자의 자식일 테니까. 법적으로. 생물학적으로.

그러나 나는 박우경이 제일 중요했다. 그 애보다 더 중요한 게 어쩌면 셀 수도 없는 것만 같았던 시절들이 떠오르지 않았다. 날 그렇게 속일 수 있었던 나날들이 신기했다.

박우경이 아니라면 아니었다. 그게 제 부모라 해도.

"저 이모 뒤통수치는 거 맞아요. 말 바꾼 것도 맞아요."

"당당해. 아주 당당해. 녹음은 네가 아니라 내가 해야 됐어."

"이모는 우리 엄마 뒤통수 몇 년이나 치셨잖아요. 그렇게 아끼고 좋아한다면서."

"……."

"저는 아줌마 싫어요. 뒤통수 백번도 칠 수 있어요."

"……."

"그러니까 우경이랑 안 헤어져요. 알아 두시고 아들한테서 떨어져 계세요. 제가 아줌마 밀어 버리기 전에."

나는 단조롭게 말하고 땅바닥에 주저앉은 신미진을 지나쳤다. 그리고 그 여자가 내린 운전석 문을 열었다.

신미진이 아까 차에 놓고 내렸던 횟집 봉투를 집어 들자 날 올려다보는 눈에 일순 황당함이 어렸다.

"맛있게 잘 먹을게요. 아줌마."

"……."

"안 가세요? 가시는 건 보고 들어가야 하는데."

비척비척 땅에서 일어난 몸이 내가 쾅 닫은 문을 겨우 붙잡아 열었다.

신미진은 순식간에 파리해진 얼굴로 날 잠시 돌아보았다.

"내가 우경이 잃으면, 너두 잃어. 차희야."

"……."

"걘 이거 알면 네 옆에 못 있어. 다른 건 몰라도 그건 알지. 널 너무 좋아해서."

"……."

"우리 우경이, 너랑 헤어지고 말이야. 애가 다 망가질 뻔했어. 걔가 나랑 둘만 남으면, 꼭 뭘 아는 것 같은 표정으로 가만히 보는 게 소름 끼쳤어. 내 생각보다 널 너무 좋아하더라……. 무서웠어. 징그러웠어. 누굴 그렇게 좋아한다는 게……. 지 아빠 같더라고."

248

"……."

"나는 그때 이미 개 반도 넘게 잃었어. 다 잃으면 그래도 슬프겠지."

"……."

"그래도, 그래, 난 네 말처럼 내 아들부터 걱정하는 그런 엄마 아니야. 아들이 우경이 개 하나뿐인 것도 아니구."

"……."

"넌 우경이 얼마나 좋아하니?"

신미진이 배시시 웃었다. 나는 그게 꼭 몸집을 부풀리는 짐승처럼 보였다.

제 말처럼 박우경 하나 잃고 끝날 거면 내 앞에서 그렇게 무너질 일도, 옛날에 살인이라도 저지른 것처럼 내 일을 두고 떨지도 않았겠지.

신미진이 그토록 잃기 싫어하는 근사한 인생이 내 혓바닥에 달려 있었다. 나는 그 사실을 잊을 필요가 없었다.

박우경을 잃을 필요도 없었다.

"맞아요. 아줌마 아들이 우경이 하나뿐인 건 아니죠."

"……."

"그중에 아줌마 같은 사람도 엄마라고, 그 징그러운 눈물 닦아 주던 착한 아들도 있고요."

"……."

"그런데 해경 오빠라고 다르겠어요?"

파리한 얼굴에 환하게 걸려 있던 미소가 거짓말처럼 가셨다.

신미진은 마치 내게 내쫓기듯 차에 올라타 시동을 걸고 차를 몰아 사라졌다.

나는 그 여자가 사라진 길 위에서 얼마간 빈 도로를 더 바라보았다. 진입로 어귀로 걸어가는 걸음이 조금은 가벼웠다. 이제는 모두 잘 풀릴 것만 같은 기분이었다.

신미진과 있던 국도 쪽에서는 보이지 않는 진입로 안쪽에서, 진입로 어귀에 들어선 나를 물끄러미 바라보고 있는 윤태희를 발견하기 전까지는.

사과원으로 오르는 진입로 양쪽에는 키가 제법 큰 관목들이 줄지어 서 있었다. 윤태희는 그 아래, 그 좁은 길 한가운데 긴 다리로 쭈그려 앉아 있었다.

어릴 때 어쩌다 내 학원 앞에서 지루하게 기다리고 있던 어린애처럼 짐짓 지루한 얼굴이었다.

그러나 그 얼굴을 평생 본 나는 오빠가 얼마나 화가 났는지 알았다.

"오빠야."

"이거였네. 그제."

비스듬히 웃으며 핸드폰 화면을 끈 윤태희가 말했다. 저 성격에 곧바로 내려와 날 보호하지 않은 이유를 그제야 알 수 있었다.

거르는 말 하나 없이 전부 들으려고.

"윤차희 니 아까 녹음 안 했제. 말만 하고."

"……내가, 설명할 게 좀 있는데."

"그 녹음 내가 했으니까 포장은 할 필요 없고. 그 애 누군데."

"무슨 일인지는 안 묻나."

"니 대답 필요 없다. 경찰서 갈 일이라매."

"……"

"그 영상 보면 되니까."

"……"

"영상 내놓든가."

"없다."

"니라면 그럴 줄 알았다. 이름 대라."

오빠가 느릿하게 몸을 일으켰다.

"걔 이름 대라고. 씨발. 걔한테 달라고 할 테니까."

"오빠야."

"없다고 말하면 윤차희 니 죽인다."

"진짜 없는데 내 죽일 거가."

"지웠나."

"……"

"이름 대라, 씨발. 걔가 아직 기계 들고 있으면 복구라도 해달라고 무릎 꿇고 빌 거고 영상도 기계도 없으면 걔 말이라도 들을 테니까."

"말은, 내가 하면 되잖아."

"내가 윤차희 니를 어떻게 믿는데!"

윤태희의 커다란 고함이 길게 뚫린 진입로를 울렸다. 그 소리가 집까지 들릴 것 느껴져서 나는 불안해졌다. 엉겁결에 뒤로 몇 걸음 물러나자 오빠가 그것보다 더 빠르게 성큼성큼 걸어와 날 붙잡았다.

"평생 니 부모한테, 니 오빠한테 말할 생각이 있기는 했나."

"……."

"그딴 개 취급이나 당하고, 저 여자가 엄마한테 언니 소리 듣는 거나 보면서. 니 그렇게 귀하게 키운 부모 병신 만들면서."

"……."

"그렇게 잘난 니 혼자 힘들고 아픈 거 다 참았으면서, 대체 니 뭘 보고 믿으라고."

머리를 맞은 기분이었다. 내가 윤태희라도 날 쥐뿔도 믿지 않을 것 같기는 해서. 내 안에서는 반쯤 남의 일처럼 무디게 느껴지는 오래된 일들도 윤태희에게는 방금 일어난 일이었으니까.

일그러진 낯이 물에 잠긴 사과원을 처음 내다보았던 아침처럼 참담했다. 열여덟, 그 시절의 앳된 얼굴이 사라진 오빠는 무슨 짓이라도 저지를 수 있을 사람처럼 보였다.

내게서 원하는 대답만 얻고 나면 뒤도 돌아보지 않고 어디로든 가서.

"……무슨 말인지 아는데, 근데 오빠야."

"근데고 나발이고 씨발, 말 돌릴 거면 오빠야라고 부르지도 마라. 지금 당장 차 끌고 저 차 쫓아가서 박아 버리고 싶은 것도 겨우 참고 있으니까."

"……."

"니 지금 말 안 하면 박우경 저 새끼한테 지금 바로 올라가서 물어볼 거다. 혹시 고등학교 때 윤차희 존나 싫어하던 애 아니냐고."

"걔가 뭘 안다고."

"예전에 느그 정신 나간 엄마가 윤차희한테 경찰에 잡혀갈 짓 했다는데, 그거 영상으로 잘 찍어 놨을 만한 애 아니냐고."

"미쳤나."

"미친 건 윤차희 니지. 어케 박우경을 만나노."

"……."

말문이 막히기도 전에 숨이 막혔다. 윤태희가 입매를 비틀었다.

"어케 박우경 저 새끼를 또 만났노."

"……걔는, 아무것도 모르잖아. 오빠야. 박우경은……."

"모르는 게 자랑이다, 씨발. 니네 그때도 잤제. 대학 가기 전에."

"……."

"저 잘난 새끼 한 번 만났다가 성인도 안 된 애가 즈그 엄마한테 걸레 소리 들으면서 처맞고 지랄이 났는데, 저 새끼는 그거 몰랐으니까 됐네. 맞제."

"……."

"그래. 모른다이가. 모르니까 저 새끼가 아직도 니 얼굴 보고 좋다고 웃을 수도 있지."

"……."

"지가 저딴 미친년 아들인 것도 모르고."

세상에서 가장 익숙한 목소리가 작정하고 속을 파헤쳤다. 말없이 오빠를 바라보자 내 팔목을 움켜쥐고 있던 손에 세게 힘이 들어갔다.

"생각해 보니까 영상도 필요 없네. 지금 녹음 이거 들고 집으로 올라가서 해경이 우경이 면전에서 틀어 주면 되니까."

"……그 둘이 뭘 잘못했다고 그래야 되는데."

"니는 저 여자한테 뭘 잘못했는데."

"……."

"대꾸도 못 하고 있다가 겨우 한다는 말이 박해경이랑 박우경이 뭘 잘못했냐고?"

"……."

"그래, 씨발, 박해경이 니랑 존나 잔 것도 아닌데 그 새끼는 죄 없다 치자."

윤태희가 비식 웃었다.

"그럼 박우경 저 새끼는?"

"……."

"그때 지랄을 해도 니 부모가 저 새끼한테 했어야지. 대가리에 피도 안 마른 새끼가 남의 집 귀한 딸 건드렸다고 개지랄이 낳았어야지, 씨발. 정신 나간 저 새끼 엄마가 아니라!"

"쟤는 아무것도 모른다고 했잖아."

"모르는 것도 죄다. 아나."

"……."

"주제도 모르고 니랑 결혼할 생각이나 하고 있는 저 새끼도 죄고, 지 딸래미 말려 죽였던 여자 좋다고 졸졸 쫓아다니면서 언니야, 언니야, 아무것도 모르고 아직도 반찬 해다 바치는 엄마도 죄고, 집에서 아침저녁으로 얼굴 보면서 열아홉 살짜리 딸래미한테 무슨 일이 있는지 몰랐던 아빠도 죄고."

"……."

"그딴 집구석에 니 혼자 놔두고 군대 갔던 나도 죄고."

물기에 젖어 일렁거리는 눈이 불처럼 보였다. 그러나 윤태희는 끝내 울지 않았고, 나는 견디지 못해 울었다.

자기가 잘못했다고. 그냥 네가 알아서 잘할 거라고 생각했다고. 부모라는 인간들이 맨날천날 싸우고 지랄 났는데, 그 집에 너 혼자 두고 가면 힘들 거 알면서 두고 갔다고.

네가 그렇게 어렸는데. 미안했다고…….

기가 막혔다. 남들 다 가는 군대, 남들 다 갈 나이에 간 게 전부였으면서. 빨리 전역하고 돈이나 벌고 싶어 했으면서.

말도 안 되는 잘못의 연속에 내가 울어도 윤태희는 저 할 말만 하듯 옛날 일을 되짚고, 날 보호해 주지 못했던 것이 미안하다고 덤덤하게 말했다.

그리고 내 턱을 움켜쥐고 내 머리에 새겨 넣듯 천천히 말했다.

"니도 죄다. 이거 니, 우리한테 죄지은 거다. 알겠나."

"……."

"니가 입 한 번 뻥긋 못 하고 혼자 당한 일이 느그 부모한테 얼마나…… 니 오빠한테 얼마나 더 개 같을지 알면 그딴 짓 못 했을 거니까, 윤차희 니도 모르고 한 거니까."

"……."

"어떤 일은 가끔씩 모르고 해도 죄가 되는 거다."

모르고 해도 죄가 되는 어떤 일. 윤태희에 말에 따르면, 박우경이 아무것도 모르고 날 좋아하는 것도 죄였다.

그럼 죄다 알면서 박우경을 좋아하는 내 죄는 얼마나 클까. 앎은 죄가 아니라고 생각했다.

나는 여전히, 내가 세상 어떤 잘못을 했다 해도 박우경을 좋아하는 것 하나만은 잘못이 아니라고 생각하고 싶었다. 윤태희가 나더러 아무리 미쳤다고 말해도.

나라고 알고 싶어 아는 것이 아니라고. 널 좋아하고 싶어 좋아한 것도 아니었다고.

"내가 말을 안 했는데, 박우경 쟤가 어케 알아. 오빠야 니가 무슨 수로 알아."

"……."

"모르는 게 죄라는 건 알 수 있는데 몰라서 그런 거잖아. 오빠야도 똑같잖아."

"그러니까 왜 말을 안 하는데!"

"……."

"왜 니 혼자 못된 년 취급이나 당하고 사냐고! 씨발, 내까지 니가 저 새끼한테 못돼 처먹었다고 생각했다이가. 니네 오빠인 내까지, 내가, 니 붙잡고 똑바로 하라고 했다이가. 박우경 저 새끼한테 잘 좀 하라고. 불쌍하다고!"

"소리 지르지 마라. 이러다 집에 다 들린다."

윤태희가 싸늘하게 실소를 터트렸다. 나는 입술을 깨물고 다시 말했다.

"그리고 쟤 불쌍한 거 맞다."

"제정신 아니네."

"나는 미쳤어도, 박우경 쟨 아니니까."

"……."

"그러니까 오빠야. 부탁 좀 할게. 걔가 지금은 알면 안 된다. 내가 말할 테니까……."

"박우경 박해경 상처 받을 게 그렇게 걱정되면, 지금 동주 아저씨한테 제일 먼저 가서 이거 틀어 주께. 됐제. 둘 다 즈그 아버지한테 알아서 들으면 되겠네. 신미진이랑 둘이서 얼굴도 못 들고 다니게 되기 싫으면 빨리 이혼해서 그 여자 사모님 행세부터 못 하게 하라고."

"그 아저씨도, 그때 봤다. 이제 와서 모르다 아는 거 아니다. 그러니까."

"혹시 내 빼고 다 미친갱이가?"

"나는, 오빠야, 미안한데 지금 되게 괜찮거든."

날 쳐다보는 윤태희 표정이 순간 귀신이라도 본 사람처럼 보였다. 때와 어울리지 않게도 웃음이 나올 뻔했지만 윤태희가 그런 날 죽일 듯 노려봐서 실제로 웃음이 되지는 못했다.

사실은 여전히 울고 싶었다. 그러나 울며 빌고 싶지는 않았다.

그 애를 위한다고 그렇게 눈물로 침묵을 부탁하는 내 꼴이 윤태희 눈에 어떻게 보일지 아니까.

그래서 아까 흘렸던 눈물을 다 닦고, 울지 않았다.

"정신 나간 애처럼 보이는 거 아는데, 나 지금, 하나도 안 힘들거든. 내가 이제 저 여자 벌벌 떨게 만들 수도 있고, 저 여자 보란 듯이 박우경 쥐고 영영 안 놓을 수도 있게 됐거든……. 내가, 혼자서, 저 여자 묶어 놓을 수 있을 것 같거든."

"……."

"나는, 오빠야가 뭐라고 해도 걔 안 놓을래."

"나는 윤차희 니가 뭐라 해도 그 꼴은 못 보겠는데? 씨발, 당장 헤어져야지. 그래야 저 집이랑 끝장을 보지."

"윤태희."

"묶긴 뭘 묶어, 씨발. 존나 니 말이 법원 접근 금지 명령이라도 되나? 윤차희 니 뭐 되나? 나는 지금 저 여자 목 졸라 죽이고 싶은데, 씨발. 살아서 아들 새끼 얼굴 좀 못 보는 게 대수가?"

"……."

"쌍에 안 찬다. 내가 니 하는 꼴 가만히 두고 볼 거 같나. 씨발, 내가 박우경 저 새끼 니 옆에 붙어 있는 꼴 볼 것 같냐고."

"그럼 보지 마라."

258

"뭐?"

"진짜 너무 미안한데, 오빠야가 보지 마라."

윤태희가 멍하니 날 내려다보다 잇새로 씹어뱉듯 중얼거렸다.

"……진짜 패륜아네, 이거?"

"한 번만…… 한 번만 눈 감아 주라. 걔한테는 내가 알릴 테니까. 진짜로 말할게. 다 말할 테니까."

"……."

"걔 혼자 아무것도 모르고 꽃밭에서 살게 하겠다는 게 아니라, 그냥, 나한테 처음 듣게 하고 싶다. 다른 사람이 아니라. 그런 녹음 같은 게 아니라."

"뭐, 씨발 디즈니 버전으로 예쁘게 편집이라도 해서 주려고?"

"그때 나는 아무도 없었다. 오빠야."

"……."

"집에 엄마가 있어도, 아빠가 있어도 세상에 혼자 있는 것 같았는데……. 여기로, 이 길 위로 박우경이 자전거 타고 오는 것만 봐도, 걔가 내 앞에 서기도 전에, 전부 괜찮아졌거든. 걔가 내 옆에 있을 때만, 사는 게 좋았거든."

"……."

"오빠야는 모르잖아. 엄마랑 아빠가 어땠는지 모르잖아."

"……."

"나한테 박우경 걔밖에 없었던 거, 모르잖아……."

"……."

"내가 걔 때문에 버텼으니까 걔를 지켜주고 싶었던 거란 말이야……."

나는 울지 않으려고 입술을 계속 깨물었다. 그 꼴을 보다 못한 윤태희가 욕설을 중얼거리며 한 손을 벌려 엄지와 검지로 내 양 뺨을 꽉 눌러 쥐고는, 단순한 힘으로 강제로 이와 입술이 떨어지게 만들었다.

"언제 말할 건데."

"……추석 지나고."

윤태희는 말이 없었다. 그렇게 한참 침묵이었다. 진입로 위에서 우리를 찾는 박우경이 형, 하고 윤태희를 부를 때까지.

"거기서 둘이 뭐 하는데요?"

오빠는 진입로 위의 그 애를 흘끗 보고는 아무 대답도 하지 않고 날 다시 내려다보았다. 새카만 눈이 꼭 그렇게 말하는 것 같았다.

네 답은 틀렸다고.

나는 오빠의 셔츠 소매를 다급하게 잡아당겼다.

"왜."

"……엄마한테는, 엄마는. 오빠야."

"엄마도 알 건 알아야지."

"저번에 엄마 쓰러진 거, 저 여자 때문에 싸우다 그렇게 된 거거든. 내가, 저 여자 싫다고, 엄마한테 막말해서, 나쁜 말 해서……."

"……."

이쪽으로 내려오는 박우경에게는 들리지 않을 소리로 빠르게 속삭이자 오빠가 가만히 내 손을 떼어 냈다.

"……니 안 울고 싶은 거 알겠으니까 입술 좀 그만 잡아 뜯어라."

"오빠야."

"누가 니 남친 죽인다 카드나."

"……."

"헤어지라캤지."

"……."

"연휴 끝나기 전에 똑바로 말해라. 끝나기 전에 말 안 하면, 끝나자마자 내가 저 새끼 귀에 대고 이거 틀어 줄 거니까."

허공에서 손이 한 번 세게 잡혔다. 오빠가 그대로 내 손을 툭 놓았다.

"형."

진입로 위쪽에서는 느긋하게 내려오던 그 애가 공기를 읽은 것처럼 우리와 가까워질수록 빨라졌다. 어쩌면 윤태희의 사나운 시선을 읽었을 것이다.

본능적으로 내 앞을 가로막고 선 박우경을 묘한 눈으로 바라보던 오빠가 비스듬히 웃었다.

"누가 윤차희 때리나."

"뭔데, 진짜."

"즈그 오빠한테도 싸고돌게."

"분위기 왜 이따윈데요."

"보면 모르나. 개싸웠다이가."

오빠가 먼저 대꾸했다. 나는 겨우 숨을 쉬었다.

윤태희가 아무리 화나 봐야 내 머리통 한 번 못 쥐어박을 걸 알면서, 그 말에 박우경이 급히 뒤돌아 내 얼굴을 살폈다.

잘 보이지도 않을 텐데. 나는 그 애를 향해 가로등 불빛을 등지고 있었다. 그래도 무언가 보이는 것처럼 심각한 얼굴이었다.

"봉다리는 뭔데."

"니네 엄마가 회 주고 갔거든."

오빠가 내 대신 단조롭게 대꾸하고는 긴 진입로를 성큼성큼 걸어 올라갔다. 길 위에는 순식간에 우리만 남았다.

저녁이면 이르게 찬 바람이 부는 동네였다. 옅은 바람에도 윤태희가 남긴 공기가 선득했다. 나는 가만히 그 애를 바라보았다. 아무것도 듣지 못한 얼굴이었다.

박우경도 가만히 내 눈가를 어루만졌다.

"오빠야랑 왜 싸웠노."

"……별일 아닌데, 그냥."

"봉지 줘."

"안 무겁다."

"무겁든 가볍든. 내 있을 때 니 손으로 뭐 들지 말라 캤다이가."

"응."

결국 박우경이 내게서 회가 든 봉지를 빼앗았다. 나란히 걷는 걸음이 느려졌다.

"엄마가 니한테 뭐라던데."

"금방 왔다 가셨는데."

"형한테는?"

"내가 전화 받느라 길까지 나가 있어서. 오빠야는 간발의 차로 못 봤다."

내가 제 전화를 받을 때도 우리 집 마당이나 진입로를 괜히 돌아다니는 것을 아는 박우경은 별로 이견을 표하지 않았다. 그러나 아예 다른 이야기를 했다.

"우리 엄마 때문에 싸웠나."

"아니."

"그 사람이 니한테 뭐랬는데. 차희야."

주어는 바뀌었지만 같은 사람이다. 엄마. 그 사람.

나는 오빠가 날 바라보던 눈을 떠올렸다. 내가 그렇게 실망시켰다.

"헤어지라고 하더라. 박우경 니랑."

"⋯⋯."

면피만으로 지나가려던 순간에 사실이 섞여 들었다. 충동이거나 용기였을 것이다. 혹은 발등에 떨어진 불을 도로 주워 보려는 멍청한 짓이었거나.

연휴가 끝나기 전에. 이대로 끝나면⋯⋯. 윤태희의 말들이 머리를 돌아다녔다.

결국에는 절박하기 때문에 진실도 등이 떠밀렸다. 그러나 부정할 수 없게도 목뒤를 끌어내리던 무게가 가벼워졌다.

헤어지라고 하더라. 겨우 그 한마디에.

"제정신이면 니랑 헤어지래."

"지가 뭔데. 웃기네."

순간 어이가 없어 콧숨이 터져 나왔다. 박우경이 날 흘끗 보고는 정말이지 예의상 마주 웃었다.

그리고 그대로 표정이 사라졌다.

"옛날 일 모르는 것도 아니면서, 계속 이럴 거냐고."

언젠가 박우경은 우리가 끊겨져 나갔던 고리에서 드라마의 한 장면을 생각했다. 내 아들과 헤어지라는 진부한 대사. 가족의 난처한 비밀. 이유가 될 만한 과거.

그럼에도 우리 엄마에게 지나치게 의존하고, 유난스러울 정도로 다정한 제 엄마의 어떤 부분만은 믿었다. 말희 네가 아니면 나는 여기서 숨도 못 쉬고 살겠다는 완벽한 애정.

그러니 그 딸인 내게 차라리 돈 봉투나 건네주었다면 몰라도 감히 물을 끼얹지는 못했을 거라고 믿는 것을 알았다.

오래전 박동주의 실패한 연애가 그 지경으로 처참했던 것을 모르고 언제나 그 존재만 얼추 짐작했던 한때의 박우경, 내가 그저 그들의 과거에 지레 겁을 먹고 도망쳤다고 생각했다. 제 엄마가 헤어지라고 내게 그 옛날 일을 알려 주었다고.

옛날에 누가 누구와 만났다는 고루한 사실. 약간의 강압적인 부탁과 매정한 말 몇 마디. 굳이 크게 공을 들일 것도 없이.

그 정도만으로도, 그때의 나는 사는 게 지겹고 힘들어서 저를 버리고 싶었을 거라고. 다 내던지고 도망가고 싶었을 거라고 생각했으니까.

그때의 내가 저를 얼마나 좋아했는지, 박우경은 상상도 하지 못한다. 여전히.

"내가 알아서 할게. 니는 앞으로 저 사람 상대하지 마라."

"……."

"쌩까라고. 알겠나."

할머니에게 다녀온 이래, 작은 찌꺼기 하나 없이 정리된 낯이 서늘했다. 나는 그 애의 무서운 표정이나 처참한 기분에 신경 쓰지 않는 양 무심히 대꾸했다.

"그래도 먹을 거 줬잖아."

박우경이 문득 생각난 것처럼 제 손에 달랑 들린 봉투를 내려다보았다. 일순간 자기 분노를 잊은 듯 허망한 얼굴이었다.

"……아니, 니는 회가 그래 좋나. 이걸 또 받아 왔네? 내랑 헤어지라는데."

"안 받는 것보단 받는 게 낫다이가. 오빠야들 회 좋아하는데……."

"공주 지는 안 좋아하는 척."

아까 내가 콧숨을 터트린 것처럼 그 애가 헛웃음을 흘렸다.

"니네 엄마가 주려다가 내가 곱게 말 안 해서 안 준 건데, 내가 일부러 니네 엄마 차 문 열고 직접 꺼내 온 거다."

"회 존나 좋아하네……. 지독하다, 진짜."

"이제 알았나."

"알겠다. 평생 많이 사 주께."

"응."

"니 평생 바다도 많이 데리고 다니고."

"그래."

"미안."

"뭐가."

"다. 전부 다."

"……."

"미안하다. 차희야."

나는 대꾸하지 않았다.

내 침묵 속에서 마당에 우두커니 멈춰 선 박우경은 곧 생각에 빠진 표정이 됐다. 그대로 자기 집을 다 엎으러 갈 것 같은 표정이기도 했다.

나는 그 애의 등을 톡톡 두드렸다. 기분 나쁜 꿈에서 잠시 깬 사람처럼 박우경이 찌푸린 눈으로 날 돌아보았다. 그러나 거짓말처럼 눈이 마주친 순간 풀어졌다.

도무지 내게 저항할 줄 모르는 것처럼.

"……왜?"

"니랑 안 헤어진다 그랬다."

"……당연히……."

당연히 그렇게 말했어야 한다고. 내가 제 부모에게 그렇게 말한 것이 전혀 당연하지 않은 것처럼, 박우경이 낯설게 중얼거렸다. 실은 차마 다 중얼거리지도 못했다.

"옛날에 니랑 헤어지기로 한 거. 그것도 물렀다."

내 입으로 그 애 앞에서, 그 애가 모르는 신미진과의 일을 언급한 것은 처음이었다.

경멸. 수치심. 환희. 박우경은 비닐 봉투를 쥔 손에 힘을 주었다. 비닐이 바스락거리는 소리가 고요한 허공을 갈랐다.

"아줌마 뒤통수 백번도 친다고 그랬다. 나는 아줌마 싫으니까 그럴 수 있다고."

"……."

"니한테 엄마도 아니었으면서, 평생 엄마 행세한 사람도 있으니까. 나는, 그 사람이 니 죽일 뻔한 것도 안다고. 그럼 다 아는 게 대수냐고."

"……."

"니 안 놓을 거라고 그랬다. 박우경."

"……공주 니가 멋있는 거 다 하면 나는 뭐 하는데."

"옆에 있으면 되잖아."

"씨발 존나 왕자 된 기분이야."

연휴가 끝나기 전에. 나는 남은 날을 헤아려 보았다. 주말. 주말이 지나고 또 이틀.

전부 말할 수 있다. 전부에 가깝게. 조금씩. 네가 도망가지 않게.

자신하다가도 자신할 수 없었다. 그래서 막막하게 팔을 뻗었다. 허리를 안자 그 애도 봉투를 들지 않은 손으로 내 등을 안았다.

"……근데 설마 니한테 꼴랑 이거 주고 헤어지라고 한 건 아니겠지?"

나는 웃었다.

"내 몸값이 꼴랑 모듬회 이딴 거 한 접시는 아니제."

"그래도 대 자잖아."

"아니 씨발, 대 자고 소 자고 간에."

"그냥 겸사겸사. 헤어지라고 하는 김에 줬겠지."

"겸사겸사는 지랄. 헤어지면 돈 준다나?"

"몰라."

"달라 해라."

"아 뭐래."

"야, 헤어진다고 하자."

"니 도라이가?"

"내랑 헤어진다고 거짓말 치고 돈 받고 또 뒤통수치면 되잖아."

"지랄하네, 진짜……."

"괜찮다. 어차피 엄마 인성이 그런데 금전 사기 좀 당하면 어때서."

"내가 돈 받고 니 다시 안 주우면 어쩌려고."

"아. 그럼 안 된다. 절대."

그러나 원할수록 멀어지는 것이 있듯, 시간은 충분하길 바랄

때 가장 모자랐다.

　시간은 끊겨 나갔고, 나는 기회를 얻지 못했다.

#43. 깽값

저녁은 아무렇지 않게 밤이 됐다.

모든 것이 아무렇지 않아 보였다. 아빠는 엄마 눈치를 보지 않고 애들과 같이 마실 수 있는 술 몇 잔에 행복해했고, 엄마는 뭘 내놔도 잘 먹는 윤태희랑 박해경 때문에 들떴다.

박우경이 평소에 아무리 가리는 것 없이 잘 먹는 척, 많이 먹는 척 엄마 앞에서 내숭을 떨어도 사실 오빠들이 타고난 것과는 달랐다.

그래서 엄마가 해경 오빠더러 잘 먹는다고 칭찬할 때마다 괜히 그 애의 입이 조금씩 튀어나왔다. 박우경은 아빠에게 괜히 치댔다.

아빠는 귀찮은 티를 내면서도 그 애를 옆에 끼고 아무도 보지 않는데 틀어 놓은 TV 속 세계 2차 대전 다큐멘터리를 가끔 아는 척하며 유식한 행세를 했다. 사막의 여우 롬멜. 마침 아빠가 좋아하는 이야기가 나왔다.

윤태희는 이제 이름만 들어도 지겨운 표정을 짓는 독일 장군의 이야기를 박우경은 아주 새로운 것처럼 들었다. 퍽 사위 같은 얼굴을 하고.

나는 그런 박우경 옆에 가만히 앉아 있기가 힘들었다. 일부러 집 안을 돌아다니고, 오빠들 사이에 끼어 있었다. 내가 박우경 옆에 있으면, 그렇게 같이 있는 우리를 문득 쳐다보는 오빠가 버거워서. 박우경이 그 눈에서 무언가 아주 이상한 것을 읽어 낼까 싶어서.

가끔은 윤태희가 해경 오빠를 멍하니 바라보거나 한순간 저도 모르게 눈을 피하는 것이 보였다.

마치 세상에서 제일 복잡한 것을 보듯 박해경을 보는 윤태희를, 나는 여태껏 한 번도 본 적이 없었다. 자기 세상에서 가장 쉽고 명쾌한 것이라면 몰라도.

해경 오빠는 술에 취해 그것을 잘 몰랐다. 애들끼리 놀라고 2층 거실로 내쫓긴 후에도 그랬다.

우리는 해경 오빠의 무지 덕분에 잠시 평온한 것이나 다름없었다.

며칠이나마 기다려 주기로 했어도 불안했다. 윤태희가 술에 취하고도 기억해 내고 싶을 만한 약속은 아니었으니까.

윤태희는 내가 당한 일로 이를 갈았다. 웃고 노는 것은 어차피 이성적인 가장에 불과했으니, 겨우 잡고 있던 끈을 술김에 놓친다 해도 이상할 게 없었다.

나는 술에 취한 오빠가 언제 그 애에게 달려들까 매 순간 걱정하는 일이 곧 막막해졌다.

그래서 결국 박우경을 제 할머니 집에다 억지로 데려다주었다. 그러려고 술은 입에도 대지 않고 있었다. 해경 오빠는 제 동생과 같이 가지 않겠다고 우겨서 별수 없이 윤태희와 내버려뒀다.

집에 돌아오니 초등학교 때부터 했던 축구 게임이 그 나이 먹고도 지겹지 않은 모양인지 둘이 붙어 떠드는 소리가 들렸다.

박우경이 있었다면 분명 심드렁하게 뒷말을 했겠지. 저 둘은 아직도 웬 아저씨 같은 게임이나 좋아한다고.

그러면 나는 그 애더러 너도 좋아하지 않느냐고 핀잔을 줬을 것이다. 나만 없었으면 너도 진작 저기로 가서 네 스쿼드 얘기나 하고 있을 것 아니냐고.

그러나 그럴 수 없을 것이다. 이제는.

내가 박우경에게 어떤 말을 해도, 그 애가 도망가지 않게 겨우 붙잡아 두어도 윤태희는 예전처럼 그 애를 보지 못할 테니까.

우리는 완전히 달라질 테니까.

윤태희 방에서 웃고 떠드는 소리가 불안했다. 결국 해경 오빠가 무슨 말이라도 들을 것만 같아서.

나는 늦게까지 잠들지 못하고 열어 놓은 문 사이로 오빠들 소리를 불안하게 들었다. 사실 소득은 허탈했다. 골드 카드가 어떻고, 즐라탄이 어떻고, 레반도프스키가 어떻다는 축구 게임이야기나 진지하게 오가는 게 전부였다.

그 허망한 토론이나 들으며 잠들어 놓고도 바보처럼 좋지 않은 꿈을 꾸었다. 나는 식은땀을 흘리며 잠에서 깨어나기 무섭게 옆방으로 갔다.

해경 오빠가 그런 나를 조금 늦게 발견했다. 오빠는 겨우 반만 잠에서 깨어난 것처럼 윤태희 침대 위에 우두커니 앉아 있었다.

"와, 깜짝이야. 차희 니 왤케 귀신같이 서 있는데? 오빠야 심약한 거 모르나."

"미안. 윤태희는?"

"금마 아까 출근한다는 거 같던데. 나가면서 뭐라고 지 혼자 지껄이기는 하던데, 자느라 못 들었다."

"……."

"니 근데 얼굴은 왜 그런데?"

"나? 아, 세수를 안 해서. 더럽제."

"아니. 차희 니 표정이."

어떤 표정으로 상대를 보고 있었는지도 몰랐던 나는 황급히 웃고 돌아서려다, 충동처럼 도로 몸을 돌렸다.

"오빠야."

"어."

"윤태희가…… 무슨 말 안 하드나."

"그 새끼 원래 말 존나 많다이가. 뭔 말?"

"뭐 이상한 거 없드나."

"윤태희? 개도라이잖아. 항상 이상한데."

"그런 거 말고 그냥."

"그냥?"

"……윤태희랑 어제저녁에 좀 싸워서."

해경 오빠는 조금 놀란 것처럼 날 올려다보고는 이윽고 픽 웃었다.

"금마가 니랑 좀 싸웠다고 니 욕을 남한테 할 새끼가?"

"오빠야한텐 잘만 하잖아."

"니 걱정할 때나 좀 하지. 평소 땐 절대로 안 한다."

오빠가 선선히 웃으며 말했다.

"니가 나중에 우경이랑 결혼하면 나는 지 주적이랬거든. 시 댁 식구다 뭐다 지랄이던데."

"……."

"내가 니 시집살이시키면 죽인다고. 웃긴 새끼."

그러니까 아주 작은 트집거리조차도 알려 줄 수 없다고 했다고. 나는 해경 오빠가 무슨 기분으로 내게 저런 말을 하는지 알고 싶지 않았다.

윤태희는 제 친구를 몰랐던 것이다. 그리고 해경 오빠도, 이제는 제 친구를 모른다.

나는 멍하니 해경 오빠를 내려다보았다. 오빠가 비스듬히 웃으며 날 올려다보고 있었다.

"니네 결혼 얘기 나와서 그런가?"

"……."

"걔는 니가 지 딸인 줄 안다이가."

"꼴랑 세 살 차이 나면서 지가 무슨 아빠야……."

"삼촌이 니 태어난 날부터 지켜 주라고 세뇌했다던데 별수 있나."

"……."

"……차희야, 니 혹시 우나?"

"아니, 안 운다."

나는 고개를 가로저었다. 눈물은 정말로 한 방울도 나지 않았다.

단지 내가 윤태희에게 저지른 일이 너무 컸다. 윤태희를 허탈하게 만든 것이, 윤태희가 잃어버려야 하는 것이 너무 크다는 생각이 들었다. 나처럼 얄궂은 동생 때문에.

억지로 놓지 않고 붙잡고 있다 해도 절대로 예전 같을 수 없는 우리 유년의 틀.

평생 제 가족에게도, 제 친구에게도 자기 상처 같은 건 내세우는 법을 몰랐던 착해 빠진 박해경.

내 오빠가 자기 자신을 보듯 여겼던 사람.

나에게 오빠 같은 사람.

해경 오빠가 조심스레 손을 뻗어 내 팔을 잡아당겼다. 오빠의 다리와 내 다리가 닿지 않을 정도로만 가까이.

"차희야."

"……."

"오빠야 아무 데도 안 간다."

나는 울고 싶지 않아 이미 부은 입술을 괴롭혔다. 해경 오빠의 눈길이 잠시 내 입술을 스쳤다. 희미한 한숨이 지나갔다.

"니가 우경이랑 있어도, 아무것도 변하는 거 없으니까."

이유를 모르면서 내 두려움만 기민하게 알아챈 오빠가 조용히 위로하듯 속삭였다. 무슨 일이 있어도 저를 잃지는 않을 거라고.

"나는 계속 태희랑 니 옆에 있고 싶거든."

"……응."

"그러니까 무서워하지 마라."

"…… ."

"그러면 오빠야 아무 데도 안 갈게."

곤란하게 안 할게. 우경이 다치게 안 할게. 조곤조곤 다정한 음성에 시야가 부옇게 흐려졌다.

아무것도 모르고 하는 말인데 붙잡고 싶었다. 정말로 아무 데도 가지 않는다고 약속해 달라고. 윤태희랑, 어긋 나지 말아 달라고.

"처음부터 니 욕심 안 냈다. 그러니까, 못 보고 못 들은 걸로 해 주라. 그냥, 그건 너무 작은 욕심이었으니까."

"…… ."

"나는 니가 아니라, 그냥 니 사진이나 갖고 싶었던 거니까."

"……알아."

그래도 괜찮냐고 묻고 싶었다.

"나는 차희 니가 아니어도 웃을 수 있으니까."

"······."

"괜찮다."

이기심을 모르는 나직한 속삭임에 마음이 저 아래로 떠내려
갔다.

쓰고도 얄팍한 위안이었다.

어젯밤 신미진 앞에서 잠깐 해경 오빠의 마음을 무기처럼 생
각했던 것이 떠올라 슬펐다. 그 여자를 비웃고 찌를 수 있는 칼
처럼.

오빠는 곧 웃으며 날 지나쳐 제집처럼 화장실에 들어가 씻고
는, 나와서 언제쯤 엄마가 투석을 하러 가느냐고 물었다.

갑자기 내려온 해경 오빠 덕분에 우리는 모두 연휴를 이르게
시작한 기분이었지만, 실은 이틀이 더 지난 후에도 세상은 쉬
지 않았다.

이번 추석은 주말이라 대체 휴일이 뒤따라 붙었고, 해경 오
빠는 시간표가 죄다 그 대체 휴일 중에 몰려 있어 그 다음 주
주말까지 청라에 있을 수 있다고 좋아했다. 박우경은 당연히
좋아하지 않았다.

그러나 해경 오빠처럼 아주 긴 휴가를 받아 놓은 사람들이
아니더라도, 연휴 전날이면 어디든 성급하게 들뜬 기분들이 떠
돌기 마련이었다.

나는 엄마를 읍내 병원에 데려다 놓고, 다른 날보다 바쁘게 복도를 지나가는 사람들 너머로 한참이나 낡은 투석실 문만 바라보다 목이 말라 잠시 일어났다.

그 애의 집은 제사를 언제나 떠들썩하게 치렀고, 당장 금요일인 오늘 밤이면 온 친척이 동네에 와 주말 내내 머물다 갈 터였다.

나는 박우경이 적어도 그 주말까지는 얌전히 있어 주기를 바랐고, 가끔 충동처럼 차오르는 말을 삼켰다. 그 애가 지금도 간신히 참고 있는 것을 알고 있었다.

시간이 너무 빠르게, 혹은 너무 느리게 간다 싶을 때면 월요일에 그 애에게 할 말을 생각했다. 끊임없이. 쓰고 지우고, 또 쓰고 지우는 글처럼 생각도 여러 번 고쳤다.

자판기에서 생수 한 병을 뽑을 때조차 월요일을 생각했다. 가끔은 주변을 잘 보지도 못했다. 그래서.

"오랜만이네."

내 옆에서 문다혜가 제 차례를 기다리는 것을 몰랐다. 우리가 옛날에 다니던 고등학교 뒤편, 그 자판기에서 여자애가 날 기다렸던 것처럼.

"아직 박우경이랑 만나는 거 같던데."

너 요새 무슨 일 한다고 들은 거 같은데. 꼭 그런 투였다.

학교 어디 다닌다며. 어디로 이사 갔다며. 그렇게 흘러가는 말처럼.

"대단하다. 윤차희."

너 아직 박우경 만난다며. 대단하다. 별 악의도 없는 감탄이었다.

"저번에 대구에서 니네 보고 진짜 대단하다 싶었잖아."

"……."

"니도 참 니다. 그제."

나는 문다혜가 몸을 숙여 자판기 아래쪽에서 음료수 두 병을 꺼낼 때까지 가만히 생수를 마시며 그쪽을 보았다.

"하여간 세상 진짜 좁다니까."

중얼거리는 소리가 새치름했다. 어깨 위에서 세련된 단발머리가 찰랑거렸다. 문다혜가 한 병을 제 옆구리에 끼고는 나머지 한 병을 따며 무심히 내게 물었다.

"잘 지냈나? 그땐 공부 잘해서 P대 갈 줄 알았더니 엉뚱하게 박우경 걔만 가고, 정작 니는……. 아, 니가 학교를 어디로 갔더라?"

"……."

"그래도 공부 좀 잘하는 데로 갔제? 하긴, 니는 원래 잘했으니까."

"……."

"나 같아도 고3때 니처럼 작정하고 괴롭히는 사람 붙어 있으면 정신 놓고 어디 지잡대나 대충 갔겠다. 니가 대단한 거 아니가?"

내 눈을 빤히 응시하던 시선이 얼굴을 한 번 천천히 훑었다.

"얼굴은 아직도 드럽게 이쁘네. 좀 재수 없게……. 내가 니 얼굴이었으면 공부고 뭐고 걍 대충 살았을 텐데."

그러고는 격의 없이 조금 빈정거렸다.

"솔직히 그 정도 생기면 아무것도 안 하고 남자나 똑바로 고르면 된다이가. 니는 굳이 반대로 하고 사는 것 같지만."

"……."

"괜히 열심히 살고, 박우경처럼 사정 복잡한 남자나 만나면서."

"응. 잘 지냈다. 니는?"

부러 늦게 내민 대답에 문다혜가 조금 웃었다. 내가 그렇게 대답하기 싫은 말은 죄다 뛰어넘고 대답할 줄 알았다는 듯이.

"나야 잘 살지. 근데 병원은 웬일인데? 누구 아픈 사람 있나."

"우리 엄마."

"아……."

마음이 좋지 않은 것처럼 짧은 감탄사였다. 문다혜가 가벼운 어조와 웃음을 거두었다.

"엄마가 어디 많이 편찮으시나."

"그냥. 여기저기."

"어머니 진료 어느 과에서 받는데? 우리 큰언니 여기 신경외과 과장이거든. 큰 병원이라도 촌동네라, 지나가듯 신경 좀 써주라 부탁이라도 좀 해 두면 낫긴 할 텐데."

"……."

"안 그래도 우리 언니야 보러 잠깐 온 거다."

문다혜는 자기가 따지 않은 음료수를 가벼운 턱짓으로 가리켰다. 제 언니 몫이라는 것 같았다.

그리고 날 가만히 보더니 문득 말했다.

"말이 큰언니지 나이가 엄마뻘이긴 하지만. 언니야랑 내랑 엄마가 다르거든."

"……."

"우리 엄마는 아빠보다 스무 살은 어려서……. 큰언니보다는 꼴랑 일곱 살 많고."

"……."

"아, 우리 아빠 결혼도 네 번이나 했디. 미친 사람 같제."

나는 갑자기 여상하게 튀어나온 문다혜의 가정사에 잠시 대꾸할 말을 잊었다. 날 오랜만에 본 친구로 착각이라도 했나 싶어서.

"그래도 사이는 좋다. 남들은 듣고 그게 뭐냐고 눈살 찌푸리긴 해도 우리 큰언니가 너무 착해서. 우리 언니야랑 내랑 스무살 넘게 차이 나는데 내 진짜 이뻐하거든."

"맞나."

"우리 엄마는 타고난 건 욕심도 많고 좀 못됐는데, 그래도 착한 사람 오래 보니까 넘어가더라고."

"……."

"형부가 신혼 초에 좀 정신 나갔었는데, 울 엄마가 개 잡듯이 패서 잡았잖아. 니가 뭔데 우리 희진이한테 그따위로 하냐고. 니 주제에 의사 마누라 만났으면 감지덕지 업고 살 것이지…… 웃기지. 우리 형부도 의산데."

"……."

"말이 사돈이지 언니야 시부모가 자기보다 서른 살 마흔 살씩 많은데 자기가 사돈이랍시고 시댁도 미친년처럼 다 엎어 삐고."

"……."

"느그 아들 피부과 개원 누구 돈으로 했냐고. 내 남편 돈으로 했다고. 우리 희진이 종처럼 살라고 해 준 거라고."

어쩌면 너는 그래서 그때 나한테 그런 말을 했나 보다. 돈만 있는 게 아니라 자기보다 겨우 일곱 살 어린 의붓딸을 위해서도 그렇게 나서 줄 엄마가 있어서.

돈도 있고 마음도 있어서. 마음만 있는 게 아니라. 돈만 있는 게 아니라.

나는 조금 웃었다. 좋아 보여서.

"느그 언니는 저렇게 머리가 좋은데 니는 머리가 왜 그러냐 싶지 않나."

"그런 생각은 안 했는데."

"맞나. 난 그런 생각 하는데, 가끔. 엄마가 달라서 그런가? 우리 엄마도 공부 별로 못했거든."

문다혜가 남은 음료를 한꺼번에 마시고는 빈 병을 자판기 옆 쓰레기통에 휙 던지며 말했다.

"나중에 생각해 보니까 나만 일방적으로 니네 집안일 알아서 니가 그때 좀 쪽팔렸겠다 싶어서."

"……."

"다음에 만나면 나도 니한테 우리 집 쪽팔린 거 말해 줘야지, 했었다. 사실 별로 쪽팔린 거 모르고 살지만."

날 싫어하던 애의 느닷없는 친절은 그때나 지금이나 내 기분을 이상하게 만들었다.

나는 조용히 대꾸했다.

"애초에 쪽팔릴 게 없으니까. 그러니까 그렇겠지."

"그런가? 족보는 개판인데. 자식들 엄마 다 다르고."

"사이좋다면서. 니네 가족이 좋으면 됐지."

문다혜가 내 말을 가만히 곱씹듯 생각하다 되물었다.

"니도 니가 좋으면 됐다 싶어서 박우경 만나나? 개판이라도."

"……."

"걍 궁금해서 물어봤다. 사실 아직도 좀 충격적이라……."

"……응. 내가 좋아서."

"……."

"그래서 만나. 박우경."

"대단하다. 천년의 사랑이네."

열없는 인정이었다. 문다혜는 미친 사람이라도 보는 것 같은 눈으로 날 잠시 보다가, 옅게 비웃었다.

"하여튼 퉁 쳐라. 어머니 진료 보는 과랑 성함 말해 주면 우리 언니야한테 말해 주고, 아님 말고."

"……우리 엄마 투석받고 있다. 이말희."

문다혜가 또 아, 하고 잠깐 안타까운 소리를 냈다.

"많이 아프신가 보네. 말해 놓을게."

"고맙다. 신경 써 줘서."

우리는 잠시 말없이 서로를 바라보았다. 나는 이만 가 봐도 될 것 같아 몸을 돌렸다.

그 순간 문다혜가 가까스로 소리를 낸 것처럼 이미 반쯤 몸을 돌린 날 향해 말했다.

"있잖아, 내가 그때 박우경 엄마랑 니 영상 찍은 거."

"……."

"내가 윤차희 니를 아무리 싫어해도, 아닌 건 아니니까……. 그래서 내가 그런 거라고, 그렇게 생각했는데."

"응."

차마 말을 잇지 못하고 날 바라보는 모습이 낯설었다. 나는 문다혜를 향해 고개만 돌렸던 몸을 천천히 돌려놓았다.

"……그날 집에서 영상 돌려 보는데, 처음에는 니가 욕먹고 맞는 걸 보는 게 불편하다가, 니가 불쌍하다가, 한 세 번쯤 돌려 보니까 기분이 이상하게 너무 좋더라."

"……."

"걔네 엄마가 니를 때리는 게 좋은 게 아니라, 아, 이거 박우경한테 1분만 보여 줘도 니네 영영 갈라놓겠다 싶어서. 걔가 그거 보면, 다시는 니 근처도 못 갈 거 같아서. 박우경 부술 수 있을 거 같아서."

날 줄곧 똑바로 바라보던 눈이 조금 내려가 있었다. 예전에는 한 번도 마주한 적 없는 눈이었다.

"생각해 보니까 그래서 내가, 그때 바로 신고를 안 했던 거더라."

"……."

"내 눈앞에서 맞고 있는데. 협박당하고 있는데. 내가 아는 앤데."

"나 때문에 그랬잖아. 먼저 신고했다가 곤란해질까 봐. 나한테는 증거 있으니까 도와주겠다고 했고."

"난 처음부터 니가 신고 안 할 거 알았거든. 니네 집 얘기 들었으니까."

"……."

"그래도 니 등신 취급이나 하고 싶어서. 나는 할 만큼 했다고 생각하고 싶어서. 그래서 신고하라고 했다."

"……."

"그러다 진짜로 하면 더 좋지. 지네 엄마 고소한 여자애 옆에 감히 붙어 있을 새끼는 없으니까."

빈정거리는 목소리가 마치 사과처럼 들렸다. 내가 옛날에 네 불행을 퍽 잘된 일처럼 생각했었다는 고해. 입 열지 않으면 아무도 알지 못할 면피.

"야. 나 박우경 진짜 많이 좋아했거든."

"그건 아는데."

"아니, 니가 생각하는 거보다 훨씬 더 많이. 내가 그렇게 지를 좋아했는데 내 쪽은 한번 거들떠도 안 보는 게 짜증나서, 나중에는 너무 좋아했던 것만큼 싫더라고. 박우경 얼굴만 봐도 자존심 상해서."

"……."

"처음엔 니가 싫었는데, 끝에는 박우경이 미웠거든."

"맞나."

"나는 진짜, 박우경 눈에서 눈물 좀 나는 꼴을 보고 싶은 게 아니라……. 너무 울어서 울 것도 없는 걸 보고 싶더라. 그런데 그때 니가 걔 좋다고 하는 짓을 보니까, 나는 애초에 걔 좋아한 적도 없는 거 같더라."

"……."

"니가 사는 게 내 생각보다, 조금 더 불쌍하더라."

"……."

"윤차희 니 인생에서, 니가 박우경을 하필 좋아하는 게 제일 재수 없고 불쌍한 일 같더라."

문다혜의 눈이 다시 내 눈을 향했다. 정말로 안됐다는 듯이.

"그래서 박우경한테 말 안 했다. 니 때문에."

"……."

"걔가 아니라 니가 불쌍해서."

동정과 멸시 사이, 그 어딘가에서 문다혜의 연민을 찾을 수 있을 것이다. 내가 사는 것도, 좋아하고 사랑하는 것도 조금씩 한심하고 안타깝다는 듯이.

"그런데 아직도 불쌍하게 살 줄은 몰랐네."

문다혜가 떠나갔다.

남겨진 나는 남은 물을 마시고 빈 병을 버렸다. 그렇게 빈 손으로 얼마간 서 있었다. 시계를 확인하는 것은 기계적이었다. 시간이 거의 다 됐다. 나는 투석실이 있는 쪽으로 걸어갔다.

바쁜 사람들 사이를 헤치고 로비를 가로질렀다. 기계적으로 에스컬레이터를 타고, 복도 끝 모서리도 기계적으로 몇 번 돌았다. 그렇게 걷다, 갑자기 엘리베이터에서 내린 문다혜를 다시 마주쳤다.

두고 간 물건이 있는 것처럼 내 앞까지 급히 걸어온 여자애가 토해 내듯 말했다.

"윤차희 니가 불쌍하니까, 영상도 안 지웠다."

"……."

"니가 그때 나 좋게 봤잖아. 고맙다고 했잖아. 내가 니를 그렇게 싫어했는데. 내 친구들이, 니, 몰래 괴롭혔는데. 다 알면서."

"……."

"그거 다 알면서, 윤차희 니가, 내한테 도와줘서 고맙다고 했다이가."

마치 도둑맞은 물건을 내어 놓는 것만 같은 말이었다.

"그래서 나중에는, 진짜로 니 돕고 싶었거든."

"……."

"처음에 내가 나한테 했던 거짓말이 아니라, 진짜로. 니가, 그때 고맙다고 한 사람이 되고 싶었거든."

"……."

"그래서 윤차희 니가 만약, 내 친구라면, 그 개미친년이 지우라고 한다고 내가 진짜 지워 줄까? 생각해 봤는데."

"……."

"내 친구라 치고, 못 지웠다. 윤차희. 그러니까 나중에라도 정신 차리면……."

"……."

"니 그렇게 때리고 협박했던 여자 아들이랑 미쳐서 결혼이라도 할 거 아니면, 니네 부모님 형편이 괜찮으면, 박우경 엄마가 니한테 한 짓, 영상, 있으니까 아직……."

"……다혜야, 미안한데, 그만."

나는 그 다정한 여자애의 말끄트머리에서, 마치 죽은 사람처럼 질린 엄마를 맞닥뜨렸다.

숨이 발치까지 떨어져 어딘가로 굴러가 버리는 것 같았다. 내가 잡을 수 없는 곳으로.

엄마가 덜덜 떨고 있었다. 그대로 바닥에 고꾸라질 것 같아 나는 숨도 쉬지 않고 문다혜를 지나쳐 달려갔지만, 엄마는 도리어 나를 거세게 밀쳐 내고 지나쳤다.

그리고 생전 처음 보는 문다혜의 옷자락을 붙잡았다.

엄마가 겨우 숨을 몰아쉬며 물었다.

"그게 뭔 소리고. 뭘 때려. 누굴 때려. 누가, 누구를……."

주저앉는 엄마를 따라 몸을 낮춘 문다혜가 내 쪽을 잠시 난감하게 보았다.

나는 멍하니 웃었다. 그게 어떤 대답이 된 것처럼, 문다혜는 조용히 엄마에게 대꾸했다.

"박우경 엄마가 그랬어요."

"……."

"쟤는 자기 부모님한테 피해 갈까 봐 그때 당한 일 아무한테도 말 못 한 거고요. 그 사람이 차희네 집안일 다 알고, 그걸로 협박하고 있었어요."

"왜, 왜……."

"차희는, 그때 듣기로는, 박우경이랑은 진작 헤어지겠다고 했대요. 근데 차희가 그 사람이 자기한테 한 일도, 나중에 알리겠다고 했나 봐요."

"……."

"그 사람이 차희한테, 그전에도 계속 그런 일을 한 것 같았어요."

"아……."

"자기 집에, 엄마한테, 박우경한테, 때 되면 사실대로 알릴 거라고. 외할머니가 많이 아파서, 엄마가 병원에 있어서 지금은 이것까지 알게 할 수가 없다고."

"……."

"그 사람은 그래서 그러는 거 같았어요. 그것도 안 된다고요."

엄마가 아무 소리도 내지 못하고 울었다.

그 울음이 줄처럼 내 목을 묶었다. 언젠가처럼 숨이 막혔다. 그러나 차라리 어떤 부분은 후련했다. 엄마가 울고 있는데도.

고통스러워하는데도.

기이한 해방감이 내 머리를 쳤다. 내 머릿속 어딘가 묶여 있던 부분이 풀려나갔다.

평생 내 입으로, 엄마에게는 죽어도 내뱉을 수 없을 말을 엄마가 듣고 있었다. 엄마가 드디어 알았다. 드디어 신미진을 알았다. 그때를 알았다.

"니 때문에 니 부모 죽는 꼴 보고 싶으면, 그러라고."

그 시절 내 입을 틀어막았던 모든 단어가 문다혜의 음성에 실려 한순간 내 머리 위를 떠나가는 것만 같았다.

벼랑 끝의 우리 집. 신미진이 제 손끝으로 살짝 밀면 벼랑 아래로 떨어질 것이라던 내 부모.

"차희 열아홉 살 때였어요. 제가 봤어요. 증거도 아직 있어요."

열아홉 살. 엄마가 끈이 풀린 사람처럼 무너졌다. 그러는 와중에 겨우 고개를 틀어 날 돌아보았다. 아주 작은 소리로, 무언가 묻는 듯이.

그러나 엄마의 희미한 물음이 졸도로 끊어졌다.

멀찍이 지나가던 간호사 두엇이 달려오는 것이 시야 바깥에서부터 느리게 보였다. 문다혜가 부르는 내 이름이 물속에서 듣는 소리 같았다. 세상이 고장 난 것처럼.

욕실 바닥에 쓰러진 엄마를 처음 보았던 날처럼.

사람들이 엄마를 옮기고 그 뒤를 쫓아가는 잠깐, 날 따라오던 문다혜가 어쩔 줄 모르고 미안하다고 말했다. 나는 정신이 나간 채로 고개를 저었다.

전부 내 잘못이었다. 영영 감추지도 못할 것을 숨겨서, 그래놓고는 그 애를 좋아하는 실수나 또 번복해서, 그 모든 것이 잘못이었다.

실은 처음부터 그 애를 아예 좋아하지 않았으면 됐다. 그러면 어떤 일도 일어나지 않았을 테니까.

하지만 아무것도 되돌릴 수 없었다. 실은 되돌리고 싶지도 않았다. 부정할 수도 없었다.

그래서 잘못은 단지 잘못으로만 남았다.

내가, 또 잘못했다.

"이래 금방 정신 차리신 것 보니까는 그래도 괜찮네요, 어머니. 원래도 투석하고 나면 많이 어지러우셨다고요?"

"……예."

다행히도 엄마의 호흡은 응급실에 몸을 누이자 금세 정상으로 돌아왔고, 오는 내내 가물거렸던 눈은 의사가 몇 번 왔다 갔다 하는 사이 명료해졌다.

짧은 대꾸도 겨우 하고 망연히 병원 천장만 바라보는 엄마 너머로, 나는 투석이 끝나면 종종 엄마가 구토 증세도 보였던 것을 의사에게 말했다.

"그거야 혈압을 떨어트리니까 당연히 그래 되기는 하는데."

"네."

"지금도 혈압이 많이 높으시네. 원래는 아무리 고혈압 있으셔도 투석할 때는 혈압이 많이 떨어지거든요?"

"네. 그렇다고 들었어요."

엄마가 대신 대답하는 나를 물끄러미 쳐다보았다. 시선이 낯설었다.

"그런데도 투석하고 나오자마자 직후에 혈압이 이렇게 될 수 있다는 거는 쪼매 위험한 거죠. 따님은 그냥 어머니 몸이 지뢰밭 같다고 생각하고 보셔야 돼요. 어디 하나 잘못 건드리면 터질 사람인 기라…… 이미 몇 달 전에 한 번 터졌었잖아요. 그죠?"

"……네."

"조심조심해야 한다고. 방금 담당인 박 선생님이랑 통화했는데, 수액 조금만 넣어 드릴게요. 이거는 투석 후에 맞아도 되니까."

"네. 감사합니다."

"알아서 잘 하시겠지만, 어머니도 항시 마음을 좀 차분하게 먹으시고. 아시겠죠?"

대답 없는 엄마 대신 침대 난간을 톡톡 두드린 의사가 갔다.

간호사가 와서 수액을 조절하고 내게 무어라 말을 건네는 동안에도 아무 말 없이 천장만 바라보던 엄마는, 내가 그 옆에 앉으니 별안간 입을 열었다.

"아까 니 친구는."

"갔지."

"왜 그랬다대. 이모가."

"……."

"아니, 신미진이가……. 신미진이가, 니한테 왜 그랬다대."

"엄마."

"우리 때문에? 내랑 느그 아빠 때문에?"

"그런 거 아니다."

"우리 집이 그카고 사니까, 그때 죽니 마니, 구질구질 그러고 사니까는, 니가……."

"……."

"……니가, 우리 자식이라서. 그래서 그랬다 카드나?"

목이 졸린 것처럼 가까스로 낸 소리였다.

"니가 내 딸이라서, 그래서, 니까지 형편없어 보였다 카드나. 희야."

나는 이를 악물고 고개를 저었다.

"말을 해 봐라……."

"엄마 때문 아니다."

"내가 지 시다바리처럼 다 들어주니까, 종년처럼 배알도 없이 그래 사니까, 희야 니도 그거밖에 안 되는 거 맹키로 보였던 거제. 그제. 말만 언니야지. 말이 친한 동생이지. 니가 우경이 만난다 카니까, 내같이 무식한 엄마 밑에 태어났다고 그런 거다이가."

"엄마 때문 아니라고 했다이가."

"니가 내 쓰러진 날에, 그때, 마지막에 내한테 그랬다."

"……."

"내가, 남이 주는 거 다 받는 구질구질한 사람이라서, 니랑 느그 오빠가 그런 내 자식이라서, 그래서 무시당한다는 생각은 못 해 봤냐고."

"그때는, 그거는 내가 화가 나서 그런 거다이가. 엄마. 진심이 아니라."

"우째 그 말만 하고 참았노, 니는."

쇠가 긁히는 것처럼 엄마의 목소리가 긁혀 나왔다.

"엄마는 니한테 무슨 말을 했는데. 니보고 고마운 줄도 모르는 가시나라고, 엄마가…… 엄마가 니한테 그랬다이가. 차희야……."

"……."

"스카프 쪼가리나 걸치고, 느그 이모가 사 줬다면서 니 앞에서 엄마가 좋다고 웃고 있는데, 도대체 그걸 우째 참았노. 니는, 니 엄마를 어케 봤노."

"……."

"어떻게 니는 이딴 엄마도 니 엄마라고, 아프다고 서울에서 내려와서 수발 들 생각을 하노……."

파리한 얼굴이 온통 눈물로 젖어 들어갔다. 엄마가 작게 흐느꼈다.

"……그래도, 지 뒤치다꺼리나 하는 여자한테도 그래 잘해 줬으면서. 니한테. 니한테는 어떻게."

"……."

"니가, 내 목숨 같은 딸인데, 니한테 어떻게……."

"엄마."

"차라리 내한테 그러면 그러지. 내를 때리고 욕하면, 차라리 모르지. 어떻게 니한테 그럴 수가 있노. 사람이 어떻게……."

문득 엄마의 표정이 변했다. 눈물도 멎었다. 엄마는 침상에서 벌떡 일어나, 팔에서 주사 바늘을 뜯어내듯 뽑았다. 시뻘건 피가 팔목을 타고 흘러내렸다.

"엄마!"

"아까 그 친구. 다혜라 캤제."

"미쳤나! 바늘을 그케 빼면 어카는데!"

"니 친구한테 증거 있다매. 증거 달라 캐라."

"다시 누워라, 빨리. 또 쓰러지면 어쩔 건데!"

"전화번호를 주든지."

"팔, 엄마 팔 어떡해. 피 나잖아. 선생님! 선생님! 여기요, 저희 엄마가……."

"엄마가 증거 달라 하께. 가자."

"일단 누워 봐 봐, 어? 내가 집에 가서 설명할 테니까……."

엄마는 내 말을 듣지 않고 막무가내로 가방을 챙겨 응급실을 나갔다. 나는 달려가 엄마를 겨우 붙잡고, 수납을 할 시간이라도 달라고 사정했다.

그래. 낼 돈은 내고 가야지. 엄마는 다른 사람처럼 그렇게 딱딱하게 말하고는, 내가 계산을 마치기 무섭게 날 기다리지 않고 주차장으로 걸어갔다.

산 아래 구릉 사이 갇힌 서늘한 우리 동네와 달리, 이렇게 큰 병원이 있는 읍내는 한낮이면 맑은 가을날 특유의 뙤약볕이 내리쬐었다.

구름이 없는 날에는 세상 모든 것이 선명하게 보일 것 같지만, 가끔은 이렇게 햇살이 희뿌연 막처럼 세상을 덮었다.

나는 그 막 너머로 현실감 없이 엄마를 보았다. 당뇨 때문에 발이 불편해진 이후로 언제나 천천히 걸었던 엄마가 아까는 내가 쫓아가기도 어려울 정도로 빨리 걸었다.

엄마는 문다혜에게 가자고 했고, 나는 걔가 어디에 있는지 몰라 갈 수도 없다고 했다. 이후로는 줄곧 평행선이었다. 내가 운전하는 내내 엄마는 내가 어떤 말을 물어도 제대로 대꾸하는 법이 없었다.

문다혜의 번호와 성씨를 몇 번이고 물어본 것 외에는 말도 하지 않으려 했다. 정말로 몰라서 모른다고 말한 내 말은 거짓말처럼 여기는 것 같았고, 성씨는 물어보는 이유가 빤했다.

직접 수소문을 하겠다는 것이다.

나는 아까 엄마가 한 번 실신하는 꼴을 보았으므로 그런 일로 진을 빼게 할 생각도, 문다혜의 증언보다 더한 증거를 보게 할 생각도 없었다.

해방감은 어느새 희미해졌다.

"……엄마. 저기 잠깐 약국 좀 들르자. 대일밴드랑 연고 좀 사게."

"집에 다 있는 거를 만다꼬. 그냥 집에 가자."

"피 나잖아."

"안 난다."

"엄마."

"그래 부르지 마라. 니가 내한테 뭐 잘못한 것처럼."

"……나 엄마 또 쓰러질까 봐 무섭다."

"……."

"진짜 무섭다. 엄마."

"……."

"엄마 죽으면 내가 어케 사는데. 엄마가 그때도 내 때문에 쓰러졌는데, 내가 괜히 엄마한테 그 사람 때문에 화내서, 함부로 말해서 그렇게 됐는데……. 내가 엄마 일주일에 두 번씩 투석 받게 만들었다이가. 내가 엄마 죽일 뻔했다이가, 벌써."

"……."

"엄마 죽으면, 내가 죽인 건데."

"말은 똑바로 해라."

엄마가 단정하게 말을 잘랐다.

"내는 희야 니 내려오기 전부터 이미 아팠고, 그때 그래된 거는 내가 내 발에 걸려 넘어진 기다. 니가 엄마한테 뭘 어쩐 게 아니라."

"……."

"니가 엄마한테 칼 들고 당장 안 쓰러지면 찔러 직이뺀다 캤나."

"무슨 말을 그렇게 하노?"

"희야 니는 엄마보다 많이 배웠고, 똑똑하니까 알 거 아이가. 니 그때, 그날 엄마한테 맞는 말만 했다."

"······."

"내가 그걸 인정하기가 싫었던 거지. 니 보기가 너무 부끄러워서 그랬던 거지."

"엄마."

"내가 니랑 태희 부끄럽게 했다. 그렇게 살았다."

엄마는 날 보지 않고 지나가는 창밖만 바라보았다. 아까 엄마에게 억지로 쥐여 주었던 티슈 두어 장이 벌겋게 젖은 채 엄마의 무릎 위를 나뒹굴었다.

"그러고도 내 숨 넘어가는 꼴로 평생 니 입 틀어막을 줄 알았으면, 그때 절대로 안 쓰러졌다. 이렇게 부끄러운 줄도 모르고 니한테 병 수발 받을 줄 알았으면."

"그게 엄마 맘대로 되나."

"이제는 안 쓰러질 기다. 엄마는 이런 걸로 니 입 틀어막을 만큼 막고, 니 발목 잡을 만큼 잡았으니까."

"······."

"안 울 끼다. 내가 울어서 니를 망쳤으니까. 그걸로 니 묶어 놨으니까."

"······."

"맨날천날 우는 엄마만 보게 해가, 그래서 니가 그렇게 된 거다. 어디서 얻어맞고도 집에 들어오면 말할 사람 하나 없는 애로 키운 거다. 니가 말 안 해도 엄마가 벌써 울고 있으니까. 니까지 말할 수가 없으니까."

"……."

"내가 니를 그렇게 키웠으니까."

"……."

"홍수 때문이 아니라, 눈물 때문이다."

눈가는 눈물에 짓물렀으나 음성은 건조했다.

"증거는 없어도 된다. 이유는 더 물을 것도 없고, 처음에 계기가 뭐꼬? 니가 그때 우경이 만난 건 안다. 그거 때문이가? 그냥 니가 우경이랑 만나서?"

"……."

"희야. 이제 와서 숨겨 봐야 상상만 한다. 상상만 해도 병은 난다."

"산부인과에 갔는데."

"……."

"내가 그때 약 먹고 있었다이가. 안 먹으면 생리 주기 엉망이라 공부가 안 돼서. 그런데도 제때 안 해서 진료받았는데."

"그게 왜……."

"아줌마가 그걸 봤거든."

"……."

"……그걸로 처음에 안 좋은 생각을 했나 봐."

엄마는 도무지 이해할 수 없다는 듯 잠시 눈살을 찌푸렸다가 무언가 기막힌 깨달음을 얻은 것처럼 헛웃음을 터트렸다.

그러고는 아무런 말도 없었다.

그렇게 대화 한마디 없이 집에 왔다. 다행히 박우경의 차는 없었다. 나는 엄마에게 일단 쉬라고 몇 번이나 강요했고, 대답은 듣지 못했지만 순순히 집으로 들어가는 것까지 보고 나서야 과수원으로 다급히 걸음을 옮겼다.

길게 늘어선 사과나무들 사이를 몇 줄이나 가로질러 지나니 멀리서 돌아오는 아빠가 보였다.

"아빠, 해경이 오빠야는 어디 갔어요?"

"아까 우경이랑. 즈그 아부지가 부른다 카던데? 큰아버지네가 일찍 왔다고."

"……."

"왜? 무슨 일 있나."

나는 아빠에게 대꾸할 새도 없이 몸을 돌렸다. 불안했다. 그렇게 마당까지 돌아온 찰나였다.

집 뒤편 주차장에 대어 놓았던 내 차가 진입로로 빠져나가고 있었다.

엄마였다. 나는 휑하니 열려 있는 현관문과 그 앞 계단에 굴러 떨어진 명품 가방을 보았다. 짐이 너무 많아 떨어트리고 만 것처럼.

언젠가 안방에 죄다 쏟아져 있었던 것이 생각났다. 나는 악을 지르듯 아빠를 불렀다. 정신없이 달려온 아빠를 채근해 창고 앞에 세워 놓은 트럭에 올라탔다.

"니네 엄마가 무슨 운전을 해! 한참 전에 차를 두 대나 해 묵고 그 뒤로 한 번도 운전한 적이 없는데!"

아빠는 네가 똑바로 본 것이 맞느냐고 의심할 지경으로 엄마가 갑자기 내 차를 몰고 나간 사실을 믿지 못했다.

그 차가 어떤 찬데. 태희가 힘들게 벌어가 느그 엄마랑 니 편하게 다니라고 사 준 찬데. 느그 엄마가 그 차를 얼마나 애지중지하는데…….

그러나 속도를 높이자 동네로 향하는 익숙한 차가 보였다. 아빠가 속도를 빨리하면 엄마는 속도를 더 빨리했다.

결국 눈앞에서 엄마가 사고를 내 다치는 꼴을 볼까 두려워진 아빠는 내가 그토록 다급한 것도, 엄마의 기행도 이해하지 못한 채 속도를 일단 늦추었다.

차는 동네에 닿기 전에 다른 길로 빠졌다. 행선지는 하나뿐이었다.

산이 몇 개나 이어지는 거대한 과수원과 식품 공장, 큼직한 사과 유통센터 건물이 차례로 모습을 드러낼 때까지 내 차가 불안하게 달렸다. 잠시 지름길을 지나느라 짧은 둑을 지날 때는 숨도 쉴 수 없었다.

나는 아빠가 차를 멈춰 세우기도 전에 뛰어내렸다.

"나온나! 신미진이 니 나오라고!"

엄마가 차를 댈 수 없는 직판장 문 앞에 차를 세우고 신미진이 주었던 물건들을 죄다 던지며 악을 지르고 있었다.

차 트렁크는 활짝 열려 있고, 엄마가 급히 싣고 온 물건의 대부분은 이미 바닥에 쏟아져 나뒹구는 참이었다. 제 아무리 비싸고 좋은 것이었어도 이제는 가치가 없는 것처럼.

나는 그러나 당장 엄마가 그 물건 위로 쓰러질까 겁이 났다. 우리 부모들이 평생 살았던 이 좁은 사회에서 우리가 돌이킬 수 없이 비틀리는 것보다, 여기에 없는 그 애가 얼마 뒤 알게 되는 것보다 지금은 그게 겁이 났다. 엄마가 덧없이 쓰러질까 봐. 다시 숨을 쉬지 못할까 봐…….

단단한 유리 믹서기가 보도블록 위로 떨어져 깨진 조각이 사방으로 튀었다.

어쩔 줄 모르고 거기서 물러난 사무실 직원들 뒤에서 나타난 신미진이 공포에 질린 것처럼 그 꼴을 보고 있었다. 신미진이 거기로 달려오는 나를 보고 얼굴을 일그러뜨린 것은 그 다음이었다.

그리고 엄마가 그런 신미진을 발견한 것은, 바로 그 직후였다.

"이 개 같은 미친년이!"

누가 말릴 새도 없이 엄마가 직원들 사이로 뛰어들어 가 신미진에게 달려들어 가방으로 신미진의 머리를 꽉 내리쳤다. 신미진이 비명을 내질렀다.

"말희야! 아악!"

그러나 나는 엄마가 가녀린 체구의 신미진을 기어이 쓰러뜨리고 올라타는 것에 경악해, 잠시 고장난 것처럼 우두커니 섰다.

아까 실신해 응급실에 누웠던 것은 다 거짓말인 양 엄마가 신미진의 틀어 올린 머리를 잡아챘다. 평생 그 얌전한 입에 담아 본 적도 없는 온갖 상스러운 욕이 신미진의 얼굴로 쏟아졌다.

아빠가 그런 내 옆을 빠르게 지나쳐 달려갔다. 느그 엄마가 미쳤나. 갑자기 와 저카노. 투석하고 나온 사람이 기운도 좋다……. 차에서 오는 내내 불안하게 중얼거리던 말이 내 옆을 지나가는 바람에도 들렸다.

아빠는 사실 저 앞에서 트럭을 멈춰 세웠을 즈음, 영문도 모르고 애써 그렇게 말했다.

느그 엄마 와 저라노, 진짜. 어차피 우리 이사 갈 거니까 괜찮겠제?

아빠 자신이 갑작스럽게 불안하니 날 그런 우스갯소리로라도 안심시키려던 것을 알았다. 아빠는 원래 그랬다. 나는 아빠의 그 버릇에 웃고 싶고, 울고 싶어졌다.

그러나 어느 것도 할 수 없어서 아빠를 따라갔다.

"사모님, 사모님! 일단 우리 사모님 좀 놓고 말씀하이소. 아무리 의 상할 일이 있어도 사람이 말로 해야지 이렇게 다짜고짜 오셔서 무식하게 이러시면 우짭니까!"

"사장님, 사모님 좀 어떻게 해 보이소, 예? 사람이 무슨, 갑자기 이래 쳐들어와가……."

"와 이라노, 이 사람이! 태희 엄마!"

"태희 아버지, 태희 아버지, 태희 엄마 좀 말려요. 아악! 빨리! 빨리 말희 좀 말리라구요!"

몸은 엄마에게 눌리고, 머리는 들려 엄마가 쥐고 흔드는 대로 머리카락을 뜯기던 신미진이 수모스러운 울음을 터트렸다.

아빠가 신미진부터 구해 주기 위해 엄마의 팔부터 잡아당겼다. 그러나 엄마가 악착같이 신미진을 놓지 않았으므로, 아빠의 만류는 도리어 신미진의 머리카락만 더 당기게 했다.

나는 그 우스꽝스러운 인과관계에 내 처지를 잊고 웃을 뻔했다. 신미진이 고통스러운 비명을 질렀다.

"아아악!"

"놔라! 누구 하나 내 몸에 손대기만 해 봐라!"

"이기 진짜 와 이라노? 이말희. 내 니 남편이다, 어?"

"남편이고 나발이고 놔 봐라! 내가 오늘 신미진이 이거 여기서 죽이고 같이 죽을 끼다."

"이거 놓고 얘기해. 여기서 말고 집에 가서, 아니 사무실에라도 올라가서 얘기 좀 해! 창피스럽게 어떻게 직원들 다 보는 데서, 아악!"

"신미진 니는 이게 아프나? 이게 아프냐고! 이게 창피스럽나!"

"아무리 화가 나도 동네 사람들 얼굴을 어떻게 보라고 이런 짓을 해! 너는 가족들 생각도 안 해!"

"니는 성인도 안 된 내 딸래미한테 몇 번이나 이딴 짓을 해 놓고!"

엄마가 절규하며 신미진의 뺨을 후려갈겼다. 말리던 아빠가 천천히 손에서 엄마를 놓았다.

"이게 부끄럽나! 이게 그래 아프나! 나이 든 년이 열아홉 살짜리 딸래미 때리고 협박할 때는 안 부끄럽드나! 세상 사람 보기 안 창피하드나!"

"그거 오해야. 말희야. 다 설명할게. 내가, 내가 차희한테 옛날에 조금 실수한 게 있는데. 혹시 잘못된 길로 빠질까 봐……."

"니 부모 죽는 꼴 보고 싶냐고 입까지 틀어막아 놓고, 니 내한테 뭐라캤노. 우리 희야 친조카처럼 생각한다고? 친조카처럼 생각하는 아한테 그럴 정도면, 진짜 친조카는 칼로 찌르고 다니겠네. 어?"

"말희야, 말희야. 내가 네 딸한테 그러려고 한 게 아니라……. 쟤가, 차희 쟤가 쟤 고모처럼 될까 봐 그랬어. 잘못될까 봐 내가 막아 준 거야. 너도 사정 다 알면 그 부분은 고마워할……."

"내가 여자를 때릴 수는 없고, 말희야."

아빠는 근처에 있는 누구나 들을 수 있는 소리로 엄마를 불렀다.

"그냥 니가 때린 김에 몇 대 더 때리라. 깻값이나 물고 말그로."

#44. 제가 틀렸어요

　그러나 엄마는 신미진을 몇 대만 더 때리지 않았고, 어림잡아 열댓 번은 더 때렸다.

　나는 그것을 당연히 막으려 했다. 엄마가 저러다 제 분을 못 이기고 넘어갈까 봐. 그러나 아빠가 내 팔을 세게 붙잡아 앞으로 나가지 못하게 했다.

　"아빠."

　"니는 가만 있어라."

　내 팔을 잡은 손이 분노로 떨리고 있었다.

　꺄악, 타일에 머리를 부딪힌 신미진이 가련하게 비명을 지르다 엉엉 울었다. 평생 처음 겪어보는 수치심과 고통에 순식간에 목이 쉰 것처럼 형편없는 소리였다.

　얼굴, 머리, 어깨, 손이 닿는 대로 퍽 소리가 나도록 내려치는데도 아빠가 정말로 아무것도 하지 않고, 심지어 말리던 딸마저 붙잡아 두고 그것을 바라만 보고 있자 결국 도중에 직원들 몇몇이 직접 엄마를 말리기 위해 옆에 달라붙었다.

"진짜 왜 이캅니꺼! 태희 엄마. 일단 말로 합시더, 응? 태경이 엄마도 사정이 있었다 안 카나. 설명은 다 들어 봐야지……."

"형님은 사정 있으면 남의 집 새끼 패고 다닐 낍니까!"

"아니 내 말은, 내 말은 그런 말이 아이고. 하이고 참나."

"사모님, 사모님요. 안 그래도 편찮은 분이 이카면 됩니까. 무슨 사정이 있는 거는 알겠는데예, 그래도 사모님, 일단 우리 사모님은 좀 놔주시고……. 윤 사장님! 사장님네 사모님 좀 우째 하이소!"

"뭘 우째 하노."

"이러다 진짜 경찰이라도 오면 우짤 낍니까! 우리가 윤 사장님네 사모님이니까 신고도 안 하고 이카고 있지, 지금."

"신고? 하이소. 깽값 좀 물어 주면 그만 아인교. 사람 패는 거 뭐 얼마 한다고."

아빠가 단조롭게 대꾸했다.

"윤 사장님!"

"내가 마누라 잡혀가는데 집 팔아가라도 빼내지, 그거 보고만 있을까 봐. 남의 마누라 신경 끄이소."

어차피 우리가 받을 게 더 많을 것 같고마. 아빠가 다 들리게 중얼거렸다. 해라! 엄마가 아예 그 아줌마에게 고함을 질렀다.

"경찰 불러라! 불러 봐라!"

"꺄악! 왜 아무도! 아무도 안 말려!"

"민정아, 민정아. 좀 끌어내라 카이!"

"이 사모님이 죽어도 안 떨어지는데 우짜는교!"

"신미진이 이 미친갱이랑 내랑 누가 더 잘못했는가 경찰한테 함 물어 보자!"

엄마는 사방에서 이러는 와중에도 열댓 번을 더 두들겨 팬 거였다.

그래도 신미진을 도와주려는 몇 명을 제외한 나머지 직원들은, 눈앞에서 자기들 사모님이 얻어맞고 있는 것보다 엄마가 내뱉는 말이 믿기지 않는 양 경직된 표정이었다.

백운은 퍽 좁은 동네다. 애당초 청라 전체를 보더라도 10만 명 남짓한 소도시였다.

물론 박동주의 유통 센터며 식품 가공 공장, 사과원에서 일하는 사람들은 몇 동네 너머에서도 왔다. 같은 동네는 물론이고.

이곳을 통해 사과를 출하하는 근방의 사과원 주인들도 심심 찮게 이곳을 들락날락했지만, 말이 근방이지 삼사십 분은 걸릴 정도로 먼 곳에서도 왔다.

그렇게 반쯤 타지에서 온 사람들이 섞여 있다 해도 근본적으로 이곳은 백운이고, 그들도 이곳의 일부였다.

엄마가 얼마나 오랫동안, 얼마나 자주 이곳을 들락거렸을까.

그들은 엄마와 저 여자, 두 사람의 다정한 광경을 얼마나 많이 보았을까.

신미진의 진심은 실로 남에게 과시하기 좋은 물건이었다. 엄마처럼 순박하고 정직해 보이는 시골 여자. 투박하고 실용적인 차림새. 남에게 나쁜 말 한마디 할 줄 모르던 순하고 착한 말씨.

엄마는 젊을 적부터 시골에서 어딜 가나 쉽게 호감을 얻었다. 유달리 그랬다. 어쩌면 신미진의 호감조차도.

엄마를 낳아 준 부모만 빼고는, 모든 어른의 예쁨도 받았다. 머리부터 발끝까지 온갖 고급스러운 물건을 걸치고, 항상 예쁘게 기르고 칠한 손톱과 이방인의 말씨로 이래라저래라 하는 사모님에게는 사실 어려운 일이다.

그래서 신미진은 엄마를 통해 사람들의 신뢰와 친근한 호감을 얻었다. 마냥 어렵게만, 혹은 고깝게만 여길 것이 아닌 사람이라고. 촌 여편네라면 다 무시할 것처럼 도도하게 생겨서는, 준영이네 마누라 같은 여자랑 저렇게 언니 동생 하며 친자매보다 더 챙기는 것을 보니 좋은 사람 같다고.

직원들이라고 달랐을까.

나는 신미진이 지금 이 순간만으로도 죽고 싶을 것을 알았다.

신미진의 세상이 완전히 뒤집힌 것이다. 삼십 년에 걸쳐 쌓아 온 이 작은 세상에서의 지위, 체면, 인망, 가공된 인품까지, 그 모든 것이 무너졌다.

신미진의 됨됨이를 보증하던 증표나 다름없던 여자가, 토박이들이 입을 모아 저렇게 착한 사람이 없다고 말하던 여자가, 모두가 보는 앞에서 저보다 대여섯 살은 많은 신미진을 욕하고 때렸다.

네가 내 딸에게 이런 짓을 했다고 하면서. 내 앞에서는 친조카처럼 아낀다고 해 놓고, 내 뒤에서는 어른도 안 됐던 내 딸을 두드려 패고, 입 한번 잘못 벙긋하면 나랑 내 남편 숨통을 끊어 놓겠다고 협박을 일삼았다고. 제 아들 귀한 줄만 알아서. 내 딸은 무엇도 아닌 줄 알아서.

그러고도 내 앞에서는 몇 년이나 천연덕스럽게 언니 행세를 했다고. 나한테 저 먹고 싶은 게 있으면 해 달라고 했다고.

내 새끼 두들겨 팬 년한테, 반찬이나 해다 바치는 엄마로 만들었다고.

그 말에 그나마 엄마를 말리던 직원 중 하나가 뒤로 물러났다. 이곳에 있는 직원들은 가장 젊은 사람도, 가장 나이 든 사람도 모두 엄마였다.

"재밌드나. 아무것도 모르고 니 보면 좋다고 웃는 기 재밌드나."

"아니야. 아니야……."

"부모가 물려준 땅 지킨다고 이래 촌에서 키웠어도, 희야 아빠랑 내는, 하나 있는 딸이라고 쟈 공주처럼 키웠다. 집 그래되기 전까지만 해도 못 해 주는 거 하나 없이 다 해 줏다. 쟤한테 손 한번 안 올리고 키웠다. 올릴 일도 없드라. 가시나 때문에 속 썩을 일도 없드라. 즈그 오빠야는 사고라도 몇 번 치드만, 저거는 순해 빠져가 사고 한 번 안 첬다."

엄마가 벌건 눈으로 눈물을 떨어트리기 무섭게 눈가를 벗겨

310

낼 것처럼 눈물을 닦았다. 다른 사람들 때문이 아니라 내 앞이라서.

"신미진이 니 아들 만난 거. 그거 하나가 사고지."

더는 울지 않겠다고 해서.

"니 내 딸래미한테 그 짓거리를 하고도 우리 집 들락날락하믄서 가중 떨었제. 가시나가 니가 지 면전에서 하는 짓거리를 보고도 우리 먹고사는 데 지장 있을까 봐 말을 안 했단다. 꼴랑 먹고사는 데 지장 있을까 봐. 벌써 집구석이 다 망해가 부모가 죽니 사니 하고 있으니까는, 그러다 진짜로 죽을까 봐."

"……."

"언니야 니 말대로, 내가 진짜 죽을까 봐."

"……."

"언니야, 니가 우리 딸한테 그랬다매. 내 죽는 꼴 보고 싶냐고."

신미진이 순간 다른 사람들은 아무도 보이지 않는 양 엄마를 멍하니 올려다보았다. 우습게도 저를 언니야, 하고 예전처럼 부른 호칭 하나에.

광장에서 혼자 벌거벗은 사람처럼, 엄마에게 온갖 욕으로 지칭될 때만 해도 수치에서 오는 분노를 어쩌지 못하던 얼굴이 문득 슬퍼 보였다.

기이한 슬픔이었다.

그 얼굴을 내려다보던 엄마가 허탈하게 웃으며 중얼거렸다.

"먹고사는 데 지장 있을까 봐. 먹고사는 데……."

"……."

"언니야 니는 이런 기분 모르제. 꼴랑 열아홉밖에 안 된 니자식이, 꼴랑 니 형편 걱정해가 이모라는 사람한테 그 짓거리를 당하고도 여태까지 입 다물고 살았다 캤을 때……. 언니야. 내는 지금 죽고 싶지도 않다. 아나?"

"……."

"벌써 무덤에 누워 있는 기분이다. 죽어서 니를 보는 기분이다. 내 새끼 얻어맞게 내놓고 떵떵거리고 사느니 굶어 죽는 게 낫지. 벌써 죽은 게 낫지……."

"……."

"우경이 착한 아다. 니 같은 년 핏줄인 게 믿기지도 않는다."

"말희야."

"그래. 우리한테 참 고마운 아다. 내는 우경이 덕분에 목숨도 건진 사람 아이가. 우경이가 봄부터 우리 집에 해 준 게 얼마고. 은인이지. 은인 맞다. 근데 그러기 전에도, 우경이가 우리 집에 그래 고마운 일 하나 안 했을 때도, 나는 개한테 먹을 거 한번 허투루 내준 적 없다. 언니야."

"……."

"나는 언니야 니 아들이라고 해경이랑 우경이 볼 때마다 왕자처럼 이뻐했다. 니는 내 딸을 도롯가에 난 잡초만도 몬하게 여겼는데."

머리는 산발이 되고, 얼굴은 얼룩덜룩 벌겋게 달아올라 엉망인 신미진이 흐느꼈다.

살이 터져 피가 흐르는 입술이 바르르 떨렸다.

"내가, 실수를 한 건 맞아. 그런데 진짜 말희 네가 생각하는 그런 거 아니야……."

"……."

"이런 거 아니었어. 네가 나 때린 것처럼, 네 딸한테, 이렇게까지 무섭게는 안 했어……."

"맞나. 정확히 몇 대 때렸는데? 니 우리 희야 때린 거 다 세 알라 봤나?"

"……."

"내가 언니야 니보다 더 때렸으면 딱 그만큼 더 맞으께. 말해 봐라. 니 우리 희야 몇 대 때렸노? 어? 몇 번이나 그랬노? 한 번도 아니라매. 여러 번이라매."

"누가 그래. 차희가 그래?"

"왜. 맞다 카믄 또 애 팰라꼬? 패라. 내를 패라! 내가 더 때렸으면 맞는다 안 카나!"

"말희야……."

지가 뭘 더 맞는다꼬. 돈도 이자가 붙는데. 요새 금리가 얼만데. 아빠가 중얼거렸다. 나는 진입로 너머 멀리서 오는 차 두 대를 멀거니 보았다. 몇몇 직원도 동시에 그것을 보았다. 한 대는 언젠가 보았던 박동주의 차였고, 한 대는 아예 낯선 차였다.

누군가 박동주에게 연락한 것이다. 그 애는 제 형과 함께 아버지가 있는 집에 가 있었다.

큰아버지네가 왔다고.

나는 현실감 없이 신미진을 내려다보았다. 박우경의 큰집은 신미진이 이를 갈면서도 시댁을 통틀어 가장 두려워하는 집이었다.

남편이 제 아들들도 모자라, 아들들의 큰아버지까지 데려오고 있는 것을 알 리 없는 신미진은 이미 인생이 전부 무너진 사람처럼 보였다. 완전히 넋이 나가서는 엄마가 저를 잡고 흔드는 것에 이제 비명도 지르지 못했다.

뒤늦게 정신을 차린 것처럼, 혹은 박동주의 눈치라도 보게 된 직원들 몇 명이 엄마에게 다급히 달려들었다.

아빠가 내 손을 거칠게 놓고 그들을 엄마에게서 떼어 내려 실랑이를 했다. 그리고 공장 쪽에서 달려온 남자 직원들에게 떠밀렸다.

아빠는 부축하려는 나를 떨쳐 내고 닥치는 대로 근처에 있던 나무 궤짝을 잡았다. 궤짝 속 발그스름한 사과가 와르르 엎어졌다.

사과가 없어도 무거운 나무 궤짝을 한 손으로 치켜든 아빠가 그 직원들에게 내던졌다.

차가 올라설 수 없는 보도블록에 건물을 박을 듯 세워진 내 차와 쏟아진 명품 가방들, 엄마, 먼 바닥을 구르는 사과, 그리고…….

나는 박우경이 가장 먼저 내려 뛰어오는 것을 악몽처럼 보았다. 그 뒤에 얼어붙은 채로 서서 날 바라보고 있는 해경 오빠도.

그리고 박동주가 오빠를 지나쳐 빠르게 걸어오는 게 보였다.

그 뒤의 차에서 박동주와 닮은 중년 남자 한 명과 중년 여자가 한 명 내리는 것도.

"막말로 증거 있습니까! 우리 사모님이 그쪽 따님 그렇게 때리고 협박했다는 증거 있어요!"

그나마 신미진을 적극적으로 보호하던 직원 중 하나가 절박하게 외쳤다. 멀리서도 그 소리가 들릴 정도로.

한순간 뛰고 걷는 법을 잊은 사람처럼 그 자리에서 박우경의 움직임이 멎었다.

그 집안의 다른 사람들도 아주 다르지는 않았다. 귀를 한번 의심하듯이. 이제는 넋이 다 나간 신미진 대신 엄마와 싸워 줄 요량인 양 외친 소리였지만, 실상 지금의 신미진에게는 가장 도움이 되지 않을 말이었다.

하지만 어차피 무엇도 되돌릴 수 없었다. 그깟 말 한마디가 아니더라도. 신미진의 잘난 세상은 바닥에 엎질러졌다. 이제 와 말 한마디는 아무것도 아니었다. 단지 이해를 몇 초 돕거나 늦출 뿐이므로.

"진짜 그런 일이 있었는지는 우째 아노? 딸래미 말만 듣고 지금 이카는 거 아입니까."

"니 느그 사모가 아까 씨부리는 말 못 들었나? 내 말 듣고 뭐라카대? 지는 죽어도 안 했다 카드나?"

"그래, 그라믄 잠깐 맞다 칩시다. 맞다 치고, 다 지난 옛날 일을 갖고 이제 와가 뭐 합니까? 따님이 지금 몇 살인데요! 딸래미 쟈가 지금 몇 살인데 이제사 우리 사모님한테 이캐 봐야 뭐가 을매나 달라집니까! 사모님, 그 심정 모르는 거는 아입니다. 위해서 해 주는 말 아입니까. 근데 그때가 벌써 몇 년 전이고? 열아홉 살 때라매! 여편네가 무식해가 공소 시효도 모릅니까!"

"모른다! 왜! 민진이 엄마 니는 어디서 사람을 하도 때리고 다녀가 그런 거 줄줄 꿰고 다니는가 몰라도 내는 그런 거 모른다!"

"아 내도 몰라요! 누가 줄줄 꿰고 다닌다 캐쌌노! 이래 봐야 경찰 오면 사모님만 잡혀갈 수도 있다, 그 말 아입니까!"

"하이고, 잡아가라 안 카나."

"앞으로 이 동네에서 안 살 겁니까! 쌔가 빠지게 농사 지아 놓고 사과 안 팔아묵을 낍니까! 이 집안 덕 한번 안 보고 사는 사람이 온 동네 천지 삐까리 다 뒤져도 어딨습니까! 지금 우리 사모님한테 이카고 앞으로 이 동네에서 우째 살라고!"

"닥치라! 안 살면 그만 아이가!"

엄마와 반대로 여태껏 큰 소리 한번 내지 않던 아빠가 결국 울부짖듯 소리를 내질렀다.

"씨발 다 팔고 나가면 그만 아이가!"

이딴 드러운 동네는 진작에 떠났어야 했다고. 아빠가 침을 뱉듯 읊조렸다. 박우경을 보는 듯하던 아빠의 시선이 사실은 그 너머 박동주를 향해 있었다.

진작 떠났어야 했다.

나는 아빠가 말하는 그 까마득한 진작을 알고 있었다. 제 큰누나가 그런 일을 당했을 때. 박동주 당신과 엇갈려 전부 엉망진창이 되었을 때.

그래서 큰고모가 불운해지지 않고, 내가 박우경을 만나지 않을 수도 있었던 다른 지금을.

고모를 그렇게 쫓기듯 시집보내고, 장녀를 그렇게 애지중지했던 할아버지는 피고 저무는 사과나무 사이로 어떻게 세월을 다 흘려보냈을까.

그 긴 세월을 흘려보낸 집에서 박우경에게 내가 고모를 닮지 않았다고 말했던 아빠는, 어떤 기분이었을까.

그 애의 핏발 선 시선이 아주 잠시 아빠에게서 내게로 움직였다가, 땅바닥을 뒹구는 물건들을 보았다.

깨어진 유리 조각들이 가방 위에서 오후의 햇살을 받고 반짝였다. 우리의 눈으로는 볼 수 없는 평온함이 깨어지고 나서야 보이게 된 것처럼.

어쩌면 우리는 이것으로 끝일까.

물 먹은 솜으로 귀를 틀어막은 것 같았다.

몇몇 직원이 박동주에게 앞다투어 상황을 일러바치거나 면피하는 소리가 귓가를 윙 울렸다. 나머지 직원들은 대체로 침묵을 지켰다. 누군가는 말이 없는 것으로 처세하고, 누군가는 혐오나 경멸을 표시했다. 침묵은 침묵이라도 요란했다.

그 속에서 정말로 조용한 건 두 집안 사람들뿐이었다. 박동주와 그 형은 대여섯 걸음을 남겨 두고 더 다가오지 못한 채 멈추었다.

박동주의 형수쯤 될 여자는 이 일에 섞이기도 싫다는 양 열 걸음쯤 떨어져 서서 엉망이 된 신미진을 혐오스럽게 바라보고 있었고, 해경 오빠는 그 뒤에서 겨우 한 걸음씩 떼어 걸어왔다. 꿈을 꾸고 있는 것만 같은 낯이었다.

그리고 박우경은 제 모친으로부터 고작 한 걸음 앞에 멈추어 섰다. 석상을 깎아 놓은 것처럼 싸늘한 낯이었다. 마치 바닥에 쓰러져 있는 여자가 제 피붙이도 아닌 것처럼.

그렇게 저를 내려다보는 막내아들을 신미진이 발견하기 무섭게 졸도했다. 직원들에게서 작은 비명이 터져 나왔다. 그 소리에 뒤늦게 정신을 조금 차린 해경 오빠가 일단 신미진의 상태를 살피기 위해 앞으로 왔다.

그러나 직원들 손에 신미진 위에서 끌려 내려간 엄마가 졸도한 신미진의 뺨을 냅다 후려갈긴 것이 더 빨랐다.

"엄살 부리지 말고 인나라!"

"이모!"

직원들 앞에서 한바탕 드잡이를 한 것으로도 모자라 그 남편과 아들들 앞이었다.

엄마는 신미진의 가족이 오든 말든 자기는 아무것도 변할 게 없다는 듯이 굴었다.

아들이 코앞에 있는데 아무런 망설임 없이 졸도한 모친을 내리칠 정도의 분노다. 어쩌면 그 분노의 깊이가 오빠에게는 현실감을 주었을 것이다.

"이모."

해경 오빠가 엄마를 한 번 더 부르며 떨리는 손으로 엄마의 팔을 잡았다. 엄마는 저들 눈에도 평생 순했던 사람이었다.

"봐라. 엄살이제."

가까스로 눈을 다시 뜬 신미진의 시야에 그런 오빠가 비쳤다. 마치 칼에 찔린 사람처럼, 신미진이 다시 흐느끼기 시작한 소리가 고통스러웠다.

엄마도 해경 오빠를 한 번 봤다. 그리고 마치 차례를 따르듯 우두커니 선 박우경을 봤다.

박우경은 다른 어떤 것도 보이지 않는 양 오로지 울며 도망치는 신미진의 눈만 내려다보고 있었다.

그저 시선일 뿐이었다. 그러나 신미진에게는 어떤 선고였다. 종지부였다.

신미진이 겁에 질린 듯 제 아들 둘을 번갈아 보며 바닥 위로 등을 끌었다. 그들로부터 아주 조금이라도 거리를 벌리려는 듯이.

"박 회장님."

그러다 엄마가 박동주를 부르는 소리에, 신미진도 아주 뒤늦게 남편을 봤다. 얼굴 곳곳은 얻어맞아 시뻘겋게 달아올라 있었고, 원피스는 어깨솔기가 뜯어져 갈라졌다. 머리는 다 쥐어

뜯겨 엉망이었다.

평생 저런 꼴로 제 남편을 마주할 것이라고 상상해 본 적은 있을까. 신미진은 시퍼렇게 질린 낯으로 숨이 넘어갈 듯 꺽꺽 울었다.

그런 아내를 열없이 바라보던 박동주가 엄마에게 대꾸했다.

"예, 제수씨."

"해경이랑 태희, 친형제처럼 평생 같이 자랐습니다. 회장님 도 아시지예."

"압니다."

"우경이랑 우리 차희, 여기 있는 사모님이랑 내랑 같이 키웠 지요."

"예."

여기 있는 사모님. 욕이 차라리 친밀하게 들릴 것이다. 엄마 는 조금 흐트러진 머리칼을 손으로 정리하며 차분하게 몸을 일 으켰다.

"내는 해경이랑 우경이 보고 딱 이까지만 합니다. 당신네 사 모님 칼로 찔러 직이고 싶은 거, 쟈들 둘이 보고 이래 참는 겁 니다. 즈그가 이런 여자 밑에서 태어나고 싶어서 태어난 것도 아이니까. 이런 인간도 해경이랑 우경이한테는 엄마니까. 저것 들 보는 앞에서도 안 때릴랍니다. 아까 한 대 때린 거는 정신 차리라고 그칸 거고."

"……."

"신미진이가 지 조카 같다던 내 새끼한테 남몰래 무슨 짓을 했든지, 내는 내 조카처럼 평생 아꼈던 애들한테 그래는 안 합니다. 이걸로 이 여자랑 내 모든 인연은 끝난 깁니다."

"……."

"회장님은 내 신고할라믄 하이소. 우리 마누라 맞아 죽을 뻔했다고 고소할라믄 하이소. 증인들이 이래 차고 넘친다 아입니까."

"제수씨."

"근데 민진이 엄마가 하나는 틀렸습니다. 우리도 증거는 있습니다."

엄마가 병원 바닥으로 고꾸라져 울던 순간 동시에 느꼈던 목 졸린 기분과 기이한 해방감이 다시 느껴졌다. 모든 것이 끝일까 봐 죽을 듯 불안한데도 숨이 쉬어졌다.

청라에 돌아온 이후로 여태껏 숨 쉴 줄 모르는 폐가 내 몸 어딘가에 들어앉아 있었던 것처럼.

그 어딘가로 비로소 공기가 통했다.

간혹 그 애가 내 숨을 쉬게 하던 것과는 달랐다. 청라가 이토록 지긋지긋한데도 그 애는 가끔 날 살고 싶게 하고, 무언가를 갖고 싶게 했지만 이 숨은 그런 것이 아니었다. 이건 그 애가 내게 불어 넣은 숨이 아니었다.

아. 그때의 나는 어쩌면 원하지 않는다면서 원했나 보다.

내 부모가 날 위해 평생도 저버리는 것을. 아무것도 무서울 게 없다는 듯이 내 앞에 서서 싸워 주는 것을.

나 외에는 무엇도 중요한 게 없다는 듯이. 아무리 무의미하고 실속 없는 실수라 해도. 내던지는 것에 비해 얻을 게 그리 없다고 해도. 계산 없이.

그저 감정으로. 기분으로. 사랑으로.

머리는 여전히 알았다. 실은 누구도 이것을 모르는 게 나았다. 영영 그렇게 사는 게 나았다.

안다는 건 가끔 쓸모가 없었다. 득보다 실이 많았다. 무지야 말로 도움이 됐다. 내 부모는 언제까지고, 적어도 이것으로는 마음을 찢기지 않았으리라.

나는 아무것도 모르고 평온한 박우경을 퍽 쉽게 얻을 수도 있었다. 그러니까 그 애의 인생에서 신미진을 아무런 상관도 없는 사람처럼 도려내고, 신미진의 인생에서 그 아들을 빼앗으면 족하겠다고 여겼다. 이제는 내가 그럴 수도 있었다.

그러면 아무도 다치지 않았다. 적어도 내게 의미 있는 사람들은. 엄마도. 아빠도. 윤태희와 해경 오빠도.

그 애도.

그러니까 이건, 사실은 아무짝에도 쓸모가 없는 소란이다. 드라마나 소설 속 소모적인 사랑 타령과 다르지 않았다. 결국 모든 것을 괜히 어렵게 하는 것. 그 시시한 사랑 타령을 그저 부모자식이 외울 뿐이다. 여자와 남자가 아니라.

사랑은 낭비였다. 그럼에도 그렇게 그저 반짝거리기만 하는 사치품 같은 것이 갖고 싶을 때가 있었다. 내게는 그런 게 사랑이었다. 다 망해 가는 부모에게 차마 사 달라고 말할 수가 없었던, 아주 비싼 물건이었다.

아무리 부정해도 결국은 철없이 그런 사랑을 갖고 싶었던 것이다.

"안 합니다."

박동주는 여전히 눈을 신미진에게 둔 채로, 한참 만에 조용히 대꾸했다.

"제수씨가 우리한테 신고니 고소니 당할 일 절대 없습니다."

그 말을 끝으로 조금 더 정적이 흘렀다. 신미진이 해경 오빠를 몇 번이고 애달프게 속삭이듯 불렀다. 오빠는 신미진에게 아무런 반응도 돌려주지 않고 날 멍하니 응시했다.

그리고 박우경, 제 형이 날 그렇게 바라보는 내내 한 번도 날 보지 않았다. 그저 시커멓게 가라앉은 눈으로 신미진만 응시했다. 거기서 잠깐도 시선을 떼지 않았다.

신미진은 이제 완전히 정신이 나간 것처럼 그 시선으로부터 도망치려 했다. 손으로 바닥을 더듬고 숨을 헐떡이면서 뒤로 몸을 물리고, 해경 오빠에게 매달려 어디로든 사라지려 했다. 그런 눈으로 저를 보지 말라고. 내게는 사정이 있다고 가련하게 빌었다.

"저는 해요."

신미진에게나 들으라는 듯이, 아주 나직하게 내뱉은 말이었다. 모두의 시선이 그 애를 향하는 찰나였다.

"폭행죄 공소 시효 5년이고, 그 5년 아직 다 안 지났습니다."

"……."

"두 분 수고스러우실 것 없이, 저희 엄마는 제가 신고하면 됩니다."

별일도 아닌 용무를 말하듯 박우경의 음성은 나지막했다. 그러나 사람들은 그 애의 말소리가 아주 크게 지나간 것처럼 경악했다.

그렇게 경직된 공기 속에서 아빠만 제 할 일을 하듯 엄마에게로 손을 뻗어 몸을 부축했다.

그리고 조용히 말했다.

"자식이 부모한테 그래 하는 법이 어디 있노. 그카지 마라."

"아저씨."

"느그 집안이랑 우리 집은 벌써 끝장났다. 사람들 앞에서 이래 갈 데까지 다 갔는데 걸거칠 게 뭐 있겠노. 우리는 그래도 된다. 근데 박우갱이 니는 이 집 아들 아이가."

"……"

"니 손으로 그라지 마라. 태희 엄마는 니를 벌주고 싶은 게 아이다."

그사이 박우경의 큰아버지가 이리저리 손짓해 직원들을 제자리로 돌아가게 했다. 집안 망신은 일단 이 정도로 충분하다는 듯이.

공장 쪽에서 뒤늦게 더 나와 본 사람들까지 어림잡아 서른 명도 넘게 모여 있던 사람들이 흩어졌다. 오래 일한 두엇 정도만 남기고.

그렇게 흩어지는 사람 속에서 넋이 나가 흐느끼는 신미진을 달래고 살피던 여자가 조심스레 입을 열었다.

"……윤 사장님 말씀이 바른 말이지. 우경아, 아무리 그래도 니 엄마 아이가. 아무리 여자가 좋아도, 느그 엄마가 방금 무슨 짓을 당했는데."

"여자 때문에 사리 분별도 못하는 새끼 눈에만 어른이 열아홉 살짜리 때리고 협박한 게 문젭니까? 아줌마 같은 정상인 눈에는 그게 정상이고?"

"아이고 내 말은, 느그 엄마도 당한 게 있다 이기다."

엄마가 여자더러 들으라는 듯 크게 코웃음을 쳤다.

"방금 윤 사장님네 사모님이 우리한테 와서 오만 지랄에 난동에, 느그 엄마 맞는 거 본 눈이 몇 갠데. 증인이 몇 명이고, 이래 개판 난 거 다 찍힌 CCTV가 몇 개고?"

"누가 신고하지 말라 카드나?"

"사모님! 내가 이거는 사모님 위해서도 하는 말입니다! 우리 직원이 아까 핸드폰 카메라로 사모님 폭행하는 거 다 찍고 있드만, 이판사판 신고하면 누가 더 힘들어지겠습니까? 글고 우경이 니도 진정 좀 해라. 어른끼리 이래 얼굴 오래 본 사이에 암만 볼 장 다 봤다 캐도, 그렇게까지 할 이유가 어데 있겠노? 느그 엄마야 앞으로 낯 들고 집 밖에 나오지도 몬 할 끼지만, 니 여자 친구 집도 더 힘들어진다. 엄마들 나란히 경찰서 끌려가가 좋을 게 뭐가 있노?"

"아까 뭘 찍었든 지우라 카세요."

"예?"

제 아내가 폭행당한 증거를 지우라는 말이었다. 여자가 믿을 수 없다는 듯 박동주에게 반문했다.

박동주가 단조롭게 덧붙였다.

"직원들 함부로 입 놀리가 윤 사장네 폐 안 끼치게 입단속하고."

"회장님! 회장님이 아까 사모님 당하는 걸 못 보셔서 이캅니다. 우경이 니도 느그 엄마 맞는 거를 못 봐서 이카는 기다! 우짜다 뺨 한 대 갈기고 이카는 게 아이고, 개 패듯이 사람을 때렸다니까요! 사모님이 윤 사장님네 딸래미한테 해코지를 한다고 해 봤자, 어릴 때부터 봤던 애한테 뭐 얼마나 했겠습니까?"

"……."

"어쩌다가 흥분해서 손 한번 잘못 나간 거를 갖다가, 딸래미가 즈그 엄마한테 과장해가 이카겠지. 증거 있다 카는 것도 말뿐이고……."

"사 년 전에, 우리 딸이 진작 즈그 아들이랑 헤어지겠다 캤는데도 여러 번 찾아와가 때리고 협박했답니다. 그쯤 됐을 때는 둘이 헤어지는 게 문제가 아니라 우리 아 입 틀어막는 게 문제라, 우리 사활 걸고, 다 망해 가는 부모 목숨 운운하면서 그 캤답니다. 니 하나 때문에 니 부모 죽는 꼴 보고 싶냐고. 입 다물라고."

엄마가 덤덤하게 여자의 말을 틀어막았다. 박우경의 핏발 선 눈에서 빛이 사라졌다.

"이 말도 우리 아한테 들은 거 아닙니다. 애 친구한테 들었지. 그것도 아니었으면 평생 몰랐을 낍니다."

흐르는 정적 사이로, 소란으로부터 멀찍이 서 있던 박동주의 형수가 걸어왔다. 신미진을 경멸하듯 흘끗 내려다본 시선이 옆의 여자에게로 향했다.

"아줌마. 가서 뭘 찍었다는지 함 봅시다."

"예?"

"우리 미진이 개 맞듯이 맞는 거 함 봅시다. 우경이 장모 됐을 사람이 우리 오기 전에 뭘 얼마나 했길래 아줌마가 남의 집안일에 이래 큰소리를 치는가."

"……."

"지금 태경이 엄마한테 아무 도움도 안 되는데 괜히 위한다고 더 망신스럽게만 만드는 거, 알고는 있지요?"

"사모님."

"적반하장을 누가 좋아합니까?"

여자가 입을 다물었다. 그래도 박동주의 형수는 멈추지 않고, 그 여자에게 직원 이름을 닦달해 결국 아까 그 소란이 재생되게 했다. 엄마의 고함 소리가, 신미진의 비명 소리가 현실감 없이 뒤섞이고 흩어졌다.

엄마랑 아빠는 아무 말도 하지 않고, 그것을 들을 생각도 없는 것처럼 멀찍이 섰다. 그리고 기계 속 소음이 끝났을 때, 아빠가 마치 인사를 건네듯 박우경에게 말했다.

"해경이랑 니한테는, 오늘 이래 못 볼 꼴 보게 해서 미안하다."

"차희는요."

"……."

"저랑 형이 무슨 대순데요. 아줌마한테 맞을 짓 하고 맞은 엄마 본 게, 대체 무슨 대순데요. 우리는 그런 짓이나 한 인간 자식인데, 윤차희는요. 쟤는요."

"……."

"제가 쟤 평생 쫓아다녔어요. 다섯 살 때부터 이십 년을, 죽어라 쫓아다녔어요. 나 한번 봐 달라고 괴롭히고 매달렸어요. 아저씨. 제가 좋아했어요."

"……."

"제가 윤차희 좋아했어요. 살면서 쟤 말고는 좋은 게 하나도 없었어요. 그러니까 제발 한번만 봐 달라고 했어요. 제가, 좋아했어요. 제가 먼저 좋아했어요. 너 없으면 죽겠다고 했어요."

"……."

"윤차희 쟤는, 그거 받아 준 것밖에 없잖아요."

박우경이 허탈하게 웃었다.

"그딴 귀찮은 놈 받아 준 게 다잖아요. 안 받아 주는 게 더 귀찮아서."

"……."

"우리가 더럽게 좁은 동네에서 태어나서, 대학 가기 전까지 도망칠 곳도 없었잖아요. 쟤는. 제가 쫓아가면 숨을 곳도 없었잖아요. 그게 단데."

"……."

"저는 그거 알고 여기 내려와 있었어요. 아줌마 때문에 쟤가 내려오면, 청라에 있으면, 쟤가 도망 못 칠 거 알아서."

"······."

"어차피 길에 있는 고양이, 마른 들개 한 마리 그냥 못 지나치는 애니까. 나도 주인 없는 개새끼처럼 앞에 있으면 결국 물 주고 밥 주고 할 거 알아서. 관심 줄 거 알아서."

"······."

"아저씨 딸은 평생 제가 불쌍한 척하는 거에 속았거든요. 사실은 하나도 안 불쌍한 새낀데."

일순간 그 애의 입매가 사납게 비틀렸다. 아빠에게로 향하는 것 같던 말이 사실은 전부 신미진에게로 떨어지고 있었다.

그 애의 눈은 한순간도 신미진을 떠나지 않았다.

"기억도 안 날 때부터 윤차희 니 보고 살다가, 니 목소리도 못 듣고 산다는 게 지옥이더라······. 그렇게 온갖 지랄에 엄살로 매달려서 다시 잡았어요. 니가 사는 게 지옥 같든 말든 나랑 무슨 상관이냐고, 그러면 끝인데 그러질 못해서. 웃기잖아요. 정작 지옥같이 산 게 누군데."

"······."

"진짜로 힘들게 산 게 누군데. 내가 좋아해서······."

"······."

"좋아해 달라고 한 적도 없는 새끼가 지 좋아해서, 인생 개같이 꼬인 게 누군데."

"······."

"제가 거기다 대고 저 좀 살려 달라고 빈 꼴이잖아요. 니 아니면 죽겠다고."

"……."

"저 때문에 죽을 뻔한 애한테, 뻔뻔하게 나 좀 살려 달라고.
이렇게 뻔뻔한 개새끼가 어딨어요."

"……."

"엄마. 왜 그랬어요. 나는 하나만 놔두라고 했는데."

"우경아……."

"딱 하나만."

신미진이 그런 게 아니라는 듯 고개를 저으며 몸을 일으키다
도로 무너졌다. 반사적으로 그것을 붙잡아 준 해경 오빠가 그
런 제 손을 멸시하듯 내려다보며 떼어 냈다. 그것을 끝으로 오
빠의 시선이 나를 떠났다.

"내 마음대로 딱 하나만 하고 살게 두면, 원하는 대로 아들
흉내는 내고 살겠다고 했는데."

"……."

"피아노 그만두면서, 엄마 앞에서 내 손으로 왼손 쑤시면서
그랬잖아요. 보라고. 그렇게 하지 말라는 피아노 평생 못 치는
손으로 만드는 거. 시키는 대로 안 할 수는 없으니까, 차라리
못 하게 만드는 거라고. 이제 속이 시원하냐고."

손끝이 차가워졌다. 열일곱, 어스름한 등불 아래 피 흐르는
손을 감추고 서 있던 그 애가 떠올랐다.

그날은 비가 내렸다. 아무도 없는 시골 도서관. 사방의 새까
만 어둠. 고작 우산을 씌워 주려고 날 기다렸던 애. 그 핑계로

라도 날 보고 싶어 했던 애.

불쌍한 척. 물이나 밥을 바라는 주인 없는 개처럼, 내 관심을 바랐다는 그 애.

박우경은 그날 내게 우산이 없기를 바라며 왔고, 나는 그 애에게 가방에 우산이 있다는 말을 하지 못한 채 같은 우산을 쓰고 걸었다. 그렇게 손이 다친 것은 나중에나 보았다. 피아노를 망가뜨리다 다쳤다고. 이제는 그만둔다고.

나는 그날 박우경이 망가뜨린 것이 피아노라고 생각했다.

그러나 그 애는 그날, 피아노가 아니라 제 손을 망가뜨렸다. 일부러.

멀쩡한 손이 있으면 피아노를 안 칠 수 없어서. 피아노를 치지 않으려면 아예 못 치는 손이 되는 게 나아서.

"당신 아들이 그런 미친 새낀데, 죽는 꼴 보고 싶어서 이랬어?"

박우경이 웃음을 터트렸다. 신미진이 미친 듯 빠르게 고개를 저었다.

"그걸, 그걸 엄마는, 우경아, 그 꼴을 못 봐서 그런 거야. 다 너 위해서 한 거야. 차희도. 너 네 아빠 닮았잖아. 미쳐서, 제정신 아니라 무슨 짓을 할지 몰라서 그런 거야……."

"제수씨. 그만하이소."

"눈이 있는데 못 보게 하면 차라리 눈을 뽑겠다고 할 놈인 걸 내가 몰라! 네가 네 손에 하는 짓을 봤는데! 네 아버지가 옛날에 여자 하나에 미쳐서 무슨 짓까지 했는데!"

"제수씨!"

박동주의 형이 노성을 질러 그 말을 막았다.

"해경이 니 뭐 하노! 당장 느그 엄마 집에 델꼬 가라! 여자가 정신이 나가가 몬 하는 말이 없노."

"너네 말려야 하는데. 그래야 하는데, 우경이 네가 쟤한테 미쳐서 네 아버지처럼 되면……. 엄마는, 엄마는 그래서……."

"약속했잖아. 말 좀 듣고 아들 흉내나 내고 살면 하나는 내 맘대로 하고 살게 둔다고."

"해경아, 해경아……. 엄마 좀 살려 줘. 네 동생, 네 동생 좀 말려 줘. 쟤 또 이상한 짓하면 어떡해? 응?"

"말희 딸만 너 좋다고 하면, 그거면 됐지. 엄마는 차희 마음에 들어. 우리 말희랑 사돈 되면 좋지……. 지랄하네."

"해경아. 엄마 무서워……."

"내가 그 말 반도 안 믿기는 했는데, 다 안 믿어야 되는 줄은 몰라서. 속으로 안 좋으면서 앞에서만 좋다 하는 게 아니라, 뒤에서 아예 개 취급을 했을 줄은 모르고. 예쁘다, 예쁘다 하는 게 반은 진짠 줄 알고. 아줌마 딸이니까……. 그것도 모르고 내가 쟤를 다시 봤어."

"엄마는 그러려고, 그러려고 한 게 아니라."

"내가 그것도 모르고, 윤차희를 봤어. 다시 만나자고 매달렸어. 제발 나 좀 살려 달라고. 사 년 동안 너 때문에 죽을 뻔했다고. 너 다시 놓치면 죽겠다고. 욕했어. 미워했어. 나한테 왜 그러냐고. 너는, 왜 내가 좋아하는 것만큼 날 좋아하지 않냐고.

내가 이렇게 사랑하는데. 너는 왜…… 징그럽게."

"우경아……."

"쟤한테 그딴 짓을 하고, 엄마는 아줌마 얼굴을 어떻게 사 년이나 봤어."

"……."

"나는 쟤 발도 못 쳐다보겠는데."

빛이 죽은 눈. 내가 좋아했던 그 애의 모든 표정이 죽어 버린 얼굴.

"다시는, 윤차희를 안 봤어야 했는데."

"……."

"다시는 청라로 돌아오지 말았어야 했는데."

기다리는 게 아니었는데. 도망가는 애 쫓아가는 게 아니었는데. 괴롭히는 게 아니었는데……. 그 애가 조금 웃었다. 나를 영영 보지 못할 것처럼 웃었다.

숨이 점점 막혔다. 나는 이제 겨우 숨을 쉬는데, 그 애의 숨이 닳고 있었다.

박우경은 제 엄마에게 말할 때 언제나 존대를 썼다. 멀찍이, 잘 알지 못하는 어른에게 건네듯이 그렇게.

똑같은 존댓말이라도 달랐다. 지나가는 동네 어른들에게는 익숙한 억양을 실어 아무렇게나 말하다가도, 신미진 한 명 앞에서는 억양을 죽였다.

그 사람이 정작 고향에서 저를 키운 사람인데도. 엄마인데도.

그 애 엄마는 서울 사람이니까. 어떻게 보면 당연한 일이었

다. 그저 그렇게 생각했다. 엄마라는 사람이 제 인생에서 지나
가 버릴 사람이길 바라서 그런 것을 몰랐다.

그 애가 신미진에게 말을 높이지 않았던 시절은 아주 까마득
한 기억 속에서나 꺼낼 수 있다. 대여섯 살. 그나마 그 애가 할
머니와 살았을 때.

어쩐지 제 엄마랑만 있으면 말하는 게 꼭 서울 남자애 같다
고 생각했었다. 그래도 그때는 엄마와 아들 같았다.

저 여자와 한집에서 살지 않았을 때에는. 그래서 일말의 환
상이 남아 있을 적에는.

신미진은 죽을 때까지 모를 것이다. 그 애 할머니의 사랑이,
저를 얼마간은 엄마처럼 보이게 해 주었던 것을. 할머니의 절
대적인 사랑이 그 애 마음의 유일한 공간이고 여유였던 것을.

박우경이 한때는 엄마의 외로운 타향 말씨를 따라해 주는 어
린 남자애였던 것을.

신미진은 그 모든 것을 알지 못하는 대신, 단 하나만을 알아
차렸다. 그 애가 그때 그 작은 아들처럼, 자신의 '엄마'에게 말
을 걸고 있었다.

"차라리 내 눈을 찌르고 싶어. 엄마."

"……."

"내가 이 눈으로 쟤를 본 게 징그러워. 엄마가 날 낳은 게 너
무 징그러워."

"……."

"차라리 그때 죽이지 그랬어."

당신이 날 낳은 게 징그럽다고.

그때 날 죽이려 한 것을 알고 있다고.

더 내몰릴 데도 없는 것처럼 넋 나간 변명만 내어 놓던 신미진이 딱딱하게 굳어 입만 벙긋거렸다. 그러다 물이 쏟아지듯 터져 나왔다.

신미진은 박우경에게 네 발로 기어가 무릎을 꿇었다.

"……실수로, 우경아, 엄마가 그땐 정신이 나가서, 느이 할아버지 때문에, 너희 아빠 때문에 너무 힘들었어. 정신이 나갔어. 그래서 그랬어. 네가 죽을 뻔한 건 맞아. 엄마가 진짜 미쳤던 거 맞아. 실수로……."

"실수 아니었잖아."

"…….."

"할머니한테 나 뺏긴 거 아니잖아. 할머니가 나 구해 준 거잖아. 애 엄마가 정신병자라."

"아. 아……."

"나 낳자마자 몇 번이나 죽이려고 했다면서."

"…….."

"그때 제대로 하지 그랬어. 좀 죽여 주지 그랬어. 엄마 아들로 안 살게."

신미진이 아이처럼 엉엉 울음을 터트렸다. 아니야. 안 그랬어. 엄마 진짜 안 그랬어……. 엄마가 어떻게 자식한테 그래. 내가 어떻게 내 아들한테 그래. 할머니가 그랬지. 그거 다 거짓말이야. 너희 할머니가 거짓말한 거야. 엄마랑 너 갈라놓으려고…….

"내가 아직도 이 집 아들로 사는 거, 할머니 때문이야. 할머니가 아직 살아 있어서. 할머니를 데리고 가고 싶어도, 나한테 아무런 권리도 없어서. 할매 얼굴 보고 싶고 목소리 듣고 싶어서."

"……."

"할매가 아무리 날 자식 같다 해도, 생전 지네 엄마 병원 들여다보지도 않는 인간들이 진짜 할매 아들이라서. 내가 아니라."

"……."

"내가 청라로 돌아와서 당신 엄마라고 부르고 사는 거, 윤차희 때문이야."

"……."

"쟤네 가족 때문이야. 꼴에 쟤네 엄마랑 언니 동생 하고 사니까. 형들이 그렇게 붙어 있으니까. 이 좁은 세상에서 당신 자식이 아닌 채로 쟤를 가질 수가 없을 거 같아서. 한다 쳐도 좀 흉할 것도 같아서. 굳이, 이제 와서 그러기도 귀찮아서."

"……."

"꼴랑 그딴 이유 때문에 당신 엄마라고 불렀어. 할머니 죽는 거 기다리면서 여기 있었어. 대단한 이유도 없어. 언젠가 윤차희 손잡고 나갈 생각이나 하면서."

"……."

"어쩌다 윤차희가 지네 집 내려오면 따라 내려오긴 하겠지. 나도 윤차희처럼 집이 있는 척하고, 부모가 있는 척하면서 당신 보러 갔겠지. 그렇게 계속 살 수도 있었어. 엄마는."

"……."

"평생 나한테 무슨 짓을 했어도 쟤 하나 안 건드렸으면."

"……."

"할머니는 구질구질하게 없는 말 안 해. 당신 같은 부모한테서 도망치라고 돈은 줬어도."

멍하니 조카를 바라보던 박동주의 형수가 뒤늦게 떠올린 것처럼 남아 있던 직원 두엇을 내쫓듯 보냈다. 그리고 박우경에게 매달려 우는 신미진을 직접 떼어 내며 다그쳤다.

"미진이 니 시모 노망났다고 아무렇게나 말 지어 낼 끼가!"

"네 아빠만 제정신이었어도 나도 안 그랬어!"

"니 손에 됐으면 우경이는 그때 일 년도 못 살았다! 시어머니가 그 일 다 덮어 주고 우경이를 니 대신 몇 년을 조용히 키워 줬는데 어데 은혜도 모르고!"

"내 아들이야! 내 아들을 지가 뭔데 뺏어 가! 니네가 뭔데!"

"낳으면 다 애민 줄 아나! 낳는 건 개나 소나 낳는다. 아를 키워야 엄마지!"

"우경아. 해경아. 엄마 말 좀 들어 봐."

"아 죽이는 게 엄마가? 살인자지. 태경이 엄마 니는 우경이가 그때 죽었으면 살인자다."

"나만 부모야? 박동주는 갓 태어난 애 쳐다도 안 봤어. 애들 말할 때까지 아빠 행세도 안 했어. 내가 살인자면 저 사람도 살인자야! 내가 지 애를 셋이나 낳았는데! 여자에 미쳐서! 윤혜영

그 여자한테 정신이 나가서!"

"태경이 엄마 니 진짜 안 닥치나?"

"당신 그때 윤혜영 만난 거 알아."

사형수를 바라보듯 가만히 제 아내를 바라보고 있던 박동주의 눈에 일순간 살의가 비쳤다. 신미진이 절벽에서 기어오르듯 중얼거렸다.

"내가 다 알아. 내가 피해자야! 지 남편 몰래, 부인 있는 남자나 꼬여 내는 걸레도 첫사랑이라고, 자기 애 임신까지 했던 여자를 남자 손 한번 안 탄 세상 순결한 여자처럼……."

"입 다물어라."

"이것 봐. 그 여자 머리카락 한 올 다칠까 봐 이러는 거 봐. 해경아. 평생 다른 년 품고 산 너희 아빠 좀 봐."

신미진은 흐느끼며 웃었다.

"그 여자는 평생 남부끄러운 짓 안 했다. 애초에 니 같은 거랑 다른 사람이다."

"……."

"내 같은 인간도 아니다."

박동주는 정신 나간 여자를 보는 게 익숙하다는 듯이 신미진의 목이라도 조를 것처럼 바라보던 눈을 순식간에 갈무리했다.

"입 다물고, 무릎은 니 아들 말고 태희 엄마한테 꿇고 빌어라."

"말희야. 나도 피해자야. 들었지? 네 시누이가 그런 사람이야."

"차희한테 빌어라."

"느이 딸은 그거 알고도 내 아들 다시 만나겠다고 했어. 대단하지……. 지 고모랑 우경이 아빠가 옛날에 어떤 사이였다는데. 차희는 알았어. 내가 그거 알려 주고 그때 쟤네 찢어 놓은 거야."

"……."

"그래도 애가 지 고모처럼은 안 되게 해 줬어."

그 순간 죄다 난리가 나도 저 홀로 고요할 것 같던 박동주가 한달음에 신미진에게로 달려들어 목을 틀어쥐고 졸랐다.

아이러니하게도 그것을 제일 빨리 말린 것은 아빠였다. 해경 오빠보다도 더 빨리. 그제야 박동주의 형도 제 아내의 목을 조르는 동생을 혼비백산해 떼어 냈다.

아빠는 목 졸리던 신미진을 구해 내자마자 해경 오빠에게 대충 물건을 내던지듯 경멸스럽게 뿌리쳤다.

"그때 동주 정신이 말짱했으면 신미진이 니 같은 여자를 만났겠나!"

박동주의 형이 이를 갈며 소리쳤다.

"그래 정신 나간 놈 골수 빼물라고 들러붙은 게 누고! 데모하다가 안기부에 잡혀가 그래 고문당하고, 정신 다 나가가 밖에 나온 놈이 말짱해 보이가 만났나, 니는?"

"여보."

"집에 돈 좀 있어 보이니 술 취한 놈한테 어디서 굴러먹던 몸부터 들이밀어가 운 좋게 태경이 갖고 팔자 폈으면, 어? 얌전히 동주 옆에서 사모 행세나 하고 살든가. 아들이 셋이나 있으면 그 셋 바라보고 살든가! 하나부터 열까지 거짓말만 해 가면서 사기 결혼 한 년이 그러고도 안 쫓겨났으면 감지덕지지, 대체 뭐가 부족해서 이 난리를 직이고 사노? 느그 친정에서 평생 빨아 묵은 동주 돈이 다 얼마고?"

"지안이 아빠, 해경이랑 우경이 있다, 아직."

"니 인생, 니 평생, 니 개끄르지 같은 친정 식구들 전부 혜영이 덕 본 기다. 신미진 니 있는 그 자리 혜영이 자리다. 평생 남의 자리 기생하고 산 기다. 혜영이가 있어야 할 자리에 니가 있는 기다."

"지안이 아빠!"

"주제를 알아야지! 니 이래 평생 물고 늘어지고 살았나. 혜영이 때문에 혜영이 조카까지 괴롭혔나?"

"강주 행님. 우리 큰누나 얘기는 그만합시다."

아빠가 나직하게 말했다.

"이 집 사람들 입에 함부로 오르내릴 이름 아입니다."

박동주와 고모의 일을 아예 몰랐던 엄마는 온통 아연한 표정이었다. 박동주에게 졸렸던 목을 쥐고 밭은기침을 내뱉던 신미진이 문득 실성한 것처럼 웃으며 오빠를 불렀다. 해경아, 하고.

"박동주도 그때 알았어. 내가 차희한테 하는 짓, 너네 아빠도 봤어."

"……"

340

"네 엄마보고 무릎 꿇고 빌라는 잘난 너네 아빠도, 그거 알면서 덮었어. 지네 엄마 간병을 몇 년을 했는데, 이혼하자고 사람을 죽일 듯 굴다가. 지 첫사랑 닮은 애라 그런가?"

"……."

"그 꼬라지가 너무 꼴 보기 싫어서, 이혼하면 어디로 갈지 뻔히 보여서 지 첫사랑 남편한테 연락하겠다고 했어. 깨끗한 척 사는 그 여자가 어떤 여잔지, 그 여자 남편한테 알려 주겠다구……."

"……."

"그러니까 세상에, 그대로 이혼하자는 말이 쏙 들어가더라. 그 남편이 벌써 아는 것도 모르구, 바보같이."

아, 그래서.

여태까지 그들이 부부로 남아 있던 이유가 고작 그런 것이었다.

진작 일을 저질러 놓고는, 그러지 않은 양 겁박해서.

"그때까지도 이미 애들 보고 참았대……. 지도 아빠라고 애들 보고 참았대. 대체 자기가 뭘 참아? 평생 윤혜영 뒤꽁무니만 보고 살았으면서. 지 와이프, 지 자식들, 평생 옆에 있어도 거들떠도 안 봤으면서……. 뭘 참아?"

"……."

"내일이라도 당장 그 여자 손잡고 뛰쳐나가고 싶은 거?"

"……."

"오늘이라도 박동주 당신 손으로 그 여자 가정 망치는 거?

그걸 참았어?"

구역질에 떠밀려 게워 낸 것만 같은 말이었다. 신미진이 고
장 난 녹음기처럼 말을 더듬거리며 웃었다.

스스로 무슨 말을 내뱉는지도 모르는 것 같은 얼굴이었다.

나는 그 얼굴을 이미 알고 있었다. 어떤 토요일 오전. 문 연
가게 하나 없던 죽은 골목. 병원에서 내려와 맞닥뜨렸던 여자.
신미진이 내게 가장 처음 저질렀다는 '실수'.

한 번 쏟아진 물을 어쩌지 못해서, 그걸 어떻게든 훔치고 닦
아 없애려고 정신이 죄다 나가 해선 안 될 말을 지껄이던 순간,
그 미친 여자의 얼굴이 저랬다.

그러다 제가 한 짓을 돌아볼 때면 멀쩡하게도 아연한 얼굴을
했다. 날 보고 어쩔 줄을 몰라 했다. 그러고는 다시 불안감에
뒤쫓기듯 같은 짓을 했다.

거창하게도 저 스스로는 살인자가 시체를 땅에 묻고 숨기듯
급히 했다는 짓들. 빚을 빚으로 막듯 실수를 덮기 위해 불어난
거짓말들.

신미진은 내가 청라로 돌아오는 게, 마치 그 시절 제가 숨겨
놓은 시체가 돌아오는 것 같았다고 했다.

"윤혜영 가정은 이미 망쳤어. 내가 진작 망쳤어."

어쩌면 고모가 청라로 돌아오는 것 같았겠지.

신미진이 내게 저지른 짓을 묻어 놓았던 땅 아래에는, 애초
에 고모의 일이 있었던 것이다.

애초에 고작 열아홉 살짜리 여자애 앞에서 그렇게 갑자기 정

신이 나갔던 것도, 이미 제 발아래 시체가 있는 살인자의 기분으로 살고 있었기 때문이다.

신미진은 내 부모더러 벼랑 끝에 서 있는 사람들이라고 말했지만, 신미진이야말로 외줄을 타고 여기까지 왔다.

아주 운 좋게. 온갖 거짓말과 요행으로. 지척에 있어도 말이 죽은 사람들 사이에서.

누가 한 번만 툭 밀면 저 아래까지 떨어질 외줄 위에서. 얄팍한 운으로. 그렇게 버티고 버티다 떨어졌다.

신미진은 더 쓰지 못할 더러운 물을 흙에 쏟아 버리듯 제 인생을 바닥에 쏟아 내며 웃었다. 더는 지킬 것이 없었다.

"하긴 내가 망칠 것도 없더라. 태희 집 홍수 나서 그 난리 났을 때, 말희더러 그랬어. 너희 집 이렇게 힘든데 그렇게 시집 잘 갔다는 큰 시누는 대체 뭐 하냐구. 그러니까 부잣집 사모님도 사정이 다 있다나……. 지 큰시누가 안 된 사람이래. 남들 눈에나 팔자가 좋지 힘들게, 겨우겨우 살 거래. 자기 사는 것도 힘들어서 동생 도와줄 형편도 안 된대. 웃기지. 시부모 다 죽고 돈 많은 남편 옆에서 떵떵거리고 사는 여자가 힘들 게 뭐가 있어?"

"……."

"아. 그때 알았어. 그 잘난 윤혜영이가 개떡 같은 인간 만나 살고 있구나. 박동주는 그것도 모르고."

아빠는 박동주 앞에서 죽어도 큰고모의 일을 말하지 않을 사람이고, 박동주는 아빠 앞에서 죽어도 큰고모의 이름을 말하지 못할 사람이다.

실은 다른 누구 앞이라도 그랬다.

신미진과 자매처럼 가까웠던 엄마는 그런 신미진에게조차도 고모를 변명해 줄 때나 고모의 불운을 스치듯 말했다. 우리 큰 시누는 잘살면서, 돈이 썩어 나면서 형제가 어려울 때 모른 척하는 사람이 아니라고. 그 사람도 힘들다고.

고모의 '완벽한' 결혼 생활은 가족이 아니면 알 수 없었다. 능력 있는 남편, 줄줄이 잘났다 싶은 자식들을 거느린 사람. 팔자가 활짝 핀 여자.

친정과 왕래가 끊기다시피 한 딸들은 이런 시골에서 흔했다. 그리고 가끔 장례식장에서나 고향 사람들 앞에 나타난 고모는 팔자가 아주 좋아 보였다.

신미진처럼 화려하지는 않아도 도리어 더 근사해 보이는 사람이었다. 시골에서 그런 중년 여자를 볼 일은 많지 않았다.

그래서 사람들은 TV 속 연예인처럼, 평생 직접 볼 일이 없는 사람처럼, 혹은 똑같이 숨 쉬고 말하는 인간이 아니라 어떤 이름이나 그림에 불과한 것처럼 고모를 생각하고 지나쳤다.

고모가 고향에 남긴 것은 그게 전부였다. 어떤 이미지. 남들의 속 모르는 말 한두 마디.

박동주가 가진 고모의 현재도, 고작 그런 것이었다.

"그것도 모르고, 윤혜영이 진작 떠난 고향에서 열아홉 살 계집애 유령이나 좇으면서 살고 있구나."

344

"……."

"지 애틋한 첫사랑을 어떤 인간 아가리에다 밀어 넣었는지도 모르고."

신미진이 울긋불긋한 얼굴로 울며 웃었다. 차라리 이렇게 되기만 기다렸던 사람처럼 박동주를 찔렀다. 자신이야말로 그 사실을 알려 주고 싶었다는 듯이, 혹은 혼자 죽을 수는 없다는 듯이. 제 입으로 나머지를 죄다 까발리면서.

"그 잘난 여자가 빛 좋은 개살구처럼 산다니 잘됐다 싶었는데, 당신 하는 짓을 보니까 그것도 좀 불공평한 것 같더라. 그마저도 지 남편이 알아야 하는 걸 가증스럽게 숨기고 사는 거잖아. 그래서 알렸어. 당신이 잘했으면 그러지 않았을 텐데."

"……."

"어차피 의심했대. 사는 내내 뭔가 있는가 싶었대. 그 여자 남편이 그래. 알려 줘서 고맙다고 했어. 이게 경찰에 신고하는 거랑 뭐가 달라? 윤혜영한테는 지옥이라도 그 남자한테는 고마운 짓을 한 거야. 그치?"

나는 아래로 고꾸라진 시야 속에서, 그 여자에게 붙잡힌 해경 오빠의 손이 창백하게 질려 가는 것을 보았다. 차마 박우경을 바라볼 자신이 없었다.

"내가 없는 일을 지어 낸 것도 아니잖아. 그런 더러운 과거가 있으면 지 남편한테 진작 정직하게 알렸어야지. 내가 망친 것도 아니야. 원래 그랬어. 윤혜영은 원래 불쌍하게 살았어. 박동주 당신 때문에."

"……."

"진작 당신 때문에 신세 망치고 그런 남자한테 그렇게 팔려 가듯, 쫓기듯 결혼한 거야. 평생 의심받고, 개같이 얻어맞으면서 산 거야. 내가 망친 게 아니라, 당신이 망쳤어."

"……."

"애초에 당신이 윤혜영 인생을 망쳤어."

"그래. 내가 망친 기다."

박동주의 구두가 천천히 깨진 유리를 밟았다.

"내가 혜영이 망쳤다."

"……."

"니 같은 년 만나서 더 망쳤고."

"……."

"내 인생이나 망치고 싶었는데, 혜영이를 망쳤다."

중년 남자의 파리한 얼굴이 온통 눈물에 젖어 있었다.

"신미진 니를 죽이까."

"……."

"니 죽이고, 내도 죽고, 그렇게 끝낼래?"

"……."

"그게 낫겠다. 우리는 죽는 게 낫겠다."

"동주야."

박동주의 형이 제 동생을 가로막고 뒤로 잡아끌었다. 무기력하게 밀려난 박동주가 소리 없이 울며 웃었다. 죽자. 니랑 내는 살 가치도 없다. 니랑 내 같은 건 인간도 아이다. 우리 같은 부

모는 부모도 아이다. 그러니까 그냥 죽자. 제발……. 신미진이
그 말을 비웃으며 엄마를 불렀다.

"말희야. 저 사람이 니 시누이랑 니 딸 바꾼 거야."

그리고 박우경을 불렀다.

"봤지, 우경아. 니네 아빠, 지 사랑 지키느라 니 사랑은 바닥
에 구르든 물에 처박히든 모른 척했어. 차희가 그렇게 어렸는
데. 니네 아빠도 차희 모른 척했어."

"……."

"그게 니네 아빠란 사람이야. 꼴랑 스무 살에 헤어진 여자
붙잡고 몇십 년을 미련 떨고 살면서, 그 여자 머리카락 한 올
해칠까 벌벌 떨면서, 그렇게 어린 애가 지 마누라한테 얻어맞
고 욕먹는 거 다 봐 놓고도 모른 척했어. 그래 놓고는 자기는
죄지은 거 하나 없다는 듯이 나더러 태희 엄마한테 빌라고?"

"……."

"니네 엄마가 그런 사람인데, 니네 아빠는 그런 사람이랑 비
위도 좋게 살았어. 지나간 여자에 눈멀어서."

"……."

"이게 니 부모야. 우경아. 우리가 니 부모야……."

박우경이 웃음을 터트렸다. 그런 제 아들을 무서워하면서
도 네 아버지도 나만큼이나 미워하는 게 옳다고 끊임없이 속
살거리는 신미진을 결국 해경 오빠가 건물 안으로 끌고 들어
갔다. 신미진은 죽을 곳에라도 끌려가듯 가지 않겠다고 비명
을 질렀다.

그 비명 소리에 직원들이 몇 명 나오자, 뒤늦게 아까의 엄청난 수모를 떠올린 것처럼 여자가 흐느꼈다. 이럴 바에야 차라리 죽여 달라고. 내 평생이 다 망가졌다고.

이제는 전부 끝났다고.

해경 오빠는 거의 넋이 나가 힘을 제대로 쓰지도 못했다. 엄마, 제발, 제발 그만 좀 해라. 내가 빌게. 내가 빌 테니까…….
오빠가 결국 울었다. 엉망이었다.

"말희야, 말희야. 차라리 나 좀 죽여 줘."

"……."

"전부 끝났어. 나는 이제 다 끝났어. 내 평생이 날아갔어. 전부 다 잃었어……. 이제 됐지. 그냥 차라리 죽여. 내가 다 잘못했어. 미안해, 말희야. 너한테는 내가 많이 잘못했어……. 그러니까 나 좀 죽여 줘."

"……."

"내가 이러고 어떻게 살아. 말희야……."

그 힘겨운 실랑이를 지켜보던 엄마가 문득 아빠가 부축하고 있던 손을 뿌리치고 걸어갔다.

박우경이 불안하게 비틀거리는 엄마를 반사적으로 붙잡으려 했지만 엄마는 그것도 야멸차게 떨쳐 냈다.

엄마의 손이 뿌리친 허공에 박우경의 손이 잠시 남았다. 박우경의 공허한 얼굴이 엄마의 등을 바라보았다.

"누구 좋으라고."

"……."

"누구 좋으라고 내가 신미진이 니를 죽이겠노. 나는 니 죽는 꼴도 몬 본다. 당장 누가 니를 죽여도 내가 가서 니 살릴 끼다. 살아야지. 살아서 온갖 망신이란 망신은 다 누리야지."

그렇게 말한 엄마가 더 때릴 곳도 없어 보이는 여자의 뺨을 냉랭하게 내리쳤다.

"이거는 니 정신 차리라고 때린 기다. 다 떨어지고 없는 정 다 긁어 모아가 때렸다."

"……."

"니가 정신 차리 봐야 미친년인 거 아는데, 그래도 니 아들 둘이나 요 있다. 니 남편이랑 지지고 볶든 말든, 죽든 말든 니 아들들 앞에서는 이래 추한 꼴 더 보이지 마라. 느그 아들들 지금 니 때문에 더 쪽팔릴 것도 읍다."

"……."

"그래 죽고 싶으면 해경이랑 우경이 안 보이는 데서 니 알아서 죽어라. 그 드르븐 입에 다시는 내 딸래미든 우리 태희 고모든 올리지 말고. 어데 감히."

"됐다. 태희 엄마."

기껏 때리게 두고는 아빠가 뒤늦게 말리는 시늉을 하며 엄마를 끌어당겼다. 박동주의 형도 그제야 제수씨, 하며 엄마에게 선선히 진정하라 말했다.

엄마가 두 남자 사이에서 허리를 꼿꼿이 펴고 박동주를 향해 말했다. 세상 불쌍하게 무너진 꼴도 보이지 않는다는 듯이.

"내는 박 회장님한테도 따로 따질 거 있습니다. 그건 이따 나중에 정산합시다."

"그래, 내가 동주 정신 차리는 대로 제수씨 댁 델꼬 갈 테니까는, 일단 요까지만 하입시다. 내가 미안합니다. 준영아, 이따 보자."

정리 아닌 정리 와중에도 아빠는 잠깐 멍하니 박우경을 보고 있었다. 그러다 때늦게 아, 예, 하고 대꾸하며 엄마를 이끌고 몸을 돌렸다. 그리고 나직하게 날 불렀다.

"더 못 볼 꼴 보지 말고 가자. 희야."

"아저씨."

그때 그 애가 조용히 아빠를 불러 세웠다. 박우경의 눈이 천천히 나를 향했다. 우리는 비로소 눈이 마주쳤다.

"처음부터 아저씨가 맞았어요. 저랑 차희는 아니었어요."

"……"

"제가 틀렸어요. 잘못했어요."

"……"

"그러니까 제가…… 제가 차희 옆에 못 가게 해 주세요. 앞으로, 다시는 쟤 근처도 못 가게. 제발. 저 좀 때려 주세요. 저 좀 어떻게 해 주세요……."

그 애가 날 놓아 버리는 순간에야.

아빠는 얼마간 그 애를 멀거니 바라보기만 했다. 그러다 아무런 대꾸 없이 날 내 차에 태웠다.

그래라, 그러지 마라 말도 없이.

엄마가 건물을 박아 버릴 듯 가까이 대어 놓은 차였다. 트럭 대어 놓은 곳이 멀다고 엄마까지 내 차 조수석에 태운 아빠는 해경 오빠가 울며 주저앉은 쪽을 한 번 보고는 몸을 돌렸다.

돌아서서 내 차를 지나가는 아빠의 얼굴이 처참했다. 나는 핸들을 쥔 채로 숨을 몰아쉬었다. 박우경의 시선이 내게서 느리게 떠나갔다.

박우경이 무슨 짓을 할까 봐 겁이 났다. 날 정말로 놓아 버렸을까 봐 무서웠다. 피아노를 치지 말라는 극성에 아예 제 손을 망쳐 버렸다는 성미가 이제 와 기가 막혔다.

그 애가 뭘 좋아한다는 게 애초에 그런 거였다. 저 스스로는 보지 않을 수 없어서. 잡지 않을 수 없어서.

멀쩡한 손으로 피아노를 치지 않을 바에야, 손이 망가져서 칠 수 없는 게 차라리 낫다고.

아예 할 수 없으면 그만둘 수도 있다고.

어떻게 그게 낫지. 손끝이 차가웠다. 다시 내리고 싶었다. 박우경을 어떻게든 차에 태워 도망치고 싶었다. 뒷일은 알고 싶지도 않았다.

네 손이 멀쩡하면 나중이 있는데. 네가 멀쩡히 있으면, 우리에게도 나중이 있는데. 어떻게 망가지는 게 나아. 어떻게 네가 널 망가뜨리는 게 낫다고 해…….

"희야."

나는 엄마의 부름에 겨우 시동을 걸었다. 그러고도 액셀을 밟지 못하는 사이 멀찍이 세워 두었던 아빠의 트럭이 더 빨리 출발했다.

신미진을 가까스로 부축하고 있던 해경 오빠가 내 눈을 마주치기 무섭게 시선을 떨어트렸다. 자기가 짓지 않은 죄를 지은 것처럼.

다시는 내 눈을 보고 웃지 않을 것처럼.

전부 지나갔다. 끝났다.

내가 박우경을 기어코 붙잡는다 해도. 해경 오빠의 눈을 어떻게 다시 마주한다 해도. 윤태희가 날 용서한다 해도.

어떤 요행이 우리 모두를 제자리로 돌려놓는다 해도.

지나간 여름처럼 우리가 웃을 수는 없을 것이다. 다시는.

"희야."

"······응."

"가자. 집에."

엄마는 손을 떨었다. 밖에서 어떻게 견뎠나 싶게 숨도 가빴다. 그러나 퍽 여상한 목소리로 말했다. 우리가 집에 돌아가야 하는 수많은 날 중 하루에 불과하다는 듯이 그렇게.

길쭉한 진입로 위에서 날 기다리던 아빠의 트럭을 따라 내 차가 천천히 움직였다.

박우경이 그대로 멀어졌다. 나는 숨을 조금 헐떡였다.

"희야 니는 영판 아빠 닮았는갑다."

"왜."

"느그 아빠 입 무거운 것 좀 봐라."

"……."

"지가 내랑 몇 년을 살았는데, 마누라한테 여태까지 말 한 마디를 안 했다."

고모 얘기였다.

엄마는 지나가듯 말했다. 그만큼 아픈 구석이었겠지. 그만큼 없던 일이었으면 했겠지.

그래도 알았으면, 내가 저 집이랑 그래 지내지는 않았을 낀데……. 중얼거림의 끄트머리는 후회였다. 후회는 곧 신미진이었다.

엄마가 차창 밖을 물끄러미 바라보다 말했다.

"사람 보는 눈도 없는 기 니 앞에서, 느그 아빠 앞에서 못 할 말을 너무 많이 했다."

자괴감은 진창을 밟고 다니는 것과 비슷하다. 기껏 밟아 봐야 발이나 더러워질 것을 알아도 뾰족한 수가 없다.

엄마는 나 몰래 조금 울었다. 운전하며 정면을 바라보던 내가 잠깐이라도 고개를 돌릴까 두려운 것처럼 차창으로 얼굴을 숨기고.

그런다고 나한테 보이지 않는 것도 아닌데.

"안 운다매."

"우는 거 아이다."

"……."

"엄마 안 운다."

"엄마."

"······니 우경이 우짤래."

나는 엄마가 그 애의 손을 야멸차게 떨쳐 내던 순간을 떠올렸다.

"어쨌으면 좋겠는데."

"몰라서 묻나."

박우경이 제 쫓겨난 손을 공허하게 바라보던 찰나도.

엄마의 입장은 그것만 해도 명확할 것이다. 대답으로 간주해도 충분할 것을 안다.

상식적으로는 당연한 일이다. 내 머리도 당연히 그것을 알았다. 오늘 당장 '박우경에게는 아무런 죄가 없다'고 내 부모에게 말하는 일이 얼마나 기가 찰 일인지.

그래서 말하지 않았다. 감싸지 않았다. 충동을 참았다. 그애에게 그러지 말라고. 그렇게 대하지 말아 달라고.

그 애가 아빠를, 엄마를, 우리 집을 아주 많이 좋아한다고. 어쩌면 평생 제 가족처럼 여길 작정이었을지도 모른다고······.

내가 남자에 미친 애처럼 그렇게 당장 그 애를 감싸면, 엄마도 당연히 앵무새처럼 대꾸할 게 분명했다. 네가 그 집에서 무슨 짓을 당했는데, 하고.

그러나 박우경이 아빠를 바라보며 실없이 웃던 얼굴이 떠올랐다.

엄마의 음식으로 가득한 식탁에 우리 가족과 같이 앉을 때면, 그 애는 가끔 꿈을 꾸는 듯한 눈으로 우리를 보았다.

그 애가 내 마음을 아프게 하는 게 꼭 수만 가지는 되는 것 같은데, 엄마가 박우경의 손을 떨쳐 낼 때는 단지 그 눈만 떠올랐다. 그 애가 식탁에서 엄마와 나를 꿈처럼 보던 순간.

그 눈을 떠올리면, 박우경이 가진 것이 아무리 많아도 갈 곳 없는 어린애를 길에 버려두고 온 것 같았다.

"……박우경 그 여자 자식 아니잖아. 그 여자 같은 사람은 엄마도 아니잖아."

"희야."

"걔는, 걔네 엄마 덕 본 것도 없는데……."

더듬더듬 억눌린 변명이 튀어 나갔다. 나는 당장 더 말하지 않기 위해 억지로 입술을 깨물었다. 내 섣부른 말이 혹시나 그 애를 더 미워 보이게 할까 봐.

엄마가 또 그 애의 손을 뿌리칠까 봐.

"우경이 죄 없는 거 엄마도 안다. 그래도 괘씸한 걸 우짜노."

"……."

"내 딸래미 생각하면 미운 걸 우짜노……."

"……."

"희야."

"응."

"남의 자식 위한다고 내 자식 살 잘라 낼 사람 없다."

"……."

"우경이가 아무리 불쌍해도. 애달파도."

엄마의 말이 조용히 피부를 스몄다.

내가 그 애 옆에 있는 게 내 살 잘라 먹는 짓이라고. 엄마 눈에는 그래 보인다고.

어쩌면 당연했다. 내게는 한참 전에 지나간 과거가 엄마에게는 현재였다.

옛날에 진작 다 아문 상처 위에서도 엄마는 흐르는 피를 봤다. 내가 스물셋이어도, 그때 자기에게 말 한 마디 못 했던 열아홉 살짜리 딸을 봤다.

"저 집이랑 우리 집은, 사람들 다 보는 앞에서 완전히 끝났다."

"……"

"그걸로 느그들도 끝난 기다."

그래서 항변하지 않았다. 아프지도 않은 상처 때문에 걔를 왜 놓아야 하느냐고 묻지 않았다.

우리가 끝났다고 대꾸하지도 않았다.

내 쪽을 흘끗 본 엄마가 한숨처럼 곧바로 물었다.

"……니는 우경이가 그래 좋드나."

"……"

"다 알면서 잡을 만큼."

뻔히 엄마의 속이나 뒤집을 대답도 하지 않기로 했다. 엄마가 도로 고개를 돌리며 중얼거렸다.

"한편으로는, 우경이 보면서 잠깐 이런 생각도 했다. 느그가 누구 좋으라고 헤어지나."

"……."

"서울 가면 부모 얼굴 일 년에 몇 번이나 보고 살 끼라고. 우경이는 부모 없는 셈 치고, 니는 부모 잊어버리고, 그래 느그 둘 좋은 대로 살면 사는 거지. 평생 신미진이 속이나 뒤집으면서."

"……."

"그런데 희야. 인연이라는 게 있다."

더 듣지 않아도 알 것 같았다. 엄마도 더는 말하지 않았다.

우리는 집에 도착했다. 아빠가 날 보지 않고 엄마를 침대에 누였다. 그러고는 곧바로 나무들을 돌보러 갔다.

아까 전까지 하던 일이나 마저 한다고. 내 눈도 마주치지 않고 그렇게 말했다. 그래서 나도 창고에서 할 일을 했다.

고작 아침까지는 그 애와 함께 했던 일이었다. 바늘 끄트머리에 닿은 풍선처럼 사과원의 적막이 위태롭게 불어났다.

나는 해가 저물기도 전에 새벽을 기다렸다. 그 애를 보면 무슨 말을 해야 할지도 모르면서.

그래서 말을 골랐다. 아까는 네가 잘못 생각했다고. 아무리 옛날이라도 너만 날 좋아한 적은 없다고. 나는 그냥 무슨 일이든 너보다 잘 잡아뗐을 뿐이라고.

내가 비겁해서 그랬다고. 결국에는 널 좋아하는 게 자존심 상했다고. 사실은, 내가 널 너무 좋아해서 그랬다고.

그게 내 인생에서 아주 하찮고 모자란 일이라고, 날 속여야만 했다고. 이제는 너도 알지 않았느냐고.

봄그늘 4   357

그러니까 도망가지 말라고…….

나는 누군가의 선물을 싸다 말고 조금 울었다. 그 선물 상자들이 이따 어디로 가야 하는지, 아홉 상자가 맞는지 되짚어 보다가도 손등에 얼굴을 묻었다.

산다는 건 조금 우스웠다. 실제로는 어떤 일도 문단으로 끊어지지 않았다. 드라마 여주인공처럼 내 사랑에 취해 소매로 눈물 몇 방울을 찍어 내도 나는 우리 집 사과를 팔아야 했다. 그 애가 날 놓아 버린다고 말했는데도 배달을 가야 했다.

반가운 전화였다. 연휴 전 택배는 진작 다 마감되었지만 할아버지 때부터 오래된 고마운 손님이 급히 넣은 주문이었다. 사는 곳이 그리 멀지도 않았다. 다행이라고 생각했다. 나는 이런 날에도 여전히 내 부모의 돈 몇 푼이 중요했다.

그래서 조금 더 울었다. 어이가 없기도 해서. 너는 내가 어디에 있든지 같이 있겠다고 했는데. 언제든 부르면 오겠다고 했는데.

내가 이렇게 보자기나 열심히 싸고 있어서.

"지랄하고 있네."

"…….."

"니 혼자 드라마 찍나? 뭐 한다고 질질 짜노."

"미친놈이 왜 시빈데…….."

어느새 퇴근하고 청라로 넘어온 윤태희가 작업대 맞은편에 제 차 키를 툭 놓으며 산통을 깼다. 그리고 보자기에 싸인 상자를 옆에다 쌓으며 무심히 물었다.

"왜 우는데? 니 소원대로 입 닥치고 있는데."

"……."

"뭔 일 있나."

나는 눈물을 빤히 쳐다보는 눈으로부터 도망치듯 얼굴을 내리고 거칠게 문질러 닦았다. 윤태희가 야멸차게 코웃음을 치고는 다시 물었다.

"몇 개?"

"아홉 개."

"택배도 끝났는데 막판에 잘 털었네. 포장 다 쌌나."

"어."

"뒤에 갖다 놓고 올게."

"그냥 내 차로 갔다 올 건데."

"멀쩡한 트럭 두고 뭐 하노. 아빠 시키지."

"……아빠가 윤태희 니 친구가?"

"시키면 어때서. 원래 아빠 일인데."

오빠는 심드렁하니 대꾸했다. 나는 그대로 트럭으로 가려고 하는 것을 가까스로 말렸다.

"왜? 내가 운전하면 되는데."

"트럭 시동 걸리면 아빠가 아니까……."

"아빠가 알면 왜 안 되는데."

안 될 것은 없었다. 그냥 아빠랑 당장 마주치고 싶지 않을 뿐이었다. 입을 다물자 윤태희가 냉담한 낯으로 더 묻지도 않고 내 차 뒷좌석에 사과를 실었다.

그리고 당연하다는 듯 운전석에 올라탔다. 애초에 윤태희 돈으로 산 차이기는 했다.

"뭐 하노? 안 타나."

어영부영 그 꼴을 보고 있던 날 옆에 태우는 것도 잊지 않았다. 내 차는 순식간에 사과원에서 멀어졌다.

라디오가 켜졌다. 엄마가 병원에 갈 때 맞춰 두었던 주파수에서, 누구도 좋아하지 않는 옛날 노래가 나왔다. 윤태희는 그것을 굳이 바꾸지 않고 내버려 두었다. 우리 사이에는 그저 소음이 필요하다는 듯이.

도착한 곳에 물건을 내리고 어른들에게 퍽 싹싹한 남매 행세를 한 우리는 거짓말처럼 표정이 사라진 얼굴로 차에 탔다. 라디오에서는 여전히 옛날 노래가 나왔다.

"안 가나."

나는 윤태희보다는 출발하지 않는 차에 대고 물었다.

윤태희가 대구 없이 핸들을 톡톡 두드렸다. 손목시계를 물끄러미 바라보고 있는 것 같기도 했다.

"오빠야."

"이제 다 봤겠네."

"……뭘?"

"영상."

한순간 숨이 뚝 떨어졌다.

"문다혜. 맞제."

"……."

"다혜라는 애. 병원에서 마주쳤다면서."

윤태희가 대수롭지 않게 말했다. 자기가 말하는 이름이 무엇도 아닌 것처럼. 나는 엄마가 아무리 경황이 없어도 끝내 그 이름은 잊지 않고 윤태희에게 말한 것을 알았다.

다혜의 불완전한 이름. 지우지 않았다는 증거.

"관영고 나온 온갖 다혜 다 뒤졌는데, 존나 관상이 개 같더라. 저번에 백화점에서 본 단발머리."

"그래서."

"확인해 보니까 맞더라고. 문씨. 문다혜."

차가 그제야 출발했다. 심박이 가파르게 뛰었다. 오빠는 단조롭게 말을 이었다.

"그래서 봤다. 전부 다."

"……."

"윤차희 니 처맞는 거. 그 여자가 니 걸레 취급하는 거. 부모로 니 입 틀어막던 거."

"오빠야."

"말로만 들어도 개 같았는데, 진짜로 보니까 개지랄 같더라."

무미건조한 분노였다. 이미 혼자서 수도 없이 억누르고 짓이긴 것처럼 차분했다.

"니가, 진짜로 맞고 있더라."

"……."

"니가 그 개 같은 말을, 다 듣고 있더라. 니가 아닐까 봐, 차라리 그게 니가 아니었으면 좋겠어서, 회사 주차장에서 열 번도 넘게 돌려 봤는데…….”

“…….”

“윤차희 니 맞잖아. 니 맞다이가.”

“…….”

“아까 그거 보는데 누가 내 몸에서, 피를 다 빼 가는 거 같더라.”

이제 다 봤겠네. 방금 전 시계를 보며 그렇게 뇌까리던 소리가 가시처럼 뇌리를 파고들었다.

이제 다 봤을 거라고. 누가.

“그래서 아까 집에 내리면서 보냈다. 그 여자 본인한테 제일 먼저. 빠져 죽는 꼴 보고 싶어서.”

“…….”

“니가 아까 처박은 바닥 밑에 또 바닥 있다고. 그거 알고 죽으라고.”

“……그 다음엔.”

“그때 니 모른 척했다는 그 여자 남편.”

“…….”

“그다음에는 박해경. 그 개등신 같은 효자 새끼.”

“…….”

“니 방치했던 우리 엄마랑 아빠.”

윤태희는 날 일부러 데리고 나온 것이다. 그렇게 나오기 전에 전부 보내 놓고는, 내가 아무것도 막을 수 없게. 아빠랑 엄

362

마가 그 비참한 증거를 확인할 수 있게.

"그리고 박우경."

내가 지금 박우경에게 달려갈 수도 없게.

나는 돌아오는 내내 윤태희와 싸웠다. 어떻게 그걸 보고도 엄마랑 아빠한테 보여 줄 수 있냐고. 어떻게 그러고 날 데리고 나왔냐고.

윤태희는 그러는 내게 똑같이 말했다. 어떻게 그딴 짓을 당하고도 입 닥치고 살았냐고.

"엄마가 아까도 병원에서……."

"들었다. 문다혜한테. 느그 엄마 아까 졸도한 건 괜찮냐고 그러던데."

"……."

"미안하대. 됐제."

"됐제 좋아하네."

"아 윤차희 존나 귀찮게."

"뭐가 되는데? 엄마도 이제 안다이가. 다 알잖아. 그 집이랑도 끝났다. 뭘 더 알라고. 엄마가 뭘 더 하는데."

"그래. 안다이가."

내 말은, 그러니까 더 깊이 알 필요가 없다는 말이었다. 그런 일이 있었다는 건 이미 아니까. '그런 일'을 직접 볼 필요가 없었다. 엄마는 환자였다.

그러나 윤태희는 내게 정반대로 동조했다. 엄마가 이미 알고 있으니까 뭘 더 보고 알아도 괜찮다는 식이었다. 제가 언제 효자였냐는 양.

괜찮을 리가 없었다. 윤태희라고 모르는 게 아니었다.

"엄마도 알아야 된다."

"……."

"뭘 더 안 해도."

그러나 완고했다.

"엄마 또 쓰러지면 어칼 건데."

"니 지금 엄마 갖고 내 협박하나."

"내가 엄마한테는 말하지 말라고 했잖아. 엄마는, 진짜 잘못 될 수도 있다고……."

엄밀히 따지면 말은 윤태희가 아니라 엄마가 했다. 아까 전까지는 입도 다물고 있었다. 그건 알았다.

결국은 허공을 원망하고 싶은 것뿐이다. 나는 손바닥 위로 막막한 얼굴을 묻었다. 윤태희는 변명하지 않았다.

"이렇게까지 할 필요는 없잖아. 내가 진짜로 맞는 걸, 엄마가 엄마 눈으로 볼 필요는 없다이가……."

"……."

"박우경한테는, 내가 말한다고 했잖아."

애초에 누가 말할 새도 없이 전부 쏟아졌다. 윤태희는 약속을 지킬 필요도 없었다. 제가 청라에 오기도 전에 이렇게 된 것이다.

윤태희가 폭탄처럼 던진 것도 사실은 근거에 불과했다. 그런 게 시초는 아니었다. 그러나 끔찍했다.

이건 끔찍한 기분이었다.

"내가, 그거 보여 주기 싫다고 했잖아······."

덜덜 떨리던 목소리가 무너졌다. 우리는 오늘 충분히 망가졌다. 아무리 생각해도 더 망가질 필요가 없는 것 같았다.

박우경이 자기 존재를 역겨워했다. 제 눈에 날 담았던 시간을 후회했다.

그렇게 이미 나를 한 번 놓았다.

어쩌면 그러고도 제 손으로는 놓지 못할 것도 같아서, 저를 때려서라도 놓게 하라고. 떨어트리라고. 그렇게 아빠에게 말했다.

따지고 보면 고작 그런 말이니까 손을 뻗어 도로 잡을 수도 있을 것 같았다. 쫓아가면 금세 잡힐 것 같았다. 멀리 있지 않을 것 같았다. 박우경이 제 힘으로 놓아 버리겠다고는 하지 않았으니까. 차마 그럴 수 없어서 아빠한테 부탁한 거니까.

아빠 보고는 그 애를 제발 때리지 말라고 빌고, 그 애 보고는 내 손을 잡고나 있으라고 그러면. 정신 차리라고 하면.

아까까지는 고작 그렇게 그 애를 잡을 수 있을 것 같았다. 나만 그 애를 쥐고 있어도.

"진짜로, 끝나면 어떡해."

"······."

"박우경이 도망치면 어떡해……."

"잘된 거지. 피차."

윤태희가 무표정한 낯 그대로 실소를 흘렸다.

"꺼지라고 쫓아낼 필요도 없으니까."

"해경이 오빠야는."

"……."

"윤태희 니 친구는."

차가 문득 어두운 국도 변에 멈춰 섰다. 아까 일부러 먼 길로
돌아가는 차에서 내리겠다고 실랑이를 했던 나는 반사적으로
잠긴 문을 열었다.

윤태희가 차 문을 다시 잠근 것은 거의 동시였다. 암레스트
위에서 오빠에게 팔이 붙잡혔다.

"기다려 줄라고 했다. 오늘 일 터진 거 알고도."

"……."

"니가 박우경 금마 지켜 준다매. 같잖게."

"……."

"영상 보기 전에는 나도 그랬다. 윤차희. 그거 보기 전에는,
박해경 지네 엄마랑 끊어 놓겠다고 이 안 갈았다."

"……."

"죄 없는 박우경 죽여 버리고 싶지도 않았다."

"걔가 아니라, 내가……."

"니가 잘못한 거라고 한 번만 더 말하면, 나는 니 죽인다. 윤
차희."

순간 내 팔을 비틀어 버릴 듯 세게 쥐었던 손이 떠나갔다.

"내가 그때 니보고 그랬다이가. 니는 이딴 걸 뭘 얼마나 예쁘게 포장해서 말할 거냐고. 근데 그 여자랑 니가 얘기한 것부터 포장이더라."

"……"

"영상을 보니까 며칠 전에 집 앞에서 회 쳐 받고 한 대화는 동화책이더라. 씨발. 윤차희 니는 그것도 박우경에게 못 들려준다고 했다. 니가 말로 뭐? 씨발 얼마나 예쁘게 할 건데?"

"……"

"박우경이 얼마나 기가 찰지는 생각해 봤나. 그 새끼가 니를 얼마나 좋아하는데. 얼마나 오래 좋아했는데."

"……"

"니가 박우경 그 새끼 병신 만든 거다."

무릎 위에 툭 떨어트린 물건처럼 볼품없게 질린 손이 옷감을 긁었다.

"근데 왜 잘못했다고 말하지 말라 카는데."

"니 입으로는 하면 안 되는 말이니까. 나는 해도."

"……"

"니가 해서는 안 되는 말이니까. 그 여자 아들 앞에서는."

그 여자 아들. 나는 그것보다 박우경이 멀게 느껴질 언어가 있을지 생각해 보았다.

"니가 그러려고 한 거 아니니까. 그 여자 아니었으면 아무 일도 없었으니까."

"……."

"니는 피해자다. 니가 지금 니 부모를 비참하게 하는 게 아니라, 4년 전에 그 여자가 하는 거다."

"……."

"니가 박해경을 곤란하게 하는 것도 아니고, 니가 박우경 죽고 싶게 하는 것도 아니다. 다 걔들 엄마가 했다."

"……."

"니는 잘못 안 했다."

윤태희는 고집스레 말을 새겨 넣었다. 아까는 내가 박우경에게 잘못한 게 맞다고 바른말을 해 놓고.

대꾸 없는 나를 물끄러미 바라보던 윤태희가 다시 차를 몰았다. 듣는 이들을 모르고 상냥한 라디오 속 목소리가 90년대 노래를 소개했다. 우리가 태어나기도 전에 나온 노래.

아무도 만나지 않았던 시절의 노래.

"우경이 만나지 마라."

마치 그 이야기를 내게 처음 하는 것처럼, 윤태희가 노래의 끝에서 말했다. 그 새끼, 박우경, 그렇게 부르지도 않고 다정하게.

여느 때처럼 뾰족한 친밀감도 모난 적대감도 없이. 그 애로부터 멀찍이 서서.

"이제 우리는 그 집이랑 아무 상관도 없다."

"……."

"난 박해경이랑 연 끊을게."

"갑자기 해경이 오빠야는 왜 물고 늘어지는데."

"니보고만 헤어지라고 하면 불공평하니까."

"해경이 오빠야랑 둘이 언제 사귄 건데?"

"장난할 기분 아니다."

"나도 아니다."

윤태희는 작게 욕설을 중얼거렸다.

"윤차희 니가 박우경 쫓아낼 때 돈 필요하댔제. 퇴직금 조로 얼마."

"안 쫓아내도 도망가게 생겼는데, 니네 딸래미랑 헤어지라고 돈 봉투라도 줄 거가."

"어. 내가 줄게."

"오빠야. 박우경 부잔데."

"부자고 나발이고 존나 일했다이가. 줄 건 줘야지."

"……."

"그리고 니는 오늘 밤에 내랑 같이 대구로 가자."

"안 간다."

"윤차희."

"안 헤어질래."

"아 말 드럽게 안 듣네."

"니는 엄마 아빠 말 들었나?"

"씨발 이게 진짜."

나는 차가 집에 도착하기 무섭게 내렸다. 그대로 있으면 대구로 납치라도 당할 것처럼 다급했다. 그러다 불이 환하게 켜

진 집을 보고 어디로 갈 수도 없는 사람처럼 멈추었다가, 이내
뛰었다.

현관문을 닫지도 않고 집 안으로 뛰어 들어가자 TV 소리가
들렸다. 그것을 누구도 보고 있지는 않은 것처럼 인기척이 없
었다. 나는 공포에 떠밀리듯 안방 문을 열었다. 침대에 우두커
니 앉아 있던 엄마는 의외로 멀쩡한 얼굴이었다.

아주 잠깐, 그게 멀쩡하다고 생각했다.

"희야."

"엄마."

정말로 봤느냐고 물어볼 필요도 없었다. 엄마는 울지 않았지
만 울고 있었다. 마른 얼굴이 통곡하는 것보다도 형편없었다.

"……아빠는?"

아까 아빠는 내 앞에서 시커멓게 탄 속을 내색도 못했다. 그
래서 차라리 사과나무 사이에 숨었다. 그렇게 저녁이 되고 밤
이 됐다.

모든 것이 불안했다.

"희야. 가라."

"……"

"그냥 앞으로 엄마 아빠가 어디에 있든지 두고 가라. 엄마
는, 니를 못 보겠다."

"……"

"엄마 얼굴도 보지 말고 살아라."

엄마가 나를 생전 처음 쫓아냈다. 네 오빠 따라 가라고. 여

기로 오지 말라고.

그리고 그날 밤, 박동주의 사과원에서 불이 났다.

#45. 연기

가라, 못 간다, 희한한 실랑이였다. 윤태희는 앞뒤도 모르면서 잠깐 듣고는 잘됐다고 날 끌고 나갔다.

"일단 가자. 일단 여기만 아니면 된다."

나는 윤태희 팔에 반쯤 들린 채 허공에서 놓으라고 기를 쓰다 나중에는 악다구니를 썼다. 엄마가 나보고 엄마 얼굴도 보지 말고 살래. 어디에 있든지 보지도 말재…….

그 말이 울음처럼 터져 나온 후에야 마당에서 윤태희가 날 놓쳤다.

말도 나오지 않아서 놓으라는 말이나 겨우 할 때는 술 취한 아저씨 취급하더니, 내가 엄마에게 반쯤 의절 당한 것 같자 욕을 했다. 그건 또 무슨 개소리냐고.

"엄마가 박우경이랑 헤어지라매. 엄마 말대로 하면, 개랑 헤어지고, 엄마 아빠도 못 보면, 난 뭐가 남는데. 나한텐, 대체 뭐가 남는데."

"……."

"사 년 동안 이미 그렇게 살았는데, 아무도 안 보고 살았는데, 이제야 다 찾았는데…… 내가 왜 앞으로도 그렇게 살아야 되는 건데. 왜……."

"희야."

"엄마 얼굴도 보지 말고 살라고? 내가 왜?"

"……."

"내가 왜 엄마 얼굴도 못 보고 살아야 되는데. 내가 왜."

이제야 반년이었다. 4년간 청라에 발도 못 들이다 겨우 돌아왔다.

나는 아픈 엄마가 벽에 부딪히고 나서야 더는 도망칠 핑계가 없다는 듯이 청라로 왔다. 고작 지난봄의 일이었다. 내내 돌아갈 집도 없는 것처럼 절박하게 살다 처음으로.

사실은 도망칠 핑계가 아니라 여기로 돌아올 핑계가, 변명이 없었던 것이다.

내 입을 틀어막은 것이 환멸 나서. 내 앞에서 엄마를 애지중지 돌보는 신미진이 역겨워서.

아무것도 모르는 엄마를 미워하기 싫어서. 사는 겹겹이 재수 없고 박복한 아빠가 미워서.

내가 버린 박우경이 어디에서나 허상처럼 보이는 이 동네가 싫어서.

그 애랑 같이 자랐던 14년이 질릴 만큼 길어서.

그러니까 차라리 보지 않으려고 했다. 내 모욕적인 추억도 돌아보지 않으려고 했다. 어차피 입이 있어도 말할 수 없어서. 아무것도 바로잡을 수 없어서.

그렇게 4년을 보냈다.

내 부모를, 우리 집을 어찌하겠다는 겁박은 스물셋이 되어서야 비틀려 보였다.

청라에서만 평생을 살아 이 작은 도시가 세상의 전부처럼 보였던 열아홉의 눈에는 보이지 않았던 것들이, 이곳에 돌아오고 나서야 보였다.

어쩌면 그래서 처음으로 엄마 앞에서 신미진을 깎아내렸을 수도 있다. 뒤틀린 것도 용기라면 용기로.

그래서 어떻게 됐더라.

스물셋의 내가 신미진을 딱 한 번 말했던 날에, 엄마는 숨이 넘어갔다.

"내가, 뭘 어떻게 했어야 돼."

"……."

"내가 뭘 어떻게 말을 해……."

엄마는, 아무도 없는 집에서 죽을 뻔했다.

박우경이 그때 나더러 집에 들어가라고 하지 않으면 엄마는 우리 집 화장실 바닥에서 죽었을 것이다. 박우경의 차가 아니었다면 이 외진 시골에서 구급차가 오기만을 기다리다, 내 팔 안에서 죽었을 것이다.

엄마의 죽음에 근접했던 순간이 끔찍했다. 엄마가 잘못되는 걸 보느니 내 속이 역한 게 나았다.

죽지 않았으니 됐다. 살았으니 됐다고 생각했다. 신미진은 그런 것 앞에서 아무것도 아니었다. 지난 4년이 그 여자를 무엇도 아니게 했고, 엄마의 죽음 앞에서는 재도 남지 않았다.

나는 이제 아프지 않다고, 힘들지 않다고, 아프지도 힘들지도 않은데 왜 박우경을 공연히 놓아야 하냐고……. 내 속이 그랬다. 정신이 나가 그런 것도 알았다.

내가 미친 것이니까 그런 날 이해해 주기는 바라지도 않았다.

그런데 이제는 다 잊으라고.

4년으로 끝이 아니라, 지난 4년처럼 평생을 살라고.

"……내가 희야 니 얼굴을 어케 보고 사노."

"엄마."

"니가 엄마 아빠 때문에 그 나이에 무슨 말을 삼키고 살았는데. 무슨 일을 당했는데. 죄지은 것도 없이 죄지은 사람처럼, 몇 년을 부모 얼굴도 못 보고 살았는데."

"……."

"우경이 때문이 아니었다. 니 고모 때문도 아니었다. 그년이지 혼자 미쳐가 달려든 게 우경이 때문이었다고 해도, 니 불쌍한 고모 때문이었다고 해도."

"……."

"적어도 희야 니가 그때 그렇게 입 다물고 맞았던 거는. 온갖 더러운 우세를 당하기만 했던 거는……."

"……."

"그거는, 우리 같은 사람이 니 부모라 그랬던 거다."

아니야.

"우리가 평생 그 집 그늘에 살아서."

"……"

"우리가 그런 부모라서. 열아홉 먹은 애 눈에도, 금방 죽을 것 같은 부모라서."

"……"

"니 앞에서 빚쟁이들 전화에 변명하던 부모라서."

엄마는 공허한 낯으로 바닥을 내려다보았다.

"몇 번을 봤는데, 니 친구 다혜 말대로, 니는 우경이를 붙잡지도 않드라. 헤어진다고 열 번도 더 말하드라. 잘도 그카드라. 아무 미련도 없이."

"……"

"지금처럼 우경이 금마를 못 놓겠다고 그러고 있는 게 아이드라. 우경이 때문이 아니라……"

"……"

"니가, 진짜로 우리 때문에 그러고 있드라."

나는 부정했다. 엄마가 내 부정에 자조했다.

"내가 느그들 외할매 병원비 때문에, 그때 돈 기백 모자라던 거 빌리믄서 내 손으로 알아서 차용증 썼다. 그 앞에 고맙다고 벌벌 기어가믄서. 신미진이가 쓰지 말라는 거를 내 손으로 썼다."

"……"

"사람 하나 살렸다고, 이래 손 벌리가 미안하다고 신미진이 한테 열 번 스무 번 감사 인사하면서 썼다."

"……."

"남도 아이고 우리 사이에 차용증 같은 걸 만다꼬 쓰냐고 그러던 인간이, 니 앞에 가서는, 추심업자한테, 사채업자한테 채권을 팔아넘긴다 카대."

"……."

"애한테 느그 엄마 손으로 쓴 차용증 보라고. 그런 무서운 인간들 손에 들어가면 기백이 기천 되는 거 순식간이라고. 니네 부모가 홍수 났을 때부터 세상천지에 진 빚이 다 얼만지는 아냐고. 니 하나 때문에 니 부모 사는 게 지옥이든가, 죽어서 지옥을 가든가……."

"……."

"작게 찍혀서 니 표정이 보이지도 않는데, 니 얼굴이 잘 보이지도 않는데……. 그 말을 들을 때 희야 니 얼굴이, 꼭 칼에 찔린 아 같드라. 그 칼을 내가 준 거다."

"……."

"니가 내 딸이라서 찔렀다."

"……."

"그런데도 평생 입 닥치고 살라는 그 여자 말 니는 못 듣겠다고 그러고 있드라. 엄마……. 이런 것도 엄마라고, 외할매 퇴원만 하면 말한다고."

"……."

"니 부모한테 당장 도와 달라고, 지켜 달라고 하는 게 아니라 꼴랑 엄마가 니 한 번 돌아볼 여유나 있을 때 알릴라고. 그래도."

"……."

"그래도, 그때까지는 니가 그렇게 엄마한테 말하고 싶어 했는데."

엄마는 울지 않고 웃었다.

"결국에는 말을 못 했제."

"엄마."

"니가 손 뻗을 곳에, 부를 수 있는 곳에 우리가 아무도 없어서. 그 여자가 그것보다도 더 해서. 우리가 그때 니 앞에서 아예 바닥을 찍어가."

깊은 자조가 주름을 따라 패었다. 엄마가 순식간에 늙어 보였다.

"생각해 보니까 그 해에 그 집에서 우리 한 번 살려 줬었다. 은인이라고 떠받들게 된 것도 그때다."

"……."

"그 해에, 니 얻어맞은 값으로 우리가 살았다."

아.

"그 덕을 봐가 살았다. 겨우 숨 도로 붙여가 연명했다. 그때 갑자기 느그 아빠 친구들이 한꺼번에 이상하게 달라졌던 것도, 신미진이가 니 보라고 한 거라매. 더 하면 어떻게 될지 보라고."

"……."

"아직도 기억난다. 하루아침에, 그렇게 한꺼번에 숨통을 조이다가, 한꺼번에 사라지더라. 어쩐지 그러더라. 어쩐지……."

"……."

"하나하나 그 덕 봐가 살아 놓고, 니보고 말 안 하고 뭐 했냐고 붙잡고 따질 자격이 어데 있노. 다 지나가고 나서 하는 말이지. 이제는 살 것 같으니까. 다 허투루 체면 챙긴다고 하는 말이지. 이딴 게 부모라고."

"……."

"니가 니 부모한테 말하고 싶었던 시절은, 그때 이미 다 지나갔는데. 이제 와서."

차라리 엄마더러 울라고 할 것을 그랬다. 평생 울고 싶은 만큼 울고 살라고.

"희야 니가 입을 다물어서 우리가 살았는데, 이미 그렇게 살았는데, 그걸로 니 탓을 우째 하노."

"……."

"니는 우경이랑 헤어질 게 아니라, 이 집에서 떨어져야 된다. 가라. 제발 멀리 가라."

"……."

"차라리 우리랑 연을 끊고 우경이랑 살아라. 느그 아부지가 그러더라. 그게 낫겠다고."

"엄마!"

"느그 둘이 그래 살아라. 우경이만 그 집 자식 될 연이 아니었던 게 아이라, 희야 니도 우리 자식 될 연이 아니었다."

"엄마 진짜 미쳤나. 애한테 못 하는 소리가 없노."

"청라만 떠나면 된다. 아무도 모른다."

윤태희가 이를 악물고 엄마를 방으로 떠밀었다. 나는 멍하니 밀려나는 엄마를 보았다.

얼굴도 보지 말고 살자는 게 그런 뜻이었다. 나더러 박우경이랑 살라고.

겨우 그런 게 허락이라고.

차라리 너네 만나는 걸 보느니 죽겠다고 하지. 헤어지라고 내 뺨을 때리지.

"우리한테 느그가 너무 과분했다. 진짜로 다 해 주고 싶었는데, 공주처럼 키우고 싶었는데……."

"……."

"결국 니도, 태희도 평생 끌어내리기만 했다."

엄마는 자기가 엄마도 아니라고 했다.

"아무 데도 안 갈 거다. 엄마 아빠 못 보고 살 바에야 그냥 걔를 안 만날 거다."

"……."

"누구 마음대로 그런 말을 하는데? 엄마가 뭔데. 나한테 엄마는 엄마밖에 없는데, 엄마가 아니면 뭔데. 왜 엄마 마음대로 엄마가 아니라 그러는데. 엄마가 뭔데……."

"이제 느그 오빠야 하나만 가족이라고 생각하고 살아라."

"……."

"느그 오빠야 따라가라. 알겠제."

알긴 뭘 알아. 모르겠다는 내 대답이 방문에 부딪혀 떨어졌다. 옆에 있던 윤태희가 문득 중얼거렸다.

"아니 씨발…….지금 내까지 니랑 세트로 우리 집에서 짤린 거가?"

"…….'"

"가만있는 나는 왜?"

엄마가 한번 잠가 버린 안방 문은 다시 열리지 않았고, 그 애랑 살라는 어이없는 허락만 남았다.

아빠가 돌아오지 않았다. 전화도 꺼져 있었다. 문 안의 엄마는 아빠가 어디로 갔는지도 모른다고 했다. 말만 걸면 가라고 하는 게 짜증나서 그 뒤로는 말도 안 걸었다.

박우경에게서는 당연히 연락이 없었다. 불안이 극에 달했다.

거실에서 창밖을 바라보며 안절부절못하는 나를 심드렁하게 바라보던 윤태희는 아빠 친구들에게 전화를 몇 통 돌렸다.

"내가 이럴 줄 알았다. 지금 술 마시고 있다는데."

"누구랑."

"경홍이 아저씨가."

"어디서. 경홍이 아저씨 집에서?"

"안 물어봤는데."

"물어봐라."

"존나 귀찮게 하네."

그렇게 불평해 놓고 금세 통화하는 소리가 들렸다.

"집이래. 됐제."

"……가서 데려와야 되는 거 아니가?"

"소주 한 병 마실 시간도 안 줄 거가."

"……."

"니한테는 지나간 일이라도 아빠한테는 오늘 일이다이가."

"……."

"엄마가 신미진 개 패듯이 팼다매. 엄마가 다 패 놨는데 자기는 이제 와가 지랄할 것도 없고, 맨 정신으로는 못 있겠고, 집에서 니 얼굴도 못 보겠고. 술이나 먹나 보지."

"……오빠야 니는 어디 가는데?"

"밖에. 나도 윤차희 니 얼굴 안 볼라고."

나는 덩그러니 집에 남았다. 열 시였다. 아빠의 소재를 파악하고 나자 박우경이 시한폭탄처럼 남았다.

열일곱 살 때처럼 제 몸에 무슨 짓을 하면 어떡하지.

가까스로 용기를 내어 전화를 걸어 봤지만 그 애의 전화도 아빠처럼 꺼져 있었다. 나는 결국 엄마에게 잠깐 나갔다 온다고 문자를 남기고 집을 나왔다. 말을 걸면 돌아오지 말라고 할까 봐.

밖이라기에 창고나 마당 어디에 널려 있을 줄 알았던 윤태희는 아예 나가 버렸는지 보이지 않았다. 윤태희의 차도 없었다.

문득 해경 오빠가 떠올랐다. 오빠를 보러 갔을지도 모르겠다.

나는 그 애의 할머니 집으로 차를 몰았다. 당연하게도 집 안의 불은 꺼져 있었다. 제사를 지낼 수 있을지는 모르겠지만.

담벼락 밖에 비친 정원의 야외 등 불빛과 듬성듬성 놓인 가로등 불빛 외에는 무엇도 볼 수 없었다.

조금만 기다리다 돌아오지 않으면 가야지. 생각해 보니 오늘 그 애의 집에는 사람이 많았다. 열일곱 살 때처럼 제 부모와 단출하게 남은 것이 아니라.

제 형도 있고, 큰아버지와 큰어머니도 있다. 큰댁에서 온 사촌 형제들도 함께 있었다. 그때와 같은 사고를 걱정할 필요는 없을 것 같았다. 적어도 이 기괴한 연휴가 다 지나기까지는.

핸들에 고개를 묻고 숨을 몰아쉬었다. 맥박은 여전히 세차게 뛰었다. 병원에서부터 여태껏 채 십 분도 지나지 않은 것처럼. 그렇게 얼마간 엎드려 있다가, 문득 어두운 차 내부로 비치는 헤드라이트 불빛에 고개를 번쩍 들었다.

시계를 보자 어느덧 한 시간이 지나 있었다. 박우경의 상태만 확인하고 얼른 엄마에게로 돌아가야 했다. 나는 다급히 차에서 내렸다.

그 애의 차였다.

"박우경!"

나는 멀리서도 차가 이상한 것을 알아보았다. 어딘가에 세게 충돌한 것처럼 전면부 왼쪽이 움푹 들어간 차는 멀쩡한 구석을 찾기가 더 어려워 보였다.

뒤틀린 범퍼, 다 깨어진 전조등……. 심지어 운전석 쪽 사이드 미러는 목이 꺾여 있었다.

욕이 나왔다. 미친놈. 미친 새끼. 또 이 지랄이야. 또.

"이 미친 새끼……."

"왜 왔노."

차에서 내리며 건네는 말이 무심했다. 나는 그 애를 때리거나 걷어찰 것처럼 빠르게 걸어갔다.

차 문이 탁 하고 닫히며 그 애를 아주 잠깐 비추었던 차 실내등이 꺼졌다. 박우경이 그대로 어둠 속에 잠겨 들었다.

"니 차로 뭔 짓 했는데."

"아까 엄마 차 갖다 박아서."

"……뭐?"

나는 순간 귀를 의심했다. 박우경이 단조롭게 대꾸했다.

"이혼 얘기 다 끝나 간다더니 갑자기 미친갱이같이 이혼 못 하겠다고 집에서 도망치길래."

"도망치면 도망치게 두면 되지, 니가 왜."

"술 처먹고 나가서 생판 남 죽이는 것보다는 내가 낫다이가. 나는 그 여자가 낳기나 했으니까."

"……."

"몇 번 차로 막았는데 안 처듣고 고속도로까지 탈라고 해서."

정확히는 그 애가 측면에서 끼어들어 앞을 막으려 했고, 술 취한 신미진이 멈추지 않고 그런 박우경의 차를 세게 들이받은

384

것이었다.

나는 사고를 가늠하려고 핸드폰 카메라 플래시를 켜서 그 애의 차를 비추었다. 그제야 운전석 측면부터 전면까지 길게 충돌한 흔적이 보였다.

운전석 쪽 유리창이 깨져 있었다. 일순간 목뒤가 서늘하게 식었다. 차를 멍하니 보다 그 애에게로 빛을 돌리려는 찰나, 시야 아래쪽에서 손을 뻗어온 그 애가 내 핸드폰을 쥐었다. 플래시의 하얀 빛이 그 애의 손아귀 안으로 사라졌다.

다시 사방이 어두워졌다.

"……박우경 니 다쳤제."

"아니. 멀쩡하다이가."

"……."

"내가 박은 건데."

"……박우경 니가 들이박은 게 아니라, 아줌마가 한 거잖아."

"명목상으로는 그런데, 나도 박았다."

"……."

"엄마 차가 내 차 박아 버리는 순간에, 그거 가드레일로 밀어 버렸거든."

"……."

"역으로. 고의로."

죽었으면 좋겠어서. 그 애의 목소리가 나직하게 꺼져 들어갔다.

죽기를 바랐다는 게 누군데. 너야. 아니면 너희 엄마야……. 어둠 속 박우경에게 차마 묻지 못하는 사이, 그 애는 내 핸드폰 플래시를 껐다.

야간이면 지나가는 차가 거의 없는 시골 국도였다. 4차선 국도 위의 목격자는 아무도 없었다. 박우경이 운전석에서 기절한 제 엄마를 끌어내 도로변에 누였을 즈음에는 허겁지겁 그 애의 큰아버지와 큰어머니가 뒤쫓아 왔다.

그리고 스스로 사고를 신고하려던 박우경을 말렸다.

일하는 사람들 앞에서 네 엄마가 개 처맞듯 얻어맞은 것으로도 망신이 부족했냐고. 다 까발린 가정사로도 부족해서 이러느냐고.

얼른 이혼하고 멀리 내쫓아 버리면 그만이지, 경찰서에 엄마랑 아들이 같이 조사받으러 들락거려 좋을 게 뭐냐고.

엄마는 음주운전 입건에, 아들은 그런 엄마가 탄 차를 죽으라고 들이받았다고 하면 세상이 우리 집안을 뭐라고 하겠냐고.

"존나 개판이라고 하겠지. 뭘."

와중에 도로 위에서 깨어난 신미진은 한꺼번에 삼킨 보드카 반 병 치의 헛소리만 일삼았고, 박우경과 길이 엇갈렸던 해경 오빠가 왔다. 좋은 차 안에 타고 있던 사람들은 퍽 멀쩡했지만, 충돌한 차량 두 대는 폐차장으로 곧장 보내는 게 나을 꼬락서니가 되어 있었다. 그야말로 엄청나게 큰 사고가 난 것처럼.

하루 종일 신미진을 쳐다보지도 않았던 오빠는 그때 처음으로 신미진을 살펴봤다고 했다. 그저 제 동생이 친 사고를 가늠

하듯이.

그리고 박우경에게 빌었다고 했다.

지나가자고. 엄마를 위해서가 아니라 널 위해서.

박우경의 큰아버지와 큰어머니는 이미 그 애가 낸 사고로 짐작했고, 해경 오빠도 얼추 그렇게 생각했다.

심지어는 그 애조차도 그렇게 생각했다. 그래서 부정도 하지 않았다.

가드레일로 제 엄마가 탄 차를 밀어 버리던 그 순간의 기분. 그저 그 기분에 대한 책임이라는 양.

"……아줌마는?"

"형이 병원 데려갔다."

그대로 대화가 끊겼다. 우리는 대화를 해 본 적 없는 사람들처럼 잠깐 마주 서 있었다.

"……니 몸 좀 보자, 박우경."

"너무 야한 말 아닌가."

"안 다쳤는지 보자고, 도라이야."

"안 보여 주고 싶다."

"다친 거 맞잖아."

"이제 안 보고 싶다. 니."

"…….."

"안 보고 싶다. 차희야."

누가 등을 툭 민 것처럼 멍하니 열린 눈에서 물방울이 툭 떨어졌다. 별로 눈물 같지도 않았다.

나는 박우경의 손에서 핸드폰을 빼앗았다. 그러나 빛을 밝히는 찰나 박우경이 몸을 돌려 할머니 집 대문으로 성큼성큼 걸어갔다.

"박우경!"

"가라."

"니가 가지 말라고 해도 간다. 확인만 하자. 어?"

"윤차희 니가 확인한다고 뭐가 달라지는데."

"……."

"다쳤으면. 내가 아프면."

"……."

"그걸 니가 본다고 뭐가 달라지는데."

"……꼭 뭐가 달라져야 되나? 내가 니 보면 안 되나. 달라질 수도 있다이가."

"나는 아무리 봐도 윤차희 니가 다치기 전으로 돌아갈 수가 없던데."

"……."

"그만하자."

누가 내 등을 밀고, 또 미는 것 같았다. 아무런 실감 없이 눈이 뜨거워지고, 뺨이 젖었다. 감각이 너무 무뎌서 사실은 비가 내 얼굴 위로 떨어지는 것과 다를 게 없었다. 내가 흘린 것인지, 어디서 떨어진 것인지 분간이 안 됐다.

그만하자고 처음으로 말했다. 박우경이, 처음으로.

"그만하자, 차희야. 내가 잘못했다."

"니가 뭘."

"처음부터 내가 잘못 생각한 거다. 니가 아니라. 처음부터 끝까지 내가 잘못했다. 다. 다시 청라에 온 거. 니한테 매달린 거. 니 괴롭힌 거……."

그 애의 말 끝자락이 물기에 젖었다.

"니가 날 별로 좋아하지 않는 줄 알았을 때가 차라리 나았는데."

나는 내가 우는 것보다 박우경이 우는 것을 더 빨리 알아차렸다.

"아무것도 모르면서 기대할 것만 많았거든. 대가리가 꽃밭이라."

"우경아."

"나를 왜 좋아해서."

"……."

"어떻게 니가, 나를……."

"박우경. 나 좀 봐."

"……."

"나 한 번만 봐 봐."

박우경은 날 돌아보지 않고 대문의 비밀번호를 눌렀다. 대문 머리에 달린 불빛이 한 번 꺼졌다가 느릿하게 다시 켜졌다.

"갈게. 확인만 하고."

나는 그 애가 떠든 말에는 대꾸도 하지 않고 팔을 붙잡았다. 어차피 네가 아니라도 나보고 다 어디로 가라고 해. 옆에 있으라는 사람은 아무도 없어. 전부 다. 다 나보고 떠나라고 해. 아무도 나랑 안 있겠다고 해.

"나는 괜찮으니까. 확인만 할게, 우경아."

그 애의 팔이 내 손을 뿌리쳤다. 그러나 나는 상처를 받을 새도 없이 그 팔을 다시 잡았다. 내 손에 진득하게 묻어난 것이 붉었다.

"박우경. 니 팔⋯⋯."

"⋯⋯."

"무슨 짓을 한 건데, 니."

"아까 사고 났을 때."

"니 차 왼쪽으로 부딪혔잖아. 이거 오른팔이잖아."

"엄마 꺼내다가."

나는 기어코 박우경의 몸을 내 쪽으로 돌려 세웠다. 점멸하는 불빛이 그 애의 형태를 어둠 속에서 건져 냈다.

팔뚝에서부터 흘러내린 피를 대충 닦아 내 얼룩덜룩한 오른손. 벌겋게 젖은 흰 소매 끝. 찢긴 천. 갈라진 살⋯⋯.

그런 건 그 애의 팔에 닿았을 때부터 알았다. 안다고 기가 막히지 않는 것도 아니었지만, 그래도 알고는 있었다.

내 눈이 그 모든 당연한 것을 스쳐 올라가 어느 한군데에 다다랐다.

불에 검게 그을리고 녹은 소매의 흰 천이 박우경의 팔에 흉측하게 달라붙어 있었다.

"⋯⋯."

그 이질적인 화상으로부터 반사적으로 시선이 움직였다. 멀찍이 떨어진 동네의 가로등 빛 무리를, 그곳으로부터 박우경의 커다란 집이 성채처럼 서 있는 작은 산등성이 위를 향했다.

아무것도 없었다. 나는 무엇도 안도하지 못한 채 시선을 돌렸다. 그다음으로 눈이 돌아간 곳은 할머니 집과 정반대 방향이었다.

박동주의 과수원이 있는 곳. 유통 센터와 공장이 있는 곳.

그곳과 여기를 가르는 낮은 산등성이 위가 문득 조금 밝았다. 분명 아까 차를 세울 때만 해도 보인 적 없던 빛이었다.

아주 미약한 선의 형태로 산의 능선을 따라 흐르는, 하얗고 불그스름한 빛이 밤하늘로 경계 없이 퍼져 나갔다.

그러다 어느 순간 하늘이 환해졌다. 연기가 기둥처럼 솟아올랐다.

"……설마, 니가."

박우경이 어느덧 눈물이 멎은 서늘한 얼굴로 날 내려다보았다. 그 애는 끝내 내게 대답하지 않았다.

밤이 지나갔다. 불은 여러 동 줄지어 서 있는 유통센터 건물 중 하나의 외벽을 검게 태우고, 그 건물로부터 가장 가까운 곳에 붙어 있던 자그마한 산마저 반쯤 타고 올라가다 꺼졌다.

분명 사람들이 없는 시각인데 최초 발화 시점으로 추정되는 시간과 신고가 들어간 시각이 거의 비슷하다는 소리를 들었다. 신고가 빨랐다. 바람이 없는 날씨도 도왔다.

박동주의 저택 같은 집은 애당초 사과원에 붙어 있지도 않아 화를 입을 일도 없었지만, 사람들은 새삼스레 그것도 잘 된 일이라고 했다.

모두가 천만다행이라고 했다. 다행. 나는 그 단어를 입 안으로 중얼거려 보았다.

사람은 안 죽었으니까 됐지. 경홍이 아저씨가 작게 중얼거렸다. 애초에 모두가 번갈아 가며 그 소리였다. 그래. 안 죽었으니까 됐지.

나는 문득 그 애의 화상 입은 팔을 떠올렸다. 네가 죽지는 않았으니까 됐다는 식으로. 그러나 뒤늦게 천을 떼어 내려면 피부를 같이 떼어 내야 할 수도 있었다.

그대로 날 무시하고 제 할머니 집으로 들어가 버렸던 박우경은 얼마 지나지 않아 그 집에서 나왔다. 그리고 내가 보이지도 않는 것처럼 반파된 차를 끌고 사라졌다.

설마. 진짜 니가. 야, 아니제. 저거 니가 한 거 아니제. 아니라고 해라. 박우경. 제발 좀……. 바보같이 더듬더듬 내뱉던 나는 박우경이 날 마지막으로 지나치던 순간 겨우 그런 말이나 했다.

화가 나다가, 저딴 새끼 달려들어 죽이고 싶다고 생각하다가, 그러다가 겨우.

우리가 헤어진다 치고, 치료는 받으라고. 지금 네가 어디로 가든지.

어디로 가느냐고는 묻지 못했다. 어차피 물어도 대답을 구하지는 못했을 것이다.

나는 윤태희가 길 위에서 돌아오는 것을 보았다. 저 멀리, 검게 그을린 건물 앞에 서 있는 해경 오빠가 그런 윤태희의 등을 바라보고 있었다. 작은 점처럼 먼 얼굴이다. 그 얼굴이 문득 나를 물끄러미 보고 있었다.

차와 차 사이, 그리고 듬성듬성 서 있는 사람 사이로 날 단번에 발견한 것처럼.

오히려 우리가 멀리 있어 그럴 수 있는 것처럼.

새벽 동이 트기도 전에 박동주의 사과원 혹은 그곳이 보이는 곳까지 차를 끌고 온 사람들은 하늘이 훤한 아침이 되어도 떠나지 않았다.

그 끄트머리에 우두커니 있는 나는, 실은 그저 윤태희를 데리러 온 입장이었다.

지난밤 윤태희가 갑자기 나갔던 게 애초에 해경 오빠 때문이었다는 걸 알게 된 것은 새벽녘 내게 걸려 온 전화에서였다.

전화는 윤태희의 것이었고, 날 부른 건 해경 오빠의 목소리였다.

해경 오빠는 울고 있었다. 내 목소리를 듣자마자 어린애처럼 울었다. 자기가 전부 미안하다고 했다. 잘못한 것 하나 없이 그렇게 내게 빌었다.

윤태희가 뒤늦게 돌아와 그 전화를 빼앗을 때까지.

자기가 그 사람 자식이라 미안하다는 말이, 내가 차희 널 좋아해서 미안하다는 고장 난 말로 변할 때까지.

윤태희가 해경 오빠의 그 엇나간 고백을 어떻게 받아들였는지는 알 수 없었다. 해경 오빠가 술에 취해 그런 것이라고 단조롭게 둘러대던 윤태희는 전화기 너머에서 오빠에게 몇 마디 욕을 하고 끊었다.

신미진이 술에 취해 무슨 짓을 하려 했는데, 박우경이 어떻게 그걸 막았는데 해경 오빠가 술을 입에 댈 리 없었다. 오빠는 그저 제정신으로, 온 정신이 나간 것이다.

가까스로 신미진을 입원시킨 병원에서 도망쳐 나온 오빠는 아예 정신이 다 나간 채로 윤태희를 불렀다고 했다. 나 좀 살려 달라고. 숨이 안 쉬어진다고⋯⋯. 그렇게 자기가 지금 부를 수 있는 사람이 윤태희뿐이라는 듯이.

우리 모두가 어디서 무얼 하다 헤어졌는지도 잊어버렸다는 듯이.

"가자."

"해경이 오빠야는 좀 어떤데."

"⋯⋯아직 제정신 아닌데, 뭐 이제 우리랑 상관있나."

"⋯⋯."

"알아서 하겠지."

말과 달리 간밤에 시외까지 나가 해경 오빠를 주운 윤태희는 화재가 났다는 소식에 제 차도 버려두고 어떻게든 오빠와 오빠의 차를 챙겨 여기로 왔다.

해경 오빠는 도저히 운전할 상태가 아니었다고 했다. 윤태희가 핸들만 잡게 해도 덜덜 떨었다.

그러고 있는 걸 길바닥에 버리고 갈 수가 없어서. 윤태희는 그렇게 말하고, 아무 일도 없다는 듯이 차가 없는 저를 데리러 오라고 했다. 밤새 해경 오빠 옆을 지키고 나서야.

혹은, 이제 날이 밝은 후에는 도저히 옆에 있을 수 없는 사이가 됐다는 듯이.

"알아서 해야지. 이제."

"……."

"사과원에 불이 나든, 다 미쳐 갖고 가족끼리 교통사고를 내든."

윤태희는 건성으로 근처 서 있던 어른들에게 고개를 까딱 숙이고는 내 차에 올라탔다. 무심결에 '저 집 사람들은 좀 어떤 것 같으냐'는 질문이 날아오던 찰나였다.

"내가 지금 그거 대답하게 생겼나. 씨발. 누구한테 뭘 묻는 거고?"

"오빠야 니가 그쪽에서 오니까 묻지."

"옳은 말 하지 마라. 짜증 나니까."

빨리 출발하라는 듯 윤태희가 퍽 사납게 정면을 향해 턱짓했다. 나는 시키는 대로 했다.

"글고 윤차희 니는 뭐 좋은 꼴 볼 끼라고 차에서 내려가 보고 있노. 집안끼리 그 지랄 난 지 얼마나 됐다고. 어? 면전에서 무슨 소리를 들을라고."

"경홍이 아저씨가 쓸데없는 말 다 잘라 주던데. 아무도 내한 테 뭐라 안 그랬다."

그냥 날 나무랄 거리가 필요했다는 양 윤태희는 대꾸도 없이 지나가는 차창 밖을 보았다. 그러다 툭 내뱉기를.

"박우갱이는."

"몰라."

"진짜 모르나."

윤태희가 미심쩍은 듯 가느다랗게 뜬 눈으로 날 응시했다.

"윤차희 이거 아무리 봐도 내 없을 때 나간 거 같은데."

"어. 나갔다 왔다."

"씨발 당당하기까지? 그래서 박우경 봤나."

"봤다."

"그 새끼 사고 친 것도 봤나. 즈그 엄마 차 쳤다던데."

무미건조한 물음이었다. 나도 무미건조하게 사고 경위를 다시 설명했다. 그 애에게서 들은 이야기가 아니라, 어쩌다 본 뉴스 기사 따위가 그랬다는 것처럼.

박우경에게 의도가 있었던 것과는 별개로 신미진이 제 아들도 못 알아보고 먼저 들이받은 사고였다고.

"……개새끼가 신세 조질라고 작정했나."

윤태희가 나지막하게 욕설을 중얼거렸다.

술 취한 신미진이 모는 차를 제 차로 들이받고, 스스로 신고하려 했던 박우경이 원했던 것은 어쩌면 단순했을 것이다. 실상은 신미진이 먼저 아들의 차를 들이받은 것인데도 자기 가족에게조차 해명하지 않은 점에서.

제 인생이나 망치려고. 다른 누구도 아닌 저를 낳은 사람과 엮여 망가지려고.

그 꼴을 신미진에게 보여 주려고.

박우경이 끝내 그러지 않은 것은 오로지 해경 오빠가 빌었기 때문이었다.

엄마 때문이 아니라 네가 잘못되는 것을 볼 수 없다고 길바 닥에서 제 동생에게 애원했던 형 때문에.

그런데 돌아오자마자 정말로 네가 그런 짓을 했을까? 아무리 더 쓰지 않을 물건을 집어 던지듯 제 인생을 내버리려 했다 해 도, 이미 박해경이 한 번은 그것을 붙잡았다. 그러지 못하게 했 다. 그걸 쥐고 돌아와서는 곧바로 그렇게 내버렸다는 게 믿기 지 않았다.

너는 어젯밤 어디로 갔을까.

박동주의 사과원이 끝도 없이 펼쳐진 널따란 평지를 병풍처 럼 둘러싼 몇 개의 산은 간밤의 일을 모르는 것처럼 여전히 푸 르렀고, 점점이 맺힌 열매는 꽃처럼 발갰다.

풍요 속에 말라 죽은 동물처럼 시커먼 건물이 우뚝 서 있었 다. 피해는 크다면 크고, 작다면 작았다.

누구나 수확을 목전에 두고 타 죽은 나무들은 애석하게 생각 했지만, 아무도 박동주의 손해를 크게 걱정하지는 않았다. 우 리에게는 커도 저 사람에게는 작은 일부에 불과할 것을 믿고.

나는 마지막으로 보았던 박동주의 얼굴을 잠시 떠올렸다. 설

령 그 눈앞에서 불이 사과원 전체를 살라 버린다 해도 모를 것
같은 낯이었다. 안다면 차라리 불 속으로 걸어 들어가겠지.

"……그게 다가? 그 뒤로 어디 갔는지는 모르나."

"모르겠네. 차여서."

"……."

"내가 자기를 안 좋아하던 때가 낫대."

윤태희는 얼마간 말없이 내 얼굴만 물끄러미 바라보다 시선
을 돌리며 말했다.

"저 집 CCTV. 누가 건드렸드라."

"……."

"부분 부분 삭제된 게 있다던데."

"맞나."

"근데 박우경이 저기 왔다간 거는 그 사이에 남아 있고."

"……."

"신고도 박우경이 했고."

가시처럼 따가운 숨이 폐부를 찔렀다.

"그런데 박우경 말고는 그 시간에 드나든 인간이 없다대. 아
있는 걸로만 치면."

"……."

"누가 작정하고 산을 타고 들어왔다 쳐도, 유통 센터 건물들
은 전부 정문 쪽에 있고 CCTV도 사각이 없거든. 경찰이 보기
에는 박우경이 그 집 아들인데 동기가 없으니까 당연히 범인이
지 것만 지우고 튀었다고 생각하는데."

“……”

“니 생각은 어떤데. 윤차희.”

윤태희의 물음은 의미심장했다.

“……박우경이 한 거라고?”

“애초에 증거를 지우려고 했는데 시간이 없어서 다 못 지웠다가 첫 번째. 아니면 그렇게 보이라고 의도적으로 다 안 지우고 남긴 게 두 번째.”

“그럴 리가 없다이가.”

“박우경은 그랬대.”

순간 느리게 넘어가던 숨이 덩어리처럼 목에 걸렸다.

“지가 그랬다고 했다. 개빡쳐서.”

감추려고 했거나, 혹은 일부러 들키려고 했거나.

“그 새끼 큰아버지는 뒷목 잡고 주저앉다 말고 경찰들 앞에서 입 닥치라고 지랄이 났고, 박우경은 그러든가 말든가 조사받으러 갔고.”

“……”

“어차피 지네 엄마 차 갖다 박고 나서도 지 스스로 신고할라 했다매. 그 새끼 지 인생 못 망쳐가 안달 나서.”

아니. 아니었다. 그딴 식으로 망칠 거면 애초에 해경 오빠가 제게 애원하는 걸 들어먹지도 않았을 터였다.

이제 와 생각하면 그랬을 리가 없었다. 아무리 제 부모에게 화가 났더라도. 세상이 다 뒤집힌 것처럼 보고 있다 해도.

그때 제 형의 말은 들었는데.

박해경이 그렇게 저를 붙잡았는데.

아.

할머니 집에서 나온 그 애가 날 거들떠보지도 않고 빠르게 지나가던 것이 떠올랐다. 냉담하게 밀어내는 말에 한순간 쉽게 깨어졌던 머리가 흩어진 조각을 쥐었다.

그 애가 그렇게 날 마지막으로 떠나가던 꼴이 문득 도망 같았다. 다친 팔 따위가 아니라, 내게 들키기 싫은 게 따로 있는 것처럼.

얼음이 속에서 덜그럭거리듯 마음이 굴러갔다.

"……개가, 제3자를 지워 준 거면."

"뭐?"

"제3자가 지운 것도 아니고, 개가 다 해 놓고 남긴 것도 아니고, 자기 손으로 남을 지워 준 거면."

"……."

"일부러, 뒤집어쓴 거면."

"뭔 소린데."

"내 나가기 전까지 아빠 안 돌아왔다. 오빠야."

집으로 돌아오니 내가 윤태희를 데리러 나갈 땐 없었던 아빠의 트럭이 돌아와 있었다. 차가 채 다 멈춰 서기도 전에 차문을 열고 뛰어내린 윤태희가 트럭으로 달려갔다.

선팅이 옅은 창문 안쪽으로 핸들 위에 엎드려 있는 아빠가 보였다. 차에서부터 숨 쉬듯 욕을 하던 윤태희와 달리 나는 가면 갈수록 차분해졌다. 거칠게 트럭 문을 내리치는 오빠를 걸어 내고 창문을 똑똑 두드리자 아빠가 천천히 고개를 들었다.

"아빠."

내 부름에 숨을 크게 한 번 몰아쉬듯 어깨가 들썩였다. 잠겨 있던 문이 찰칵 열리는 소리에 오빠가 기다렸다는 듯 문을 열었다.

아빠의 숨에서 알싸한 소주 냄새가, 점퍼에서는 탄 연기 냄새가 났다. 씨발……. 윤태희가 그대로 트럭 앞에 주저앉았다.

사실 가장 선명한 것은 담배 냄새였다. 차량용 재떨이는 뚜껑이 닫히지도 않은 채 하얀 담배꽁초가 터져 나갈 듯 꽂혀 있었다.

옛날에 타던 세단을 처분하고 낡은 중고 트럭 한 대만 남긴 후로, 아빠는 트럭에서 담배를 한 번도 피우지 않았다. 엄마와 내가 그 트럭에 타기 때문이었다.

그래 놓고는 하룻밤 새 담배를 저렇게나 피웠다. 더는 우리를 자기 옆에 태우지 않을 것처럼.

술 다음, 불 다음, 담배.

아빠는 담배를 피우며 무언가를 결정했다.

"……아빠 경찰서 좀 가야겠다."

아빠가 아주 차분한 음성으로 말했다. 마치 여러 번 그 말을 연습한 듯 침착한 어조에는 고저가 없었다.

"태희 니는 차희 델꼬 대구 올라가라. 아직도 안 가고 뭐 했노."

"대구고 나발이고. 아빠가 진짜 한 거 맞나. 어?"

어릴 때처럼 반말로 되바라지게 내던진 윤태희가 이를 악물었다.

"……아빠 진짜 미쳤나. 제정신이가. 씨발 어차피 이 동네 뜬다매. 늘그막에 인생 다 꼴아 박을 일 있나?"

"태희야."

"씨발, 씨발…… 설마 이거 엄마도 안 거 아니제. 설마 아빠 미친 짓 할 거 엄마도 알면서 우리 보고 나가라 마라 그런 거 아니제."

"모를 끼다. 즈그 남편이 나가가 무슨 짓을 할 거라고 생각했는지는 몰라도. 그래가 느그라도 우리한테서 떨어트릴라고 그캤는지는 몰라도……."

"……."

"내도 몰랐다."

아빠는 공허하게 윤태희를 내려다보았다.

"차에 앉아서 한참 생각을 해 봤는데도 기억이 잘 안 난다."

"……뭐?"

"내가 술 취해가 무슨 짓을 했는지 기억도 안 나는데, 밤에 우갱이 금마는 얼핏 본 거 같그든. 분명히, 금마는 본 거 같거든. 아무 일도 없을 거니까 아저씨는 아무 말도 하지 말고 있으면 된다고…… 그 앞뒤로 내한테 무슨 말을 했다. 분명히."

"……."

"그게 다 꿈인 줄 알았거든. 꿈인 줄 알았는데……."

"……."

"꿈이 아닌 거 같다."

아빠가 허탈하게 웃었다. 취하기 전에 자기 머릿속으로 수도 없이 신미진의 목을 조르고, 끝도 없이 박동주를 어찌한다는 상상을 했던 걸 꼭 이루려고 했던 것 같다고. 그게 꿈인 줄로 알고.

그러나 박동주의 사과원 앞을 지나오는 순간, 아빠는 무슨 일이 일어났는지 알 것 같았다고 했다.

어떤 것은 절대로 꿈이 아니라는 것을.

"차가 녹산 쪽 갓길에 세워져 있드라. 눈을 뜨니까 하늘이 다 밝아 있대. 내가 조수석에 있고……. 언제 그까지 갔는지. 언제 잠들었는지. 내가 도대체, 뜬금없이 조수석에는 와 있는지…… 하나도 모르겠드라."

"……."

"근데 내가 그까지 내 손으로 운전해가 갔으면 조수석에 와 있겠노. 우갱이 금마가 내랑 내 차 빼 놓는다고 거따가 급하게 두고 간 거지."

"……."

"……우째 됐든 내가 한 짓이믄, 결자해지로 내가 책임을 져야 안 되나."

"아빠."

"아빠가 미안하다. 그때 하나도 몰라가."

"……"

"그런 소리나 듣게 해가 미안하다. 느그 고모처럼……"

"……"

"이런 아빠 밑에 태어나서, 그런 소리 듣게 해서 미안하다. 희야."

귓가에 이명이 울렸다. 아빠는 시뻘겋게 달아오른 눈을 아무렇게나 문지르며 시동을 걸었다.

윤태희가 결국에는 아빠의 팔을 붙잡고 잘못했다고 했다. 자기가 잘못했다고.

아빠는 분명 영상을 보기 전까지는 이러지 않았다. 갑자기 폭발한 엄마를 뒤쫓아가 말리려고도 했고, 엉겁결에 하나씩 알게 된 사실에 분노하면서도 결국에는 엄마를 말리고, 자기 엄마를 신고하겠다는 박우경을 말렸다.

박동주가 신미진을 죽이려 들 때조차도 그 여자를 가장 먼저 구한 것은 아빠였다. 죄다 정신을 놨으니 자기 하나는 잡고 있어야 한다는 식으로.

말들은 언제나 상상이 필요했다. 모든 것이 갑작스럽게 돌아간다고 느꼈을 아빠에게는 어떤 말을 들어도 상상할 틈도, 분노할 틈도, 하나부터 열까지 따져 볼 틈도 없었다.

그런 사람에게 한순간 둑이 무너지듯 완전한 실제가 나타난 셈이었다. 영상은 아무것도 상상할 필요가 없었다. 그저 보이는 것을 믿으면 됐다.

그리고 아빠에게는 그것이 세상에서 가장 끔찍한 반복이었다.

또 '그런 꼴'을 본 것이다. 어릴 적 보았던 제 큰누나의 곤욕을, 그 수모를 곱씹으면서도 죽을 때까지 저 집 사람들을 보고 살았던 자기 아버지의 평생을 지배했던 자괴감을 거울처럼 보게 된 것이다.

아빠는 애초에 무슨 짓이라도 저지르려고 집을 떠났던 것은 맞다고 고백했다. 너희 엄마가 자기를 말리려고 그렇게 애를 썼는데, 결국에는 말릴 수 없을 것 같아 너흴 쫓아낸 것 같다고.

그러나 박동주의 사과원이 아닌 그 집 앞에서 일말의 망설임을 느끼고 차를 돌렸다고 했다.

그 시절의 박동주가 망친 게 제 누나의 잠깐이 아니라 평생이었다는 사실을 도무지 용서할 수가 없어서, 박동주의 조모가 했던 짓을 신미진이 고스란히 제 딸에게 저질렀다는 사실을 견딜 수 없어서⋯⋯.

아빠는 그 두 사람을 어떻게든 하고 싶었던 것을 인정했다.

그리고 끝내는 자기 현실을 다 내던질 수도 없어서, 무력하게 돌아섰던 순간도 인정했다. 돌아오는 길에는 억지로 견디고 누르려고 경홍이 아저씨네로 갔다고 했다.

가족이 아닌 친구를 보고 현실감을 찾으려고. 당장이라도 박우경의 부모를 어떻게든 하고 싶은 감정을 죽이려고.

거기까지면 좋았을 것이다.

"술이 웬수라고 탓할 것도 없고, 내가 맨정신일 때 애시당초 못된 마음을 먹었으니까는 술 처먹고 그런 짓을 한 거 아이겠나. 법대로 해야지. 책임 져야지."

"……."

"태희야. 차희야. 아빠 원망하면서, 멀리 떨어져가 살아라."

"……."

"아빠가 다 잘못한 기다. 이런 아빠 없다고 생각하고 살아라."

"있는 걸 씨발, 어떻게 없다고 생각하고 사는데……."

아빠는 윤태희의 그 말이 우스운 것처럼 설핏 웃었다.

"살아진다. 다. 없어도 잘만 산다."

"……."

"아빠 가 보께. 박우갱이 금마가 내 때문에 둘러댄다고 고생하고 있을 끼다."

"……그 새끼는 그거 자기가 했대."

"지금 뭐라 캤노."

"박우경 지가 불 질렀다 캤다고."

아빠의 창백하던 안색이 순식간에 시뻘겋게 변했다. 아빠가 급히 차 문을 닫고 트럭을 몰아 사과원을 떠났다.

"……씨발, 가는 길에 우리 좀 태우고 가면 덧나."

멀어지는 트럭을 노려보던 윤태희가 내 팔목을 잡아 끌며 제 차로 갔다.

돌이킬 수 없는 자괴감에 일그러진 낮이 아빠를 닮았다.

박동주의 사과원에는 여전히 경찰차 몇 대가 서 있었다. 경찰들이 곳곳으로 흩어져 조사를 하고 있는 것이 보였다.

공장 쪽에서 숙직을 섰던 남자. 경비 초소 쪽 사람. 나는 통제된 구역 사이를 지나가며 경찰의 질의에 대꾸하고 있는 사람들을 별 의미도 없이 알아냈다.

공장 반대편을 순찰하느라 몰랐다. 잠깐 눈을 붙이느라 몰랐다……. 대답하는 목소리가 하나같이 피로했다. 외벽이 검게 탄 건물은 겉보기와 달리 대체로 멀쩡하다는 소리가 들렸다. 어쩌면 다행이었다.

나는 다시 아빠를 찾았다. 아빠가 경찰서로 직행했으리라 생각하고 길을 잘못 들었던 우리는 해경 오빠의 전화를 받고 나서야 이곳으로 왔다.

화재가 난 것을 모르고 이른 아침부터 출근한 다른 동네 사람들이 내 얼굴을 흘끔거리며 무언가를 속닥거렸다. 딱히 나쁜 말을 하는 것 같지는 않았다.

불이 아니라도 엄마들 난리가 그렇게 대단했는데, 내가 누군지 서로 알려 주고 싶은 것도 어쩌면 당연한 일이다.

그러나 윤태희는 기어코 그 꼴을 두고 보지 않고 아줌마들을 노려보며 내 어깨를 감쌌다. 괜히 죄 없는 아줌마들이 겁을 먹었다.

"윤태희."

그때 해경 오빠가 윤태희를 불렀다. 무심코 내 얼굴을 일별하고 도망치는 시선이 쓰렸다.

윤태희가 지나간 오빠의 시선을 따라 내 쪽을 흘끗 보고는 자연스럽게 날 가렸다.

"아빠는."

"우리 아빠랑 2층에."

해경 오빠는 아빠가 차에서 내리기 무섭게 아무 경찰이나 붙잡으려던 것을, 박동주와 제가 급히 끌고 왔다고 했다.

엉겁결에 그러면서도 경위는 몰랐던 해경 오빠와 달리, 박동주는 아빠가 갑자기 나타난 순간 일의 모든 경위를 알았다.

박우경이 우리 아빠를 위해 무슨 짓을 한 건지도.

"……내가 한 짓을 우경이가 만다꼬 뒤집어씁니까."

"준영이 니가 오죽했으면 그랬겠나."

문 안쪽에서 박동주의 차분한 대꾸가 현실감 없이 들렸다. 어제와 다른 사람 같은 목소리였다.

그 앞에서 아빠만 흥분하고, 분노하고, 안달이 나 있었다.

"내가 행님 때문에 오죽하든 말든, 우경이 금마는 뭔 잘못입니까. 내한테 앞길 창창한 어린애한테 내 죄 뒤집어씌우고 살라 그 말 아입니까. 지금."

"내 아들이 니 딸을 만났으니 잘못이지."

"……."

"애초에 지 애비 같은 짓을 했으니 잘못이지."

"행님."

"전부 우리 잘못이지. 안 글나."

"강주 행님이 정신이 나갔다, 나갔다 카드만 행님 진짜 정신 나갔습니까."

"우경이가 기왕 마음먹고 그래 한 거, 니까지 나서서 괜히 일 꼬아 놓지 마라. 금마가 처음에 생각한 대로 뒤집어쓰는 게 낫다. 우경이가 한 짓이라 카믄 별일 안 생긴다."

"행님."

"사람이 다친 것도 아이고, 불도 일찍 껐다이가. 애초에 별일이 아이다. 우리가 다 덮을 수 있다. 애초에 우경이도 그거 알고 한 기다."

"……."

"지가 했다 카믄 당장 즈그 큰아버지부터 나서서 살려 놓을 거 아니까."

"……."

"금마야 내 아들이니까 밤에 와서 담배 한 대 피다 꽁초 한 번 잘못 버렸다고 둘러대도 괜찮지. CCTV야 지가 무서우니까 지웠다 치면 되지. 근데 직원도 아닌 니는 무슨 연고로 밤에 여기 왔다 카겠노. 일부러?"

박동주는 냉정하게 말했다.

"우경이가 했다 카는 거는 내가 아예 없었던 일처럼 덮을 수도 있다. 근데 니가 경찰들 앞에서 이 불을 냈다 카면, 내가 준영이 니를 살릴 수가 없다."

"……."

"준영아. 태희랑 차희 생각해라."

"……우리 누나가 박동주 니만 안 만났어도……. 그 생각을 지울 수가 없드라."

x

"……."

"기껏해야 스무 살 땐데, 우리 누나는 얼추 잊고 살겠지. 고향 떠나 사니까, 보이지도 않으니까 잊을 수 있겠지. 그래 생각했는데……. 박동주 니가 미친년 하나 잘못 만나가 우리 누나가 여태까지 그러고 살았다는 게, 내는 믿을 수가 없드라. 얼마나 얻어맞고 살았을까. 얼마나 죽은 듯이 살았을까. 우리 아부지는 그것도 모르고, 그래도 좋은 집에 딸래미 보내 났다고, 박동주 니가 우리 딸래미 팔자 망쳐 놓은 거는 내가 다 고쳐 났다고 안심하고 눈감았는데."

"……."

"그 지랄 났을 때요, 행님. 내가 열한 살밖에 안 됐는데 아직도 생각이 나거든요. 근데 신미진이가, 행님 할매가 우리 누나한테 하던 짓보다 내 딸한테 더 하대요. 우리 누나는 부모가 감싸 주기나 했는데, 그래 얻어맞지는 않았는데……."

"…….."

"차희 어릴 때부터 누가 즈그 큰고모 이쁜 거 닮았다 칼 때마다 괜히 심장이 철렁했습니다. 즈그 고모 팔자 닮으면 우짜지."

"……."

"근데 차희가 즈그 고모 팔자를 닮은 게 아입디다."

"준영아."

"내가 우리 아버지 닮아가 그런 깁니다. 하나 있는 딸래미 이쁘다, 이쁘다 키워 놓고 지켜 주지도 못하는 애비라. 땅이 뭐라고, 농사가 뭐라고. 결국 내 자식들 잘 먹이고 잘 키울라고 하던 일인데 주객을 전도해가 살았습니다. 태희랑 차희 갉아 묵고 살았습니다. 내가 아버지 닮아가.”

“……준영아. 차라리 불에 다 타 버렸으면 좋았겠다고 생각한다. 내는.”

“…….”

“어차피 혜영이 때문에, 혜영이가 앉아 있던 그늘이라도 가끔 보려고 여기 내려 와서 살았으니까. 가끔씩, 그때 그림자라도 밟고 살려고…….”

“…….”

“내가 겨우 그런 욕심으로, 혜영이 인생 망쳤으니까.”

숨이 사그라지듯 박동주의 목소리가 꺼져가다, 가까스로 살아났다.

“……그래도 다 타 버리지 않아서 다행이라고 생각하는 거는, 혜영이 동생인 니 인생 망하는 꼴 안 봐도 되는 거, 그거 하나뿐이다. 준영아. 내가 가진 거는 다 태워 버려도 되지만, 니 인생은 태워 버리면 안 된다. 그러기에는 내가 느그 집에 진 빚이 너무 많다.”

“…….”

“니가 그래 되면 차희가 어떻게 살겠노. 우경이가, 지 때문에 차희 아버지가 그래 됐다고 생각하면 남은 평생을 어떻게 살겠노.”

“그게 어떻게 즈그 때문입니까. 내가…….”

"내 같은 건 애비 자격도 없지만, 우경이가 내처럼 안 살았으면 좋겠다. 나는 준영이 니네 부모님 돌아가실 때까지 눈 한 번 똑바로 못 바라보고 살았지만, 혜영이 그림자나 멍청하게 쫓고 살았지만……."

"……."

"우경이는, 우경이가 이번에 니를 위해 한 걸 봐서라도, 우경이는 니가 거둬 주면 안 되겠나. 준영아."

"……."

"걔가 내 아들이 아니라고 생각하고."

≪봄그늘≫ 5권에서 계속